T0268411

LA MANSIÓN STARLING

ALIX E. HARROW

LA MANSIÓN STARLING

Traducción de David Tejera Expósito

Roca editorial •

Penguin
Random House
Grupo Editorial

Título original: *Starling House*
Primera edición: mayo de 2024

© 2023, Alix E. Harrow
© 2024, Roca Editorial de Libros, S. L. U.
Travessera de Gràcia, 47-49. 08021 Barcelona
© 2024, David Tejera Expósito, por la traducción
Ilustraciones de Rovina Cai

Printed in Spain – Impreso en España

ISBN: 978-84-19743-80-0
Depósito legal: B-4499-2024

Compuesto en Mirakel Studio, S. L. U.

Impreso en EGEDSA
Sabadell (Barcelona)

RE43800

Para mis hermanos

1

A veces sueño con una casa que no he visto nunca.

Bueno, que no ha visto casi nadie, en realidad. Logan Caldwell afirma que se pasó las últimas vacaciones de verano tocando el timbre para salir corriendo después, pero es, si cabe, más mentiroso que yo. Lo cierto es que no se ve bien desde la carretera. Solo se aprecian los dientes de metal de la verja delantera y la franja roja y alargada de la entrada; puede que hasta llegue a vislumbrarse la piedra caliza cruzada por madreselvas y enredaderas. Hasta la placa conmemorativa del exterior está medio cubierta de hiedra, con las letras tan descuidadas y llenas de verdín que lo único legible es el encabezamiento:

MANSIÓN STARLING

Pero, en ocasiones, durante las primeras horas nocturnas en invierno, se ve solo una ventana iluminada a través de los sicomoros. Es una luz extraña, de un ambarino intenso que se agita con el viento y que nada tiene que ver con el zumbido de una farola ni con ese azul pálido de una fluorescente.[1] Creo que la de esa ventana es la única luz que he visto que no viene de la central eléctrica de carbón situada en la orilla del río.

En mi sueño, está encendida para mí.

La sigo a través de las verjas, por la entrada y por la puerta principal. Tendría que estar asustada, ya que corren rumores sobre la Mansión Starling, rumores del tipo que solo se cuentan por la noche, a media voz y con el zumbido de la luz del porche de fondo, pero en el sueño no vacilo.

En el sueño, estoy en casa.

Al parecer, es un hecho que resulta inverosímil hasta para mi subconsciente, porque justo en ese momento me suelo despertar. Aparezco en las tinieblas de la habitación del motel, con un agujero de anhelo en el pecho que doy por sentado que tiene que ser nostalgia, aunque supongo que no hay manera de saberlo.

Me quedo mirando el techo hasta que las luces del aparcamiento se apagan al amanecer.

Antes pensaba que esos sueños tenían algún significado. Empezaron de manera repentina cuando tenía doce o trece años, justo cuando todos los personajes de mis libros empiezan a manifestar poderes mágicos o a recibir mensajes en código y esas cosas. Me obsesioné con ellos, claro.

---

[1] Según Lyle Reynold, el aparcacoches de Gravely Power que trabajó desde 1987 hasta 2017, la Mansión Starling nunca ha estado conectada a la red eléctrica ni al suministro de aguas municipales. La empresa telefónica interpuso un pleito para conseguir el derecho a plantar postes en territorio de los Starling en el año 1947, pero el proyecto se abandonó tras una serie de accidentes horripilantes que acabaron con tres empleados en el hospital.

Les pregunté a todos los habitantes del pueblo sobre la mansión de los Starling, pero se limitaron a mirarme de soslayo con los ojos entornados y a morderse los labios. Yo nunca le había gustado en exceso a la gente del pueblo: siempre apartaban la mirada como si fuese la mendiga de la esquina o un animal atropellado, un problema al que solo debían enfrentarse si lo miraban directamente. Pero los Starling les gustaban aún menos.

Los consideran unos excéntricos y unos misántropos, una familia de orígenes dudosos que durante generaciones se ha negado a participar en los aspectos más básicos de la sociedad de Eden (la iglesia, la escuela pública, las ventas de pasteles para el departamento de bomberos voluntarios) y, en su lugar, han decidido permanecer encerrados en esa casa lujosa que nadie, excepto el médico forense, ha visto en persona. Tienen dinero, y eso es algo que suele servir para excusarlo todo, salvo quizá un homicidio, pero no es una fortuna que provenga del carbón ni del tabaco, y nadie parece haber sido capaz de emparentarse con ellos mediante el matrimonio. El árbol genealógico de los Starling es una extensión exasperante de ramas injertadas y de brotes recientes, lleno de forasteros y de desconocidos que aparecieron en la puerta delantera y reclamaron el apellido de los Starling sin ni haber puesto un pie nunca antes en Eden.

En general, podría decirse que todo el mundo alberga la esperanza de que tanto ellos como la casa se hundan por un socavón y se pudran en el fondo, sin que nadie los recuerde ni los llore. Y así, quizá, el pueblo se libraría de la maldición que arrastra desde hace más de un siglo.

(Yo no creo en las maldiciones, pero, si existiesen los pueblos malditos, seguro que se parecerían muchísimo a Eden, en Kentucky. Antaño era el condado número uno en lo que a la industria del carbón se refería, pero ahora no es más que la ribera de un río minada hasta la saciedad en la que hay una central eléctrica, un depósito de cenizas de carbón y dos supermercados Dollar General. Es el tipo de lugar donde la única gente que se queda es la que no puede permitirse el lujo de marcharse, donde el agua sabe a óxido y donde la niebla se alza fría del río incluso en verano, y permea las zonas bajas hasta bien entrado el mediodía).

Ya que nadie estaba dispuesto a contarme la historia de la Mansión Starling, me la inventé. No hay mucho que hacer en un pueblo como Eden, y tampoco tenía muchos amigos de mi edad. No puedes ser una chica popular cuando vas vestida con la ropa de las donaciones de la iglesia y robas el material escolar, sin importar lo impecable que sea tu sonrisa. Los demás niños eran capaces de notar el hambre que había detrás del gesto y me evitaban con la certeza involuntaria de que, en caso de haber naufragado juntos, me rescatarían a mí sola seis semanas después, mientras yo usaba sus huesos como mondadientes.

Por todo ello me pasaba los fines de semana sentada con las piernas cruzadas en el colchón del motel con mi hermano pequeño, inventando historias de casas encantadas hasta que ambos nos asustábamos tanto que empezábamos a gritar con tan solo oír cómo se giraba un pomo a tres habitaciones de distancia. Solía escribir las mejores, en esas horas secretas posteriores a la medianoche, cuando Jasper ya dormía y mamá había salido, pero nunca las envié a ninguna parte.[2] Además, hace años que dejé de escribir.

En una ocasión le hablé a mi madre sobre los sueños. Se rio.

—Si hubiese leído ese maldito libro tantas veces como tú, yo también tendría pesadillas.

Por mi cuarto o quinto cumpleaños, mi madre me había comprado un ejemplar de *La Subterra*, una de las ediciones

---

[2] Esto es mentira. Entre 2006 y 2009, Opal usó la impresora del personal de la biblioteca pública para imprimir varios relatos cortos. En 2008 recibió un rechazo personal de una revista literaria que decía que, por desgracia, no publicaban fantasía, terror o «lo que quiera que sea esto».

antiguas del siglo XIX, con la cubierta forrada en tela del color de las telarañas y el título cosido con hilo plateado. Era de segunda mano, probablemente robado, y tenía las iniciales de otra persona escritas en la portadilla, pero lo había leído tantas veces que empezaba a deshojarse.

La historia es de lo más normalito: una niña (Nora Lee) descubre otro mundo (la Subterra) y vive una serie de aventuras fantasiosas. Las ilustraciones tampoco son nada del otro mundo: son una serie de litografías escuetas, a medio camino entre lo pesadillesco y lo espeluznante. Pero recuerdo mirarlas hasta que se me grababan en los párpados como si fuesen imágenes residuales: paisajes negros en los que acechaban Bestias espectrales, siluetas pálidas perdidas entre árboles nudosos, niñas que caían a los lugares secretos que había en las profundidades de la tierra. Al contemplarlas, sentía como si me introdujese en la cabeza de otra persona, alguien que sabía lo mismo que yo: que hay dientes afilados detrás de cada sonrisa, y huesos desprovistos de carne que esperaban bajo la hermosa piel del mundo.

Recorría el nombre de la autora con la punta de los dedos y lo dibujaba en los márgenes de mis trabajos escolares, que apenas llegaban al notable: E. Starling.

Nunca publicó más libros. Nunca concedió entrevistas. Lo único que dejó tras de sí, aparte de *La Subterra*, fue la casa, oculta entre los árboles. Puede que ese fuese el verdadero motivo de mi obsesión por ella. Quería ver de dónde venía, demostrarme a mí misma que era real. Quería caminar por esa arquitectura secreta, pasar los dedos por el papel de la pared, ver las cortinas agitarse en la brisa y creer, por unos instantes, que había sido a causa del fantasma de la mujer.

Han pasado once años y cuarenta y cuatro días desde la última vez que abrí ese libro. Vine directa a casa después del funeral de mi madre, lo metí en una bolsa de supermercado junto a media cajetilla de Newports, un atrapasueños mohoso y un pintalabios, y luego tiré la bolsa a las profundidades de debajo de mi cama.

Supongo que ahora las páginas estarán hinchadas y mohosas. Todo se pudre en Eden, si le das el tiempo necesario.

A veces, aún sueño con la casa de los Starling, pero ya no creo que tenga significado alguno. Y, aunque me equivoque, no soy más que una chica que abandonó el instituto y trabaja a tiempo parcial en una tienda Tractor Supply, con los dientes torcidos y un hermano que merece mucho más que este callejón sin salida y sin suerte en el que vive.

Los sueños no están hechos para las personas como yo.

La gente como yo tiene que hacer dos listas: en una, apuntan lo que necesitan, y en la otra, lo que quieren. Si eres inteligente, te aseguras de que la primera sea corta y quemas la segunda. Mi madre nunca le pilló el tranquillo: quiso cosas, las anheló, codició y deseó hasta su último instante, pero yo aprendo rápido. Solo tengo una lista con una cosa escrita, y es algo que me mantiene muy ocupada.

Hay turnos dobles en los que trabajar y bolsillos en los que robar; trabajadores sociales a los que engañar y pizzas congeladas que partir por la mitad para que quepan en el microondas, inhaladores baratos que comprar en páginas web sospechosas y noches largas en las que quedarse tumbada escuchando la vibración y los silbidos de la respiración de Jasper.

También está ese sobre color crema que llegó de una academia sofisticada del norte después de que Jasper hiciera las pruebas de aptitud, y la cuenta de ahorros que abrí el día siguiente, que he conseguido hacer crecer usando todas las habilidades formidables que he heredado de mi madre: tretas, robo, fraude, carisma y un optimismo insolente y del todo inapropiado; elementos que siguen sin ser suficientes para sacarlo de este lugar.

Supongo que los sueños son como gatos callejeros y que se marcharán si dejo de alimentarlos.

Por eso ya no me invento historias sobre la Mansión Starling ni le pido a nadie que me cuente las suyas. No me paro cuando paso junto a la verja delantera ni alzo la vista a pesar de que el corazón me late desbocado, con la esperanza de atisbar esa solitaria luz ambarina que parece brillar desde un mundo grandioso y extraño, solo para mí. Nunca saco la bolsa de supermercado de debajo de la cama.

Pero, a veces, justo antes de dormirme, veo las sombras oscuras de unos árboles moverse por las paredes del motel, aunque al otro lado de la ventana solo haya asfalto y arbustos. Siento el aliento tórrido de unas Bestias que me rodean, y las sigo, y desciendo y desciendo hacia la Subterra.

2

Es una noche gris de un martes cualquiera de febrero, y estoy de camino al motel después de un día de mierda.

No sé por qué ha terminado por ser tan horrible, pero ha sido más o menos igual que los días anteriores y, lo más probable, que los posteriores: una sucesión de horas anodinas solo interrumpidas por las dos caminatas largas y frías de ida y vuelta del motel al trabajo. Supongo que el motivo es tener que trabajar con Lacey Matthews, el equivalente humano de una mantequilla baja en sal, y también que, cuando resultó que la caja no cuadraba al final del turno, el encargado me dedicó una mirada de «te estoy vigilando», como si yo hubiera sido la culpable. Y lo fui. Supongo que también ha sido por la nevada de ayer, cuyos restos deprimentes se pudren en las calles y se cuelan por los agujeros de mis zapatillas. Y también porque obligué a Jasper a coger el abrigo bueno por la mañana. Supongo que es porque tengo veintiséis años y no puedo permitirme un puñetero coche.

Podría haberle pedido a Lacey que me llevase, o a su primo Lance, que trabaja por la noche en el *call center*. Pero Lacey se habría dedicado a intentar convertirme y Lance me habría llevado a Cemetery Road para luego intentar abrirme el botón de los vaqueros, y es posible que yo se lo hubiese permitido, porque me habría hecho sentir muy bien y el motel no le pillaba de camino. Pero luego, al olerlo en mi suéter, ese hedor ácido y genérico propio de las pastillas de jabón de los baños de las gasolineras, me habría sentido tentada de sacar la bolsa de supermercado de debajo de la cama para asegurarme de que aún era capaz de sentir cosas.

Y, por eso, he decidido caminar.

Desde Tractor Supply al motel hay algo más de seis kilómetros, menos si atajo por detrás de la biblioteca pública y cruzo el río por el antiguo puente del ferrocarril, algo que siempre me deja de un humor de perros.

Paso junto al mercadillo y el aparcamiento de caravanas, el segundo Dollar General y el mexicano que ha ocupado el antiguo edificio donde antes estaba el Hardee, para luego salir del camino y seguir las vías de tren hacia el terreno de los Gravely. Por la noche, la central eléctrica es hasta bonita, como una ciudad grandiosa y dorada, con tantas luces que hacen que el cielo se vuelva amarillo y que se proyecte una sombra alargada detrás de ti.

Las farolas no dejan de zumbar. Los estorninos trinan. El río canta para sí mismo.

Asfaltaron el antiguo puente del ferrocarril hace años, pero a mí me gusta caminar por el borde, por donde sobresalen los amarres. Si miras abajo se ve el río Mud, impetuoso entre los huecos, negro como el olvido, por lo que no bajo la vista. En verano, las orillas están tan abarrotadas de madreselvas y de kudzu que el verde lo cubre todo, pero también se ven la irregularidad del terreno y la hendidura de la antigua galería de una mina.

Recuerdo que tenía una entrada muy amplia, negra y abierta, pero el pueblo la tapió después de que unos niños se retasen a cruzar las señales de peligro. La gente lo había hecho muchas veces con anterioridad, pero esa noche había niebla, de esa que en Eden se alza rápido y tan espesa que casi puedes oírla caminando a tu lado, y uno de los chiquillos debió de perderse. Nunca llegaron a encontrar el cuerpo.[3]

Ahora el río canta más alto, dulce como una sirena, y yo tarareo la melodía al mismo ritmo. Lo cierto es que no me tientan las aguas oscuras y frías de sus profundidades, ya que el suicidio es una rendición y yo no soy de las que abandonan, pero recuerdo cómo me sentí al estar ahí, entre los huesos y las criaturas que se alimentan en el lecho del río: tranquila, lejos del agotamiento, del esfuerzo y del agobio de la supervivencia.

Solo estoy cansada.

No me cabe duda de que esto es lo que el señor Cole, el asesor académico del instituto, llamaría una «crisis», ese momento en el que tengo que «ponerme en contacto con mi red de apoyo». Pero yo no tengo red de apoyo. Tengo a Bev, la propietaria y gerente del motel Jardín del Edén, que está obligada a dejarnos vivir en la habitación doce del motel sin pagar alquiler por algún trato turbio que hizo con mi madre. Y no está obligada a que le guste esa situación. Tengo a Charlotte, la bibliotecaria del pueblo y fundadora de la Sociedad Histórica del Condado de Muhlenberg, que fue lo bastante amable como para no expulsarme cuando le di una dirección falsa para sacarme la tarjeta de la biblioteca y vender en internet un puñado de DVD. En lugar de eso, se limitó a pedirme que no

---

[3] Willy Floyd, de tres años, desapareció el 13 de abril de 1989. La antigua galería de la mina se tapió cuatro años antes del nacimiento de Opal. Puede que lo hubiese soñado y que confundiera el sueño con un recuerdo.

volviese a hacer algo así y me invitó a una taza de café tan dulce que hizo que me doliesen las caries. Aparte de ellas dos, también tengo a la gata infernal: una calicó violenta que vive debajo del contenedor del motel. Y a mi hermano.

Ojalá pudiese hablar con mi madre. Daba consejos terribles, pero ahora tengo casi la misma edad que tenía ella cuando murió. Supongo que sería como hablar con una amiga.

Podría contarle lo de la academia Stonewood. Cómo transferí el expediente académico de Jasper y rellené todos esos formularios, y después los convencí de que le reservasen un hueco el curso que viene, siempre y cuando pagase la matrícula a finales de mayo. Cómo les aseguré que no habría problema, con voz tranquila y segura, tal y como ella me había enseñado. Cómo ahora tengo que cuadruplicar los ahorros de toda mi vida durante los siguientes tres meses, con el típico trabajo que paga el sueldo mínimo y que te mantiene justo por debajo de las treinta horas semanales para no tener que pagarte un seguro médico.

Pero encontraré la manera, porque es necesario, y caminaría descalza por el mismísimo Infierno con tal de conseguir lo que necesito.

Tengo las manos frías y azules a la luz de la pantalla del teléfono. «Oye, niñato, cómo va el comentario de texto?». Jasper responde con una cantidad francamente sospechosa de signos de exclamación: «Bien!!!!!!».

«Ah, sí? Qué idea principal vas a desarrollar?». No estoy para nada preocupada. Mi hermano se caracteriza por una inteligencia seria y cargada de determinación con la que se ha ganado a todos los profesores de la enseñanza pública, a pesar de sus prejuicios contra los niños de piel marrón y rizos. Pero chincharlo me hace sentir mejor. El río de mi cabeza ya ha empezado a serenarse.

«La idea principal que voy a desarrollar es que puedo meterme catorce nubes a la vez en la boca».

«Y también que todos los que salen en este libro necesitan una charla bien larga con el señor Cole».

Me imagino a Heathcliff encorvado sobre una de las sillas pequeñas del despacho del asesor académico, con un folleto que anuncia tratamientos para el control de la ira arrugado entre las manos, y siento una punzada de empatía por él. El señor Cole es un hombre amable, pero no sabe qué hacer con la gente que se ha criado al margen de las normas, ese lugar donde el mundo se convierte en un sitio oscuro y anárquico, donde solo sobreviven aquellos que son astutos y crueles.

Jasper no es astuto ni cruel, y ese es uno de los varios cientos de motivos por los que tengo que sacarlo de aquí. Ese motivo está justo por debajo de la calidad del aire, de las banderas confederadas y de la mala suerte que nos acompaña como si fuese un perro infame, mordiéndonos los tobillos. (No creo en las maldiciones, pero si existiesen las familias malditas, se parecerían mucho a la nuestra).

«Eso no tiene nada de idea principal». Los dedos se me rozan con las grietas en forma de telaraña de la pantalla.

«Mira, podrías recordarme qué sacaste tú en lengua a mi edad??».

La risa que se me escapa se queda inmóvil en el aire, pálida como un fantasma. Respondo: «Saqué todo sobresaliente en la escuela de Vete a Tomar por Culo».

Una pequeña pausa.

«Tranquila. Mañana es la feria del trabajo y no van a recoger los textos».

Odiaba la feria del trabajo cuando estaba en el colegio. No hay empleos disponibles por esta zona, a menos que respirar partículas de la central eléctrica se considere como tal. Así pues, en la feria solo hay un puesto del AmeriCorps y un representante de la iglesia bautista que se dedican a repartir folletos. La atracción principal llega al final, cuando Don Gravely, director ejecutivo de Gravely Power, sube al escenario y da una charla insoportable sobre el trabajo duro y el espíritu estadounidense, como si no hubiese heredado una fortuna de su hermano mayor. Todos tuvimos que estrecharle la mano al salir del gimnasio y, cuando me llegó el turno, lo vi estremecerse, como si hubiese reparado en mi pobreza y la considerase contagiosa. La palma de su mano tenía el tacto de un huevo duro recién pelado.

Me imagino a Jasper estrechando esa mano horrible y sudada y empiezo a sentir un cosquilleo y la piel se me pone caliente. Jasper no tiene por qué escuchar ningún discursito de mierda ni volver a casa con una solicitud, porque Jasper no se va a quedar en Eden.

«Llamaré a la señora Hudson para decirle que tienes fiebre, que le den a la feria del trabajo».

Pero él responde: «No hace falta, no te preocupes».

Hay una pausa en la conversación mientras dejo atrás el río y subo por la colina. Los cables eléctricos se balancean sobre mi cabeza y el dosel arbóreo se vuelve más tupido hasta cubrir las estrellas. No hay farolas en esta parte del pueblo.

«¿Dónde estás? Tengo hambre».

Ahora, una pared se alza junto a la carretera, con ladrillos llenos de agujeros y desgastados a causa del tiempo, con la argamasa resquebrajada debajo de los dedos persuasivos de la parra virgen y la hiedra venenosa.

«Voy por la mansión de los Starling».

Jasper responde con una carita sonriente con una lágrima y las letras DEP.

Le envío el emoji del corte de mangas y me guardo el teléfono en el bolsillo de la sudadera con capucha.

Debería darme más prisa. Debería centrar la vista en las rayas blancas de la carretera del condado y pensar en la cuenta de ahorros de Jasper.

Pero estoy cansada, y recelosa, y tengo frío, tanto que no hay manera de describirlo. Aflojo el paso. Levanto la cabeza para buscar un brillo ambarino entre los troncos crepusculares.

Ahí está: una ventana alta que reluce dorada en el ocaso, como un faro que se ha alejado mucho de la costa.

Pero se supone que los faros están ahí para advertirte de que te alejes, no para atraerte hacia ellos. Salto sobre la zanja que hay a un lado del camino y paso la mano por la pared hasta que los ladrillos dan paso al metal frío.

La verja de la Mansión Starling tiene buen aspecto vista de lejos: no es más que una maraña densa de metal carcomida por el óxido y la hiedra, cerrada con un candado tan grande que incluso podría considerarse irrespetuoso; pero de cerca se aprecian formas individuales: pies con garras y patas con demasiadas articulaciones, espaldas de escamas y bocas llenas de dientes, cabezas con las cuencas de los ojos vacías. He oído a varias personas afirmar que son diablos o, más extraño aún, arte moderno, pero a mí me recuerdan a las Bestias de *La Subterra*, lo cual no es sino una bonita manera de decir que son inquietantes de cojones.

Aún veo el resplandor en la ventana a través de la verja. Me acerco y rozo con los dedos fauces abiertas y colas enroscadas, y luego alzo la vista hacia esa luz y deseo, como si fuese una niña, que esté brillando para mí, como si fuera la luz del porche que alguien hubiera dejado encendida para darme la bienvenida a casa después de un día muy largo.

No tengo hogar. Ni luz del porche. Aunque tengo lo que necesito, y con eso me basta y me sobra.

Es solo que a veces, y que Dios me ayude…, quiero más.

Ahora estoy tan cerca de la verja de entrada que veo cómo mi aliento revolotea en volutas contra el metal frío. Sé que debería marcharme, que ya ha oscurecido, que Jasper tiene que cenar y mis pies están entumecidos a causa del frío, pero sigo quieta, mirando, hipnotizada por un anhelo que no soy capaz de identificar.

En ese momento, pienso que tenía razón, que los sueños son como gatos callejeros. Si no los alimentas, adelgazan, se vuelven más astutos y se afilan las garras antes de saltarte a la yugular cuando menos te lo esperas.

No soy consciente de la fuerza con la que aferro la verja hasta que noto la punzada del metal y el calor húmedo de la sangre. Suelto un taco y me aprieto la manga de la sudadera contra la herida, no sin antes preguntarme cuánto me cobrarán en la clínica por la antitetánica y por qué el aire empieza a oler dulce e intenso de repente. Justo entonces reparo en dos cosas de manera simultánea.

La primera es que la luz de la ventana se ha apagado.

Y la segunda es que hay alguien de pie al otro lado de la verja de la Mansión Starling.

Nunca hay invitados en la Mansión Starling. Tampoco fiestas privadas, ni visitas de parientes, ni furgonetas de reparadores de aire acondicionado ni camiones de reparto. A veces, en un arrebato de frustración hormonal, algunos estudiantes de instituto han hablado de escalar el muro y entrar en la casa, pero luego se alza la niebla o sopla el viento y nunca se atreven a hacerlo. Una vez a la semana dejan la compra por fuera de la verja, con botellas de leche que sudan y humedecen la bolsa de papel marrón, y de vez en cuando un coche negro y elegante aparca al otro lado de la carretera durante un par de horas, pero nadie entra ni sale de él. Dudo que un solo forastero haya puesto un pie en territorio de los Starling en la última década.

Lo que significa que quien está al otro lado de la verja solo puede ser una persona.

El último Starling vive solo por completo, una especie de Boo Radley condenado en primer lugar por su nombre pretencioso (Alistair o Alfred, la gente no termina de ponerse de acuerdo sobre cuál es); en segundo, por su corte pelo (lo bastante descuidado como para insinuar sus desafortunadas ideas políticas, al menos cuando lo vieron por última vez); y en tercer lugar, por el funesto rumor de que sus padres murieron en circunstancias extrañas y extrañamente jóvenes.[4]

Pero el heredero de la Mansión Starling no tiene pinta de recluso rico ni de asesino; parece un cuervo desnutrido que lleva una camisa de botones que no le queda bien, con los hombros apretados contra las costuras. Tiene el rostro formado por ángulos afilados y de huesos taciturnos, y el pelo parece un ala ajada a punto de convertirse en uno de esos peinados cortos por delante y largos por detrás. Tiene la mirada clavada en mí.

Me doy cuenta de que yo tampoco he dejado de mirarlo, acuclillada como una salvaje, como si fuese una zarigüeya a la que acabasen de pillar en los contenedores de un motel. No estaba haciendo nada ilegal, pero tampoco es que tenga una explicación convincente acerca de qué hago en un extremo de su entrada justo al anochecer, y hay un cincuenta por ciento de probabilidades de que este hombre sea un asesino, por lo que copio lo que hacía mi madre cuando estaba en un aprieto, lo cual sucedía todos los días: sonreír.

—¡Vaya! ¡No te había visto! —Cruzo los brazos sobre el pecho y suelto una risilla femenina—. Pasaba por aquí y he pensado en echar un vistazo más de cerca a la verja. Se nota que es de calidad. Pero no quiero molestar, así que mejor me voy ya.

El heredero de la Mansión Starling no me devuelve la sonrisa. No parece que haya sonreído a nada jamás, en realidad, ni que vaya a hacerlo nunca; es como si lo hubieran esculpido en una piedra cargada de resentimiento en lugar de haber nacido de forma natural. Desvía la mirada hacia mi mano izquierda, donde la sangre me ha manchado la manga y me gotea de forma dramática por la punta de los dedos.

---

[4] Lynn y Oscar Starling murieron en algún momento de octubre de 2007. El forense no fue capaz de determinar la fecha de la muerte con más exactitud. El informe de autopsia hablaba de un desafortunado retraso y del «estado tan espantoso en el que se encontraban».

—Joder. —Me esfuerzo en vano por metérmela en el bolsillo, y me duele—. No es nada, no te preocupes. Me resbalé antes y…

Se mueve tan rápido que casi no tengo tiempo de soltar un grito ahogado. Atraviesa la verja con la mano y agarra la mía, y sé que debería retirarla, ya que cuando te crías sola desde los quince años aprendes a no dejar que ningún hombre te agarre de ninguna parte del cuerpo, pero un candado enorme se interpone entre nosotros y su piel es muy cálida y la mía está muy fría. Me gira la mano para colocar la palma hacia arriba y deja escapar un siseo grave.

Alzo un hombro.

—No pasa nada. —Pero sí que pasa. La mano se me ha convertido en un desastre rojo y pegajoso, con un pedazo de carne abierta que me hace pensar que ni el agua oxigenada, ni siquiera el pegamento extrafuerte, serán suficiente—. Mi hermano me lo curará. Me está esperando, por cierto. Tengo que irme.

No me suelta. Y yo no hago amago de irme. Me pasa el pulgar por encima del corte, sin tocarlo, y de pronto reparo en que le tiemblan los dedos, se estremecen alrededor de los míos. Puede que sea una de esas personas que se desmayan al ver sangre. O quizá no sea más que un recluso excéntrico que no está acostumbrado a ver mujeres jóvenes sangrando al otro lado de la verja principal de su casa.

—No es para tanto. —No suelo hablar con sinceridad, excepto cuando lo hago con Jasper, pero experimento cierta compasión por él. O tal vez sea que aprecio la simetría entre nosotros: tenemos más o menos la misma edad, ambos estamos poco abrigados y a los dos nos odia medio pueblo—. De verdad que estoy bien.

Alza la vista y, cuando lo miro a los ojos, me queda terrible y repentinamente claro que me equivocaba. Las manos no le tiemblan por los nervios o por el frío: le tiemblan a causa de la rabia.

Tiene la piel pálida, demasiado estirada sobre los lóbregos huesos de su rostro, y ha separado un poco los labios para dejar al descubierto los dientes en un gesto animal. Tiene los ojos del negro sin estrellas propio de una cueva.

Me echo hacia atrás como si me hubiese empujado, me olvido de la sonrisa y busco en el bolsillo la llave del motel con la mano buena. Puede que sea más alto, pero me juego lo que sea a que sé pelear más sucio que él.

Pero no abre la puerta de la verja. Se acerca a mí y aprieta la frente con fuerza contra los barrotes de metal, mientras los aferra con las manos, con los dedos blancos a causa de la intensidad. Mi sangre empieza a derramársele entre los nudillos.

—Corre —me ordena con voz ronca.

Corro.

Rápido y con todas mis fuerzas, mientras aprieto con fuerza la mano izquierda contra el pecho y aún la siento latir, pero no tan fría como antes.

El heredero de la Mansión Starling la ve alejarse de él a la carrera, y no se arrepiente.

No se arrepiente de la manera en la que la chica apartó la mano ni tampoco de cómo lo fulminó con la mirada antes de empezar a correr, con ojos fríos y resolutivos. Y tampoco se arrepiente de la desaparición repentina de esa sonrisa audaz y radiante, que, la verdad sea dicha, nunca había sido real.

Se afana contra un ansia breve y repentina por llamarla. «Espera», podría haberle dicho. O «vuelve», incluso. Pero luego recuerda que no quiere que la chica regrese. Quiere que corra y que siga corriendo, tan rápido y tan lejos como pueda. Quiere que haga las maletas, que compre un billete de autobús en el Waffle House y que salga de Eden sin mirar atrás ni una vez.

Pero no va a hacerlo, claro. La Mansión la ansía, y la Mansión es obstinada. Su sangre ya ha desaparecido de la puerta, como si una lengua invisible la hubiese lamido.

Él no sabe por qué la ansía tanto precisamente a ella: una chica pecosa y escuchimizada con los dientes torcidos y agujeros en las rodillas de los vaqueros, que no destaca en nada a excepción de su mirada fría. Y puede que también en la manera en la que se ha mantenido firme frente a él. Él es un fantasma, un rumor, un cuento que se susurra después de que los niños se hayan ido a la cama. Y ella está fría y dolorida, sola en una oscuridad cada vez mayor; aun así, no ha huido hasta que él le ha dicho que lo haga. La Mansión siempre se encapricha de los valientes.

Pero Arthur Starling juró sobre las tumbas de sus padres que él sería el último Guardián de la Mansión Starling. Es muchas cosas: un cobarde, un imbécil, un fracaso sin igual, pero no es alguien que rompa una promesa. Nadie más pasará las noches en vela escuchando el rechinar de las garras y los resoplidos de las respiraciones. Nadie más pasará la vida librando una guerra invisible, cuyas consecuencias eran el silencio de la victoria o el excesivo coste del fracaso. Nadie más blandirá la espada de los Starling después de él.

Y mucho menos una chica enjuta con mirada fría y sonrisa traicionera.

Arthur aparta la frente de la verja y se da la vuelta, con los hombros encorvados de una manera que habría hecho que su madre entornarse los ojos, si aún tuviera ojos que entornar.

Tarda más de lo que debería en volver a la casa, ya que el camino de entrada gira y se retuerce más de lo normal, el suelo es más irregular y la noche, más oscura. Cuando llega a los escalones que dan a la puerta, le duelen las piernas.

Hace una pausa para apoyar una mano en el umbral. La sangre se resquebraja y se descascarilla en su piel.

—Déjala en paz —susurra.

Hace años que no hablan el uno con el otro de forma civilizada, pero por algún motivo se ve obligado a añadir un único «por favor».

Los tablones del suelo crujen y aúllan. Una puerta malhumorada se cierra de golpe en algún pasillo distante.

Arthur avanza encorvado escaleras arriba y se deja caer en la cama vestido, pero aún temblando y a la espera de que una cañería empiece a dejar caer gotas vengativas sobre la almohada. O de que una contraventana suelta golpee sin ritmo alguno contra un alféizar.

Pero, en lugar de eso, solo se topa con los sueños. Siempre esos malditos sueños.

Tiene cinco años y la Mansión se alza robusta y perfecta. No hay grietas en el yeso, ni balaustres rotos ni grifos que goteen. Para Arthur, más que una casa es un país, un mapa infinito lleno de habitaciones secretas y de escaleras rechinantes, tarimas a la sombra de las hojas y sillones descoloridos a causa del sol. Todos los días va a explorar, fortalecido gracias a los sándwiches de mantequilla de cacahuete y mermelada que le prepara su padre. Y todas las noches, los estorninos trinan hasta que se duerme. Ni siquiera ha reparado en lo solo que está.

Tiene ocho años y su madre le coloca los dedos alrededor de la empuñadura, le pone rectas las muñecas cuando amaga con doblarlas. «Amas nuestra casa, ¿verdad?». Tiene gesto serio y cansado. Siempre está cansada. «Pues tienes que luchar por aquello que amas».

Arthur se despierta en ese momento, entre sudores, y ya no logra conciliar el sueño. Mira por la ventana redonda de la buhardilla y observa el movimiento argénteo de los árboles mientras piensa en su madre, en todos los Guardianes que la han precedido. En la chica.

El último pensamiento esperanzado que tiene antes del amanecer es que le ha dado la impresión de ser lista, astuta, y solo el mayor de los imbéciles se atrevería a regresar a la Mansión Starling.

3

Nunca jamás, sin importar lo sola o lo cansada que esté, sin importar lo bonita que me parezca esa luz entre los árboles, volveré a la Mansión Starling. Su voz me ha perseguido durante todo el camino de vuelta al motel, y ha resonado en mis oídos como un latido ajeno: «Corre, corre, corre».

Solo dejo de oírla cuando llego a la luz de la entrada de la habitación doce, entre jadeos y temblores, con zapatos que llenan la moqueta de aguanieve.

Jasper me saluda sin quitarse los auriculares, con la atención puesta en la escala de grises de los fotogramas del vídeo que edita en ese momento.

—Tardabas mucho, así que me tuve que comer el último ramen de pollo picante que quedaba. Eso te pasa por... —Alza la vista. Se quita los auriculares y los deja caer en el cuello mientras el gesto engreído empieza a desaparecer de su rostro—. ¿Qué te ha pasado?

Me apoyo en la puerta, con la esperanza de aparentar tranquilidad en lugar de un inminente desmayo.

—¿De verdad creías que iba a dejar el último ramen de pollo picante a simple vista? Tengo mis propias reservas.

—Opal…

—No pienso decirte dónde las guardo. Antes muerta.

—Que me digas qué te ha pasado.

—¡Nada! He vuelto a casa haciendo *jogging*.

—Has vuelto a casa… haciendo *jogging*. —Estira la palabra «*jogging*» en dos sílabas llenas de escepticismo. Me encojo de hombros, pero me dedica una mirada con los labios fruncidos y luego se fija en el suelo junto a mí—. Y supongo que eso que gotea en la moqueta es kétchup, ¿no?

—Qué va. —Meto la traicionera mano izquierda en el bolsillo de la sudadera y me dirijo hacia el baño—. Es salsa siracha.

Jasper da un pisotón, me llama y emite amenazas vagas contra mi persona, pero yo enciendo el ventilador del techo y la ducha hasta que ceja en su empeño. Me dejo caer en el retrete y espero a que los temblores pasen de las piernas a los hombros, y de ahí a las puntas de los dedos. Supongo que debería sentirme asustada o enfadada o confusa, al menos, pero lo único que soy capaz de sentir es el leve agravio de que se han reído de mí y no me ha gustado mucho.

El esfuerzo necesario para desvestirme y entrar en la ducha me resulta abrumador, por lo que me quito la sudadera y meto la mano debajo del grifo hasta que el agua cae transparente por el desagüe. No es una herida tan profunda, en realidad: solo una raja irregular que cruza de manera aciaga las líneas de la vida y del amor de la palma de la mano. (No es que crea en la quiromancia, pero mi madre se tragaba todas esas tonterías sin pestañear. Era incapaz de acordarse de las fechas de los juicios, ni de las reuniones con los profesores, pero se sabía nuestras cartas astrales de memoria).

Me derramo medio bote de agua oxigenada sobre la herida y busco un apósito con el que cubrirla. Al final me envuelvo la mano con jirones de una sábana vieja, como hice con Jasper el año que se disfrazó de momia en Halloween.

Cuando abro la puerta, la estancia está a oscuras y las paredes parecen la piel a rayas de un tigre a causa de la luz del aparcamiento que se proyecta entre las persianas. Jasper está en la cama, pero no se ha quedado dormido; lo sé porque el asma lo hace roncar. Aun así, me meto en mi cama como si lo estuviera.

Me quedo tumbada y escucho cómo él me escucha a mí, mientras trato de obviar los latidos del corazón en la mano o recordar la negrura de esa mirada que me ha taladrado.

—¿Estás bien?

La voz de Jasper suena temblorosa, tanto que me dan ganas de meterme en su cama y dormir espalda contra espalda, como solíamos hacer cuando aún éramos tres y solo teníamos dos camas. Y también más tarde, cuando empezaron los sueños.

Pero me limito a encogerme de hombros sin dejar de mirar el techo.

—Siempre estoy bien.

El poliéster susurra cuando se da la vuelta para colocarse mirando a la pared.

—Se te da muy bien mentir. —Se me da genial—. Pero hazlo con los demás. No con la familia.

La inocencia del comentario hace que me entren ganas de reír. O puede que de llorar. Las mayores mentiras son siempre para aquellos que más quieres. «Cuidaré de ti. Todo irá bien. No pasa nada».

Trago saliva.

—Está todo bien. —La incredulidad que destila Jasper es palpable, un frío que emana desde el otro rincón de la estancia—. Lo importante es que ya ha pasado.

No sé si él se lo cree, pero yo sí.

Hasta que llega el sueño.

No es como los demás. El resto tiene una tonalidad lumínica suave y sepia, como las cintas de vídeo caseras antiguas o los recuerdos más queridos que casi has olvidado. Este es como hundirse en agua fría en un día caluroso, como cruzar de un mundo a otro.

Estoy de vuelta junto a la verja de la Mansión Starling, pero en esta ocasión el candado cae al suelo y se abre frente a mí. Camino por la entrada estrecha y oscura mientras las espinas de las plantas se me clavan en las mangas y los árboles me enredan sus ramas en el pelo. La Mansión Starling surge de la oscuridad como un animal enorme lo haría de su guarida: con gabletes que conforman su espina dorsal, alas de piedra pálida, una torre con un único ojo ambarino. Escaleras empinadas que se enroscan como una cola a sus pies.

La puerta delantera también está abierta. Cruzo el umbral a un laberinto de espejos y ventanas, pasillos que se ramifican, se dividen y zigzaguean, escaleras que terminan en paredes vacías o en puertas cerradas. Camino cada vez más rápido, a empellones por las puertas, corriendo hacia la siguiente como si buscara algo de manera desesperada.

El aire se vuelve más frío y más húmedo cuanto más me interno en ella. Una niebla pálida se alza desde la tarima y se me enrosca entre los tobillos. En un momento dado, reparo en que he empezado a correr.

Me tambaleo mientras cruzo una trampilla, bajo por unas escaleras de piedra, y desciendo y desciendo. Las raíces se arrastran por el suelo como si de venas se tratara, y me da la confusa impresión de que deben de pertenecer a la mismísima casa, como si la madera muerta y los clavos adquiriesen vida si les dieras el tiempo necesario.

No tendría que ser capaz de apreciar nada en la oscuridad, pero veo cómo las escaleras terminan de forma abrupta en una puerta. Una puerta de piedra lisa entrecruzada por cadenas de plata. Otro candado cuelga de ellas. La cerradura está rota. La puerta está resquebrajada.

Una niebla fría sopla entre las grietas y sé, gracias a ese extraño fatalismo de los sueños, que he llegado demasiado tarde, que algo terrible ya ha ocurrido.

Extiendo el brazo hacia la puerta, asfixiada a causa de una angustia que no alcanzo a comprender y mientras grito un nombre que desconozco…

Y, luego, me despierto y la boca me sabe a lágrimas. Debo de haber cerrado los puños con fuerza, porque la sangre ha atravesado la venda y se ha acumulado debajo de la mano izquierda.

Sigue oscuro, pero me pongo los vaqueros del día anterior, con el dobladillo aún húmedo a causa de la aguanieve y los bolsillos llenos de billetes de veinte robados. Salgo al exterior con un saco de dormir al hombro. Me siento con la espalda apoyada en el hormigón y dejo que la gata infernal se me suba al regazo entre ronroneos y gruñidos, mientras espero a que salga el sol y el sueño se desvanezca como los demás.

Pero no lo hace. Permanece como un resfriado horrible que se instala en las profundidades de mi pecho. Durante todo el día, siento la presión de unas paredes invisibles contra los hombros, el peso de los travesaños sobre la cabeza. Las hojas desperdigadas forman patrones parecidos a los de un papel de pared en el pavimento, y el linóleo lleno de marcas del Tractor Supply parece resquebrajarse bajo mis pies como madera vieja.

Esa noche me quedo despierta hasta más tarde de lo habitual leyendo una novela romántica de la Regencia a la luz de las farolas del aparcamiento, y trato de olvidarme de la casa, o al menos librarme de esa aflicción dolorosa y sin sentido. Pero el sueño se apodera de mí tan pronto como cierro los ojos, me arrastra por las mismas paredes retorcidas y escaleras serpenteantes que terminan en la misma puerta abierta.

Seis días y medio después de haber escapado de ella a la carrera, regreso a la Mansión Starling. De verdad que no tenía intención de hacerlo. Estaba dispuesta a caminar un kilómetro más al ir y al volver al trabajo durante el resto de mi vida para alejarme unos cientos de metros del terreno de los Starling. Iba a pedirle a Lacey que me llevase, o puede que incluso llegase a robar una bicicleta. No soy una cobarde, pero Jasper me ha hecho ver las suficientes películas de terror como para reconocer una señal de alarma cuando me agarra de la mano y me dice que salga corriendo.

Sin embargo, después de seis noches sin apenas pegar ojo, seguidas por seis días y medio de evitar las miradas preocupadas de Jasper y de ir al trabajo por el camino más largo, de confundir los espejos del baño por hileras de ventanas y de mirar de reojo en busca de puertas que no existen, claudico. Estoy cansada y también un poco asustada. Además, me estoy quedando sin sábanas viejas que romper en jirones para vendarme la mano, porque el corte no parece tener intención de cerrarse.

Y aquí estoy, en la pausa de la comida del lunes, mirando la verja de la Mansión Starling.

Las puertas me devuelven la mirada, con esas formas bestiales que no son más que metal a la luz fría del día. Me humedezco los labios, medio asustada y medio algo más.

—Ábrete, sésamo. O lo que sea.

No ocurre nada. ¿Cómo iba a ocurrir algo? Este no es uno de esos cuentos infantiles, y no hay palabras mágicas ni casas encantadas. Y, aunque las hubiera, no tendrían el menor interés en alguien como yo.

Bajo la vista hacia la mano izquierda, a la que le he cambiado la venda por la mañana, y luego levanto la cabeza para mirar hacia la carretera, como haría una persona normal cuando está a punto de cometer alguna ridiculez y no quiere que la vean.

Una furgoneta pasa junto a mí. Le dedico un saludo animado y nada sospechoso, momento en el que veo un par de ojos que evitan mirarme por el retrovisor. A este pueblo se le da muy bien apartar la mirada.

La furgoneta desaparece al doblar una esquina mientras me quito la venda de algodón blanco. El corte sigue igual de grande y de irregular que hace seis días, y aún rezuma sangre aguada. Presiono la palma de la mano contra la verja. Siento algo similar al reconocimiento, como cuando ves un rostro conocido en una estancia llena de gente, y las puertas se abren.

El corazón me late desacompasado por un instante.

—Vale. —No estoy segura de si hablo sola o con las puertas de la verja—. Vale. Claro.

A lo mejor tiene sensores de movimiento, o una cámara, o unas poleas, o cualquier otra explicación racional. Pero nada de esto parece racional. Parece el principio de una novela de misterio, cuando le gritas a la intrépida protagonista que corra, con la secreta esperanza de que al final no lo haga, porque quieres que pasen cosas.

Cojo un poco de aire y cruzo la verja hacia el terreno de los Starling.

La entrada no da muestras de haberse pavimentado jamás. Ni gravilla tiene. No es más que un par de surcos para las ruedas excavados en arcilla roja, divididos por una línea irregular de hierba marchita. Unos charcos de agua de lluvia se acumulan en las partes más hondas y reflejan el cielo blanco e invernal como si fuesen las esquirlas resquebrajas de un espejo roto. Los árboles se inclinan sobre el camino, como si trataran de verse en el reflejo. Las aves relucen entre los árboles, negras y húmedas.

En mis sueños, la entrada es oscura y retorcida, pero en la vida real doblo una única curva y ahí está.[5]

---

[5] Las imágenes por satélite de la propiedad son muy poco fiables. Si escribes la dirección en el teléfono, lo único que se ve son tejados y un verde borroso y recalcitrante que nunca llega a volverse nítido.

La Mansión Starling.

Las ventanas parecen ojos lechosos sobre alféizares podridos. Unos nidos vacíos cuelgan de los aleros. Los cimientos están resquebrajados y torcidos, como si el edificio entero se deslizase hacia la boca abierta de la tierra. Las paredes de piedra están cubiertas con los ligamentos al aire y retorcidos de una enredadera, supongo que madreselva, esa que siempre tiene pinta de estar a punto de volverse consciente y exigir ser alimentada. La única señal de que vive alguien en el interior es humo que brota lentamente de una chimenea inclinada.

La parte racional de mi cerebro reconoce que el lugar está hecho un desastre, es una monstruosidad que el departamento de salud pública tendría que controlar de alguna manera, y habría que tirarlo por el sumidero más cercano. La parte menos racional piensa en todas las películas de casas encantadas que he visto, en las cubiertas de todos los libros de bolsillo de mala calidad en las que una mujer atractiva escapa de la silueta de una mansión.

Una parte aún menos racional siente curiosidad.

No sé a qué se debe. Puede que sea porque la forma me recuerda a una ilustración de E. Starling, llena de ángulos extraños y de sombras profundas, como un secreto mal guardado. O puede que tenga debilidad por todo lo descuidado y lo abandonado.

Los escalones delanteros están húmedos y llenos de hojas negras y apelmazadas. La puerta es un arco apremiante que puede haber sido rojo o marrón en el pasado, pero que ahora es del color anodino de la lluvia de la tarde. La superficie está llena de marcas y manchada. Cuando estoy cerca, me percato de que hay unas pequeñas siluetas talladas en la madera. Cientos de herraduras de caballo y cruces torcidas y ojos abiertos, espirales y círculos y manos deformes que se repiten en hileras como si fuesen jeroglíficos o líneas de código. Algunas de esas imágenes me suenan de la baraja del tarot y de las cartas astrales de mi madre, pero no reconozco la mayoría, como si fuesen letras de un alfabeto ignoto. Percibo en ellas cierto desarreglo, una desesperación que me asegura que tendría que marcharme antes de que acabe con la cabeza cercenada en un ritual o me sacrifiquen en un altar de piedra en el sótano.

En lugar de eso, doy un paso al frente.

Levanto la mano y toco tres veces en la puerta de la Mansión Starling. Dejo pasar unos minutos antes de volver a llamar. Supongo que su habitante tardará un poco en terminar de pensar cabizbajo, de acechar o de lo que quiera que esté haciendo ahí dentro. Despejo un poco las hojas marchitas y me pregunto si habrá salido con el coche. Después me pregunto si tendrá carnet siquiera. No logro imaginármelo aparcando en paralelo con el señor Cole en el asiento de pasajeros.

Estoy a punto de tocar otra vez, pero en ese momento la puerta se abre de improviso entre una ráfaga de aire caliente. Y aparece ahí.

El heredero de la Mansión Starling es más feo aún a la luz del día: tiene las cejas rectas y pobladas sobre una nariz torcida. Los ojos parecen un par de galerías en la pared de un acantilado de piedra caliza. Los abre de par en par.

Espero a que diga algo normal, como «Hola» o «¿Puedo ayudarla?», pero se limita a mirar desde arriba en un silencio cargado de horror, como si fuera una gárgola humana.

Me decanto por dedicarle una sonrisa despreocupada.

—¡Buenos días! O tardes, supongo. Nos conocimos hace unas noches, pero me pareció buena idea presentarme como es debido. Me llamo Opal.

Parpadea varias veces al ver mi mano extendida. Se cruza de brazos sin estrechármela.

—Creí haberte dicho que corrieras —murmura con voz ronca.

Sonrío un poco más.

—Y eso hice.

—Creí que se sobreentendía lo de «y no vuelvas por aquí».

Tiene la voz rasposa, tan estresada que por unos instantes se me tuerce un poco la sonrisa. Pero recupero la compostura.

—Bueno, perdón por molestarte, pero he venido porque…

—«Tu maldita casa me atormenta»—. Porque estoy en un curso de arquitectura por internet y esperaba que me dejases hacer unas fotos para mi proyecto.

Ni siquiera sé si el centro formativo superior ofrece clases de arquitectura online, pero doy por hecho que es una buena excusa para cotillear, sacar de mi cabeza la casa de los sueños y reemplazarla con algo real, con el papel de pared sucio y las escaleras rechinantes.

—Quieres hacer… fotos. Para tu —frunce el ceño aún más, si cabe— clase de arquitectura.

—Sí. ¿Podemos hablar dentro?

—No.

Me estremezco con esa teatralidad que suele obligar a los hombres a colocar los abrigos sobre mis hombros.

—Hace un poco de frío aquí fuera.

La verdad es que hace un frío que pela. Es uno de esos días de febrero en los que el sol no termina de alzarse y el viento enseña sus dientes blancos.

—Pues entonces deberías haberte puesto un abrigo —replica él, y articula bien cada una de las palabras.

Me cuesta horrores mantener un tono de voz amistoso y tonto.

—Mira, solo serían unas pocas fotos. ¿Por favor?

Señalo la casa, el pasillo que desaparece entre sombras y telarañas a sus espaldas. Sigue con la mirada el arco de mi mano y se detiene en el brillo de la sangre reciente. Me la meto debajo del delantal.

Después vuelve a mirarme a la cara.

—No —repite, pero esta vez con un tono casi de disculpa.

—Volveré mañana —lo amenazo—. Y pasado mañana. Y al día siguiente. Hasta que me dejes entrar.

El heredero de la Mansión Starling me dedica otra mirada larga y horrible, como si se creyese capaz de obligarme a salir corriendo hacia la verja si es lo bastante desagradable conmigo, como si ocho años de trabajo de cara al público no me hubiesen forjado una voluntad de acero oculta tras una capa de amabilidad melosa.

Cuento despacio hasta diez. Una contraventana suelta resuena por encima de nuestras cabezas.

Parece librar una lucha interior. Aprieta los labios antes de responder, con cautela:

—No... servirá de nada.

Me pregunto si sabrá algo de los sueños, de alguna manera, de cómo me despierto por las noches con las lágrimas que se deslizan por mis sienes y el nombre de otra persona en los labios. Me pregunto si le habrá pasado lo mismo antes a otra gente.

Se me eriza el vello de los brazos. Mantengo un tono de voz razonable.

—¿Y qué serviría?

—No lo sé. —La amargura de su gesto me indica que no le gusta desconocer cosas—. Tal vez... Si le das un poco de tiempo...

Miro el teléfono, un mechón de pelo se me desliza por la capucha y queda colgando.

—Bueno, tengo que volver al trabajo en veinte minutos y mañana me toca turno doble.

Parpadea sin dejar de observarme, como si no supiese lo que es un turno o por qué iba uno a tener que hacerlo doble. Después mira a la izquierda y se fija en el mechón de pelo rizado.

Las aletas de las fosas nasales se le ponen blancas. De repente, parece hecho de aguas tranquilas en lugar de piedra, y veo una serie de emociones que ondulan por la superficie: una suspicacia terrible, estupor, aflicción y un remordimiento abisal.

Me da la sensación de que está a punto de gritar o de bufar o de arrancarse el pelo en un acceso de locura, y no sé si correr hacia él o en dirección opuesta. Pero se limita a tragar saliva con fuerza y a cerrar los ojos.

Cuando vuelve a abrirlos, pone de nuevo ese gesto opaco.

—O puede que... ¿Señorita...?

Mi madre se inventaba su apellido dependiendo del humor del que estuviese. (Jewell Estrella, Jewell Calamidad, Jewell Suerte). Yo suelo inventarme uno tirando de apellidos escoceses o irlandeses (McCoy, Boyd, Campbell), que casan bien con mi pelo. Pero por alguna razón, ahora me limito a decirle:

—Opal a secas.

A él no parece gustarle mucho. Tuerce la boca y se decide por un término medio.

—Señorita Opal. —Hace una pausa y suelta un suspiro muy largo, como si yo y mi delantal del Tractor Supply fuésemos una carga de proporciones inabarcables—. Puede que tenga un trabajo que ofrecerte.

4

Arthur se arrepiente en el acto de haber pronunciado esas palabras. Se muerde la lengua con fuerza para evitar decir algo peor.

—¿Un trabajo? —La voz de la chica, de Opal, suena demasiado amable, pero siente su mirada sobre él como una caricia fría y argéntea—. ¿De qué?

—Ah. —Arthur sopesa y rechaza varias ideas terribles antes de decir, con parsimonia—: De ama de casa. —Reflexiona durante unos instantes sobre las palabras que acaba de pronunciar. Sobre si se puede llegar a ser el «amo» de una casa como esa. Se estremece—. Limpiando, quiero decir.

Después señala el suelo con gesto desdeñoso. Es casi invisible, debajo de capas y capas geológicas de tierra y polvo.

La suciedad no es algo que lo moleste particularmente, sino una de las muchas armas de las que dispone en esa guerra larga e insignificante entre la Mansión y él. Pero limpiarla podría servir a varios propósitos: la casa podría tranquilizarse gracias a la atención, arrullada por la falsa promesa de contar con un Guardián más satisfactorio, la monotonía podría causar rechazo en la chica y así él podría pagar una pequeña parte de la deuda que ha adquirido con ella.

Arthur no la había reconocido la noche anterior, con la melena debajo de la capucha de la sudadera, pero ahora recuerda el pelo rodeándole el cuello, pegado a unas mejillas pálidas y mojándole la parte delantera de la camisa. Fue incapaz de ver de qué color era hasta que la primera ambulancia dobló la esquina. A la luz repentina de los faros, los mechones relucieron como un lecho de brasas en sus brazos, o como un campo de amapolas que florecieran fuera de temporada.

Ha llegado a pensar que la presencia de la chica en su puerta esa mañana puede formar parte de una venganza calculada y deliberada, y que invitarla a su casa ha sido un grave error, pero la expresión de la joven aún es fría y desconfiada.

—Qué bien —dice con cautela—, pero ya tengo trabajo.

Arthur hace un gesto ágil con los dedos hacia ella.

—Te pagaré, claro.

Se distingue un destello en sus ojos, parecido al brillo de una moneda nueva.

—¿Cuánto?

—Lo que quieras.

La fortuna de los Starling ha disminuido en gran medida a lo largo de los años, pero Arthur no la necesitará mucho tiempo más y la deuda que ha contraído no puede medirse en dinero. La chica estaría en todo su derecho de pedirle que se tirase al río Mud con piedras en los bolsillos, lo sepa o no.

Opal dice un número y alza la barbilla, con gesto de abierto desafío.

—A la semana.

—Vale.

Arthur espera otra sonrisa, real incluso, a juzgar por lo bien que le vendría el dinero si se tienen en cuenta el estado en que se halla su calzado y los huesos marcados de las muñecas, pero ella da un paso atrás de manera casi imperceptible. Baja la voz, que adquiere un tono grave y cortante que lo hace desear que se hubiese alejado unos pasos más.

—¿Te estás burlando de mí?

—¿No?

Opal no parece aliviada. Recorre con la mirada el rostro de Arthur, como si buscase allí la mentira.

—Solo limpiar. Nada más.

Él se siente como un actor cuya compañera se ha salido del guion.

—Bueno, puede que también haga falta algún trabajillo más de vez en cuando. La casa no está en buenas condiciones.

La brisa silba triste por una ventana sin cristal, y Arthur clava los talones en la tierra. Después, el viento cesa.

Ella se muere de ganas de decir que sí. Se le nota en la manera en la que ladea el cuerpo y el ansia que desprende su rostro, pero luego afirma, llena de determinación:

—He dicho que nada más. —Él la mira. Ella se humedece el labio inferior—. Nada más para ti.

—Me temo que no sé a qué te refieres.

Ella aparta la mirada y entorna los ojos para contemplar el espacio vacío sobre su oreja izquierda.

—Mira, cuando un hombre rico le ofrece a una chica mucho dinero por la cara y no le pide su currículo como asistenta, y he pasado años limpiando habitaciones de hotel, por si no lo sabías, es normal que dicha chica se pregunte si el rico espera que haga algo más que limpiar. Quizá hasta se le ocurra que puede estar obsesionado con las pelirrojas. —Vuelve a colocarse el mechón de pelo debajo de la capucha, sin pensar—. Quizá hasta tenga intención de fo...

—Dios, no. —Arthur habría deseado que no se le quebra-

se la voz al pronunciar la última sílaba—. Eso no es lo que…
Yo no…

Cierra los ojos, presa de una humillación breve y mortal.

Cuando vuelve a abrirlos, ve que Opal ha empezado a sonreír. Le da la impresión de que se trata de la única sonrisa genuina que ha visto en ella: taimada, irónica y mordaz.

—Entonces vale. Acepto. —Una ráfaga cálida sopla por el pasillo y sale por la puerta, con olor a humo de madera y glicinia. La sonrisa de la chica se ensancha y deja al descubierto tres dientes descolocados—. ¿Cuándo empiezo?

Arthur exhala.

—Mañana, si quieres.

—¿Tienes productos y utensilios de limpieza?

—Sí.

Está seguro de que quedan atomizadores de un líquido azul debajo del fregadero, y también una fregona en la bañera del tercer piso, aunque lo cierto es que no la ha usado nunca. Tampoco tiene muy claro que sus padres lo hayan hecho. En aquella época, la casa brillaba sin más.

—¿Qué horario tendré?

—Puedes llegar en cualquier momento después del amanecer e irte antes del anochecer.

La cautela se desliza como un zorro por el rostro de la chica, y desaparece al momento.

—Claro, lo normal. Pues te veo mañana.

Empieza a darse la vuelta, pero él la detiene.

—Espera.

Arthur se saca una anilla de metal del bolsillo. De ella cuelgan tres llaves, aunque deberían ser cuatro, todas con un cifrado largo y negro y una S estilizada parecida a una serpiente. Saca una y extiende la mano para ofrecérsela a Opal. Ella se estremece, y en ese momento él repara en que tiene mucho más miedo de él del que aparenta, y mucho menos del que debería.

La llave cuelga entre sus dedos.

—Es la de la puerta principal. No la pierdas.

Opal la coge sin tocarle la piel, y él se pregunta si las manos de la chica seguirán frías y por qué no se pone un abrigo apropiado.

Opal pasa el dedo por el cifrado de la llave mientras alza una de las comisuras de la boca en una expresión demasiado triste para tratarse de una sonrisa.

—Como en el libro, ¿eh?

Arthur se envara.

—No.

Intenta cerrarle la puerta en la cara, pero no lo consigue. No consigue encajarla por alguna razón desconocida, como si el marco se hubiese hinchado o el suelo se hubiese retorcido en los pocos minutos que han pasado desde que la abrió.

El rostro de Opal aparece por el hueco. La Mansión proyecta unas sombras azules en su piel que le borran las pecas.

—¿Tú cómo te llamas?

Se ruboriza. La chica apoya un hombro, insolente, en el marco, como si se preparase para esperar, y él llega a la conclusión de que toda esa argucia absurda que ha preparado depende de que Opal sea una persona que aprende lecciones, que deja estar las cosas. Se pregunta, demasiado tarde, si no habrá cometido un error.

—Arthur —responde, con sílabas que suenan extrañas entre sus labios. No recuerda la última vez que lo pronunció en voz alta.

Echa un último vistazo a su rostro, a la silueta cautelosa de sus ojos y el pulso acelerado de su cuello, a ese maldito rizo que ha vuelto a escaparse de la capucha ajada, rojo como la arcilla, rojo como el óxido, antes de que la puerta se desbloquee de repente.

El cerrojo emite un chasquido alegre, y Arthur se queda solo en la Mansión Starling una vez más. No le importa. Después de tantos años, la soledad adquiere una presencia tan densa y rancia que podría considerarse una compañera en sí misma, una que repta y se arrastra detrás de ti. Aunque el pasillo parece vacío en ese momento. Las paredes se inclinan a causa de la desolación, y el polvo flota en el ambiente como si fuera ceniza.

—Mañana —susurra.

Y las motas de polvo bailan.

Alejarse a pie de la Mansión Starling es como volver a atravesar el armario o subir por la madriguera del conejo, como despertar de un sueño embriagador. Parece imposible que exista en el mismo mundo que los Burger King abandonados, las colillas de cigarrillo o el logotipo rojo de Tractor Supply. Pero tengo la llave en la mano, pesada, fría y muy real, como si la hubiese arrancado de las páginas de *La Subterra*.

Me pregunto si Arthur lo habrá leído tantas veces como yo. Si sueña en blanco y negro, si siente alguna vez en la nuca el peso de unos ojos que lo vigilan, la presión imaginaria de un animal observador.

Me guardo la llave en el bolsillo del delantal antes de fichar para entrar.

—Llegas tarde.

Lacey lo dice lo bastante alto como para que lo oiga el encargado, pero no tanto como para que la acusen de ser una chivata.

—Sí, me he pasado por la casa de los Starling al volver. Me pareció ver que buscaban empleados.

Una vez te has labrado una reputación por tu falta de honestidad, es posible mentir limitándote a decir la verdad.

La boca de Lacey se tuerce en un arco reluciente.

—No le veo la gracia por ningún lado. Mi yaya dice que, en su época, vivían allí dos de los Starling, una pareja de mujeres. —Baja la voz, como si se avergonzara de lo que acaba de decir—. Ninguna de ellas se casó jamás. —Me habría gustado preguntarle a la yaya de Lacey si se había parado a pensar en la calidad de los maridos disponibles en el condado de Muhlenberg, pero supongo que, dada la existencia de Lacey, había terminado por aceptar ciertas cuestiones inevitables—. Y, un día, desaparecieron. Sin más. El mismo día en que se perdió el pequeño Willy Floyd.[6]

Expresa la relación entre ambos acontecimientos con la seriedad de un abogado que le revelase la prueba del delito a un juez.

—Pero ¿los amigos de Willy no habían dicho que se metió en las antiguas minas por una apuesta?

Lacey hace una pausa para colocar dos bolsas de pienso para perros y una pajarera de oferta.

—Mi yaya dice que eran satanistas, que necesitaban a Floyd para un ritual sangriento.

Arthur no me pareció un sectario, pero tampoco podría decirse que tuviera pinta de baptista honrado, pues no creo que les dejen tener el pelo por debajo de la barbilla.

—¿Y cómo se sabe si alguien es satanista, Lace?

—Pues, para empezar, nunca entran en las iglesias.

Guardo silencio hasta que Lacey recuerda que yo tampoco voy a la iglesia. Mi madre decía que iba antes de que yo naciese, pero una vez te alejas de ella, la única manera de volver a acercarte es de rodillas, y a ninguna de las dos nos gustó jamás arrastrarnos.

Lacey se apresura a añadir:

---

[6] A Odessa y Madge Starling, que vivieron en la casa entre 1971 y 1989, se las vio con vida por última vez detrás de la antigua escuela. El conserje le contó al sheriff que las había visto perseguir algo. Un perro, había comentado la primera vez, pero en una declaración posterior eran Willy y sus amigos. Nadie volvió a ver a Willy ni a las Starling, aunque, con arreglo a algunos informes, se oyen gemidos que resuenan en la entrada de la galería de la antigua mina.

—Y siempre van por ahí de noche. Y tienen animales raros. Para sacrificarlos, lo más seguro.

Lacey me dedica una mirada reprobadora que habría llenado de orgullo a su yaya, y yo me paso el resto del turno limpiando y reponiendo. Ficho para salir sin ni siquiera molestarme en echar una mano en la caja, porque es posible que, a no ser que se trate de una broma muy elaborada o de un ritual satánico o algo raro de naturaleza sexual, no me haga falta volver a trabajar allí.

Cuando vuelvo a la habitación doce, Jasper duerme en una diagonal desgarbada sobre su cama, con los auriculares aplastados por la cabeza y la nuca suave y expuesta. Seguro que ha terminado de hacer la tarea, porque su aplicación para editar de software libre está abierta en la pantalla.

Siempre graba pequeños vídeos: tres ramas que se agitan en el viento, renacuajos que se retuercen en una charca cada vez más seca, sus pies que corren en el asfalto resquebrajado. El típico arte de adolescente deprimido, pero usa ángulos de cámara extraños e inquietantes, y les pone tantos filtros a las imágenes que adquieren una irrealidad espectral. De un tiempo a esta parte, se ha puesto a unirlos, a entrelazarlos para crear pequeñas y extrañas historias.

En una de ellas, una chica blanca que ríe con aire nervioso se dedica a tallar un corazón en el tronco de un árbol. Un líquido negruzco brota de la madera, pero ella no le presta atención y sigue tallando hasta que las manos se le manchan de rojo hasta la muñeca. En la toma final, se da la vuelta hacia la cámara y articula un «te quiero».

En el último vídeo, dos manos marrones sueltan un ave muerta en el río. El metraje da un salto un tanto extraño y luego una mano sale del agua, cubierta de plumas negras y húmedas. Las manos se estrechan con fuerza, con pasión o con rabia. Es imposible saberlo.

Jasper tiene ronchas rojas en el dorso de ambas manos desde hace días, en los lugares donde el pegamento extrafuerte le ha quemado la piel.

Aún no me ha enseñado el último vídeo. Los fotogramas que veo en la pantalla no son más que una serie de cuadrados blancos y vacíos, como ventanas cubiertas de niebla.

Agarro el pomo para que el pestillo no haga ruido al cerrar, pero Jasper se mueve y me mira con ojos entornados y los rizos aplastados contra un lado de la cara.

—¿Acabas de llegar a casa?

Me estremezco un poco. La habitación número doce no es un hogar, sino más bien un lugar en el que no nos queda más remedio que estar, como una parada de autobús o una gasolinera.

—Frank nos ha hecho quedarnos hasta tarde.

En realidad, he estado una hora más pasando frío en el viejo puente de ferrocarril, mirando la pátina irisada y grasienta del agua y preguntándome si no acababa de cometer una terrible estupidez. Llegué a la conclusión de que sí que lo había hecho, pero no era la primera vez y, posiblemente, en esta ocasión mereciese la pena.

Me dejo caer junto a él en la cama.

—¿La señora Hudson te ha dado la nota del comentario de texto?

—Sí. He sacado un sobresaliente. —Luego, añade a regañadientes—: Raspado.

—Vaya. Con esa cara, parece como si hablaras en código porque alguien te tiene secuestrado. Parpadea dos veces si te están extorsionando.

—¡No es justo! Se suponía que teníamos que decir si era una novela de terror o una romántica, ¿no? Pues yo dije que era las dos cosas. Porque lo es. Y ella me quitó cinco puntos.

Le ofrezco empapelar la casa de la señora Hudson con papel higiénico, pero a Jasper le da la impresión de que no afectaría favorablemente a su nota media, por lo que nos limitamos a insultarla hasta que ambos nos sentimos mejor. Después, se pone a repasar sus foros de cineasta aficionado. (Solía preocuparme porque pasaba mucho tiempo en internet. El año anterior intenté obligarlo a unirse al cineclub del instituto, pero me explicó con paciencia que había sido miembro hasta que Ronnie Hopkins le pidió escribir unas líneas de diálogo en español para un personaje que en su guion se llamaba «matón del cártel n.º 3». Le comenté a la defensiva que solo intentaba ayudarlo, y él me dijo que ese sería un buen título para su siguiente corto de terror. Ahí fue cuando me di por vencida).

Ahora se dedica a recorrer la página con gesto satisfecho mientras yo abro tres paquetes de Pop-Tarts de marca blanca (la cena) y caliento en el microondas agua del grifo para preparar un chocolate caliente (el postre).

Por alguna razón, me dan ganas de cantar, así que me pongo a hacerlo: una de las cancioncillas de mi madre que hablaba de manzanas en verano y melocotones en otoño. No sé de dónde era ella. En uno de mis primeros recuerdos aparecían postes telefónicos por la ventanilla de un coche mientras mi madre nos llevaba de ninguna parte a otra ninguna parte, pero tenía un acento dulce y sureño, como el mío. Su voz era aún mejor: grave, desgastada por el humo.

Jasper me mira, pero tiene la boca demasiado llena como para decir algo.

Pasamos la noche metidos en los sacos de dormir, con dolor de cabeza y los dedos pegajosos por el azúcar. Hace tanto frío que las ventanas se llenan de escarcha y la estufa no deja de hacer ruido, por lo que cedo y dejo entrar a la gata infernal, un acto de generosidad que ella me devuelve metiéndose debajo de la cama y bufando cada vez que chirría el colchón. Enciendo las luces de Navidad y la habitación se ilumina de un dorado brumoso, y en ese momento me pregunto qué pensaría un desconocido si apoyase las manos en el cristal de la ventana para ver qué hay al otro lado, si nos viese a los dos acurrucados en nuestra guarida como jóvenes ocultos o como chicos del vagón, una pareja de niños vagabundos que juegan a una versión muy desafiante de las casitas.

En algún momento de la madrugada, Jasper pone una lista de reproducción llamada «oleaje marino reconfortante». A mí me parece poco más que ruido blanco, pero él siempre ha querido ver el océano. Y lo hará. Juro que lo hará. Puede que hasta yo llegue a ir con él.

Intento imaginármelo: metiendo la ropa en una mochila y conduciendo por la carretera del condado, dejando la habitación doce vacía y sumida en el anonimato detrás de mí. Me parece que es una imagen fantástica y antinatural, como un árbol que soñase con sacar las raíces de la tierra y empezar a caminar por la autopista.

Algo estúpido, ya que no tengo raíces. Nací en el asiento trasero del Corvette del 94 de mi madre. Recuerdo que la incordiaba cuando era pequeña, que le preguntaba si íbamos a quedarnos para siempre en el motel, si Eden iba a ser nuestro nuevo hogar. Recuerdo el sonido frágil que era su risa y cómo apretaba la mandíbula cuando esta cesaba. «El hogar es el sitio del que no puedes escapar».

Espero hasta que la respiración de Jasper se convierte en una sucesión de ronquidos y cojo el portátil que se ha dejado sobre la cama. La gata infernal suelta el bufido de rigor.

Empiezo a hacer clics sin ton ni son durante un rato, como si alguien me vigilase a mis espaldas y tuviera que demostrarle que no hago nada en particular. Después de la tercera partida de Buscaminas, abro una pestaña de incógnito en el navegador y escribo dos palabras en la barra de búsqueda: «Mansión Starling».

Las imágenes que aparecen son las mismas de siempre: aves en su mayoría, bandadas enormes que flotan en el cielo como auroras boreales descoloridas, así como una o dos fotografías granulosas de la verja de entrada de la Mansión Starling, o de la placa conmemorativa que hay a un lado de la carretera. Esas imágenes me llevan a un blog sobre casas encantadas que le da a la casa ocho de diez emojis de fantasmas, pero que no parece aportar mucha información. Y también me llevan a la Sociedad Histórica de Kentucky, cuya página web sigue «en construcción» desde hace cuatro años.

Bajo por los resultados de la búsqueda hasta que veo un daguerrotipo de una joven no demasiado agraciada que lleva un vestido de boda anticuado. Un hombre de mediana edad está junto a ella, con la mano apoyada en el hombro de la novia y el pelo de un gris descolorido que bien podría ser rubio o pelirrojo. No salta a la vista, pero me da la impresión de que la joven está un poco inclinada, como para apartarse de él.

Mi ejemplar de *La Subterra* no tiene fotos de la autora, pero sé quién es ella incluso antes de hacer clic en el enlace. Lo sé por la mirada abisal y salvaje de sus ojos y también porque tiene las puntas de los dedos manchadas de tinta.

La foto me lleva a la página de la Wikipedia de Eden, en Kentucky. Voy a la sección de la historia del lugar, donde leo la historia que conoce todo el mundo: la apertura de las primeras minas; la creación de Gravely Power; la Ajax 3850-B, la pala mecánica más potente del mundo, llamada el Gran Jack por los lugareños; más de veintiocho mil hectáreas excavadas y escurridas hasta quedar resecas; esa canción de Prine que todo el mundo sigue odiando;[7] unas pocas fotografías del Gran Jack excavando su propia tumba en los años ochenta, rodeada por varias palas mecánicas más pequeñas que parecían portaféretros.

---

[7] Opal se refiere a la canción «Paradise» de John Prine, de 1971, perteneciente a su álbum de debut. Gravely Power se ofendió mucho con la estrofa «Pues lo siento, hijo, pero la pregunta llega muy tarde. / El tren de carbón del viejo Gravely ya ha partido», lo que condujo a varios pleitos y un panfleto llamado *Hechos y Prine*. «Irónicamente —empezaba dicho panfleto—, es probable que hayamos suministrado la electricidad con la que se llevó a cabo esa grabación que nos difama».

Recuerdo que, una vez, de niña, cuando estaba por la oficina del motel, Bev me habló de aquella ocasión en la que su padre la había subido al Gran Jack. Según ella, se veía a kilómetros y kilómetros de distancia en todas las direcciones, con todo el país a tus pies como si fuese una colcha de retales. El gesto se le ablandó y se volvió encantador durante unos instantes, mientras recordaba, antes de mandarme a buscar el limpiacristales y servilletas de papel y preguntarme si no tenía nada mejor que hacer.

Solo hay una mención al nombre de E. Starling, en la sección de «personas destacadas».

Su página tiene un pequeño signo de exclamación en la parte superior, que avisa a los lectores de que el artículo necesita más confirmaciones para quedar verificado. Lo leo con una mezcla de extrañeza y emoción, una sensación que soy incapaz de explicar.

Abro un documento vacío y veo que el cursor no deja de parpadear, como si me incitara en código morse. Llevo ocho años limitándome a escribir currículums y falsificaciones, porque Jasper merece algo más que fantasías y porque no se puede ser un niño perdido para siempre, pero esta noche me siento tentada. Puede que se deba al recuerdo de la Mansión Starling, inabarcable y en ruinas, recortada contra el cielo invernal. Puede que se deba a los acontecimientos más esenciales de la vida de E. Starling, una historia nada satisfactoria que podría arreglarse en la ficción. O puede que se deba a los malditos sueños.

Al final, me limito a copiar y pegar la página de la Wikipedia en el documento y me convenzo de que estoy documentándome antes de cerrar el portátil con tanta fuerza que Jasper se agita en sueños.

E. Starling (autora)

Eleanor Starling (1851 - 4 de mayo de 1886) fue una autora e ilustradora de cuentos infantiles del siglo xix que publicaba con el nombre E. Starling. A pesar de las malas reseñas que recibió tras publicarse, su libro ilustrado *La Subterra* experimentó un resurgimiento en el siglo xx y ahora suele aparecer en las listas de libros infantiles más influyentes de la literatura estadounidense.

Biografía [editar]

No hay registros del nacimiento de Eleanor Starling[1]. Su primera aparición en los registros históricos es con el anuncio de su compromiso con John Peabody Gravely, fundador y copropietario de Gravely Bros. Coal & Power Co. (ahora conocida como Gravely Power)[2]. Se casaron en 1869, pero John Gravely murió poco después, y la empresa quedó en manos de su hermano Robert Gravely. La fortuna fue a parar a su esposa.

Starling, que nunca estudió literatura oficialmente, envió el manuscrito de *La Subterra* a más de treinta editoriales. Julius Donohue, de Cox & Donohue, recuerda haber recibido un paquete con veintiséis ilustraciones «tan terribles y poco profesionales» que las escondió en el fondo de un cajón de su escritorio y se olvidó de ellas[3]. Unos cuantos meses después, cuando su hija de seis años le pidió que le leyese «el libro de las pesadillas», se encontró con que alguien había descubierto dichas páginas[3]. Cox & Donohue le ofreció a Starling un contrato modesto y publicó *La Subterra* en la primavera de 1881.

Eleanor Starling nunca llegó a conocer a sus editores ni a sus lectores. Rechazó todas las entrevistas que le propusieron, y toda la correspondencia dirigida a ella se devolvía sin abrir. Se declaró su muerte en 1886. Los derechos de su obra quedaron en manos de otra persona hasta que pasaron a dominio público en el año 1956. Su hogar en el condado de Muhlenberg está registrado en la Sociedad Histórica de Kentucky.

Opinión de la crítica [editar]

La Subterra se considera un fracaso tanto de crítica como de ventas. Un reseñista del *Boston Time* lo describió como «deliberadamente inquietante» y «una copia descarada del señor Carroll»[4], mientras que la Unión de Niños Cristianos pidió al gobierno en varias ocasiones que se censurase el libro por promover la inmoralidad. Donohue lo defendió en una carta pública y se cuestionó cómo podía ser inmoral un libro cuando no contenía desnudos, violencia, sexo, alcohol o blasfemias. En respuesta, la Unión de Niños Cristianos citó la «anatomía terrorífica» de las Bestias de la Subterra y el «ambiente opresivo que lo permea todo»[5].

El libro tuvo un seguimiento discreto a lo largo de las décadas siguientes. A principios del siglo xx, varios artistas y escritores afirmaban que E. Starling había sido una de sus primeras influencias[6]. Sus ilustraciones, que habían sido rechazadas en un primer momento por ser burdas e inexpertas, fueron elogiadas por su escueta composición y por la intensidad que desprendían. Su historia de fama discreta, protagonizada por una niña llamada Nora Lee que caía en «la Subterra», recibió alabanzas por su compromiso con temas como el miedo, el aislamiento y la monstruosidad.

Desde entonces, *La Subterra* empezó a ganar notoriedad como una de las primeras obras de género neogótico y del modernismo, y se la considera un punto de inflexión cultural en el que la literatura infantil abandona la estricta nitidez moral del siglo xix a favor de temas más oscuros y ambiguos[6]. El director Guillermo del Toro ha alabado la obra de E. Starling y le ha dado las gracias por enseñarle que «el propósito de la fantasía no es hacer que el mundo sea más bonito, sino desentrañar sus verdades»[7].

Adaptaciones y obras relacionadas [editar]

La Subterra se adaptó a obra de teatro del mismo nombre en el año 1932, en el Teatro Público de Nueva York, y volvió a surgir en 1944 y en 1959. La producción de 1959 terminó tras tres funciones y el Comité de Actividades Antiestadounidenses escribió un informe sobre ella por su «hostilidad para con los valores estadounidenses, la familia tradicional y el comercio».

La Subterra también tuvo adaptación cinematográfica en 1983, pero nunca llegó a estrenarse. Un documental sobre el rodaje de la película titulado *Desenterrando La Subterra* fue candidato a los premios IDA en el año 2000.

En 2003, la canción «Nora Lee & Me» se lanzó como pista oculta en el tercer disco de estudio de Josh Ritter, titulado *Hello Starling*. El grupo de blue grass Common Wealth también ha dicho que el libro fue una gran influencia para su álbum de country alternativo de 2008 *Follow Them Down*.

El libro se adaptó a novela gráfica limitada en la década de 2010.

El museo Norman Rockwell organizó una exhibición de arte en 2015 titulada «Herederos de los Starling: una historia de las ilustraciones de la fantasía oscura», en la que se incluyen obras de Rovina Cai, Brom y Jenna Barton.

Bibliografía [editar]

- Mandelo, L., «Apetitos bestiales: monstruosidad *queer* en los textos de E. Starling», *Gótico sureño: lecturas críticas*, Salem Press, 1996.
- Liddell, Dr. A., «Del País de las Maravillas a la Subterra: feminismo blanco y la política de las huidas», *Historia de la literatura estadounidense*, 2016, 24 (3), pp. 221-234.
- Atwood, N., *Ejemplos de niños góticos, de Starling a Burton,* Houghton Mifflin, 2002.

5

Esa noche, no sueño con la casa. Lo cierto es que no sueño con nada, lo que me resulta muy raro. Suelo despertarme con el sabor del agua del río y de la sangre en la lengua, con cristales rotos en el pelo, con un grito ahogado en el pecho. Pero esa mañana, la primera después de poner un pie en el terreno de los Starling, solo siento una tranquilidad profunda y silenciosa, como las interferencias entre emisoras de radio.

Las verjas de entrada de la Mansión Starling me reciben con esos ojos metálicos y vacíos. Noto una molestia en la mano izquierda, pero en esta ocasión la llave me cuelga de un cordel rojizo que llevo al cuello. El ruido ahogado del pestillo al abrirse me resulta mucho más dramático de lo que es en realidad, como si fuera un movimiento tectónico que puedo sentir bajo los pies. Después avanzo por la entrada mientras la llave me rebota contra el esternón.

Aún me parece como si Dios hubiera construido la Mansión Starling a imagen y semejanza de la cubierta de una novela gótica para soltarla allí, a la orilla del río Mud. Y sigue gustándome mucho más de lo que debería. Me imagino que los cristales rotos y aserrados de las ventanas son bocas que me sonríen.

Arthur Starling abre la puerta; lleva un suéter arrugado que no es de su talla, y tiene los ojos enrojecidos y amargados de alguien a quien no le apetece en exceso estar consciente antes del mediodía.

Le dedico una sonrisa luminosa de miles de vatios y un despiadado saludo:

—¡Buenos días! —Entorno los ojos para mirar el sol, que brilla a regañadientes entre las ramas—. Dijiste que podía venir en cualquier momento después de que amaneciera.

—Sus ojos entornados son como dos hendiduras afligidas—. ¿Puedo entrar? ¿Por dónde empiezo?

Cierra los ojos por completo, como si solo una ferviente oración le diera fuerzas para evitar estamparme la puerta en las narices, y luego se aparta.

Cruzar el umbral de la Mansión Starling es como pasar del invierno al verano: el aire es agradable, intenso y cálido. Se desliza por mi garganta y me va directo al cerebro. Las paredes parecen inclinarse hacia mí. Siento cómo los pies se enraízan en el suelo y me imagino enredaderas que rompen la tarima para enroscárseme alrededor de los tobillos, clavos que me atraviesan la piel blanda de los pies...

La puerta se cierra con fuerza cuando entro, como un tortazo. Las paredes se enderezan de nuevo.

Me giro hacia Arthur, quien me mira desde la penumbra, con un gesto inmutable e inescrutable. Tiene la palma de la mano apoyada en la puerta. La parte del interior está tallada como la del exterior, con la salvedad de que la prolija hilera de signos y símbolos queda interrumpida por un sombreado de líneas cruzadas, profundas y aserradas, que parecen marcas de garras.

Cabeceo en dirección a la puerta y trato de aferrarme a la realidad.

—¿Tienes un perro?

—No. —Aguardo, con la esperanza de que añada una explicación por completo razonable en la que aparezca un mapache rabioso o describa un accidente con un hacha, pero se limita a decir—: Según mi madre, ya teníamos suficientes cosas de las que preocuparnos como para encima adoptar una mascota.

—La experiencia me ha enseñado que uno no adopta una mascota, sino que las mascotas lo adoptan a uno. —Cuando he salido esta mañana, he dejado a la gata infernal mirándome con esa intensidad perturbada desde debajo del contenedor de basura—. ¿No hay por aquí ningún animal callejero?

Hay muchos en Eden, gatos de ojos llorosos y perros cetrinos con costillas como las púas de una horca.

—No. —Vuelve a girar la cabeza hacia mí y se queda mirando fijamente los agujeros de mis vaqueros. Entonces frunce los labios—. No hasta hace poco, al menos.

No se puede decir que yo tenga mal genio. La gente como yo aprende pronto a reprimirlo y a contenerlo, a ocultarlo en un lugar donde no haga que te despidan o que te detengan o que te insulten. Pero el ademán arrogante de su boca hace que me hierva la sangre.

Estoy a punto de decir algo de lo que a buen seguro me voy a arrepentir, algo que empezaría con un «Mira, gilipollas...», pero justo en ese momento pasa a mi lado y avanza por el pasillo. Levanta una mano con gesto indolente.

—Hay una escoba en el armario de la cocina y productos de limpieza debajo del fregadero. Estoy seguro de que no te costará mucho ubicarte.

Los pasos crujen y se pierden en las sombras, y luego me quedo sola en la Mansión Starling.

El ambiente está cargado y expectante a mi alrededor. Un espejo me devuelve la mirada, de un gris espantado. Me pregunto de qué color tendría los ojos Eleanor Starling, y también cómo murió, cómo murió su marido y si los huesos de ambos estarán enterrados debajo de la tarima. Una puerta se abre en mitad del pasillo con un chirrido propio de Hollywood, y contengo la necesidad de salir corriendo entre gritos.

Levanto ambas manos.

—Mira, no quiero problemas. —No creo en fantasmas, demonios, posesiones, astrología, brujería ni en vampiros, pero sé que todo aquel que entra en una casa encantada y dice en voz alta que no cree en fantasmas es el primero en ser asesinado de forma muy desagradable—. Solo estoy aquí para limpiar, ¿vale?

La respuesta que obtengo es un gemido dócil de madera, como sonaría una escalera cuando la pisan de puntillas. Decido interpretarlo como que me acaban de dar permiso.

Paso la primera hora, puede que dos, yendo de aquí para allá. Las habitaciones parecen brotar de los pasillos de forma casual, ramificándose y dividiéndose como las raíces descontroladas de un árbol: comedores y salones, despachos estrechos y baños alicatados, armarios debajo de escaleras y salas de baile al otro lado de travesaños que bien podrían ser costillas. Nunca me he perdido, pues hacerlo en Eden sería como perderte dentro de tu propio pellejo, pero empiezo a desear haber llevado un ovillo de hilo rojo y desenrollarlo a mi paso.

La casa está muy sucia, tanto que da la impresión de estar en ruinas. Es el tipo de suciedad que emborrona la frontera entre el interior y el exterior. El polvo se ha acumulado en el suelo hasta tal punto que este cede bajo mis zapatos como si fuese tierra. El papel de pared está lleno de burbujas y pelado. El moho brota como ojos negros en los dobleces de las cortinas y en los rincones de los sofás. Algunas habitaciones se encuentran destrozadas: los muebles están volcados y las alfombras arrugadas, han arrancado los espejos de las paredes y los han dejado resquebrajados, rodeados por esquirlas afiladas. Pero otras están engañosamente ordenadas. En el segundo piso, me topo con un comedor con la mesa puesta para dos comensales, con cucharas y tenedores sobre servilletas del color del liquen. Unos huesos de pollo sonríen desde la vajilla, finos y amarillos.

Salgo en silencio de esa habitación, no sin antes hacer una pausa para guardarme varias cucharas de plata deslustrada en el bolsillo de atrás. Supongo que si llamas a alguien animal callejero, es normal que te esperes las consecuencias.

Debajo de toda la basura hay problemas que una asistenta no puede solucionar: ventanas rotas, cañerías que gotean, suelos tan inclinados que estoy a punto de caerme. En una habitación, el yeso ha empezado a partirse como si fuese un glaciar, por lo que se ven los montantes y los listones, cañerías de metal aplastadas y unos avisperos enormes y desconchados. Hay unas cuerdas blancas y extrañas que lo rodean casi todo, como si fueran telarañas de tamaño desmesurado; tardo unos momentos en comprender que son raíces. La madreselva parece haberse retorcido hasta atravesar la piedra caliza.

La siguiente habitación es pequeña y reluciente, con papel de tonos pastel y un sillón mullido. Hay retratos en las paredes, con rostros cubiertos de polvo. Si entorno los ojos, podría parecer acogedora si no fuese por la tierra y el moho y las montañas de mudas de cigarra que hay en los alféizares. El sillón exhala un aire dulzón cuando me siento, como si recordase un tiempo en el que las ventanas estaban abiertas y la brisa primaveral entraba por ellas.

Tendría que haberme asustado este lugar inquietante e infinito, este laberinto de podredumbre, pero lo cierto es que me da pena. La Mansión Starling me recuerda a una mascota mal alimentada o a una muñeca rota, algo a cuyo cuidado hubiera renunciado la persona que había prometido quererlo.

Le doy unas palmaditas titubeantes al sillón.

—Lo vamos a arreglar. No te preocupes.

Seguro que es una casualidad que, justo en ese momento, una brisa mueva las cortinas.

La cocina se encuentra al doblar la siguiente esquina: unas baldosas sucias llenas de huellas que van desde el fregadero hasta el frigorífico, un hornillo oxidado, un microondas del Paleolítico con la hora mal puesta. Los productos de limpieza que me habían prometido consisten en una fregona medio podrida que parece un nido de ratas y una caja de aerosoles que se han fundido hasta convertirse en una masa digna de Chernóbil, por lo que termino por hacer jirones unas cortinas y llenar un cubo en el fregadero. El chorro es irregular, pero el agua sale limpia. Tal vez los Starling tengan un pozo o un arroyo. El agua del condado sale de un gris salobre y deja marcas circulares en la bañera.

Vuelvo a ese salón que casi resulta agradable y empiezo a pasar el trapo por la madera. Con dos pasadas, el agua se queda negra y embarrada, llena de alas de mosca y bichos bola que flotan en la superficie. La tiro y vuelvo a ello. Una vez. Y otra vez. Y otra. Paso las horas con el frotar, el escurrir, el tirar y el llenar, con el siseo del grifo y el golpeteo húmedo del trapo. Me duelen las rodillas. Tengo las manos rojas de frotar. El corte de la palma izquierda se reabre, y la sangre cae en la tarima antes de que pueda evitarlo.

Froto los cristales tambaleantes, el papel de pared, el suelo. Paso el trapo con suavidad por los retratos, lo que deja al descubierto una gran cantidad de rostros disparejos.

Ninguno de los cuadros está firmado o tiene nombre alguno.[8] Ninguna de las personas que se ven en ellos parece com-

---

[8] A pesar de haber llevado a cabo una investigación exhaustiva, que incluyó reuniones con historiadores del arte y conservadores, ha resultado imposible determinar la identidad de los artistas originales de los retratos. No hay registro alguno de encargos, ni estilo reconocible ni pigmentos identificables. Es como si se hubiesen manifestado, sin más, uno a uno, en las paredes de la Mansión Starling.

partir semejanza familiar alguna; aun así, todas me parecen cortadas por el mismo patrón. Se debe a la intensidad de sus miradas, la sensación de que los han interrumpido a todos cuando llevaban a cabo una tarea importante. Es la espada de plata desenvainada que hay en todos los retratos, acostada sobre sus rodillas o colgando de la pared que tienen detrás, ajena al transcurrir del tiempo.

El retrato más antiguo es de una mujer victoriana de tez pálida y ojos oscuros que debe de ser la mismísima Eleanor Starling, mucho más anciana que en su imagen de la Wikipedia. También hay un joven con unas extrañas marcas blancas en la piel, como un calicó humano; una pareja de hermanas serias con el pelo negro y largo, con unas mantas a rayas sobre los hombros; un adolescente negro que lleva un bombín típico de la Gran Depresión; dos mujeres que se abrazan por la cintura; toda una familia con atuendos que sin duda pertenecen a los años cincuenta. El más reciente es el de una pareja blanca: una mujer ancha de hombros con un rostro rollizo que resulta familiar, como si hubiese nacido con el doble de pómulos, y un hombre larguirucho de sonrisa cordial.

Los retratos tienen algo macabro, la manera en la que los rostros de los muertos están ordenados como si fuesen animales disecados en las paredes, una exposición de museo de personas que no podrían recorrer con seguridad las calles de Eden. Me pregunto cómo habrán terminado ahí. Cómo habrán muerto.

Siento cómo me miran mientras trabajo.

El sol brilla grande y bajo cuando hago una pausa para crujirme los huesos de la espalda y comer un Pop-Tart algo aplastado. Me sumo en la desesperanza: podría decirse que menos de la mitad de la habitación está limpia, y eso viene de labios de alguien cuya definición de la palabra «limpia» es muy generosa. Me quedo allí de pie, mientras las sombras se alargan detrás de mí y el brazo derecho me cuelga de la articulación dolorida del hombro, y entonces llego a la conclusión de que lo que me han dado no es un trabajo: me han encargado una tarea imposible, la que le daría un rey a los pretendientes no deseados de su hija o un dios a un pecador. Harían falta cantidades ingentes de profesionales, varios vertederos industriales y puede que hasta un exorcista para convertir la casa en un lugar habitable, y yo solo soy una chica que limpia las habitaciones de un motel barato los días de fiesta, cuando Gloria y su madre vuelven a Michoacán y Bev necesita que le echen una mano.

Debería dejarlo. Debería suplicarle a Frank que me permita hacer turnos extra. Pero no puedo pagar Stonewood con el salario mínimo y noto la llave de la verja de la entrada fría contra mi pecho. Además, tampoco puedo darle al joven Starling la satisfacción de ver cómo huyo de él una segunda vez.

Le escribo un mensaje a Jasper: «Me voy a quedar trabajando hasta tarde, escondí el último ramen picante en la caja de tampones que hay debajo del lavabo».

Y vuelvo a escurrir el trapo. La casa suspira a mi alrededor.

Justo antes del anochecer, Arthur está de pie y solo en la habitación favorita de su madre.

No tenía intención de estar ahí. Había dejado la biblioteca en dirección al baño del tercer piso y acabado en el primero, mirando el sofá hundido que su madre había pedido por catálogo. No era una persona que se permitiese muchos caprichos, pero a veces, después de una noche complicada, se sentaba en ese sofá y esperaba a que el amanecer despejase la niebla. Arthur sabía que no era guapa, pero esas mañanas, con el rostro dorado y agotado a la luz del alba, con los nudillos cubiertos de sangre alrededor de la empuñadura de la espada de los

Starling, se convertía en una figura que había superado la belleza y empezaba a rozar lo mítico.

Arthur había dejado que aquella estancia se pudriese durante casi una década.

Ahora brillaba, prístina, como si la hubiesen frotado para limpiarle todos esos años, como si su madre pudiese doblar la esquina en un momento dado, dedicándole esa sonrisa marcial, y su padre estuviese a punto de decir algo desde la cocina. Arthur da un paso atrás, y los ojos de los antiguos Guardianes parecen seguirlo desde los marcos, juzgarlo, percibir sus deseos.

El suelo chirría detrás de él y se da la vuelta de repente al tiempo que se lleva una mano temblorosa a la cadera.

Opal está en el umbral de la puerta y lo mira. Tiene la sudadera hecha una bola debajo del brazo y la camiseta manchada de suciedad. Alrededor de la mano izquierda se ha anudado algo parecido a un jirón de la cortina de la cocina, y el pelo se le riza alrededor de las sienes, oscuro como la sangre.

Opal fija la mirada en la mano de Arthur, abierta sobre la cadera, unos instantes antes de apartarla. La chica señala con la cabeza al sol poniente.

—Me voy.

Él se mete la mano con naturalidad en el bolsillo y pone su tono de voz más taimado.

—¿Qué te ha parecido tu primer día?

Una mueca irónica en los labios de la chica, un atisbo de sus dientes descolocados.

—Creo que, después de esto, le preguntaré al señor Agujías si quiere que le limpie los establos. Tiene que ser pan comido en comparación.

Arthur parpadea varias veces. No sabe qué decir, por lo que responde, con voz fastidiosa:

—Se dice «Augías».

Ella le dedica una gran sonrisa falsa.

—¡Ah! Perdón. Creo que dejé el colegio antes de que llegáramos a las clases de griego.

Se coloca bien la sudadera debajo del brazo. Se oye un traqueteo metálico ahogado.

—No pretendía… Es que la mitología es como una… —vocación, deber, obsesión— afición en mi familia. —Arthur se da cuenta de que no puede mirarla. Saca un sobre pesado y lo extiende sin mirar en su dirección.

Opal lo dobla y se lo guarda en el bolsillo trasero. Luego saca la mano y vuelve a extenderla.

—Voy a necesitar algo más para comprar productos de limpieza —dice con una voz dulce como la mermelada.

—Vas a volver, entonces. Mañana. —Él intenta no sonar complacido ni triste, y termina por parecer aburrido.

—Sí.

Arthur suelta un billete de veinte en la mano extendida. La mano no se mueve. Añade otros veinte.

El dinero desaparece en otro bolsillo, y Opal le dedica una sonrisa afilada como una navaja mientras se da la vuelta.

—Es lo que tienen los animales callejeros. —La voz llega hasta él mientras ella le habla por encima del hombro—. Somos muy perseverantes.

Se lo había dicho porque creía que eran palabras crueles. Porque le iban a hacer daño, y la gente odia que le hagan daño. Y, si conseguía que ella lo odiase, quizá saldría corriendo antes de que le hiciesen más daño aún. Por eso no tiene sentido ese arrepentimiento que nota en la garganta, no hay razón para tragar saliva con dificultad y decir, en voz demasiado baja:

—Lo siento.

Tampoco hay razón para desear que ella lo haya oído.

Se queda por allí cuando ella se marcha, respirando el olor a jabón y a madera limpia. La casa se agita con suavidad, la luz titila y el aire se enfría, lo que le confiere a la habitación el aspecto que tenía aquel último día. «Maldita seas», piensa. Pero el recuerdo ya ha empezado a apoderarse de él y a atraparlo entre sus fauces.

Tiene catorce años. Su madre está tumbada en silencio en el sillón amarillo, mientras su padre le cose con cuidado el cuero cabelludo. Ha sido una batalla larga y cruel —¿siempre han sido tan terribles? ¿Acaso la niebla se alzó más de lo que debería?—. Tiene la piel blanca sobre los pómulos.

Arthur los mira durante un rato. Las manos de dedos largos de su padre, unas propias de un pintor o de un pianista, dedicadas a la tarea sangrienta e interminable de mantener viva a su esposa. Su madre, una cicatriz nudosa hecha mujer, volviéndose cada vez más gris. La mano derecha aún descansa alrededor de la empuñadura, inquieta, presta.

Sin haberlo planeado siquiera, Arthur dice que se marcha.

Su madre abre los ojos.

«¿Cómo te atreves? —dice. Siempre ha sido severa, pero es la primera vez que le habla así, con ese desdén fruto de la rabia—. Me arrebataron mi hogar. ¿Crees que puedes abandonar así el tuyo? Es tu legado…».

Su padre pronuncia el nombre de su madre con amabilidad y la boca de la mujer se cierra como si se la hubiesen cosido con unos puntos demasiado tirantes. «No vas a ninguna parte», zanja.

Pero Arthur sí que lo hizo. Esa misma noche, bajó desde la ventana de la biblioteca por una glicinia mientras la casa gemía y aullaba. Creyó que intentaría detenerlo, pero al resbalarse, sus dedos se toparon con un emparrado antiguo en el lugar preciso. Y, cuando se metió en la camioneta de su padre, encontró allí una mochila llena de sándwiches de crema de cacahuete y mermelada.

Condujo hasta la estación de autobuses, con un júbilo embriagador y peligroso, como si fuese una cometa a la que se le ha roto el cordel.

La siguiente vez que vio a su madre había un cardo abriéndose paso poco a poco por la cuenca de su ojo derecho.

La casa vuelve a agitarse y el recuerdo se desvanece. Arthur
tiene veintiocho años. Está solo, y da las gracias por ello.

6

Cuando vuelvo a la habitación doce
esa noche, tiro las cucharas en la cama.
—Ponlas en eBay, por favor. Gracias. En
la cuenta de antigüedades.

Jasper examina las cucharas con ojo clínico.
Pasa un dedo por la plata y luego lo aparta, con
el ceño fruncido.

—No las has sacado de Tractor Supply
—comenta.

Lo cierto es que no tengo intención de
volver a pisar jamás Tractor Supply.

Tan pronto como he contado el dinero de
Arthur, le he enviado un mensaje a Lacey:
«Dile a Frank que lo dejo :)».

Luego he llamado a la academia Stonewood
y he consultado dónde hacerles el primer
pago. La señora que lo ha cogido me ha
preguntado «¿En... efectivo?» con unos
puntos suspensivos que casi podían
escucharse antes de recordarme con tono
amable la fecha límite, como si no la supiera,

como si no la repitiese en mi fuero interno cada vez que pasaba junto a las chimeneas.

—No —le respondo a Jasper.

Jasper parece estar dispuesto a hacer alguna que otra pregunta más, pero tenemos un trato para que no me pregunte nada si no quiere verse obligado a oír una respuesta que no le guste, por lo que se limita a mencionar de pasada que espera que no esté haciendo nada ilegal.

Me llevo una mano al pecho, haciéndome la ofendida.

—¿Ilegal? ¿Yo?

—O peligroso.

Parece bastante preocupado, por lo que le dedico mi sonrisa más sincera.

—No, en serio. Lo juro. —De hecho, podría decirse que es verdad. A ver, si en realidad existen las casas encantadas, está claro que la Mansión Starling es una de ellas, pero lo único que ha hecho por el momento es quejarse y crujir. Y estoy segura de que Arthur no es más que un gilipollas normal y corriente en lugar de, por ejemplo, un depredador sexual o un vampiro—. Anda, por favor. —Empujo las cucharas con la rodilla—. La cámara de mi teléfono es una mierda.

Jasper vuelve a hacer contacto visual conmigo un momento, solo para que me quede claro que no se ha tragado nada de lo que le estoy contando. Luego se deja caer con gesto teatral sobre el colchón.

—Lo haría, pero Bev ha vuelto a desconectar internet.

—¿Y no le has pedido que vuelva a conectarlo?

Abre un ojo, escandalizado.

—Creía que me querías. Creía que querías que sobreviviese a mi último año de…

Le pego con una almohada y suelta el aire también con gesto teatral. Parece más real de lo que seguramente había pensado, y el aire le silba al pasarle por la garganta.

Me dirijo al aparcamiento vacío que hay delante de la oficina, donde Bev se ha puesto a gritar a uno de esos concursos de la tele, pausando solo para escupir los restos del tabaco de mascar en una lata de refresco. Lo más seguro es que no llegue ni a los cincuenta, pero tiene las manías y el corte de pelo de un señor de noventa años.

Después tenemos nuestra discusión habitual: ella dice que internet solo está disponible para los clientes que pagan y no para adolescentes depravados y gorrones. La insulto. Me amenaza con dejarnos tirados en la calle. La vuelvo a insultar. Me hace una peineta y vuelve a encender el *router*. Le robo cuatro paquetes de cacao instantáneo de la mesa plegable que tiene la desfachatez de llamar «bufet de desayuno».

—Por cierto, eso también es para los clientes que pagan.

—Sí, pero no es que tengas muchos de esos, ¿no?

Bev frunce el ceño a la televisión y dice:

—Esos de Gravely Power han vuelto.

Lo que explicaría su humor de perros. Lo único que Bev odia más que a mí y a Jasper son los clientes de verdad, los que a veces tienen la osadía de pedir cosas como un suministro de agua caliente fiable y servicio de habitaciones. Y lo único que odia más que los clientes de verdad es Gravely Power, a quienes, según me ha dado a entender, considera culpables de todos los problemas sociales, medioambientales y económicos del estado. Ninguno de los ejecutivos de la empresa vive en Eden, como es de esperar. Don Gravely se acaba de comprar una casa en las afueras de la ciudad, con siete baños, columnas blancas y una de esas horribles estatuas de un jockey. Sí que es cierto que muchos de los ejecutivos vienen al pueblo todos los años para una reunión anual o lo que sea, y que el motel Jardín del Edén es el único lugar donde pueden quedarse. El único consuelo de Bev es que siempre se marchan con una costra enorme de mierda de pájaro en los parabrisas.

Bev deja de mirar el concurso para contemplar entre las contraventanas la hilera de SUV caros que han dejado en el aparcamiento.

—¿Sabías que tienen intención de expandir la empresa? Una hablaba de doblar la capacidad y abrir nuevas sucursales y esas cosas. Me dijo que iban a construir un nuevo depósito de cenizas de carbón —añadió, con aire reflexivo—. Malditos buitres.

—Cuidado. Es la empresa que ha creado más puestos de trabajo de todo el condado de Muhlenberg.

A mí tampoco me gustan; seguro que, si pusiesen filtros en las chimeneas en lugar de limitarse a pagar las multas de la Agencia de Protección del Medioambiente todos los años, Jasper respiraría mejor y yo no tendría que limpiar una casa encantada para sacarlo del pueblo. No soy fan, pero me encanta ver cómo enrojece la cara de Bev.

—Cuando era niña, había mariposas luna por aquí. ¿Has visto alguna?

—¿No?

—Pues eso.

Lo dice como si eso diera por zanjada la discusión, porque deja caer todo mi correo sobre el escritorio y sigue viendo el concurso.

Hay una pila de libros que he pedido a la biblioteca de Charlotte, que no tendría que enviarme al motel, pero lo hace de todos modos. Algunos avisos de los cobradores de deudas que resultan estar de suerte. Publicidad. Y un sobre del Departamento de Servicios Sociales con las palabras DEVOLVER AL REMITENTE impresas en mayúsculas. Esa última carta me hace tragar saliva y que me coloque un mechón de pelo detrás de la oreja. Los únicos tics que podían llegar a delatarme, como decía mi madre.

El presentador empieza a hacer una pregunta de cuatrocientos dólares y, en ese momento, carraspeo.

—Oye, Bev.

Ella me pasa una caja de dónuts medio vacía por el mostrador sin apartar la mirada de la televisión.

—Se van a poner malos si nadie se los come.

—En realidad, me estaba preguntando algo... ¿Conoces a los Starling?

Bev hace caso omiso de la pregunta de los cuatrocientos dólares y me mira con el ceño fruncido. Tengo una familiaridad casi enciclopédica con los fruncimientos de ceño de Bev, que van desde «baja esa maldita música» hasta «has vuelto a robar dinero del tarro de calderilla, condenada». Pero el que me dedica ahora es nuevo. Es cauteloso y hasta preocupado, aunque lo único que suele preocupar a Bev son las chinches y las auditorías de impuestos.

—¿Qué pasa con los Starling?

—Pues estaba pensando en ellos, sin más. En esa casa.

Bev vuelve a gruñir.

—Hace mucho tiempo que no me dabas la lata con la mansión de los Starling, niña. Antes no hablabas de otra cosa.

Me recuerdo de pequeña, con las rodillas llenas de costras y hambrienta a pesar de tener la barriga llena. Mi madre y yo no siempre habíamos vivido en la habitación doce. Recuerdo otros moteles, una caravana o dos, un par de meses que dormimos en sillones que pertenecían a hombres a quienes les gustaba el color del pelo de mi madre y también la forma apática de reírse que tenía. Yo no les gustaba mucho. Este motel había sido el primer lugar donde nos quedamos varios meses seguidos.

Bev se había limitado a mirarme desde la oficina, hasta el día en el que toqué un avispero y me picaron dos veces, una en cada mano. Mi madre no estaba, por lo que me había quedado sentada en la acera tragándome las lágrimas. Bev se acercó para cubrirme las picaduras con una masa de tabaco masticado. No dejaba de decirme que Dios me había dado el cerebro de una pulga, pero al menos me alivió el dolor.

—Ya, bueno, es que la busqué en Google el otro día, por curiosidad, y no encontré gran cosa. Pensé que quizá tú sabrías algo más al respecto.

Bev escupe una plasta negra en la lata de refresco y dice, como con desinterés:

—Hay rumores y eso. Como con todo, ya sabes.

En realidad, no es que lo sepa, porque la gente solo habla conmigo cuando se siente acorralada. Se supone que los pueblos deberían ser acogedores y llenos de encanto, como uno de esos juguetes con forma de bola de nieve y casitas dentro, pero Jasper y yo siempre hemos estado al otro lado del cristal. Puede que sea porque solo pasaba por la iglesia cuando repartían tortitas para desayunar y en las cenas de Acción de Gracias, o puede que sea por mi madre, por su pintalabios, sus camisetas que no le llegaban hasta la cinturilla de los vaqueros, y por las pastillas que vendía en bolsitas de plástico a veces. O puede que sea porque a la gente de Eden le gusta conocer el árbol genealógico de tus dos padres desde hace tres generaciones, y la única familia que conocemos Jasper y yo somos nosotros mismos.

Cojo un grumo de azúcar glas de los dónuts.

—¿Me cuentas lo que sabes?

—No. —Bev suelta un suspiro que tiene un parecido insólito al de Arthur Starling justo antes de ofrecerme trabajo, y que trasluce un agotamiento extremo. La televisión es lo bastante vieja como para emitir un ligero zumbido eléctrico cuando la apaga—. Pero te contaré una historia.

Esta es una historia sobre la Mansión Starling.

La gente la cuenta de formas diferentes, pero esta es la manera en la que siempre la contaba mi abuelo. Era un mentiroso, pero los mejores mentirosos son aquellos que más se acercan a la verdad, así que digamos que me la creo.

Decía así:

Una vez, en tiempos remotos, había tres hermanos de apellido Gravely que hicieron una fortuna excavando carbón de la orilla del río. Eran chicos honestos y buenos, cuya decadencia vino provocada por lo mismo que siempre hace decaer a los hombres honestos que consiguen algo de dinero: una mujer deshonesta.

Eleanor Starling no contaba ni con una procedencia ni con una belleza particulares, pero de todos modos poquito a poco supo labrarse su entrada en la casa de los Gravely. Era una joven extraña, silenciosa, enclenque y propensa a la melancolía, pero los Gravely la tenían mimada. Poco después de que llegara, encontraron al hermano mayor flotando boca abajo en el río Mud. No tenía marca alguna en el cuerpo, pero se dice que su rostro estaba estirado y retorcido, como un hombre que acabase de ver un horror innombrable.

Por aquel entonces se consideró un trágico accidente, pero cuando el mediano anunció su compromiso con Eleanor Starling al cabo de unas semanas, la gente empezó a hablar, como siempre hace la gente. Comenzaron a preguntarse cómo el mayor de los Gravely había acabado en el río Mud, cuando se sabía que era una persona cautelosa que no bebía. Se cuestionaban si, acaso, había hecho algún descubrimiento sobre la señorita Starling que ella quería mantener en secreto o si, simplemente, se había resistido a sus artimañas. Sin embargo, la gente se guardó sus sospechas para sí. Eden siempre se había enorgullecido de sus buenos modales, y estos consisten en su mayor parte en mantener la boca cerrada y centrarte en tus asuntos.

John Gravely no les hizo ningún caso. Estaba muy enamorado de Eleanor o, como se decía a sus espaldas, ella lo tenía muy bien cogido por la entrepierna. El día de su boda, la joven pasó desapercibida a su lado, tan olvidable que ni se consideró una ofensa, pero John Gravely la miraba como si fuese agua helada el mes de julio.

76

Esa noche, se alzó la niebla, densa y repentina. Al despejar, encontraron a John Gravely muerto en el fondo de una de las galerías de su mina, con una expresión igual de horrorizada que la de su pobre hermano. Eleanor Starling no apareció por ninguna parte, pero la gente aseguraba haber visto las huellas descalzas de sus pequeños pies adentrarse en la oscuridad, y que no había el menor indicio de que hubiera salido de allí.

La mayor parte de la gente esperaba que tuviese la cortesía de desaparecer y dejar al último de los Gravely pasar en paz el luto de sus hermanos, pero tres días después hallaron a Eleanor deambulando por las colinas y las hondonadas de la tierra de su marido, aún con el vestido de novia. A decir de los mozos de labranza que la encontraron, la falda húmeda y pesada le golpeaba los tobillos, con el dobladillo gris a causa de la tierra, como si hubiera salido del río. Añadieron que no dejaba de reír, alegre y desenfadada como una niña.

La ahora viuda le contó al sheriff que había ido a dar un paseo la noche de bodas y se había perdido, y que no tenía ni la más remota idea de qué podría haberle pasado al pobrecito de su marido. Nadie la creyó, pero ningún juez podía condenarla, por lo que el pueblo tuvo que limitarse a mirar y a susurrar mientras ella se agenciaba todo el dinero de su marido, así como algo más de sesenta y cinco hectáreas de la tierra más rica en carbón de todo el país, justo frente a las minas de la otra orilla del río, donde construyó una casa tan grande que le dedicaron una noticia en el *Courier-Journal* y en el *Lexington Daily Press*.

Eligió un lugar extraño para construir: una hondonada baja y húmeda, tan dentro del bosque que la casa no se veía desde la carretera. Los lugareños solo sabían de su existencia porque veían a los trabajadores ir y venir: supervisores y arquitectos, carpinteros y mamposteros, techadores y pintores. Eleanor los contrataba y los despedía a los pocos días; la gente decía que era porque no quería que se empezaran a llevar bien con los habitantes de Eden, o porque estaba loca. ¿Por qué si no iba a contratar a cuatro cerrajeros diferentes y ordenarles luego que fundiesen los moldes que habían usado? La última persona a quien contrató fue un herrero que vino desde Cincinnati para encargarse de la verja.

Eleanor se mudó a la casa el día después de que se colocaran dicha verja, y ya nadie la volvió a ver. Durante los veinte años siguientes, la única señal de su continuada supervivencia fue la luz que titilaba en las ventanas por la noche y brillaba entre los árboles como si de los ojos ambarinos de un animal inquieto se tratara.

El pueblo prosperó en su ausencia. Sobrevivieron a la administración Grant y a la Oficina de los Libertos; hicieron las paces con los oportunistas y la guerra con los recaudadores de impuestos. El más joven de los Gravely mantuvo a flote el negocio familiar, abrió nuevos yacimientos de carbón y construyó vías férreas a lo largo del río. Se casó feliz y sonreía a menudo, y la gente empezó a creer que Eleanor Starling lo dejaría en paz.

Pero entonces, en una de esas noches enfermizas de primavera, cuando la niebla se alza en el río en volutas grandes y blancas que parecen virutas de madera que se acumulan debajo de un cuchillo para tallar, la mala suerte alcanzó al último de los hermanos Gravely.

Le dijo a su mujer que iba a llegar tarde del trabajo y se marchó en su caballo favorito, un purasangre esbelto llamado Stonewall que costaba más que lo que muchos hombres ganaban en un año. Stonewall era una criatura de paso seguro, pero esa noche, al parecer, se le había atascado una herradura en las traviesas de las vías del tren y se había torcido un tobillo. O puede que viese algo moverse en la niebla frente a él y se negase a dar un paso más. Lo único que supo la gente a ciencia cierta fue que Stonewall y su jinete estaban en las vías cuando pasó un tren de carbón a medianoche.

No hubo prueba alguna de que fuese cosa de la viuda. Pero, después de esa noche, la Mansión Starling se quedó a oscuras.

Existen numerosas teorías enfrentadas al respecto: puede que Eleanor hubiese huido tras poner fin a su aciago cometido; puede que los espíritus de los tres hermanos lograran vengarse de alguna manera; puede que la mujer se ahorcase a causa de un arrepentimiento súbito, o puede que simplemente se cayera por una de las escaleras retorcidas y estuviese tirada en el rellano con el cuello partido.

El sheriff se encargó del caso en persona, aunque nadie sabe si estaba más interesado en descubrir el estado del cuerpo de Eleanor o en comprobar qué había sido de ella. El caso es que las puertas se le cerraron y las paredes se alzaron, por lo que volvió al pueblo cubierto de rasguños a causa de las zarzas y lleno de barro, con un gesto distante de confusión en el rostro, como si hubiera entrado en una habitación y no supiese por qué.

Eden bien podría haberse olvidado de la viuda y de esa casa extraña con el paso del tiempo, y sus habitantes bien podrían haber vuelto a centrarse en sus asuntos, pero está claro que no fue el caso. No podían hacerlo por tres buenas razones.

La primera fue el desagradable descubrimiento de que, sin el visto bueno ni la aprobación de nadie, Eleanor se había hecho un tanto famosa. Ese libro suyo, algo morboso e inquietante que todos trataban de hacer como si no existiera, hizo que su nombre permaneciese vivo durante más tiempo del que habrían querido, como un huésped maleducado.

La segunda razón fue el joven harapiento que llegó a Eden la primavera siguiente. Aseguraba que era un Starling, y puede que lo fuese; todo el pueblo tenía la certeza de que la verja se había abierto para él y que, después, las luces volvieron a parpadear a través del bosque.

La tercera razón rara vez se comenta, y solo si es de paso, porque alguien la sugiere o insinúa. Alude a la manera en la que las sombras se proyectaron sobre Eden tras la muerte de Eleanor. La manera en la que todo se echó a perder, en la que el río fluía más oscuro y las nubes estaban más bajas, en la que las abundantes vetas de carbón se agotaron y en la que los niños saludables enfermaron, en la que la buena estrella se tornó en mala suerte y los dulces sueños se convirtieron en pesadillas. La manera en la que la Mansión Starling se agazapa justo donde no puede ser vista para vigilarnos a todos.

La manera en la que la niebla sigue alzándose durante las noches frías y purulentas. Algunos creen que es cosa del clima, pero mi abuelito siempre decía que era por ella, por Eleanor Starling, que había quedado reducida a niebla y a mezquindad, sedienta aún por la sangre de los Gravely, decidida a atormentar la ciudad que no ha dejado de odiarla.

7

No había planeado quedarme despierta hasta tarde, pero aquí estoy: sentada frente a la pantalla del portátil, que he colocado para que la luz no moleste a Jasper, mientras escribo un relato al que no debería darle la más mínima importancia.

No podía dormir, ni siquiera después de haber leído seis capítulos de un *retelling* subido de tono de *La bella y la bestia* que llevaba semanas esperando en la mesilla. La historia de Bev parecía colarse entre las páginas, por lo que una y otra vez veía una casa envuelta en madreselva en lugar de un castillo cubierto de rosas. Era capaz de oír su voz: la cadencia, el ligero murmullo del tabaco que tenía pegado a los labios.

Al final claudiqué, abrí el archivo que había guardado con el nombre «documento 4» en una serie de carpetas con nombres aburridos y empecé a escribir. Me dije a mí misma que contar la historia de otra persona no era tan malo como inventarme una por mi cuenta, del mismo modo que repetir una mentira no es tan malo como contarla. Me dije a mí misma que, de todas formas, seguramente se tratara solo de tonterías.

Antes de volver a mi habitación, le había preguntado a Bev si ella creía que era verdad. Había ladeado la cabeza en un sentido y luego en el otro:

—Lo suficiente, diría yo.

—¿Lo suficiente para qué?

—Lo suficiente para mantenerse al margen de esa gente. A mi entender, el carbón es la única maldición de este pueblo, y no sé si todos los Starling eran tan malos como el primero, pero una cosa te voy a decir: no confío en el joven que vive allí ahora.

Un escalofrío me había recorrido el esternón. Intenté mantener un tono alegre y natural.

—¿Por qué?

Bev me lanzó una mirada cautelosa mientras respondía:

—Sus padres no tenían nada de malo. La gente te contará todo tipo de tonterías sobre ellos. Bitsy Simmons, por ejemplo, no deja de jurar por activa y por pasiva que tenían tigres siberianos. Dice que vio una cosa blanca y grande en el bosque una noche, pero yo no la creo. El marido solía conducir la camioneta cochambrosa por ahí y siempre saludaba al pasar junto al motel… El caso es que los padres aparecieron muertos hace once o doce años. Y el chico pasó varios días sin ni siquiera llamar a la policía. —El frío se había asentado y me pesaba en el estómago. Bev continuó en voz baja—: Los habían devorado los animales con tanta saña que el forense no fue capaz de confirmar qué era lo que los había matado. Quizá sí que tenían tigres, madre mía. El forense también comentó que el chico no había derramado ni una sola lágrima en ningún momento. Se limitó a preguntar si había terminado ya, porque se le había pasado la hora de la cena.

Después de un silencio largo e incómodo, conseguí soltar un ronco:

—Ajá.

Bev volvió a encender la televisión mientras yo recogía los libros y el correo. Esperó hasta que estaba a punto de salir de la oficina y dijo, en voz baja y seria:

—No te acerques a la Mansión Starling, Opal.

Crucé el aparcamiento sin dejar de mirar al suelo y con las manos bien metidas en los bolsillos. La niebla empezaba a alzarse de la orilla del río, a acumularse en los baches y los huecos de la carretera.

Ahora está más alta. La luz de las farolas se ha vuelto difusa y espectral, como si fuesen planetas que flotasen a poca altura, y los sofisticados SUV son como animales agazapados junto a ellos. Mañana tendrán algo de óxido en los bordes, y los refinados asientos de cuero olerán a verde y a podrido.

Mi madre siempre decía que las noches como esta estaban llenas de infortunios. Nunca hacía tratos ni apostaba hasta que la niebla se despejaba el día siguiente.

Yo no creo en la suerte, pero estaba nublado la noche en la que mi madre murió y, a veces, pienso que, de no haberlo estado, o si ella no se hubiese empeñado en que nuestra vida iba a dar un vuelco, con su sinceridad característica, o si yo hubiese discutido con ella en lugar de fingir que la creía, o si ella no hubiese conducido ese maldito Corvette, o si lo que quiera que fuese no hubiese cruzado la carretera en ese momento..., quizá y solo quizá sería ella la que me diría ahora que me mantuviera al margen de la Mansión Starling, en lugar de Bev.

Y tal vez estuviera en lo cierto. No me apasiona la idea de limpiar la casa de una mujer que asesinó a su marido por dinero, o de una pareja de mujeres que secuestraron a un niño, o de un chico que contempló los cadáveres de sus padres difuntos sin derramar ni una sola lágrima. De repente, siento unas ganas incontrolables de darme una ducha para limpiar la suciedad de la Mansión Starling de debajo de mis uñas y no volver allí jamás.

Oigo un ruido procedente de la otra punta de la habitación: un silbido agudo y vacilante. La nota se detiene en la lejanía y luego vuelve a empezar. Es como una tetera que estuviese a punto de hervir, pero sé que no es el caso: es un adolescente de dieciséis años que trata de respirar con unos bronquios irritados.

Yo tenía doce años la primera vez que Jasper tuvo un ataque de asma. Eran las tres de la mañana, mi madre no estaba en su cama y yo no quería llamar al 911 porque sabía que las ambulancias eran caras. Abrí todos los grifos con el agua lo más caliente posible y luego cerré la puerta del baño. Lo coloqué junto al vapor, con las costillas jadeantes y los músculos temblorosos debajo de esa grasa suave propia de los bebés, hasta que fui consciente de que no iba a mejorar y de que mi madre no iba a llegar a tiempo. Cuando me cogieron el teléfono en la centralita, dije con voz tranquila:

—No sé qué hacer.

Ahora sí que sé qué hacer. Salgo de la cama y pongo el inhalador en manos de Jasper antes de que se despierte del todo. Cuento: dos nebulizaciones, cinco respiraciones. Dos nebulizaciones, cinco respiraciones. Jasper no dice nada, pero tiene la mirada fija en mí.

Vierto dos cucharadas de café instantáneo en una taza de Waffle House y la meto en el microondas a máxima potencia. Después, añado cuatro paquetes de cacao caliente y lo remuevo todo bien. Google dice que la cafeína ayuda, pero Jasper no soporta el sabor.

Se lo bebe. Esperamos. Cada cinco minutos, chasqueo los dedos y él me deja comprobar que las lúnulas de las uñas no se le están poniendo azules.

El silbido de su respiración termina por relajarse, por volverse más grave hasta convertirse en un sonido normal y regular.

—Estoy bien —dice Jasper, con la voz aún un poco quebrada. Odia que lo cuide como a un niño pequeño.

Vuelvo a mi cama y me hago la dormida, sin dejar de escuchar su respiración hasta que se vuelve más profunda. Pienso en el anuncio de la academia Stonewood, en el cielo azul y limpio, en la hierba verde y agradable. Intento retener la imagen como si de una promesa se tratase, como un mapa que lleva al verdadero Edén, hasta que los colores se saturan en mi cabeza y pasa a convertirse en un lugar imaginario.

No les doy más vueltas a las historias de fantasmas o de misterio, ni a los pecados o a los estorninos. Todo me da igual. Voy a volver a la Mansión Starling porque tengo que hacerlo.

Por Jasper.

Las palabras son reconfortantes, familiares, la respuesta fácil a todas las preguntas que me he hecho a lo largo de mi vida. Pero, por primera vez, me suenan falsas, endebles, como si una imprecisa parte de mí no se las creyese, una parte de mí que me sonríe y me susurra al oído: «Mentirosa».

La segunda mañana llego incluso un poco antes, con las muñecas marcadas a causa del peso de las bolsas de la compra y los hombros doloridos por los palos de la escoba y la fregona. Toco en la puerta más veces de lo estrictamente necesario, lo bastante fuerte como para asustar a los estorninos. Bev los odia porque se comen sus caquis y suenan como un módem conectándose a internet, pero a mí siempre me han gustado. De vez en cuando, se los ve durante el anochecer, volando arriba y abajo con esos patrones amplios y retorcidos sobre las canteras y los pantanos hechos por el Gran Jack, y se podría llegar a pensar que, si los miras durante el tiempo suficiente, sería posible encontrarles sentido, desentrañar lo que quiera que estén escribiendo en el cielo, pero nunca se da el caso.

Me sobresalto cuando Arthur abre la puerta. En esta ocasión, no se molesta en hablar, sino que se limita a mirarme con triste resignación. Tiene una hilera de costras recientes por la mandíbula y unas concavidades azules debajo de los ojos, como si fuese la persona que menos duerme de todo Eden.

Titubeo en el umbral mientras me pregunto si estaré a punto de caer en un mundo onírico, de ser arrastrada por las corrientes extrañas de esta casa asimismo extraña. En ese momento, Arthur suspira. Me dan unas ganas tremendas de sacarle la lengua, pero me limito a darle las bolsas más pesadas y paso junto a él de camino a la cocina. Doy un vergonzoso número de giros de ciento ochenta grados y cambios de dirección antes de encontrarla, mientras Arthur me sigue como una sombra burlona y las bolsas no dejan de hacer ruido al rozarle las rodillas.

Las coloca sobre los fogones y mira con gesto casi temeroso las botellas de lejía, bórax y limpiacristales de marca blanca. He robado la mayoría del armario de la limpieza de Bev, ya que decidí agenciarme el segundo billete que me dio Arthur como una propina por ser un borde, pero sí que compré la fregona y la escoba en el Dollar General, así como un refresco y una chocolatina para almorzar.

Arthur se va al piso de arriba a hacer lo que sea que haga durante el día, lo que supongo que estará relacionado con un ataúd lleno de tierra de tumba, y me preparo para seguir trabajando en el salón. Parece mucho mejor de lo que lo recordaba, descuidado pero casi habitable. Paso el resto del día quitando suciedad de los zócalos y limpiando el suelo con jabón de aceite. Si es cierto que algo vive en la Mansión Starling, al menos parece tener la decencia de dejarme trabajar en paz. Vuelvo a casa agotada, orgullosa y con otro sobre en el bolsillo de atrás. Esa noche, envío por correo el segundo pago a Stonewood.

El resto de la semana transcurre de la misma forma. El jueves lleno tres bolsas de basura con sábanas mordidas por las ratas y avisperos, y las arrastro detrás de mí hacia la entrada de la casa. El viernes meto en lejía diez juegos de cortinas amarillentos y las tiendo en los respaldos de las sillas del comedor, lo que refuerza la impresión de que una familia de fantasmas ha venido a cenar. El sábado… no llegué a preguntar si trabajaba los fines de semana, pero necesito el dinero y Arthur no parece saber en qué día estamos; así que el sábado barro la despensa y encuentro una trampilla mal escondida debajo de una alfombra.

El picaporte está al nivel del suelo, con una cerradura grande que parece propia de los dibujos animados, y tiene símbolos tallados en la madera. Me siento como si acabase de descubrir una pista en un videojuego, con una flecha enorme y brillante que me indica que me acerque, que ahonde más, que descubra más. Vuelvo a colocar bien la alfombra y dejo la despensa a medio limpiar. Esa tarde, no dejo de pensar en sueños, en truenos, en casas viejas que arden.

El domingo me dirijo al tercer piso en busca de una escalera de mano y acabo en una estancia de techo alto llena de sillones, estanterías y más libros que en la biblioteca pública.

Es el tipo de lugar que no sabía que pudiera existir fuera de las películas, con ventanas con parteluces, panelado de madera de roble y libros con lomos encuadernados en cuero. Veo ejemplares de folclore y mitología, colecciones de cuentos de hadas e historias infantiles, novelas de terror, libros de historia y enormes diccionarios de latín con la mitad de las páginas dobladas por la punta. El estómago me da un vuelco a causa del anhelo, la animadversión y el asombro.

Cojo uno de los libros de la estantería y ni siquiera me paro a leer el título.

Es una edición muy antigua de Ovidio, escrita en un verso terrible donde todo rima y se usan palabras antiguas. El libro se abre por una página con el título «La Casa del Sueño», seguida de un párrafo muy largo sobre un dios que dormita en una cueva. La palabra «Lete» está subrayada más veces de lo que dictaría la cordura, tanto que la página se ha rasgado un poco. En el margen junto a ella, alguien ha escrito una lista de nombres en latín: «Aqueronte, Estigia, Cocito, Flegetonte, Lete». Y luego: «¿Un sexto río?».

Y sé, sin tener muy clara la razón (bien podría ser la caligrafía o la negrura de la tinta), que es una nota escrita por E. Starling.

Alguien carraspea detrás de mí. Me llevo tal sobresalto que se me cae el libro.

Arthur Starling me mira, con una villanía propia de los antagonistas de James Bond, desde las sombras de un sillón orejero. Hay muchos libros apilados a su alrededor, llenos de notas adhesivas, y también una pila de archivadores bien catalogados. «Tsa-me-tsa y Pearl Starling, 1906-1929». «Ulysses Starling, 1930-1943». «Etsuko Starling, 1943-1955».[9]

Arthur tiene un bloc de notas de hojas amarillas sobre la rodilla. El meñique izquierdo se le ha manchado de gris a causa del grafito y tiene las mangas recogidas hasta el codo. Las muñecas parecen mucho más fuertes de lo que se podría esperar de alguien cuyas principales aficiones son merodear y fruncir el ceño, con huesos cubiertos de músculos fibrosos y piel llena de cicatrices.

—Ah, hola. —Vuelvo a colocar el libro de Ovidio en la estantería y le dedico un saludo cargado de inocencia con la mano—. ¿Qué tienes por ahí?

Tuerce el gesto.

—Nada.

Ladeo la cabeza para ver mejor la página. Hay notas en la parte de arriba, cuentas y fechas en su mayor parte, pero en la mitad inferior hay un sombreado a rayas con grafito.

---

[9] Ninguna de las personas mencionadas nació con el apellido Starling, pero todas lo tenían al ser enterradas. A pesar de no existir relación de consanguinidad, compartían la tendencia de llevar unos registros excelentes, a los que el alcaide de la Mansión Starling actual ha tenido a bien darme acceso.

—Parece muy bueno desde aquí. ¿Es el sicomoro de fuera? —insisto. Arthur le da la vuelta al bloc y me fulmina con la mirada—. ¿Eso son tatuajes?

Tiene unas líneas oscuras de tinta que se cuelan por debajo de las mangas recogidas de la camisa y que se entremezclan con las cicatrices irregulares. No distingo imagen alguna, pero las formas me recuerdan a las tallas de la puerta principal: ojos, palmas de manos abiertas, cruces y espirales.

Arthur se baja las mangas y se las abotona con gesto intencionado.

—Le pago para que haga algo muy específico, señorita Opal. —Tiene la voz helada—. ¿No tendrías que estar limpiando algo?

Esa noche me voy de la Mansión Starling con un par de candelabros y una pluma estilográfica envueltos en mi sudadera. Que le den.

Al menos no lo veo muy a menudo. Pasan semanas enteras sin que intercambiemos más palabras que «buenos días», cuando me abre la puerta, y «bueno, me voy» cuando me marcho. De vez en cuando, me equivoco de camino y atisbo unos hombros encorvados y cabello despeinado, pero el único indicio de que la casa está ocupada suelen ser los golpes y murmullos ocasionales de la buhardilla que tengo encima, y el leve aumento de vajilla en el fregadero. A veces me topo con una cafetera recién hecha o una olla de sopa que burbujea en el fuego, con un olor rico y hogareño que me es del todo ajeno, pero no toco nada de eso y pienso en montículos, madrigueras y en lo que les ocurre a las idiotas que se comen la comida del rey de las hadas.

El tiempo transcurre de forma extraña en la Mansión Starling. A veces, las horas pasan junto a mí arrastrándose y me encuentro sumida en fantasías infantiles para distraerme (soy Cenicienta y me han obligado a limpiar las juntas de las baldosas de mi malvada madrastra; soy Bella y estoy atrapada en un castillo encantado con una Bestia con un rostro similar al cráneo de un cuervo). Otras veces, las horas se escabullen hacia los rincones mugrientos y los zócalos sucios, y alzo la vista del cubo de agua turbia para toparme con el sol a la altura del horizonte y darme cuenta de que la casa se ha tragado entero otro día, otra semana.

La forma más fiable de medir el tiempo es el estado en el que se encuentra el lugar.

A finales de febrero, el primer piso podría considerarse habitable. Aún hay arañas y ratas que han sobrevivido, y no puedo hacer nada con los pedazos de yeso que caen del techo a veces, ni con el hecho de que el suelo parezca inclinado hacia algún punto central, como si la casa entera se derrumbara sobre sí misma, pero cuando caminas por los pasillos ya no te da la impresión de estar recorriendo una cripta. Las superficies de las mesas brillan y los alféizares destellan. Las alfombras están rojas, azules y verde fuerte, en lugar de grises; y el olor a lejía y a limpiasuelos ha acabado con el hedor del moho.

Me llega a dar la impresión de que la casa aprecia tantos cuidados. El exterior sigue sucio y plomizo, pero las enredaderas empiezan a parecer más verdes, flexibles y vivas, y hay nuevos nidos de pájaros en los aleros. El suelo no ha dejado de emitir esa sinfonía de chirridos y gruñidos, pero juraría que ya no están en la escala menor.

A veces, me sorprendo tarareando al mismo tiempo, embargada por una extraña satisfacción. En gran parte se debe al dinero, que la experiencia me ha enseñado que resuelve un noventa y nueve por ciento de tus problemas, pero también a la Mansión Starling: a la manera en la que las paredes parecen brazos que me protegen, en la que los picaportes se adaptan a mis manos, a la sensación absurda e infantil de pertenencia a ese lugar.

8

A mediados de marzo, los gorriones ya han empezado a darse baños en los agujeros de la carretera y los narcisos comienzan a asomar con cautela por encima de las hojas apelmazadas. Aún hace frío, pero el mundo huele a tierra y parece haber despertado, lo que me inspira para sacar las alfombras y los forros de los sillones a rastras al exterior para que se aireen. Lo cuelgo todo del sicomoro más grande y antiguo, y luego empiezo a atizarlo con mi nueva escoba hasta que el polvo cubre la madera y el sudor hace lo propio con mi piel, a pesar del frío.

Lo dejo tendido y vuelvo a la casa, al tiempo que aparto las hojas y las larvas enroscadas con

los pies. Cuando llego a la puerta, reparo en que está cerrada y me han dejado fuera.

Toco varias veces, irritada, avergonzada y con muchas ganas de llevar puesta la sudadera con capucha en lugar de una camiseta de catequesis manchada de lejía. El viento se cuela con dedos helados a través de los agujeros del cuello. Vuelvo a llamar.

Al cabo de un rato, cuando me queda claro que Arthur no va a aparecer, o bien porque no me ha oído, o bien porque es un imbécil, me irrito aún más. Dios, cómo odio el frío. Me hace pensar en un río que se cierra sobre mi cabeza, en estrellas que desaparecen, en el fin del mundo. No he ido a nadar desde que tenía once años.[10]

«El típico síndrome postraumático», había dicho el señor Cole, como si eso sirviese para algo.

Golpeo e insulto a la casa. Trato de usar la llave de la verja en la cerradura, pero no gira. Le recuerdo a la Mansión con voz persuasiva todo el trabajo duro que he hecho por ella, sintiéndome estúpida por estar hablando con una casa, aunque no tanto como para dejar de hacerlo. Noto un estremecimiento en la mandíbula, como si mis dientes quisieran empezar a castañetear, y el viento me ha dejado la piel húmeda y pegajosa a causa del sudor. La puerta permanece cerrada, imperturbable.

Cierro la mano izquierda. El corte ya casi ha sanado por completo y me da pena reabrírmelo, por lo que me muerdo el labio inferior hasta que empieza a saberme a sal y a carne. Abro los dedos y los tengo manchados de sangre.

---

[10] Además de estar varios grados más frío que otras masas de agua de la zona, el condado aconseja de manera expresa no nadar en el río Mud. La recomendación se fundamenta en la presencia de mercurio y de arsénico, pero también tiene en cuenta los ahogamientos que se registran todos los años, que alcanzan unas cifras estadísticamente improbables. Un superviviente afirmó haber sentido una mano que lo agarraba por el tobillo y tiraba de él hacia abajo. Añadió que tenía los dedos pequeños y frágiles, como los de una niña.

Cuando estoy a punto de embadurnar la cerradura con mi sangre, como un antiguo sectario que bendijese una casa, oigo unas botas en las escaleras que tengo detrás. Suelto la escoba, me doy la vuelta y veo a Arthur Starling. Tiene la peculiar costumbre de aparecer cuando hago algo especialmente vergonzoso.

Lleva un abrigo negro y largo, de esos que solo he visto en películas de espías y en las cubiertas de las novelas de misterio de mala muerte, el pelo remetido a toda prisa debajo del cuello alto y el rostro azotado por el aire fresco. Me mira desde arriba, de la misma manera que yo miro a la gata infernal cuando las garras se le quedan atascadas en la mosquitera, como si no lograse comprender por qué tiene que aguantar a una criatura tan patética y desgraciada.

Suspira.

—Por favor, deja de sangrar por toda mi casa.

Me paso la lengua por el labio, resentida.

—¿De dónde vienes?

—De patrullar los muros.

Entorno los ojos para mirar los árboles invernales, deshojados y oscuros a excepción de los troncos blancos como huesos de los sicomoros, y recuerdo que este hombre y sus movidas espeluznantes no son mi problema.

—Claro.

—Tienes frío —observa. Se burla de mí, allí de pie y cubierto por ese abrigo de niño rico, con los hombros protegidos y la espalda recta a la luz invernal, mientras yo tirito debajo de mi camiseta de segunda mano y recuerdo cosas que preferiría olvidar. No obstante, de repente me harto por completo.

—¡No me digas, lumbreras! —Uso mi voz de verdad en lugar de mi tono alegre de cajera. Me alegro al ver cómo abre los ojos de par en par—. Mira, cuando te quedes encerrado fuera de una casa encantada en mitad de marzo y no haya nadie para dejarte entrar porque se ha ido a hacer vete a saber qué…

Da dos zancadas y pasa junto a mí mientras las llaves le tintinean en las manos. Abre la puerta, con la cara medio oculta detrás del cuello del abrigo.

Lo sigo al interior de la oscuridad húmeda de la casa mientras me pregunto si irá a despedirme y me digo que ojalá me diese igual. Llego a la conclusión de que tendría que haberle robado todas las cucharas de su estúpida casa.

Pero no dice nada. Nos quedamos de pie en el pasillo, incómodos y sin mirarnos. Por algún motivo, el calor del interior hace que sienta más frío. El estremecimiento me baja desde la mandíbula hasta las entrañas y traquetea en mis costillas. Se quita el abrigo y hace un gesto truncado en mi dirección antes de doblarlo con rigidez sobre el brazo.

Mira el suelo con el ceño fruncido y pregunta, con voz petulante:

—¿Por qué eres incapaz de ponerte un abrigo?

Repito en mi fuero interno el nombre de Jasper hasta tres veces para evitar decirle una grosería.

—Porque —respondo con el tono de voz menos cortante con el que soy capaz de hablar— lo está usando mi hermano.

Nuestras miradas se cruzan, y veo el brillo del remordimiento en la suya.

—Tienes un hermano.

—Sí. Es diez años menor que yo.

La nuez le sube y le baja en el cuello.

—¿Y vivís los dos con vuestro padre? Con vuestros padres, quiero decir.

—Anda, ¿ahora quieres charlar? ¿No debería ponerme a limpiar cosas? —Se estremece otra vez, con la boca medio abierta, y lo interrumpo antes de darle tiempo a despedirme—. Lo último que supe de mi padre es que era camionero en Tennessee, pero los de servicios sociales que le obligaban a pagarme la manutención dejaron de molestarlo cuando cumplí dieciocho. —En realidad, había sido al cumplir quince, pero mereció la pena perder el dinero para poder quedarme con Jasper—. Y no sabemos nada del padre de Jasper.

Mamá nos contó que él se había quedado a pasar el verano en el Jardín del Edén. Dijo que le había gustado porque olía a tabaco recién cortado y siempre le abría primero su cerveza, como un caballero de verdad. Jasper siempre preguntaba por él en agosto, hasta que la dueña del mexicano le dijo que el sheriff del condado había empezado a pedir la visa H-2A en los sembradíos. Le habían contado que el padre de Jasper se había vuelto a Managua.

—Y nuestra madre… —Aparto la mirada de Arthur y dejo que se me quiebre la voz—. Está muerta. Un accidente de tráfico.

Nadie te despide cuando acabas de contarle que tu madre está muerta.

No veo su cara, pero sé cómo te mira la gente cuando se entera: con pena, pavor y una extraña vergüenza ajena, como si mirase dentro de tu armario de las medicinas y encontrase algo bochornoso en el interior. Después vienen las disculpas forzadas y las condolencias que llegan once años tarde.

Pero Arthur se limita a decir:

—Ah.

Un silencio breve. Por alguna razón, me veo obligada a hablar.

—No estaba borracha. Sé lo que la gente va diciendo por ahí, pero conducía muy bien. Supongo… Supongo que simplemente tuvo mala suerte.

Ella no pensaba igual. Tenía una lista con todas las veces que había estado a punto de morir: aquellas pastillas adulteradas que la mandaron derechita a Urgencias, el novio celoso que casi la mata, el zorro que le había hecho dar un volantazo con el coche… Y decía que era la mujer con más suerte del mundo. Yo le señalaba que una mujer con tanta suerte no tendría una lista así. Supongo que el tiempo me dio la razón.

Parece que Arthur está rumiando una respuesta. Al fin consigue hablar:

—Mi madre. —Pero se queda en silencio. Luego añade—: Ella también.

Y entonces algo asquerosamente parecido a la empatía me viene a la garganta, y siento una necesidad imperiosa de extender los brazos hacia él. Carraspeo.

—Lo... Lo siento mucho...

Me interrumpe, envarado e impasible de nuevo.

—Creo que te pago lo suficiente para que te compres otro abrigo.

Me dan ganas de reírme. Me gustaría explicarle cómo somos las personas como yo, las dos listas que tenemos que hacer y la lista con la que nos quedamos, hablarle de todo lo que dejamos de lado por lo único a lo que no podemos renunciar. Me gustaría contarle la manera en la que Jasper se muerde los nudillos al editar vídeos y cómo contempla a veces el horizonte cuando cree que no lo estoy mirando, ansioso por comerse el mundo y famélico. También me gustaría hablarle del correo que recibí anoche diciéndome que lo habían aceptado para empezar las clases en otoño. Venía con una nota personal del director de admisiones asegurando lo contentos que estaban por aceptar a «estudiantes como Jasper» y pidiéndome una foto para la página web. Le había enviado una vieja del anuario escolar, alguna que otra de Logan y él con los portátiles y una muy divertida, muy parecida a la portada de un álbum de música, en la que se apoyaba en la pared del motel con una sudadera con capucha.

Decido encogerme de hombros.

—No voy a usar el dinero para eso.

—¿No vas a usarlo para qué? ¿Para comprar un abrigo?

—Para mí.

Intento que suene como un chiste, pero me sale como lo que es: la pura verdad. Arthur se limita a responderme con un «Entiendo» impasible que me hace pensar que no entiende nada y se marcha. El abrigo aún le cuelga del brazo.

No me lo vuelvo a cruzar en todo el día. Lo normal es que lo vea justo antes del atardecer, pero esa noche la casa permanece vacía y silenciosa. Me encuentro el sobre en el sillón del salón.

Debajo de él, bien doblado y con un tenue aroma invernal y a madera quemada, hay algo más. Un abrigo de lana.

Arthur se repite, con firmeza, una y otra vez, que da igual, que es solo un abrigo. Sí, era la última cosa que le había dado su madre. Sí, había encontrado la carta en el bolsillo después del entierro, como si ella hubiese salido de la tumba para guardarla allí.

(Sabía que eran los truquitos de la casa y, en ese momento, la habría quemado hasta los cimientos por el mero hecho de existir, por no pelear con uñas y dientes por aquello que amaba. En lugar de eso, se había limitado a romper la carta en dos).

Aun así. Solo es un abrigo.

Sin embargo, una culpabilidad enfermiza se apodera de él durante toda la noche y le remuerde la conciencia. Sabe muy bien qué hacer con esa culpa.

Lleva la espada hasta una estancia vacía y grande que solo parece existir cuando se siente así: inquieto y tenso, como si los huesos le zumbaran debajo de la piel. Hace los ejercicios con una eficiencia inflexible y sin elegancia. Su madre tenía un don natural con la espada, como si hubiese pasado su vida entera esperando a que alguien le pusiese la empuñadura en las manos. Luchaba como un apocalipsis, como un final grandioso e inevitable. Arthur pelea como un carnicero, rápido y de mala manera. Aun así, entrena hasta que le tiemblan los hombros y los tendones de las muñecas se le recalientan como si fueran cables eléctricos.

No es suficiente. Después se vuelca en los libros, se dedica a pasar las vulgares páginas de una guía de los críptidos europeos. Se detiene para hacer un boceto de una lápida mortuoria del siglo XVIII en la que aparece tallada la imagen de un animal retorcido y sinuoso que, una noche neblinosa, arrastró a una mujer hasta su muerte, en teoría. La guía afirma que fue una nutria enorme y sedienta de sangre, pero los lugareños usaron la palabra «beithíoch».

Arthur abre un diario encuadernado en cuero y escribe las coordenadas, la proximidad del agua, la niebla, los símbolos que los nativos grababan sobre los umbrales de las puertas para tener buena suerte. Hay cientos de entradas más que llegan hasta los días de la mismísima Eleanor Starling, generaciones de análisis frenéticos recogidas en un bestiario extravagante.

Pero Arthur ha añadido una nueva columna a sus páginas, con el encabezado «Incidentes registrados». Empieza a mirar desde el principio de la guía. El último ataque data de 1927.

«Ninguno», escribe, y siente un dolor extraño y agudo en el pecho que bien podría ser esperanza. Incluso los cuentos horribles terminan.

Arthur abre el cajón del escritorio y saca un tarro de cristal con tinta, una botella de alcohol isopropílico y un juego de agujas alargadas de punta afilada. Se había hecho los primeros tatuajes con un bolígrafo y agujas de coser, pero ahora tiene más cuidado.

Empieza a quedarse sin espacio. Tiene los brazos y el pecho cubiertos de líneas punteadas, con la carne retorcida en los lugares donde hundió demasiado la aguja. Pero, si se arremanga y se gira en la silla, llega a una sección de piel del tamaño de la palma de la mano que queda entre un par de urracas, justo debajo de dos espadas cruzadas.

En esta ocasión, elige un gorgoneion, con el rostro de una mujer rodeado de serpientes.

Al principio, los tatuajes no eran más que algo premeditado y remoto, una faceta lógica de sus planes, pero ha llegado a disfrutarlos. El chasquido de la piel al partirse, el aguijonazo de la tinta, el alivio. La sensación de que, poco a poco, elimina todo lo blando y vulnerable, y se forja a sí mismo para convertirse en el arma que necesita.

Al cabo de un buen rato, se limpia las gotas de sangre y revisa el trabajo en un espejo. Ha copiado bien el diseño, salvo por unos pocos cambios accidentales en el rostro de la mujer. Tiene el mentón demasiado afilado y los labios fruncidos terminan en un gesto torcido e irónico.

Ya no me importa tanto caminar hasta la Mansión Starling. Llevar puesto el abrigo de Arthur es como llevar encima una casita con botones brillantes que hacen las veces de pomos y paredes de madera lanuda que la protegen a una del frío. Por primera vez, entiendo que alguien sea capaz de disfrutar del invierno; no pasar frío cuando el mundo se congela es una rebeldía muy placentera.

Me esfuerzo por no llevarlo encima cuando Jasper pueda verlo. Se le da bien no hacer preguntas, pero no hay razón para preocuparlo. Por lo tanto, espero a que el autobús escolar salga del aparcamiento por la mañana antes de meterme bajo sus mangas y de colocarme el cuello para que me proteja del viento de finales de marzo.

Justo cuando me dispongo a salir del aparcamiento del motel, una voz dice:

—¿Opal? ¿Opal McCoy?

Me doy la vuelta y me topo con una mujer blanca muy guapa que se dirige hacia mí. Sonríe como si acabase de encontrarme de casualidad, pero camina con determinación y firmeza por la acera. Tiene unos dientes que parecen muy caros.

—¿Sí, señora?

Sueno pueril y pueblerina al decirlo. «Señora» es lo que les dices a las profesoras de la escuela, a las peluqueras y a las madres estresadas en el supermercado. Esta mujer no tiene nada que ver con ellas. Tiene un corte de pelo despuntado y moderno, y lleva un reloj con la esfera girada hacia el interior de la muñeca.

—Me llamo Elizabeth Baine. —Pronuncia todas las sílabas de una manera que me deja claro que jamás la han llamado Liz—. Esperaba que pudiésemos hablar.

—Ah, ¿sobre qué? Lo cierto es que voy de camino al trabajo…

—Será rápido —dice Baine, cuya sonrisa se ensancha un poco más. Es una expresión que ha ensayado una y otra vez, una colocación eficiente de músculos que me obliga a devolverle el gesto. «Tranquila», parece decir la sonrisa. «Puedes confiar en mí». Se me ponen de punta los pelillos del dorso de las manos—. Trabajas en la Mansión Starling, si no me equivoco.

No le he contado a nadie dónde trabajo, ni siquiera a Jasper. Ni a Bev, ni a Charlotte ni a la gata infernal. Y la idea de que Arthur chismorree sin querer sobre su nueva asistenta no me entra en la cabeza.

Los pelillos de punta se extienden por los brazos y luego por la espalda.

—Es posible.

—No te preocupes. —Se acerca un poco más y me toca el hombro. Huele a tienda de ropa del centro: esterilizada y planchada—. Nos encargamos de saber este tipo de cosas.

—¿Por qué hablas en plural?

—Ah, es verdad. —Una risilla amistosa—. Soy de Innovative Solutions Consulting. Nos ha contratado Gravely Power.

La mujer me tiende la mano. Sé que debería estrechársela y decir que estoy encantada de conocerla; una mentira piadosa, dadas las circunstancias. Pero mis brazos se quedan inmóviles en los costados, paralizados dentro de las mangas del abrigo de Arthur.

Baine retira la mano poco a poco, sin parecer ofendida.

—Queríamos pedirte ayuda, Opal. Desde hace un tiempo tratamos de ponernos en contacto con el ocupante actual de la Mansión Starling.

—¿Y eso por qué?

Hago la pregunta antes de comprender que me da igual saberlo.

—Por un problema de derechos mineros y límites de propiedades… Son muchos términos legales que no entiendo ni yo, en realidad. —Me queda claro que sí los entiende. Ríe con humildad, como una niña, pero sus ojos parecen cristales tallados—. El señor Gravely siempre busca nuevas oportunidades para invertir en Eden, y creemos que la propiedad de los Starling tiene mucho potencial. Te has enterado de que quieren ampliar la central, ¿verdad?

—Algo he oído, sí.

Me da la impresión de que tengo que haberme equivocado con el tono, porque Baine me responde con lo que parece una reprimenda:

—Sería muy bueno para la economía de Eden.

—Claro. —Y, luego, porque es imposible crecer junto a Bev y que no se te peguen algunas que otras malas costumbres, añado—: ¿Ya han arreglado la filtración en el depósito de cenizas de carbón? Todo el mundo recuerda lo que ocurrió en el condado de Martin. ¿Cuánto pagó Massey? ¿Cinco de los grandes? Y aún no pueden beber agua…

—Gravely Power está comprometida con la salud y la seguridad de la comunidad —asegura Baine—. Bueno, ¿qué puedes contarme sobre la propiedad de los Starling?

—Solo soy la de la limpieza. —Le dedico un encogimiento de hombros amistoso mientras trato de controlar la voz de Bev en mi cabeza: «Malditos buitres»—. Si quieres saber más, tendrás que llamar a Arthur.

—Arthur no tiene número de teléfono. —Baine pone demasiado énfasis en su nombre y algo me dice que no tendría que haberlo usado.

—Pues escríbele una carta.

—No responde a las cartas. —Sigue con expresión serena—. Esperábamos que fueses capaz de comunicarle lo interesados que estamos en hablar con él, de hacerle saber que este sería un trato muy ventajoso para él. —Hace una pausa muy calculada antes de añadir—: Para todos, Opal.

En esta ocasión, la sonrisa parece decir: «Sé exactamente cómo funcionas».

Y sí que es cierto. Siento cómo se me ensanchan los labios para dedicarle una sonrisa halagadora y cómo se me relaja la espalda. Abro la boca para decir: «Sí, señora», pero lo que digo es:

—Lo siento. No puedo ayudarte.

No sé cuál de las dos se queda más sorprendida. Parpadeamos la una frente a la otra, sin molestarnos ahora en sonreír. Me cuesta darme cuenta, pero noto que aferro con los dedos las mangas del abrigo de Arthur.

Me doy la vuelta e intento contener las ganas de salir corriendo antes de tomar otra decisión equivocada o de granjearme un enemigo terrible.

La voz de Baine resuena detrás de mí.

—El señor Gravely conoce tu situación. —Dejo de caminar—. Lo entristece mucho.

Usa un tono de voz que parece tener un atisbo de triunfo, como si fuera consciente de que acaba de sacarse un as de debajo de la manga, pero la verdad es que no tengo ni idea de a qué estamos jugando. El único señor Gravely a quien conozco es el hombre con manos que parecen huevos duros y con el pelo de color hígado, el propietario de la empresa de electricidad y de medio país. Me cuesta imaginarme que sepa siquiera cómo me llamo. ¿Se supone que es otro soborno? O…, noto una presión en el pecho…, ¿una amenaza?

Miró de reojo, con gesto serio.

—No sé a qué situación se refiere. No tenemos ningún problema.

Baine esboza un gesto que supongo que pretendía parecer sincero.

—Quiere ayudarte, Opal.

—¿Y por qué iba yo a importarle una mierda al señor Gravely?

—Porque… —Baine me examina el rostro con los ojos algo entornados. Me da la impresión de que lleva a cabo una serie de cálculos rápidos. El gesto desaparece cuando me dedica otra sonrisa—. Porque es un buen hombre. Le gusta mucho este pueblo, como bien sabrás.

Lo dudo. Los Gravely tienen esa casa grande en las afueras, pero siempre están de vacaciones o viajando.[11] Apuesto lo que sea a que Don no sabe siquiera qué cornejos son los que florecen primero, ni cómo silba el tren por las noches, triste y solitario. Apuesto lo que sea a que el agua del grifo le sabe a sangre, porque no está acostumbrado a tener tanto metal en la boca. Yo no sé si me gusta Eden, pero sí sé que la conozco hasta el tuétano.

Encojo un hombro y le digo a Baine:

—Claro que sí.

Lo hago con un tono de voz que rima con «que te den». La niebla rodea su silueta antes de que yo llegue a la carretera principal.

---

[11] La mansión original de los Gravely estaba muy cerca de la central eléctrica. Quedó abandonada tras la muerte del menor de los hermanos Gravely en 1886 y se prendió fuego poco después. Ningún miembro de la familia Gravely vive en Eden desde aquel incidente, y son pocos los que visitan el lugar durante más de un par de días.

Esa mañana, Arthur está más taciturno de lo habitual. Las bolsas de debajo de los ojos parecen más amoratadas e hinchadas, como fruta demasiado madura, y arrastra un poco los pies cuando se aleja. No le hago preguntas, y tampoco menciono a Elizabeth Baine, ni su trato muy ventajoso.

Me resulta fácil olvidarla mientras trabajo. Me entierro entre el polvo, barro, froto el moho de los marcos de las ventanas y quito las marcas de barro de los cajones. Lo único que no puedo quitarme de la cabeza es que ya no soy la única que se interesa por la Mansión Starling.

9

Después del trabajo, tendría que haber vuelto a casa, pero decido mandarle un mensaje a Jasper: «Me voy a quedar trabajando hasta tarde otra vez».

Y giro a la derecha justo antes de llegar al puente del ferrocarril. Es un lugar con vistas privilegiadas a la central eléctrica, con esas torres alineadas por el río como si perteneciesen a un castillo y el depósito de cenizas de carbón como un foso negro y alquitranado. La rodea una extensión de tierra llena de maleza y agujeros donde no crece gran cosa.

Bev dice que es el lugar donde enterraron al Gran Jack, porque iba en contra de veinte o treinta normas hacerlo en los terrenos de la empresa.[12]

Llego a la biblioteca pública de Muhlenberg una hora antes de que cierre.

Charlotte está inclinada sobre los ordenadores, con el pelo rubio recogido en una trenza que le cuelga de un hombro y las gafas sobre la cabeza mientras le explica a un usuario que las fotocopias a color cuestan veinticinco centavos por página. El tono de la voz da a entender que ya se lo ha explicado varias veces, y espera tener que explicárselo varias veces más, por lo que me cuelo en la sección de novedades hasta que veo que se dirige a la recepción.

Me saluda arrastrando las palabras:

—Vaya. Mira quién ha venido.

No hay malicia alguna en ella, porque Charlotte es del todo incapaz de albergar malicia. Perdona las multas por retraso en las devoluciones antes siquiera de que se envíen los avisos y nunca llama a la policía cuando los borrachos se quedan dormidos en los sillones de la biblioteca. Fue profesora particular de Jasper antes de que este hiciese las pruebas de aptitud, y también una de las que entraron en el despacho del director cuando uno de sus compañeros de clase le dijo que volviese a México. Hasta Bev se sienta más erguida y se pasa los dedos por el pelo en presencia de Charlotte.

—Hola, Charlotte. ¿Cómo va todo? ¿Te va bien con las clases?

Charlotte lleva años continuando sus estudios por internet, a saber por qué. La contrataron, cuando solo tenía un título de Len-

---

[12] Todos los testigos aseguran que el entierro fue un acontecimiento frustrante. El sepulturero estaba preocupado porque el sustrato era poroso y friable, lo que provocó una serie de pequeños corrimientos de tierra que obligaron a rellenar el agujero una y otra vez. Los reporteros se quejaron por la espera y por el clima. La niebla no les venía nada bien a las cámaras.

gua y Literatura de la Universidad de Morehead State. Y, después de llevar más de una década en Eden, no parece muy probable que vayan a despedirla, a pesar de todos los imbéciles que se quejan de su decoración con arcoíris siempre que llega junio.

—Lo suficiente. ¿Dónde te has metido?

Me coloco un mechón detrás de la oreja.

—Muchas horas extra últimamente, sin más.

—¿Y cómo está Jasper?

—Bien. Genial.

Decido no contarle que ha estado un poco raro, ni que el nuevo inhalador aún no ha llegado y a veces se despierta asfixiado a las dos o las tres de la mañana, lo que me obliga a usar agua salada en el nebulizador hasta que consigue volver a respirar. A veces no puede volver a dormirse, y yo me despierto por la mañana y me lo encuentro con ojeras y demacrado, inclinado sobre el portátil. Aún no me ha dejado ver en qué trabaja ahora.

—Pero bueno, quería comentarte una cosa…

Paso los dedos por el escritorio y empiezo a juguetear con la grapadora.

Charlotte la coge y la aparta de mis manos.

—¿Sí?

—¿Tienes por ahí algo de los Starling? En la historia de Eden o algo así.

Lo cierto es que espero que se desmaye de la alegría, pues lleva años investigando sobre la historia de Eden y ha pasado fines de semana enteros viendo microfilmes y haciendo fotos a tumbas viejas, pero le aparecen un par de arrugas alrededor de la boca.

—¿Por qué lo preguntas?

—Bev me contó una historia y me entró la curiosidad.

Me encojo de hombros con naturalidad. Ella se fija en el abrigo caro de Arthur, y a las arrugas de su boca se les une una tercera entre las cejas. Después le toca el hombro a una compañera de trabajo.

—Morgan, ¿me cubres? Sígueme, Opal.

La sigo hasta el armario enorme al que suele referirse, no sin cierta pretenciosidad, como los archivos. Hay material de papelería y donaciones de libros apilados entre cajas de cartón, números antiguos de la *The Muhlenburger* y el *Leader-News* de Greenville.

Charlotte pasa el pulgar por una pila de bolsas de plástico etiquetadas como «Propiedades de los Gravely».

—¿Recuerdas cuando murió el viejo Leon Gravely? Han pasado diez u once años… Un problema hepático, según se dice. Muy repentino. Bueno, el caso es que su hermano se hizo cargo de la empresa y cedió todos los documentos a la Sociedad Histórica, y también hizo una generosa donación. Si tenemos algo sobre los Starling, tiene que estar por aquí. Son apellidos muy relacionados.

Echo un vistazo a las bolsas y luego miro otra vez a Charlotte.

—Vale. ¿Me echas una mano? O me das algún consejo, al menos.

—No sé, Opal. ¿Me vas a contar por qué has estado trabajando tanto que no has podido ni pasarte a saludar? ¿Y por qué apareces por aquí con un abrigo de hombre y empiezas a preguntar por los Starling?

Charlotte es tan amable que a veces me olvido de que también es muy lista.

Me lo pienso.

—No.

Me devuelve la mirada y, para tratarse de una bibliotecaria que acaba de entrar en la mediana edad y que lleva gafas con montura color salmón, se parece demasiado a un muro de hormigón.

—Pues buena suerte. —Me da la espalda—. Vuelve a ponerlo todo en su sitio cuando termines.

Cuando pasan los primeros cinco minutos, ya sé que no

voy a encontrar nada. La primera bolsa parece contener lo que habría en el escritorio de un anciano, pero organizado sin ton ni son en carpetas. También hay muchas facturas y cartas entre abogados y contables. Botones sueltos, álbumes de fotos familiares y corchos que aún conservan un ligero olor a Wild Turkey. Algunas de las fotos están enmarcadas: son de integrantes de la familia Gravely inaugurando cosas y estrechando manos a alcaldes, hombres con el pelo del color de la carne cruda y mujeres con sonrisas malvadas. En ninguna de ellas veo a una niña pálida de ojos claros.

La segunda bolsa contiene lo mismo, y también la tercera. Ni siquiera me molesto en revisar la cuarta. Mientras lo guardo todo, me siento estúpida y hambrienta, pero en ese momento veo algo por el rabillo del ojo: un pedazo de papel que sobresale de las páginas de una Biblia. Es un recibo de la licorería de Elizabethtown. Lo cojo y ladeo la cabeza mientras me pregunto por qué haber visto algo así ha hecho que un escalofrío me recorra todo el cuerpo. Después me fijo en el número de teléfono que hay escrito en la parte superior con caligrafía trémula: «242-0888».

Conozco ese número.

Empiezo a oír cómo se me acelera la respiración. Suena como un río agitado.

Doblo el recibo dos veces y me lo meto en el bolsillo trasero del pantalón. Después, de repente, como si acabara de recordar una cita muy importante, me marcho. Cierro el armario y dejo las bolsas abiertas y desordenadas, y después me afano con el pomo de la puerta que da a la sala de personal. Noto las manos entumecidas y muy frías, como si las hubiese metido en agua helada.

—¿Ya has terminado? —Charlotte está de pie y pulsa varios botones del microondas. Me mira con el ceño fruncido. Me siento como un animal al que hubiesen pillado escapando de una trampa, con los ojos desorbitados—. Opal, cielo, ¿qué ocurre?

—Nada.

Noto el aire denso y húmedo en la boca. Es como si no consiguiese llenarme los pulmones.

—Yo diría que sí que te pasa al… —El microondas resuena detrás de ella y yo me llevo un enorme sobresalto. Nos quedamos mirando durante un rato largo y tenso, pero Charlotte termina por decir, con más amabilidad aún—: Siéntate.

Me siento. No aparto la vista de los pósteres de Reading Rainbow mientras Charlotte mete en el microondas una segunda taza de café. Es una situación muy normal: el tintineo de la cucharilla en el tarro de azúcar, la mesa un poco pegajosa…, por lo que empiezo a sentir que vuelvo a tener el control de mi cuerpo. Coloca una taza frente a mí y la rodeo con ambas manos. El calor me abrasa la punta de los dedos.

Charlotte se sienta al otro lado de la mesa. Me mira con esos ojos grises y apacibles.

—Mira. Sé muchísimo sobre la Mansión Starling. Puedo contarte lo que quieras, pero me gustaría saber qué pasa aquí.

Le dedico mi mejor sonrisa de arrepentimiento, para hacerle ver que me ha pillado, pero noto la voz un tanto temblorosa al hablar.

—La verdad es que he estado dando clases online y quería escribir mi trabajo final de arquitectura sobre la Mansión Starling, así que necesito tu ayuda.

La mentira es buena, porque sé que es lo que Charlotte quiere oír. Siempre me está insistiendo en que me saque el graduado escolar o que estudie algo.

Coloca las cejas muy rectas y se le pone acento de la región oriental de Kentucky.

—Ya veo. Así que ahora las dos contamos cuentos.

—No, señora. No pretendía…

Charlotte levanta un único dedo a modo de advertencia, como hacía siempre que me pillaba robando del frigorífico de la sala de personal cuando era niña. Significa: «Última oportunidad, chica».

Me froto el canto de las manos contra la frente, pero, por primera vez, no se me ocurre una mentira mejor.

—Vale. Me han contratado para limpiar la Mansión Starling, y resulta que da mucho miedo, aunque eso no es asunto mío porque solo lo hago por dinero, pero ahora me he topado con alguien que ha empezado a hacer preguntas sobre ella... —Charlotte abre los ojos más y más con cada pausa que hago—. Y quería saber exactamente dónde me estoy metiendo.

No estoy acostumbrada a decir la verdad, sin medias tintas, sin pensar y sin filtrar. Podría seguir. Podría decirle que Arthur Starling me ha dado el abrigo, que tiene símbolos extraños tatuados por los brazos y que a veces me pregunto hasta dónde llega la tinta, que Elizabeth Baine sabía mi nombre.

Que acabo de ver el número de teléfono de mi madre escrito en el recibo de un hombre muerto.

Pero me muerdo el labio, con bastante fuerza como para que me duela.

Charlotte me mira con gesto tranquilo. De haberle contado a Bev todo lo que le he dicho a Charlotte, me daría una charla de diez minutos sobre las malas consecuencias que trae el dinero rápido, y luego me dejaría sin internet durante una semana, pero Charlotte le da otro sorbo al café y se relame el azúcar de los dientes antes de hablar.

—¿Qué historia de la Mansión Starling te contó Bev?

—Me dijo que Eleanor Starling había venido al pueblo y se había casado con un rico...

—John Peabody Gravely.

—Sí, y que luego lo había asesinado por su dinero, o algo así. Y que después había construido una casa y había desaparecido.

Charlotte asiente y mira la taza.

—Yo también oí esa cuando me puse a preguntar por los Starling. Pero no es la única. En otra, adoraban al diablo y robaban niños pequeños. También he oído que la casa está encantada y que ningún Starling ha muerto de viejo. Incluso he llegado a oír que tienen lobos en su propiedad, blancos y enormes.

Siento que una sonrisa empieza a torcerme el gesto.

—Creía que eran tigres siberianos.

—Bueno, Bitsy no tiene muy claro cuál de los dos da más miedo.

—No crees ninguna de esas historias, ¿verdad?

Charlotte encoge un hombro.

—Soy de las que opinan que, cuando alguien es ligeramente diferente de los demás, la gente se inventa todo tipo de tonterías. —Le cambia la cara y se pone más seria—. Pero... ¿recuerdas cuando hice todas las entrevistas para mi libro? Pues al final hablé por teléfono con una mujer llamada Calliope Boone que me comentó que su familia había tenido relación con los Gravely.

—¿Qué tipo de relación?

Cierto atisbo de incomodidad se refleja por un instante en la cara de Charlotte.

—La señorita Calliope es negra. —No cuenta nada más al respecto, como si quisiera que fuese yo quien aventurase qué tipo de relación podía tener una familia negra con una de ricos al sur de la Línea Mason-Dixon.

—Ah.

—Sí.

—¿Es familia de los Stevens?

Solo conozco a una familia negra en Eden. La hija estaba en mi mismo curso antes de irse a la Universidad de Kentucky.[13]

---

[13] El hecho de que solo haya una familia negra no debe considerarse un accidente demográfico. Kentucky, la decimotercera estrella de la bandera confederada, el lugar

Charlotte niega con la cabeza.

—No. Los Boone ahora están en Pittsburgh. Se marcharon de Eden mucho antes de la Primera Guerra Mundial. Creía que había sido por culpa de Jim Crow, pero la señora Calliope comentó que había más razones.

—¿Qué más dijo?

Charlotte se quita las gafas y se frota los ojos con fuerza.

—Me contó una historia diferente sobre la Mansión Starling. O puede que sea la misma, pero desde un punto de vista distinto. No lo sé. —Saca el teléfono y empieza a trastear con él mientras mira la pantalla con el ceño fruncido—. Me dejó grabarlo. Tengo una transcripción, pero no es lo mismo.

Coloca el teléfono entre ambas, con la pantalla mirando hacia el techo, y luego la pulsa para empezar a reproducir la grabación.

Lo primero que oigo es la voz de Charlotte.

«Señora Calliope, ¿está lista? Vale, pues cuando quiera. Dijo que tenía una historia que contarme, ¿no es así?».

«No. —La voz suena quejumbrosa y muy mayor—. Yo no cuento historias. Solo la verdad».

Nos quedamos sentadas en silencio hasta que termina la grabación.

Charlotte sale para indicarles a las últimas personas que quedan en la biblioteca que tienen que marcharse, y a las nueve cierra las puertas. La sigo al exterior.

---

de nacimiento de Davis y Lincoln y el hogar de más de doscientos mil hombres, mujeres y niños esclavos, no se mencionó en la Proclamación de Emancipación y más tarde quedó excluido de la Reconstrucción. Muchos libertos escaparon y consiguieron borrar sus huellas a la perfección. Sus nombres se olvidaron y sus hogares se derrumbaron; sus cementerios quedaron abandonados, enterrados bajo hiedras venenosas y vernonias, hasta que asfaltaron sobre ellos para construir aparcamientos o centros comerciales. Su recuerdo solo perdura en las mentes de sus familiares, en las historias que cuentan aquellos que se quedaron y aquellos que se marcharon.

Nos quedamos de pie en el círculo blanco que forma la farola del aparcamiento, mientras escuchamos el traqueteo distante de un tren de carbón y el ruido blanco del río.

Me decido al fin y comento:

—No sabía nada.

—No —conviene ella.

—Es… terrible.

Me he puesto a pensar en la antigua galería que hay en la orilla del río, la que la ciudad había terminado por tapiar. Me pregunto cuántos hombres murieron en la oscuridad de abajo antes que ese pequeño niño blanco, y por qué su muerte es la única que recordamos.

—Sí. —Charlotte suelta el aliento en un siseo largo y cargado de pesadumbre—. ¿Sabes que empecé a escribir la historia de Eden porque me gustaba este lugar? —Tiene sentido. Charlotte es el tipo de persona que adoptaría al gato más feo de todo el refugio—. No pensaba quedarme mucho tiempo cuando acepté el trabajo, pero al final lo hice, y supongo que quería demostrar a todo el mundo la razón. Pero, a veces, me siento como si estuviese levantando la alfombra de una casa muy vieja y encontrando todo tipo de cosas podridas ahí debajo.

Tuerzo el gesto.

—La mayoría de la gente de por aquí se limitaría a grapar la alfombra al suelo y fingiría no haber visto nada.

No les gustaban las cosas horribles y desafortunadas, cualquiera que deslustrase la historia que habían forjado sobre sí mismos.

Supongo que mi voz suena triste, porque Charlotte me mira con gesto preocupado, casi compasivo.

—Supongo —dice con tono amable—. Y a lo mejor yo no sería diferente. A lo mejor me limitaría a marcharme y a olvidarme del libro, a irme a algún lugar donde pudiera olvidarlo todo. —Hace un gesto en dirección al horizonte negro y arrugado—. Y quizá tú también deberías marcharte.

Cualquier otra noche le habría mentido, le habría dicho que estoy ahorrando dinero y soñando con un futuro grandioso. Pero puede que decir la verdad sea como cualquier otra mala costumbre, de esas que es más difícil de dejar cuanto más te acostumbras a ellas.

—Puede. Pero Eden es…

No sé cómo terminar la frase.

—Lo sé —susurra Charlotte—. Yo también pienso que sería un buen lugar en el que echar raíces.

Cuando la mayor parte de los habitantes de Eden hablan de sus raíces, hacen ondear banderas confederadas y azuzan debates absurdos sobre la Segunda Enmienda, pero todo esto suena diferente en labios de Charlotte. Me recuerda a una semilla de manzana escupida con mucho cuidado a un lado de la carretera, que brota a pesar de la tierra en mal estado y de los gases, que se aferra a la única tierra que ha conseguido encontrar.

Charlotte suspira.

—Pero cuando me saque el máster… Bueno. —Exhala mientras se da la vuelta—. Las personas no son árboles, Opal.

Sus zapatos resuenan contra el asfalto.

—Oye, ¿podrías enviarme la transcripción, si es posible?

Charlotte titubea. Asiente una vez.

—No se la des a nadie. Sé dónde vives.

Cuando llego al motel, aún no he pensado qué excusa poner para explicar lo tarde que es, pero tampoco tengo razón para preocuparme por ello: la cama de Jasper está vacía. El corazón me da un vuelco antes de ver la nota que ha dejado sobre la almohada.

«*He ido a casa de Logan. Mañana cogeré el autobús con él*».

El padre de Logan es techador y su madre trabaja de auxiliar administrativa en la oficina del condado, lo que quiere decir que los Cadwell tienen una mesa de billar en el sótano y refrescos de marca en el frigorífico. Son miembros de la asociación de padres y profesores y de Rotary International, y siempre llevan táperes llenos de macarrones con queso y tapados con papel de aluminio a las cenas de la iglesia. También envían postales navideñas con niños adoptados con todos los tonos de piel imaginables. Y todo eso teniendo en cuenta que solo son un poco mayores que yo.

Los odio.

La nota termina con una posdata un tanto distante que reza: «*Se han acabado los cereales*», en lugar de los típicos besos y abrazos, por lo que no me cabe la menor duda de que Jasper está enfadado conmigo. Debería enviarle un mensaje y descubrir la razón, pero estoy cansada, tengo demasiada cafeína en sangre y me alegro, aunque no lo diga, de disponer de toda la habitación para mí esta noche.

No tengo que esperar a que mi hermano se quede dormido antes de sentarme con las piernas cruzadas y apoyar el portátil en el radiador. Cierro las pestañas abiertas (una página de búsqueda de empleo, un tutorial de efectos especiales, la página de Gravely Power, a saber por qué…) y luego abro el «documento 4».

Espero. Al cabo de un rato, me llega un correo de la dirección del personal de la Biblioteca Pública de Muhlenberg. El asunto reza: «Entrevista 13A: Calliope Boone».

Abro el archivo adjunto y leo la historia que antes había escuchado.

Esta es la verdad sobre la Mansión Starling.

Había una vez tres hermanos que ganaron una fortuna con el carbón o, lo que es lo mismo, con las vidas humanas.

Los hermanos Gravely se construyeron una casa bonita en la colina, con dos escaleras y ventanales de cristal de verdad, y luego levantaron una hilera de cabañas por la orilla del río. La primera persona a la que compraron fue un hombre llamado Nathaniel Boone, a la Compañía Minera Winifrede. Nathaniel enseñó a sus compañeros a excavar bien profundo, a apuntalar los postes, a extraer el carbón de la tierra como si fuera sangre y, durante algunos años, a los Gravely les fue muy bien. Pero todas las minas se agotan con el tiempo, y todos los pecados terminan por pagarse.

A mediados de siglo, el carbón fácil de extraer se había agotado, y los beneficios empezaron a menguar. Los Gravely habrían podido continuar unos pocos años más, aprovechándose del trabajo duro de hombres mejores que ellos, de no haber sido por las elecciones de 1860. De no haber sido por la batalla de Antietam o por la proclamación posterior, o por la manera en la que Nathaniel y los demás mineros se detenían a veces en el trabajo, como si notaran que los grandes engranajes del mundo habían empezado a girar bajo sus pies.

Los hermanos Gravely estaban decididos a conseguir sacar la mayor cantidad de carbón posible del suelo antes de que se les agotara el tiempo. El mayor era el peor de todos, un hombre que tenía la piel del color de la nata agria y un corazón de antracita. Bajo su atenta mirada, Nathaniel y sus hombres excavaron a más profundidad y más rápido de lo que lo habían hecho jamás, y se adentraron más y más en la tierra. Cuando Nathaniel Boone hablaba sobre esos meses, incluso décadas después, sus ojos se oscurecían como si volviesen a reflejar las profundidades sombrías de las minas.

De tanto en tanto, llegaban rumores de que se habían aprobado enmiendas a la Constitución, pero la Constitución no parecía regir en Eden. Todas las noches, Nathaniel se iba a dormir en la misma cabaña tosca, y todas las mañanas se internaba en la misma tierra oscura, por lo que el sol se convirtió en un desconocido para él, en algo ajeno y molesto. Uno de los jóvenes le comunicó que tenía la esperanza de que alguien viese las cadenas que tenían en los tobillos y dijese algo, pero Nathaniel se rio. Llevaban diez años con esas cadenas, y nadie de Eden había dicho nada al respecto.

El único lugar al que podía ir eran las profundidades, así que Nathaniel siguió excavando, a tanta profundidad y con tanta desesperación que llegó hasta el fondo de todo, y ni así dejó de excavar. Siguió y siguió hasta que cayó a través de una grieta en las profundidades del mundo, directo hacia el mismísimo Infierno.

Nathaniel nunca comentó qué vio ahí abajo, ni siquiera a sus hijos o a sus nietos. Lo único que dijo fue que la representación de la Biblia no era del todo exacta: había muchos demonios, pero ni una sola llama.

La niebla lo cubrió todo esa noche y albeó la orilla del río. A la mañana siguiente, el mayor de los Gravely apareció hinchado y azul en las aguas del Mud. Los hombres que le pertenecían, o que él creía que le pertenecían, se habían marchado.

Nathaniel Boone fue el único que siguió en Eden. No sabría decir por qué; tenía una laguna en sus recuerdos, como si se hubiese quedado dormido y soñado con cosas oscuras y fantásticas durante días. Al despertar, se encontró escalando de vuelta hacia la luz, con las manos húmedas aferradas a la piedra caliza y a las raíces pálidas. Salió por una grieta en la tierra y se encontró en el bosque húmedo de árboles bajos que había al norte del pueblo. Podría haber huido entonces, pero no quería hacerlo, o no quería tener que hacerlo, o quizá simplemente no quería marcharse de Eden y dejarla prosperar, sin que recibiese su merecido.

Y por eso aceptó un trabajo en la embarcación fluvial que llevaba mercancía desde Elizabethtown. Pasó los días cortejando a una liberta del condado de Hardin. Ella quería asentarse en el norte, y Nathaniel le había prometido que lo harían, pero se quedaron en el mismo lugar mucho tiempo después de casarse. Siempre decía que tenían que ahorrar un poco más de dinero. O esperar al invierno, o a la primavera, o a que la prima de ella tuviese un segundo bebé. Todas las noches, cuando se metían en la cama, ella soñaba con una hilera de casas de ladrillo y de tranvías eléctricos, y él, con los Gravely.

Soñaba que se caían por las escaleras, que se asfixiaban con huesos de pollo, que se ahogaban, que desaparecían o que enfermaban y nunca llegaban a recuperarse. A veces, soñaba consigo mismo, subido en un tren de vapor que salía de Eden, junto a su mujer, y dejando tras de sí un yermo de tumbas.

Pero los Gravely vivieron, tal y como hacían siempre los hombres de su posición social. Nathaniel empezó a pensar en tomarse la justicia por su mano, pese a todas las promesas que le había hecho a su esposa, y fue entonces cuando encontró una alternativa de pie a la orilla del río Mud: una joven blanca con un traje gris y el dobladillo oscurecido a causa de la humedad.

La reconoció, claro. Se trataba de la señorita Eleanor, que había aparecido en la vida de los Gravely tiempo antes. Era de ojos grandes y enjuta, como un ave cantora enclenque a la que la familia había aceptado. A decir de la gente, lo habían hecho porque tenían buen corazón, pero Nathaniel sabía que los Gravely no tenían corazón alguno, por lo que dudaba al respecto.

La vio allí de pie, mirando hacia el río como si fuese un amante perdido a quien echara de menos. Caminó un paso en dirección al agua, y Nathaniel dijo, en voz baja: «Un momento».

Ella alzó la vista para mirarlo, con gesto distante y atormentado, como si la hubiese interrumpido mientras tendía la colada. Nathaniel le preguntó qué hacía allí, y ella respondió que era el día de su boda. Lo dijo como si fuera una explicación del todo suficiente, y Nathaniel dio por hecho que lo era. ¿Acaso él no había excavado un agujero hasta el Infierno para huir de los Gravely?

Nathaniel ató su barcaza a un abedul inclinado y se bajó en la orilla. Sacó del agua a Eleanor y le quitó con paciencia las piedras que se había metido en los bolsillos, no porque se compadeciese de ella, ya que Nathaniel sabía a ciencia cierta que toda la comida y la ropa que le habían dado a ella los Gravely había sido comprada con su sangre, sino porque creía que ambos podrían llegar a compartir un objetivo común.

Le preguntó a la señorita Eleanor si podía contarle una historia y le dijo que, si quería, podría tirarse al río después. Le juró que, en ese caso, no la detendría. Ella accedió, por lo que Nathaniel le contó la historia del agujero en el mundo, el lugar que había debajo de él y las cosas que allí habitaban. No era la primera vez que la contaba, ya que antes lo había hecho con la liberta con la que terminaría por casarse, y ella le había dicho que si la amaba de verdad no regresara nunca a ese lugar. Pero la señorita Eleanor no amaba a nadie, y nadie la amaba a ella.

Escuchó con atención mientras Nathaniel hablaba. Cuando terminó, no volvió a entrar en el agua.

Y por ese motivo, Nathaniel no se sorprendió al enterarse de la muerte de John Gravely, ni de las huellas que habían encontrado en las minas. Tampoco se sorprendió cuando vieron a la viuda reír entre los sicomoros al norte del pueblo, ni cuando supo que había construido una casa enorme y perturbadora allí mismo.

Solo se sorprendió en una ocasión, muchos años después, cuando volvió a casa y descubrió que alguien le había dejado una nota por debajo de la puerta. En ella se le aconsejaba marcharse de Eden lo antes posible, y añadía que con dicho aviso se le «pagaba una antigua deuda». La firma era un ave pequeña dibujada con brusquedad en tinta negra. Un zanate, quizá. O un estornino.

Nathaniel se marchó. Cuando su esposa le preguntó el motivo, él le dijo que ya no tenía razón alguna para quedarse. Finalmente, Eden había recibido su merecido.

10

A la mañana siguiente, el pueblo tiene un aspecto diferente. Los detalles son los mismos: el toldo torcido de la casa de empeños, el olor agrio del río, los rostros que me miran desde detrás de cristales resquebrajados, los labios fruncidos…, pero ahora me da la impresión de que todo se hace con un propósito, de que es algo merecido, como si se tratase del castigo por un terrible pecado. Sé que una parte de la historia es inventada, porque no existen las maldiciones ni las grietas en el mundo, pero tal vez todas las buenas historias de fantasmas sean así: una manera de hacer que la gente sufra las consecuencias que merece y que nunca llegaron a recibir en la vida real.

Camino hasta el trabajo con el abrigo de Arthur, con el cuello subido, mientras pienso en la historia de Bev y en la verdad de la señora Calliope, mientras trato de dilucidar si son lo mismo. Es como una de esas ilusiones ópticas que pueden verse como una copa de vino o como dos caras a punto de besarse, dependiendo de cómo las mires.

Los Gravely son o bien víctimas o bien villanos; Eleanor Starling es una mujer retorcida o una joven desesperada. Eden está maldito o, simplemente, recibiendo su merecido.

Nada de eso es asunto mío, claro, pero es mejor que ponerme a pensar en cómo Jasper habrá disfrutado de un plato abundante de comida casera en casa de Logan o en que Charlotte tiene pensado marcharse. Y también es mucho mejor que preguntarme por qué un viejo rico tenía el número de teléfono de mi madre guardado en su Biblia.

Cuando me encuentro a mitad de camino de la Mansión Starling, oigo un motor que resuena detrás de mí. Me aparto de la línea blanca para dejarlo pasar.

Pero no lo hace. Reduce la velocidad y empieza a ronronear a mi lado. Durante unos momentos incómodos, me da por pensar que el Departamento de Servicios a la Comunidad ha dicho que hasta aquí hemos llegado y se dispone a arrastrarme frente a un juez por falsificar mi certificado de nacimiento, además de otros delitos menores, pero nadie que trabaje para el estado de Kentucky ha conducido jamás un coche como este: bajo y elegante, con ventanillas que parecen cristales negros y pulidos. Veo el reflejo de mi cara en ellos, un óvalo pálido enmarcado por una maraña de pelo descuidado.

Alguien baja la ventanilla trasera. Mi reflejo da paso al rostro sonriente de Elizabeth Baine.

—Buenos días, Opal. ¿Quieres que te lleve?

Tengo la desagradable impresión de que esta es una de esas ofertas que no se pueden rechazar, pero lo intento, de todos modos.

—No, gracias.

Baine ensancha aún más la sonrisa.

—Insisto. —Ya ha empezado a abrir la puerta del coche—. Tenemos muchas cosas de las que hablar.

—Ah, ¿sí?

Se desliza por el asiento de cuero negro y señala el espacio vacío que hay junto a ella. Titubeo, a medio camino entre lo más gratificante para mí (hacerle una peineta y seguir caminando) o lo más sensato (hacerme la tonta y no enfadar a la señora rica con amigos en las altas esferas).

Me subo al coche. Hay dos hombres en la parte delantera, ambos llevan abrigos negros y ninguno mira hacia atrás. Me da la absurda sensación de que he salido de Eden para acabar en una película de espías de serie B, una de esas en las que alguien está a punto de gritar «¡La tengo!» al tiempo que me cubre la cabeza con una bolsa negra.

Baine se limita a inclinarse sobre mí para cerrar la puerta.

—Todo listo, Hal.

El conductor asiente y vuelve a dirigir el coche a la carretera. Un ambientador con forma de manzana se balancea en el retrovisor.

—Bueno. —Baine se gira en el asiento—. Opal. No puedo decir que fuera del todo sincera contigo ayer. Te dije que mi consultoría colabora con el señor Gravely, lo cual es cierto, pero también tenemos otros clientes que están muy interesados en el trabajo que realizamos aquí. Los derechos de explotación minera de las tierras de los Starling solo son uno de nuestros intereses.

Cada palabra que pronuncia parece sensata y razonable, pero no logro estructurarlas en forma de frases coherentes en mi cabeza.

—Vale —respondo.

—Nuestro equipo ha identificado ciertos datos fascinantes, o incluso anómalos, en esta región, y esperábamos entrevistar a algunos lugareños al respecto.

Hace demasiado calor en el coche. Me siento sudorosa y tonta, embutida como una niña en este abrigo ridículo. El sabor a productos químicos del ambientador me inunda la boca.

—¿Qué clase de… datos anómalos?

Baine no deja de darle vueltas al reloj que lleva en la muñeca.

—Algunos son privados, claro está, pero para corroborar otros basta con echarle un vistazo al padrón. La esperanza media de vida, la tasa de enfermedades cardiacas, los tipos de cáncer, las adicciones, el asma…, los accidentes de tráfico mortales. —Alza los ojos durante un instante hacia los míos mientras dice esto último. Me esfuerzo por no cambiar la expresión de mi cara y pienso, sin perder la calma: «Pero qué coño»—. Todos esos datos estadísticos duplican o triplican la media nacional. Aquí, en Eden.

Encojo un hombro como para decir «es lo que hay», que es un gesto que se aprende en esta ciudad antes incluso de ir a la guardería.

—Mala suerte, supongo.

Baine niega con la cabeza.

—La mala suerte no suele tener un epicentro. Mira, deja que te lo enseñe.

Se inclina para rebuscar en un maletín de plástico que tiene a los pies y yo miro por la ventanilla. Hal es un conductor lento de cojones, aún queda más de un kilómetro y medio para llegar a la verja delantera y ese dulzor a manzana falsa del ambientador ha empezado a deslizárseme por la garganta y a revolverme el estómago.

Baine saca una tablet blanca y lisa y me la coloca sobre el regazo, y después abre un mapa satelital con arrugas verdes y marrones. Nunca había visto Eden de esa manera, pero reconozco el verde exuberante del terreno de los Starling, separado del de los Gravely por la mancha difusa del río. La central eléctrica, que vista así es una serie de círculos y cicatrices, parece una de esas señales alienígenas que se dejan en los cultivos en las películas. El depósito de cenizas de carbón es un charco de tinta en la página en blanco que es la tumba de

Gran Jack. Bev dice que lo enterraron con todas las tripas y fluidos, y que por eso no crece nada allí, sin importar cuánto abono se le eche o cuánta festuca se intente plantar.

Hay unos pequeños puntos rojos diseminados por la imagen, etiquetada con una gran hilera de letras y de números. Los puntos se acumulan en la parte norte del pueblo como hormigas alrededor de un cuadrado de tierra vacía. La imagen tiene que haberse tomado en invierno, porque veo la corteza pálida del sicomoro enorme situado frente a la Mansión Starling.

Baine extiende la mano y arrastra un dedo por la pantalla. Aparece la imagen del titular de un periódico de los años dos mil: CUATRO MUERTOS EN LA EXPLOSIÓN DE LA CENTRAL ELÉCTRICA. LOS INSPECTORES SEÑALAN COMO CAUSA UN DEFECTO DE FÁBRICA.

Vuelve a arrastrar el dedo. Aparece una captura de pantalla del *Daily News* de Bowling Green en la que se describe un incidente espeluznante en la mina a cielo abierto, donde una barrera se había derrumbado sobre cuatro trabajadores. Vuelve a cambiar la imagen, una y otra vez, y los titulares se emborronan en una letanía de desdichas: SIGUE LA INVESTIGACIÓN SOBRE EL INCENDIO EN LA IGLESIA; UNA INUNDACIÓN HISTÓRICA LO DEVASTA TODO A SU PASO; AUMENTA EL NÚMERO DE MUERTOS EN EL PSIQUIÁTRICO GRAVELY.[14] Naufragios y suicidios, sobredosis y cáncer, niños desaparecidos y hundimientos y accidentes extraños. Algunas de las imágenes parecen recientes, saca-

---

[14] El psiquiátrico Gravely se construyó en 1928 gracias al señor Donald Gravely, en un intento infausto de beneficiarse de las minas en desuso que había en Eden. Después de que varios médicos amables afirmaran que la vida subterránea podría tener propiedades curativas, se trasladaron a la mina quince pacientes de tuberculosis, donde vivieron hacinados en cabañas bajo tierra. Ninguno de ellos sobrevivió al invierno, pero Donald Gravely nunca lo consideró un fracaso, ya que luego empezó a ofrecer visitas guiadas por los túneles encantados a un módico precio de veinticinco centavos por persona. Algunos turistas afirmaron que aún alcanzaban a oírse las toses en las minas y también respiraciones quejumbrosas y jadeantes.

das de periódicos digitales, y otras son tan antiguas que el papel de periódico tiene el tono de un café aguado.

Ante mi mirada la pantalla se expande y se distorsiona. Cierro los ojos, mareada de repente, y cuando vuelvo a mirar la tablet hay en ella una imagen del río Mud en invierno. Unos hombres uniformados están de pie junto a la orilla, con los hombros erguidos como si se enfrentaran a una ráfaga implacable, aunque sé muy bien que esa mañana no había viento alguno. En el agua, detrás de ellos y visible entre la corriente emborronada, se encuentra el parachoques rojo cereza de un Corvette del 94.

Mi madre me contó una vez que yo había sido concebida en el asiento trasero de ese coche. A saber cómo lo había conseguido, o por qué lo había intercambiado.

El titular parece abalanzarse sobre mí, flotando sobre la pantalla en mayúsculas: EL AGENTE MAYHEW AFIRMA QUE LA MADRE SE LANZÓ AL RÍO. Baine señala la primera línea del artículo con la punta redondeada y perfecta de una uña.

—Jewell —susurra—. Un nombre muy bonito.

Y, de repente, me ahogo.

Tengo quince años y el agua fría empieza a entrar por el parabrisas. La guantera está abierta y de ella caen botes de pastillas y utensilios de plástico. Mi madre está a mi lado, con las extremidades flotando despacio y el cabello enredado en el atrapasueños hortera que teníamos colgado del techo. Intento agarrarla de la mano, pero tiene los dedos escurridizos y flácidos como pececillos, y puede que yo esté gritando «¡Mamá, venga, mamá!», pero las palabras no cruzan el río que me inunda la boca. Y luego todo queda sumido en un silencio y en una oscuridad totales.

No recuerdo haberle soltado la mano, pero debí de hacerlo en algún momento. Supongo que tuve que tachar su nombre de mi lista mental y luego empecé a nadar hacia la superficie, abandonándola en el lecho del río, porque lo siguiente que recuerdo es vomitar en la orilla. Tierra entre las uñas, gravilla en la boca, hielo en el pecho. El resplandor de la central eléctrica abriéndose paso entre las ramas deshojadas, un sol frío que se negaba a salir.

Mi consciencia se alejó flotando de mi cuerpo, soñando, y en el sueño no tenía nada de frío. No era la hija con mala suerte de una madre con mala suerte, un accidente arrastrado por la corriente de un río contaminado. En el sueño, me agarraban con firmeza, seguridad y calidez un par de brazos que no existían.

Luego, la enfermera de urgencias me dijo que eso es lo que una persona siente justo antes de morir por congelación.

Me dieron el alta cuarenta y ocho horas después, pero a lo largo de las semanas siguientes no dejé de albergar esa frialdad en mi interior, como si algo en mi pecho no hubiera llegado a derretirse del todo. Incluso tuve que volver al hospital para obligarlos a hacerme radiografías de los pulmones, pero según ellos todo parecía estar bien. Supongo que así es como se siente una cuando descubre el tipo de persona que es; cuando te ponen contra la espada y la pared y muestras tu verdadero yo y lo que estás dispuesta a hacer.

—¿Opal?

Baine pronuncia mi nombre en voz baja, como si estuviese preocupada por mí, como si toda esta experiencia desagradable no hubiese sido idea suya. Me dan ganas de clavarle las uñas en las mejillas, de abrir la puerta del coche y de saltar en lugar de quedarme allí un solo segundo más, con ese hedor a manzana falsa.

Mantengo las manos muy quietas en el regazo. Puede que esté mareada, atontada y sufriendo los síntomas más comunes del trastorno de estrés postraumático, pero soy consciente de que no me conviene mostrar flaqueza delante de alguien como Elizabeth Baine.

—Sí, Jewell. —Mi voz suena normal, casi impasible—. Mi nombre se inspira en el suyo, más o menos. Lo sacó de una lista de piedras del Zodíaco, así que podría decirse que ambas somos una joya. ¿Lo pillas?

Baine se reclina un poco en el asiento y analiza mi expresión. Me cuesta concentrarme en sus facciones, así que cierro los ojos.

—¿También es la razón por la que le puso Jasper a tu hermano?

Su nombre me recorre el cuerpo como una corriente oscura, me tensa la mandíbula y me retuerce los dedos hasta que cierro los puños. Cuando abro los ojos, Baine ha vuelto a sonreír. Una sonrisa que en esta ocasión dice: «Te he pillado».

—No tienes por qué asustarte. Somos un grupo de investigación. Simplemente hemos hecho nuestro trabajo. —Usa un tono de voz tranquilizador y levanta las manos con las palmas hacia fuera—. Y esperábamos que nos ayudases a saber más.

—No e-entiendo.

Siento como si la lengua fuera un cuerpo extraño en mi boca, como si fuese un músculo húmedo que titubease contra los dientes.

Baine me quita la tablet de encima de las rodillas y pasa muy rápido varias pantallas.

—No te quitará mucho tiempo. Solo queremos saber algo más sobre tu jefe y el lugar donde vive. Si pudieras averiguar ciertas cuestiones, te mantuvieras en contacto con nosotros y nos enviases algunas fotos o nos dijeras si has visto algo digno de mención, te estaríamos muy agradecidos.

Cuando pronuncia la palabra «agradecidos», me vuelve a enseñar la tablet. La dirección de la página es poco más que un borrón, pero estoy segura de que se trata de mi cuenta de PayPal, pero con tres ceros más de saldo. Se me hace un nudo en el estómago.

No sé lo que quiere esta mujer, pero sí sé cuál va a ser mi respuesta. Cuando aparece alguien en un coche elegante y sabe demasiado sobre ti (dónde trabajas, cómo murió tu madre y el nombre de tu hermano), lo único que puedes hacer es darle lo que pide para que te deje en paz.

Ni siquiera tendría que pensármelo dos veces. ¿Qué más me da si unos forasteros consiguen fotos de la Mansión Starling? No le debo nada a Arthur, a excepción de cuarenta horas a la semana de limpieza.

Pero la respuesta se pierde en algún lugar entre mi cerebro y mi lengua, atascada en mi garganta. Noto su abrigo pesado sobre los hombros.

Baine vuelve a apartar la tablet.

—Ah. Y, si consiguieras sacar algo de la propiedad, nos gustaría comprártelo. —La llave me quema fría contra el esternón. Hago todo lo posible por no acercar la mano—. No será necesario que Jasper ponga cosas en eBay. Al fin y al cabo, Stonewood se toma muy en serio la reputación de sus estudiantes.

Lo dice con voz delicada y casi arrepentida, como si no le gustara nada el juego al que me está sometiendo pero estuviese obligada a ganar de todas formas.

En el fondo, debajo de capas de confusión, pánico y rabia, podría decirse que casi admiro su eficiencia. Es como si fuese una doctora examinando una radiografía de mis entrañas, señalando los lugares exactos de cada herida o fisura. Respondo en voz baja y con tranquilidad:

—Vale.

Baine me da unas palmaditas en la rodilla. Hal para el coche cerca de la verja delantera y lo deja en punto muerto mientras yo comparto con ellos todo lo que he visto o me he imaginado sobre la Mansión Starling. Lo hago fatal: lo cuento todo desordenado y repito algunas cosas, me aturullo con las consonantes y me quedo en blanco, como si el hilo de mis pensamientos se hubiese deshilachado a causa de la traición y ese olor artificial a manzana. Pero a ellos no parece importarles. Una luz roja titila desde la tablet.

Termino por quedarme sin nada que decir, y permanezco mareada y parpadeando despacio en el calor enfermizo del vehículo. Baine extiende el brazo para abrirme la puerta.

—Gracias, Opal. Volveremos a hablar pronto.

Yo me escabullo a la luz invernal del exterior y noto la brisa como si fuesen unas manos frías que me rodean la cara.

Los árboles se estremecen sobre mí. Una bandada de pájaros se alza desde las ramas y se desperdiga para luego volverse a unir y graznar con fuerza hacia nosotros.

Baine se asoma por la ventanilla y los mira.

—Al parecer, lo hacen para evitar a los depredadores. —En ese momento, no entiendo de qué me habla—. Me refiero a la forma que tienen de desbandarse. Le pedimos a un ornitólogo que los analizara y nos dijo que estos pájaros son especímenes genéticamente distintos a los habituales, aunque tampoco son nada extraordinario. La única diferencia es que hacen esto. —Señala en dirección al cielo con la cabeza, donde los estorninos se retuercen y giran como si fuesen volutas de humo al viento—. Lo hacen más de lo habitual para la poca cantidad de depredadores naturales que hay en la zona.

Parpadeo, tambaleándome.

—¿Y?

Aparta al fin la vista del cielo y la fija en mí. Aún veo la silueta oscura y salvaje de las aves reflejada en su esclerótica.

—Y nos gustaría mucho saber si tienen algún depredador antinatural. —Baine me dedica un gesto de falsa preocupación mientras empieza a subir la ventanilla—. No tienes buen aspecto. Tómate las cosas con calma.

Me quedo mirando cómo el coche desaparece por la cresta de la colina. Intento contar hasta diez mentalmente, pero no consigo poner los números en orden. Me rindo y me saco la llave de debajo del cuello de la camisa. Descansa, pesada, en la palma de mi mano.

Hoy me da la impresión de que el camino de entrada es

más corto, que no es más que una curva breve entre los árboles que me deja mareada y jadeante frente a la escalinata. Levanto el puño para tocar en la puerta, pero esta se abre antes de que mis nudillos la rocen.

Arthur me fulmina con la mirada desde arriba, con gesto taciturno y el ceño fruncido, más encorvado de lo habitual. Tiene un moretón amarillento en la mandíbula y le ha estallado uno de los vasos sanguíneos del ojo. Me repasa de arriba abajo con insolencia y con una mueca en los labios.

—Llegas tarde.

El hecho de imaginármelo al otro lado de la puerta, esperando mi llegada solo para quejarse, me resulta muy divertido, así que me río.

Después le vomito en los zapatos.

Arthur no había dormido la noche anterior. La niebla se había alzado por segunda vez en una semana, una coincidencia inquietante que había ocurrido más a menudo a lo largo de los últimos años, y se había pasado horas acechando por los pasillos con la espada en ristre, intentando escuchar el ruido de algo que no debería existir: el murmullo de las escamas contra el papel de pared, el repiqueteo de las garras contra la tarima del suelo. Lo encontró en la escalera de caracol, aún débil y a medio formar, perdido en el taimado laberinto de la casa, y lo redujo a la nada una vez más.

Después, se había dejado caer en el sillón de su madre, a la vista de todos los Guardianes previos, y había esperado al amanecer, a que llegase Opal con su estruendosa manera de llamar a la puerta y con esa sonrisa demasiado amplia, a que la casa se llenara del fragor incansable que ella traía consigo.

Y llegó el sol, apagado y cálido; Opal, en cambio, no apareció.

En su opinión, cabe la posibilidad de que se haya cansado de perder el tiempo limpiando la casa y con sus robos de poca monta, que haya salido por la puerta la noche anterior con el dinero, sus dientes torcidos y sin intención alguna de regresar. Obviamente, que algo así suceda es el mayor deseo de Arthur y no le provoca ni la más mínima angustia.

Empieza a deambular, a mirar por las ventanas, a arañar las líneas descascarilladas del gorgoneion. La casa también está inquieta, se agita y se retuerce bajo sus pies. La chimenea no permanece encendida y los cubiertos tintinean con una musicalidad atonal en los cajones. La luz de la cocina titila cuando pasa junto a ella, y la bombilla lo mira como si de un ojo gris y apenado se tratara.

Se descubre a sí mismo asomado a una ventana del tercer piso, con el ceño fruncido hacia el horizonte. Una bandada negra de aves se agita alarmada junto a la carretera, por encima de la verja de entrada. A juzgar por su forma, por el patrón indignado que adquieren contra el cielo plomizo, Arthur llega a la conclusión de que esa gente ha vuelto.

Los ha sentido acechándolo, vigilando y zumbando como moscas en las fronteras de su propiedad. Ha visto los vehículos parados en la verja y ha tenido que arrancar los sensores y los cables que han dejado tras de sí. Ha encontrado las tarjetas de visita refinadas que han metido por debajo de la puerta y recibido cartas corporativas e insípidas, pero ha terminado por quemarlo todo.

Arthur ha leído anotaciones suficientes de los demás Guardianes como para saber que no son los primeros forasteros que los visitan. Han sufrido exploradores y periodistas, sectarios y espías, generaciones de los Gravely y sus malditos abogados. Todos quieren lo mismo: aprovecharse, extraer, conseguir beneficios, abrir puertas que tienen que permanecer cerradas. Y por eso siguen las historias y los estorninos hasta las puertas delanteras.

Nunca han llegado a cruzarlas. Una parte de la misión de los Guardianes es proteger los muros, alimentar la tierra con unas pocas gotas de sangre, fresca y caliente, para que nunca olvide quién es y quién no es un Starling.[15] Elizabeth Baine nunca pondrá un pie en su propiedad, a menos que sea mucho más lista de lo que parece.

O a menos que se limite a ser paciente. Tendría que esperar a que Arthur encuentre la manera de cruzar esa última puerta, la que no tiene cerradura. A que descienda a la oscuridad y haga lo que ninguno de los Guardianes anteriores ha conseguido hacer jamás. En ese momento, la verja delantera se abriría para ella, porque la Mansión no sería más que una casa, sin nada bajo ella más que gusanos y raíces de glicinia.

Los estorninos vuelven a posarse en las ramas. El coche ya no está.

Al cabo de un instante, Arthur siente cómo se abre la verja. Aprieta la frente con fuerza contra el cristal.

Una silueta aparece de entre los árboles, escuálida y sumida en ese cuadrado oscuro que es su abrigo, con el rostro blanco cubierto por los fogonazos rojos de su cabello. La imagen le parece peligrosamente adecuada, como si fuese algo normal que ella llevase puesta su ropa y se dirigiese hacia su casa. No la ve muy bien, pero le da la impresión de que puede que haya alzado un poco la vista y que esté mirándolo, y la posibilidad hace que le piquen todas las cicatrices.

No es picor, claro. Es ese apetito masculino que no ha satisfecho desde que volvió de aquella escuela. Luke le ha enviado unas pocas cartas, pero Arthur las quemó sin llegar a abrirlas. Luke siempre había sido demasiado amable, demasiado encan-

---

[15] En 1970, por ejemplo, un joven llamado Steve Burroughs estaba convencido de que la Mansión Starling era un lugar con una «energía espiritual muy significativa». Después de haber sido repelido por la verja delantera, intentó excavar un túnel por debajo del muro oriental. Se perdió durante tres semanas. A su regreso, cumplió el mayor deseo de su madre y pasó a engrosar las filas del clero. Cuando le preguntaron la razón, comentó que, después de haber visto el Infierno, el siguiente paso tenía que ser ver el cielo. La entrada pertinente en el diario de Eva Starling rezaba: «Mansión: 1, Imbéciles: 0».

tador, pero una hora en la Mansión Starling bastaría para que escapase corriendo entre gritos y no volviese jamás.

Arthur ve cómo Opal se acerca y se le pasa por la cabeza un pensamiento estúpido: «Siempre vuelve».

La Mansión suspira a su alrededor. Él golpea el alféizar con los nudillos, con la fuerza suficiente como para hacerse daño y sin tener muy claro si quiere reprender a la casa o a sí mismo.

Cuando abre la puerta, intenta ser lo más intimidatorio y desagradable posible, pero Opal no se da cuenta. Alza la vista para contemplarlo con una mirada extraña y oscura, con las pecas marcadas en sus mejillas pálidas. Se ríe de él. Y luego...

Arthur se mira los zapatos, que han quedado manchados con una bilis pastosa.

Opal se limpia la boca con la manga, se tambalea un poco y luego susurra, con voz ronca:

—Perdón.

Él hace un gesto para indicarle que se dirija al pasillo. Ella titubea un poco en el umbral de la puerta, y las manos de Arthur se estiran en un gesto traicionero.

—¿Quieres ir al baño?

Lo dice con tono indiferente. Ella asiente, con los labios lívidos.

Los pasos de Opal suelen ser rápidos y furtivos, como los de un animal presto para correr, pero ahora camina con pesadumbre, con languidez y arrastrando los pies. El brazo de Arthur le rodea la espalda sin llegar a tocarla.

—Lo siento, tío. Digo, Arthur. Digo, señor Starling. Por los zapatos... no era mi intención. —Habla con un ritmo extraño e insulso, como si alguien les hubiese arrebatado la puntación a las palabras—. Ahora lo limpio dame un segundo.

Hay cierto atisbo de ansiedad en su voz, una que hace que el estómago de Arthur se constriña a causa de la culpabilidad. Como si a él le importase el estado actual de la Mansión, como si no hubiese llenado la bañera a propósito cuando el lugar lo irritaba, como si no se hubiese puesto a mirar cómo el agua se filtraba por el techo con funesto deleite.

Una vez en el baño, la sienta sobre la tapa cerrada del retrete y le da un vaso lleno de agua del grifo. Ella se lo bebe y él se arrodilla con torpeza en las baldosas, lo bastante cerca como para percibir el olor químico y dulzón de su ropa. La estancia es mucho más pequeña de lo que recuerda, y aprieta subrepticiamente la pared con el codo. La casa no se da por aludida.

—Gracias. Perdón por el desastre. Me encargaré de...

Él tuerce el gesto en un mohín de vergüenza.

—No te preocupes.

Ella asiente como puede y derrama un poco de agua.

—Sí. Claro. Vale.

Tiene la frente perlada de sudor y el cuello rojo.

—¿Me dejas quitarte el abrigo? Estarás mejor. —Arthur extiende la mano hacia el botón superior, pero Opal se retira con tal brusquedad que mueve la cisterna de porcelana que tiene a la espalda.

—No. Es mío.

Mira a Arthur con el ceño fruncido y parpadea, como si no fuese capaz de ver sus facciones con nitidez. Ahora que los ve de cerca, los ojos de Opal tienen algo extraño: las pupilas están dilatadas y vidriosas, y los iris han quedado reducidos a meros círculos estrechos y argénteos.

—¿Estás...? ¿Estás colocada?

Podría decirse que Arthur se siente hasta aliviado. Muy pocos de sus problemas son tan mundanos.

Ella parpadea y luego se vuelve a reír. Su carcajada reverbera por los azulejos, vacía y estridente. Al terminar, empieza a jadear.

—Que te den, Arthur Starling. —Traga saliva con dificultad—. Perdón perdón no me despidas solo me he mareado un poco en el coche creo porque Hal conduce fatal y me han obligado a leer todos esos titulares. Lo cual es curioso, porque la mayoría de la mala suerte de este pueblo nunca llega a los titulares. Cuando estaba en tercero, el techo se derrumbó a un metro del escritorio de Jasper.[16] Y la última vez que fui a nadar se me quedó el pie enrollado en un espinel viejo y estuve a punto de ahogarme y... —Tiene que hacer una pausa para coger aire—. Y nunca había visto fotos del accidente hasta ahora..., porque fue un accidente, y el agente Mayhew puede irse a tomar por culo...

Aprieta los labios con fuerza.

La bilis amarga de la culpabilidad pasa del estómago a la garganta de Arthur. En Eden no hay accidentes.

Opal separa los labios.

—No me encuentro bien. Y la verdad es que no quería pasarme la mañana respondiendo todas esas preguntas sobre ti y sobre tu casa espeluznante.

Las cañerías chirrían en las paredes, y Opal da una palmadita en el borde de hierro fundido de la bañera, como si le dedicase una disculpa distraída. Arthur hace como que no ha visto nada.

Le quita el vaso de las manos a Opal y dice, con tono neutro:

—¿Alguien te ha preguntado por mí?

—Sí. Venía caminando y me topé con una ejecutiva que me hizo subir a un coche elegante con un ambientador barato y me dijo que...

—¿Venías caminando?

Opal le dedica otro fruncimiento de ceño tembloroso.

---

[16] En realidad, Jasper estaba en quinto cuando se derrumbó un pedazo de techo de la escuela primaria de Muhlenberg. El Estado llevó a cabo una auditoría que no llegó a ninguna conclusión. Se comentó que cabía la posibilidad de que quizá un animal hubiera muerto sobre el aula de quinto de primaria, dado el grado de podredumbre y de moho presente entre los escombros.

—Es lo que acabo de decir.

—¿Por qué venías caminando?

Arthur no sabe dónde viven ni ella ni su hermano, pero la casa más cercana se encuentra a un kilómetro y medio, y esta mañana ha hecho mucho frío.

—Pues porque —responde articulando a la perfección las palabras, como si Arthur fuese el que está drogado— tenía que venir al trabajo.

—Sí, claro, pero ¿por qué no...? —Se siente muy estúpido de repente—. No tienes coche.

Opal frunce los labios.

—Da igual. El caso es que la señora esa me ha traído en coche y luego me ha dado dinero para que te espíe, y esa es la razón por la que he llegado tarde.

Los dedos de Arthur empiezan a entumecérsele. Piensa que, al final, Elizabeth Baine sí que es más lista de lo que parece.

Luego alza la vista a Opal, que se aferra las rodillas con las manos, con esa ropa que huele a algo asqueroso y dulzón, con un ceño fruncido que no termina de eliminar de su mirada las secuelas oscuras del miedo.

En ese momento, Arthur recuerda la verdadera razón por la que su madre le había prohibido tener una mascota: cuando abres la puerta, nunca sabes qué otra cosa puede llegar a entrar. O qué puede llegar a salir.

De pequeño, se había resentido mucho contra las normas de su madre, había dado puntapiés a las paredes, medio desquiciado por la soledad; pero, ahora, estremeciéndose de rabia en el suelo del baño con una chica que no es tan valiente como finge ser, que miente, roba y camina por el frío de la mañana sin un abrigo para ganar un dinero que no es para ella, llega a la conclusión de que su madre tenía razón.

Se pone en pie de repente. Debe patrullar los muros, reforzar las protecciones.

—Tengo que marcharme.

Opal da un respingo a causa de lo ronca que suena su voz súbitamente. Cualquier otro día, habría ocultado sus sentimientos detrás de una sonrisa artificial, pero ahora lo fulmina con una mirada sincera. Hay reproche y traición en su rostro, como si se hubiese olvidado durante unos pocos minutos de que debería tenerle miedo y le molestase que él acabe de recordárselo.

—No les he… —Opal se coloca un mechón de pelo detrás de la oreja—. No les he contado nada. Prometido.

Las palabras suenan falsas, artificiales, como perlas de imitación. Lo que sea que le han dado ha afectado a su capacidad para mentir. Él tuerce el gesto en un mohín despreocupado.

—No sé por qué debería importarme que lo hicieras. Cuéntales lo que quieras.

Arthur se esmera al máximo para decirlo en serio. Trata de recordar que da igual a quién acosen, droguen o amenacen mientras la verja permanezca cerrada. Que él es el Guardián, el último, y que hay más cosas en juego que el bienestar de una chica, por mucho que esta no deje de regresar.

La deja allí, enferma y desconcertada en el baño, con los brazos cruzados sobre el vientre. Unos pedazos de yeso caen del techo y le rozan el pelo a Arthur, como si unos dedos intentaran golpearlo, y él se limita a rasgar el papel de pared con la uña del pulgar al pasar.

11

Paso las horas siguientes tumbada en **el sofá, con el rostro** enterrado entre los cojines mientras dejo que el olor a primavera de la casa elimine el sabor almibarado que se me ha quedado en la boca. Albergo la esperanza de que Arthur entre a toda prisa para tocarme las narices, pero no lo hace. Oigo cómo se abre la puerta principal en un par de ocasiones, y también el rumor grave de su voz, como si hablase por un teléfono que no tiene.

Me levanto a eso del mediodía, vomito en el fregadero de la cocina y me arrastro hacia el recibidor con un cubo y un trapo. Sin embargo, alguien ha limpiado mi vómito y solo queda un cerco húmedo y un tenue olor a limón.

El resto de la tarde pasa despacio. A desgana, me dedico a quitarles las telarañas y el polvo a cosas que ya había limpiado. Me paso casi todo el tiempo deambulando, apoyándome a veces en las paredes y pasando las manos por las barandillas, como si la casa fuese una mascota o una persona. Cuando las paredes ceden un poco bajo mi peso, cuando me da la impresión de que la madera está caliente debajo de las palmas de las manos, me digo que es un efecto secundario de lo que quiera que tuviese ese ambientador.

Vuelvo a meterme en la biblioteca. Lo hago a menudo al final del día. Es por el olor, a polvo y a luz, o acaso se deba a que me gusta la tranquilidad. Allí no se oyen ecos, ni chirridos ni ruidos repentinos; me da la impresión de que podría ponerme dos dedos en la boca y silbar y la estancia ahogaría el sonido antes de que brotase de mis labios.

Elijo un libro, aunque no del todo al azar. He adquirido la extraña costumbre de dejar que los dedos recorran los lomos hasta que encuentro el adecuado, hasta que noto una especie de calor propio de la estática en la palma de la mano. (Arthur me pilló una vez en ello y preguntó: «¿Qué haces?». Y yo respondí: «¡Nada!». Y fijó la vista en la estantería, como si le diera a entender que la tenía vigilada).

Me siento en el mejor sillón, ese en el que los rayos del sol siempre parecen proyectarse de manera oblicua sobre la página, y abro el libro.

Es una colección de folclore hopi, impresa en papel amarillento y barato que se descascarilla y se rompe al tacto. Las páginas están llenas de anotaciones, y la palabra «sipapú» está rodeada y marcada cada vez que aparece.[17] Estoy muy cansada y me duele la cabeza como para leer demasiado, y justo en ese momento algo cae en mi regazo desde las páginas.

Es una hoja de cuaderno, alisada pero con muchas marcas, como si se hubiese doblado varios cientos de veces sobre sí misma. La caligrafía es sencilla y de ángulos rectos. Alguien ha arrancado la parte inferior.

---

[17] «Sipapú» es una palabra hopi que podría traducirse por «lugar de aparición» y suele representarse con un agujero en la tierra o una cueva profunda.

Las primeras dos palabras de la hoja son «Querido Arthur».

Visto en perspectiva, me habría gustado titubear al verla. Me habría gustado ser una de esas personas dotadas de decencia y de sentido de la intimidad, de las que saben lo que está bien y lo que está mal, pero no lo soy.

Meto los brazos en las mangas, me pongo el abrigo de Arthur y guardo la hoja en el fondo de uno de los bolsillos. Camino despacio en dirección al salón para coger la paga del día y luego me marcho. El viento amortigua el sonido de mis pasos.

Solo hago una pausa, en la puerta delantera. Me digo que tan solo estoy cansada y que no tengo ganas de hacer el camino de vuelta al motel, pero la verdad es que no quiero marcharme, no quiero recorrer ese mapa lleno de puntos rojos que solo representan desastres.

Me dedico a mí misma una letanía de insultos, como «gallina» o «imbécil», y luego me marcho.

Una silueta oscura aguarda bajo los árboles. Durante unos instantes, me da la impresión de que son unos faros y unos neumáticos, de que la Mansión Starling se refleja en un parabrisas muy grande, y eso me hace entrar en pánico, pero lo que hay aparcado en la entrada no es ni negro ni elegante. De hecho, ese vehículo no podría parecerse menos al de Elizabeth Baine: se trata de una camioneta prehistórica, con el capó abollado y la pintura granulada y descascarillada por los estragos del tiempo. Los neumáticos son de un negro mate, nuevos, pero tienen marcas naranjas de óxido alrededor de las llantas y salpicaduras de tierra en todas las ventanillas, como si el vehículo en sí hubiese estado cubierto de enredaderas hasta hace muy poco tiempo.

Arthur está junto a la puerta del conductor y me mira, irritado y desganado, cubierto por un abrigo acolchado que le deja al aire varios centímetros de muñeca. Su aspecto debería ser intimidatorio, ahí en medio de la entrada con ese gesto serio y a la sombra del sol del atardecer, pero, que yo sepa, los hombres intimidatorios no limpian el vómito de los demás.

Me detengo al acercarme, y apoyo la cadera en el guardabarros.

—Hola.

Un asentimiento brusco.

Señalo la camioneta con la barbilla.

—¿De quién es?

Frunce los labios.

—De mi padre. Le gustaban… —Se queda en silencio, en apariencia incapaz de decir qué le gustaba a su padre. En lugar de seguir, ajusta el espejo con suavidad e incluso reverencia—. La he limpiado. No se ha usado mucho desde…

Me planteo esperar, dejar que el silencio entre nosotros se estire como un hombre en una de esas máquinas de tortura medievales, pero encuentro un atisbo de piedad en mi alma. O puede que solo esté muy cansada.

—¿Qué va a pasar ahora, exactamente?

Arthur exhala y deja el espejo.

—Lo que va a pasar ahora es que te voy a pedir que no vuelvas caminando a casa.

—No es mi ca… —Retengo la palabra entre los dientes, a medio morder—. ¿Te estás ofreciendo a llevarme?

Me mira por primera vez a los ojos, y los suyos brillan momentáneamente con una emoción que me niego a identificar.

—No. —Extiende un brazo con brusquedad y algo tintinea entre sus dedos. Es otra llave, pero esta no es antigua ni misteriosa. Es de metal barato, con el símbolo de Chevrolet grabado en la cabeza y una pequeña linterna de plástico en el llavero—. Te estoy ofreciendo un coche.

Dejo la mano paralizada, a medio extender en dirección a la llave.

No es un candelabro ni un abrigo, algo que un niño rico jamás echaría de menos. Esto es una tentación que no quiero, una deuda que no voy a poder pagar. La vida de mi madre no era más que un castillo de naipes formado por favores y caridad, por malas decisiones y por pastillas. Nunca saldaba sus cuentas ni pagaba las multas. Arrancaba las etiquetas de la ropa en los probadores y debía al menos veinte dólares a todas las personas a las que conocía. Al morir, ese castillo de naipes se derrumbó a nuestro alrededor: el chatarrero se llevó el Corvette, su novio se llevó las pastillas y el Estado hizo todo cuanto estuvo en su mano para llevarse a Jasper. Lo único que conservamos fue la habitación doce.

Pero ahora trato de construir algo real, un hogar para nosotros que esté hecho de piedra y madera en lugar de sueños y deseos. Trabajo para conseguir lo que puedo y robo el resto. No le debo nada a nadie.

Vuelvo a meter la mano en el bolsillo del abrigo sin coger las llaves. La carta robada se arruga, incriminatoria, en el interior.

—No hace falta, gracias.

Arthur me mira con los ojos entornados y el brazo aún extendido entre ambos.

—No es para siempre. Solo mientras trabajes aquí. —Otro destello en los ojos, negro como la amargura—. No me gusta que la gente haga preguntas sobre este lugar.

—Ah.

—Y toma esto también.

Lo dice con naturalidad, como si se le acabase de ocurrir, pero el pedazo de papel que se saca del bolsillo está doblado a la perfección en un cuadrado pulcro. Me lo deja en la mano junto a las llaves de la Chevy, con mucho cuidado de no rozarme con los dedos.

—Pero... ¿Esto es un número de teléfono? —Los sietes están cruzados con esas líneas pasadas de moda y el prefijo está entre paréntesis. Casi nadie de Eden se molesta en poner prefijo porque saben que es 270 hasta el Mississippi, ¿y quién iba a venir de algún lugar más lejano que ese?—. ¿Desde cuándo tienes número de teléfono? ¿O teléfono?

Tiene que ser difícil mirar con desdén a una mujer a la que le acabas de dar tu número, pero a Arthur no se le da nada mal.

—Que no te haya dado mi teléfono a ti no significa que no lo tenga. —Se saca un cuadrado negro mate del bolsillo para demostrármelo, y lo agarra como con poca práctica entre el pulgar y el índice. La pantalla parece un poco borrosa. Aún no le ha quitado el plástico protector—. Si una de esas personas vuelve a molestarte…

Señala con la cabeza el papel que tengo en la mano.

—Vale. —Parpadeo sin dejar de mirar las llaves y el número, desorientada y suspicaz, como si Bev acabase de decirme que quiere adoptarme o Jasper llegase a casa solo con un notable alto—. Vale. Pero ¿quiénes son? ¿Y por qué quieren…? Oye, venga ya.

Las pisadas de Arthur crujen a mi lado y se marcha, envarado. Desaparece en el interior de la Mansión Starling sin mirar atrás.

Entro en el asiento del conductor y con las manos sudorosas por alguna razón. Nunca llegué a sacarme el carnet, algo que no pienso comentarle a Arthur hasta que me parezca gracioso hacerlo, pero sé conducir. Mi madre me enseñó. Una podría pensar, por lo mucho que quería a su Corvette, que jamás se le habría ocurrido dejar que una preadolescente se pusiera al volante, pero mi madre era del tipo de persona a la que no le gustaba comer postre a menos que tú pidieses uno. La última vez que conduje ella estaba en el asiento del copiloto, con la cabeza ladeada, los ojos cerrados y sonriendo como si nada fuese a irle mal nunca.

Alzo la vista y arranco el motor. Solo hay una luz que titila en la ventana más alta de la casa, que reluce de un dorado suave a medida que anochece. Una figura solitaria se recorta detrás del cristal y le da la espalda al mundo.

Jasper aún no ha llegado. Le he enviado un mensaje («Oye, avisa si te han asesinado o te has unido a una secta», al que ha respondido «No me han asesinado» para luego añadir un «por la gracia de mi señor Xenu»). La habitación doce está demasiado silenciosa sin él. Me despierto muchas veces esa noche.

La primera lo hago a causa del ruido de unas ruedas sobre el asfalto mojado, y la convicción repentina de que ese coche negro y elegante acaba de parar en el aparcamiento. La segunda es la típica pesadilla en la que mi madre se está ahogando, con la boca abierta en un grito mudo, y el pelo agitándosele como algas rojas, todo mientras yo me alejo de ella y la abandono en la oscuridad.

Enciendo la estufa, me pongo el abrigo ridículo y luego vuelvo a taparme con el edredón, donde una vez más me rindo al recuerdo frío del agua del río en el pecho.

La tercera vez es culpa de la gata infernal, la que vive debajo del contenedor de basura. Me despierta con su típica estrategia de sentarse en el alféizar por fuera de la ventana y mirarme con una intensidad depredadora que provoca que algún instinto mamífero remoto haga que se me ericen los pelos de la nuca. Salgo de la cama y le doy una patada al pomo de la ventana con un pie descalzo, pero ella se queda ahí, con la vista vuelta hacia el aparcamiento como si fuese pura casualidad que llevase un rato mirándome por la ventana durante el amanecer.

La atravieso con la mirada, fijándome en esas escápulas que le sobresalen del lomo, y me sorprende que algo tan necesitado llegue a ser tan desagradable. Después saco el número de Arthur del bolsillo del abrigo.

Y, con él, saco la carta también.

No me había olvidado, pero tampoco me había apetecido leerla al regresar a la habitación. Por lo visto, leer la correspondencia robada de alguien que acaba de limpiar tu vómito y que te ha prestado la camioneta de su padre es caer demasiado bajo, incluso para mí.

Pero está allí mismo, en la cama, un pedazo más de la gran colección de secretos de Arthur, y no puedo evitarlo, por muy caer bajo que sea.

Querido Arthur:

Espero que tardes mucho en recibir esta carta, pero sé que terminarás por hacerlo. No me gusta mucho leer, pero he leído todo lo que me dejaron los Guardianes anteriores y todos parecían estar así al final: agotados, exhaustos, como cuando afilas un cuchillo demasiadas veces y la hoja se vuelve demasiado fina y quebradiza. Y luego, una mala noche, se rompe.

Y hay muchas malas noches. Parece que ahora la niebla se alza con más frecuencia que antes, y esos cabrones son más duros de lo que recuerdo. Los suelos se hunden y hay goteras. Los chicos de Don Gravely han vuelto a rondar por la zona, como cuervos. A lo mejor creías que un Gravely sería más cauteloso, pero es ansioso y, algunas mañanas, el cansancio se apodera de mí y no puedo reforzar las protecciones. Tu padre dice que he empezado a hablar en sueños.

No sé. Puede que lo que quiera que haya ahí abajo haya empezado a impacientarse. Puede que la Mansión esté más débil sin su heredero. Puede que simplemente me esté haciendo vieja.

Lo único que sé es que, tarde o temprano, más pronto que tarde, seguramente, la Mansión Starling necesitará un nuevo Guardián.

Este es tu legado, Arthur. Es lo que te dije la noche en que escapaste, ¿ver

Vuelvo a leer la carta cinco o seis veces seguidas. Unas palabras diferentes parecen alzarse de la página cada vez que lo hago: «la niebla se alza», «los chicos de Don Gravely», «lo que quiera que haya ahí abajo», «es tu legado». Después me siento y me quedo mirando los números rojos y cuadrados del reloj del motel, sin dejar de pensar.

Pienso: no se puede marchar. Parece que lo ha intentado, pero está unido a esa casa de alguna manera que no alcanzo a comprender. Atrapado en este pueblo, como yo, tratando de hacerlo lo mejor posible a pesar de los problemas que nos dejaron nuestras madres.

Pienso, celosa: pero al menos él tiene un hogar. Algo que reclamar, una herencia, un lugar al que pertenecer. Yo nunca he pertenecido a ninguna parte, sin importar lo que finja o lo que sueñe, sin importar lo querida o familiar que me resulte, la Mansión Starling nunca me pertenecerá. No soy más que la asistenta.

Pienso: ¿cómo de desesperada tiene que estar una persona para sentir celos de una casa maldita?

Pero luego toco la hoja, la carta de una madre lo bastante entregada como para despedirse, y pienso: puede que no sea la casa de lo que siento celos.

El teléfono vibra en la mesilla de noche. Es un mensaje de un número que no conozco, con un prefijo de un lugar lejano que hace que se me retuerzan las tripas: «Me ha encantado la charla. Nos pondremos en contacto contigo pronto».

Me quedo muy quieta. Todo lo que ocurrió en el coche de Baine ha adquirido una cualidad turbia y neblinosa, muy improbable para mi mente sobria. Pero recuerdo lo que quería de mí, y también recuerdo la manera en la que pronunció el nombre de Jasper, como si se acabara de sacar un as de la manga.

Levanto el teléfono y le hago una foto temblorosa a la carta.

Es justo lo que necesita: la prueba de que algo extraño y malo ocurre en esa casa, algo anómalo. Me llego a imaginar cómo diseccionan la carta fibra a fibra en un laboratorio lejano, cómo la reducen a poco más que datos.

La gata infernal cruza la puerta abierta sin mirarme, como si no hubiese pasado un rato suplicando sin vergüenza alguna en la ventana. Se coloca sobre un dobladillo del abrigo de Arthur y empieza a amasar la lana mientras gruñe un poco por si se me ocurre tocarla.

De manera irreflexiva y sin haberlo decidido de manera consciente, borro la foto. Después vuelvo a doblar la carta, me la guardo en el bolsillo y saco el número de teléfono de Arthur.

Soy consciente, en cierto sentido, de que enviar mensajes a las seis de la mañana no es algo propio de una relación entre asistenta y dueño de una casa, pero entonces me imagino su cara al despertarse antes de lo habitual, los ojos rojos mostrándose ofendidos y la pesadumbre negra de sus cejas, y no puedo evitarlo.

«Tienes latas de atún?».

Aparecen y desaparecen tres puntitos varias veces, como si estuviese respondiendo. Después llega el mensaje: «Sí». No pregunta quién es, ya sea porque tiene un sexto sentido inquietante o porque no le ha dado su número a nadie más, una idea frágil y afilada que tendría que haber dejado envuelta en plástico de burbujas.

No respondo.

V einte minutos después, la camioneta está aparcada en la entrada, repiqueteando un poco, y yo me he acercado a la puerta delantera de la Mansión Starling. La brisa tiene un olor dulzón y verde esta mañana, como savia que fluyera, y los pájaros revolotean radiantes entre los árboles. Las enredaderas de la casa están cubiertas de espirales de tallos nuevos y se agitan un poco junto a mí.

Arthur me recibe con su habitual mirada furibunda, su gesto amargo y torcido. Casi me da la impresión de haberme imaginado el día anterior, de haberlo visto arrodillado incómodo en el suelo del baño mientras me miraba con rostro joven e inseguro, con las manos grandes y llenas de cicatrices agarrando ese ridículo vaso de plástico. Casi me había olvidado de lo feo que era.

Pero es demasiado tarde para replanteármelo, así que finjo que no lo hago.

—¡Buenos días! Te he traído una cosa.

Abro el abrigo y la gata infernal sale disparada de él como uno de esos alienígenas que estallan en el pecho de la gente. Cae en la tarima, bufa y luego desaparece por el pasillo para terminar agachada debajo de una vitrina. Nos contempla con los ojos amarillos y hace un ruido que parece una sirena de policía pasada de moda.

Arthur se queda mirando el pasillo de su casa durante unos segundos, hasta que vuelve a mirarme a mí.

—Qué —dice, sin signos de interrogación ni nada. Después lo intenta otra vez—. Qué… Por qué…

—Bueno. —Le dedico un discreto encogimiento de hombros—. Estaba en deuda contigo. Por darme la camioneta.

—No te he dado la camioneta.

—Qué poco generoso me parece eso, después de que yo te haya dado una gata.

La comisura de los labios se le tuerce hacia arriba antes de fruncirlos de nuevo, y en ese momento creo que la sangre que me ha costado meter a la gata en el vehículo ha merecido la pena. Arthur se agacha un poco para mirar debajo del aparador. La sirena de policía se vuelve una octava más aguda.

—¿Es una gata? ¿Estás segura? —Se pone en pie—. Mira, señorita Opal…

—Opal a secas.

El resplandor de sus ojos aparece para luego desvanecerse.

—No estoy interesado en adoptar ninguna mascota, señorita Opal. No quiero…

—¿Animales callejeros? —le pregunto con dulzura. En ese momento, paso junto a él y me adentro en la casa—. Siéntete libre de sacarla de aquí tú mismo. Aunque yo me pondría un buen par de guantes.

Voy directa a la biblioteca y cuento con que la gata infernal mantenga ocupado a Arthur. El libro de folclore hopi está justo donde lo había dejado.

Vuelvo a meter la carta entre las páginas y lo coloco en la estantería. Titubeo y me siento estúpida, pienso en la manera en la que la madre de Arthur ha usado la mayúscula en la palabra «Mansión».

Después carraspeo.

—Mantenlo a salvo, ¿vale? Escóndelo.

Cuando regreso a la biblioteca después, por la tarde, el libro ha desaparecido.

12

Arthur no echa a la gata infernal, aunque amenaza a diario con hacerlo. El animal se pasa el primer día merodeando de habitación en habitación como un espía infiltrado en un campamento enemigo. Atisbo esos ojos de mirada iridiscente debajo de los sillones y de las cómodas, una cola erizada que desaparece detrás de un cabecero. A la hora del almuerzo, la veo en la cocina, cerniéndose con gesto posesivo sobre un pequeño plato de porcelana con atún. A la mañana siguiente, hay un arenero caro en la bañera del piso de abajo, con un pequeño rastrillo de plástico, y la gata infernal ha colonizado el salón más cómodo. A finales de la semana, su imperio abarca hasta donde llegan los rayos de sol y los cojines de la casa, de los que juraría que hay más que la semana pasada, como si el lugar se hubiese reorganizado a sí mismo para satisfacer a una gata enloquecida. Me saluda con la mirada insolente de una condesa que se enfrenta a una peticionaria inoportuna.

La azuzo con la escoba.

—Lárguese, alteza.

Me dedica un exuberante estiramiento, me muerde el tobillo que tengo al descubierto con la fuerza suficiente como para hacerme sangre y luego se marcha con la cola recta hacia arriba como una gatita.

La siguiente vez que la veo es en la biblioteca del tercer piso, donde está hecha un ovillo sobre el regazo de Arthur, con una cara de inocencia que no engaña a nadie. Las heridas recientes que tiene él en el dorso de la mano indican que ha cometido el gran error de tocarla.

Veo cómo él le dedica una mirada de reproche con la que parece decirle: «Ya hemos hablado de esto antes».

—Nada de morder, Baast.

—Perdona, ¿cómo la has llamado?

Arthur pega un bote de varios centímetros, hace una mueca cuando la gata le clava las garras en los muslos y me fulmina con la mirada.

—Baast. —Trata de pronunciarlo con sarcasmo, pero el rubor ya ha empezado a subirle por el cuello—. Es una diosa guardiana del antiguo Egipto.

—Eso ya lo sé, capullo.

El rubor se extiende hasta su mandíbula.

—Lo siento, no tendría que haber…

—Para que lo sepas, ese animal se ha pasado la mayor parte de su vida debajo de un contenedor de basura. Una vez se le quedó la cabeza atascada en un tubo de Pringles.

Aún tengo la cicatriz de cuando me arañó mientras intentaba sacársela.

—Bueno, ¿y qué nombre le habéis puesto vosotros?

—Ninguno. Bev la llamaba «la gata infernal», y así fue como se quedó.

Pone un gesto de agravio tan exagerado que me río. Él no me secunda, pero su rostro se relaja un poco. Luego taladra la ventana con la mirada.

—¿Quién es Bev?

—Un grano en el culo. —Me dejo caer en la silla que hay frente a él y cuelgo una pierna del reposabrazos—. Es la propietaria de nuestro motel y siempre se está quejando de mí.

Vuelve a mirarme con esos ojos negros.

—¿Vuestro motel?

Usa un tono neutro, pero sé distinguir la lástima. Alzo un poco la barbilla.

—Mi madre nos consiguió una habitación gratis en el Jardín del Edén. ¿Sabes lo que es el alquiler? Es eso que tienes que hacer cuando no heredas una mansión encantada.

Me esmero por ser desagradable, claro, pero eso no parece afectarlo. Se limita a mirarme, con los ojos ensombrecidos por esas cejas ridículas, mientras una pregunta se abre camino entre su rostro.

—Entonces..., ¿para qué quieres el dinero?

—Para revistas guarras.

Respondo con un tono neutro y tan rápido que a él no le da tiempo a contender un resoplido y una carcajada. Levanta las manos en un gesto de rendición y se saca un sobre del bolsillo de la camisa.

Cojo el dinero y me pongo en pie para marcharme, pero reparo en que me cuesta hacerlo y en que me he puesto a pasar las puntas de los dedos por el estampado de la silla, mirando a través de la ventana cómo el bosque se inunda de tonos grises y dorados.

—Es para Jasper —digo abruptamente—. Mi hermano. Es... muy listo. Y también muy divertido. La mayor parte del arte que hacen los estudiantes de instituto es bochornoso, pero sus vídeos son muy buenos. Él es muy bueno. Demasiado para Eden. —No me cuesta decir la verdad, dulce como la madreselva e igual de difícil de erradicar—. Le han ofrecido una plaza en una escuela privada pija y pensé que si iba a clase allí... Ya le he pagado el primer semestre.

—Ah. —Arthur me mira como si no quisiera otra cosa que levantarse y desaparecer con aire teatral entre las sombras, pero la gata infernal hace un ruidillo de advertencia. Abre y cierra las manos varias veces antes de hacer un comentario, con la expresión poco natural de un espía que participase en un intercambio formal de información—. Yo fui a un instituto fuera del pueblo.

—Ah, ¿sí?

No me lo imagino en ningún otro lugar que no sea la casa, encerrado tras acero, piedra y huesos de sicomoro, pero recuerdo el último renglón de la carta: «la noche en que escapaste».

—Mis padres no querían, pero yo sí... —No cuesta imaginarse lo que podría haber querido un Arthur de catorce años: amigos, videojuegos y notitas en clase, mesas de la cafetería llenas de gente sonriente, en lugar de cenas frías en habitaciones vacías. Yo también quería todas esas cosas, antes de que mi vida quedase dividida entre dos listas—. Solo fueron dos años. Después tuve que volver a casa porque me necesitaban.

Analizo sus facciones, la sombra aguileña de su nariz, el aspecto a fruta amoratada de la piel debajo de sus ojos. No debería preguntarle, porque no es asunto mío, pero parece estar muy solo, agotado y exhausto, lo mismo que me sucede a mí desde hace mucho tiempo.

—¿Para qué te necesitaban? ¿Qué necesita de ti esta casa?

Toma aire y endereza la espalda contra la silla.

—Deberías irte. Se está haciendo tarde.

Me da la impresión de que intenta mandarme a paseo, pero suena muy triste.

—Pues nada, allá tú. Buenas noches, Baast, diosa de los contenedores de basura. —Me inclino ante la gata infernal y veo el resplandor blanco de los dientes de Arthur. Me apunto un tanto, aunque me niego a preguntarme a qué juego estamos jugando o por qué iba a sumar puntos por hacerlo sonreír—. Buenas noches, Arthur.

El resplandor blanco desaparece y contempla cómo me marcho en frío silencio. La tarima gime una disculpa bajo mis pies.

El ambiente nocturno tiene cierto aire primaveral: el silencio de las cosas vivas abriéndose, apareciendo, aflorando, germinando. Conduzco con las ventanillas abiertas y dejo que ese olor silvestre me cubra por completo, que haga desaparecer la presión vergonzosa que siento en el pecho. No sé por qué había creído que las cosas iban a ser diferentes, después de vomitarle en los zapatos, conducir la camioneta de su padre muerto y proteger sus estúpidos secretos. Mi madre siempre había intentado convertir ranas y bestias en príncipes apuestos, pero nunca le había funcionado. Yo tendría que haber aprendido algo al respecto.

No voy directa al motel. En lugar de eso, giro a la derecha con brusquedad, dos veces, hasta que los faros de la camioneta bañan una extensión de césped inquietantemente regular y bebederos para pájaros hechos de hormigón.

Logan es hijo único («Adoptado», dirían sus padres en cuanto tuvieran ocasión. «¡Nuestro pequeño milagro!»), pero viven en una casa con cuatro habitaciones y varios pisos que hay en la curva de una calle sin salida. Las ventanas están cubiertas por cortinas de encaje, por lo que lo único que se ve desde el porche son cuadrados emborronados en forma de retratos de familia en las paredes, las siluetas beis de personas alrededor de una mesa. El felpudo de la puerta reza: «Bendita sea esta casa» en una caligrafía cursiva y retorcida.

Toco en la puerta, puede que con demasiada fuerza. Se hace una pausa antes de oír el tintineo recriminatorio de la cubertería, el tamborileo de unos pasos por el pasillo.

La madre de Logan es una rubia de aspecto saludable con la sonrisa blancoazulada de una agente inmobiliaria o de un anuncio de pasta de dientes.

—¡Opal! ¡No te esperábamos!

En Eden, la etiqueta exige unos buenos siete minutos de cumplidos intermitentes antes de ir al grano, pero esta noche no me apetece. A lo mejor se me están pegando los modales de Arthur.

—Hola, Ashley. ¿Podrías decirle a Jasper que recoja sus cosas?

Los músculos que le rodean la boca se le tensan un poco.

—¡Pero Dan ha preparado chili! ¿Por qué no cenas con nosotros?

—No, gracias.

—¡Los chicos se lo están pasando genial! Están trabajando en esos vídeos suyos… Logan siempre se pone muy contento cuando Jasper está por aquí. —Seguro que lo está. Si Logan aprueba el instituto será porque mi hermano lo ha llevado en palmitas en todos los cursos, como si fuera un pajarillo medio borracho—. Y nosotros también. Ya sabes que nos encanta que se quede por aquí todo lo que quiera.

Tiene los ojos abiertos de par en par y está siendo sincera. Siempre invitan a Jasper a sus vacaciones familiares y cuelgan las fotos en Facebook («Pero qué gran corazón tenéis 🙏», había comentado alguien en ellas). O, por casualidades de la vida, se ponen a hacer cosas de la Iglesia y lo llevan por ahí con el resto de los niños que hayan acogido en su casa en ese momento, como si fuesen objetos que han ganado en una subasta benéfica. Según Jasper, merece la pena porque internet les va muy rápido y por las chocolatinas heladas que tienen en el congelador. Y también dice que no me meta en lo que no me llaman.

Miro a Ashley y me encojo de hombros.

Por la manera en la que empieza a enderezarse, me da la impresión de que le gustaría ponerse fría y arrogante conmigo, y no hay nadie que pueda ponerse más arrogante que una auxiliar administrativa de la oficina del condado, pero nunca ha estado segura de cuál es mi lugar en su cadena de mando personal. Yo no soy una niña ni una madre, sino una huérfana adulta e inoportuna que no atiende a las jerarquías de la Iglesia o del pueblo, ni tampoco a las recaudaciones de fondos anuales ni a las reuniones de Avon.

Me apoyo sin educación alguna en el marco de la puerta, sin decir nada. Ella rompe el hielo.

—Voy a…

Se marcha y llama a Jasper. Oigo gruñidos de adolescente a dos voces. Unas sillas que se arrastran con hosquedad.

Ashley vuelve.

—Está recogiendo. ¿Quieres llevarte las sobras?

Extiende hacia mí un táper con agresiva generosidad.

—No, gracias.

—¿Seguro?

—Sí.

Sale al porche mientras se toca la cruz dorada que lleva colgada del cuello. Señala con un gesto de la cabeza a la camioneta mal aparcada de la entrada.

—¿Es tuya?

—Sí.

—¡Qué mona! A Dan y a mí nos encanta lo *vintage*. Oye… —La voz pasa de ser pomposa a convertirse en un balbuceo—. Oye, me resulta familiar.

—Ah, ¿sí?

—Uno de los Starling, el que vivía en la casa antes del chico de ahora, solía ir por ahí con una Chevy azul igual que esa.

Y sé que debería darle una respuesta vaga como «Vaya» o «No me digas», pero en lugar de eso la miro directa a los ojos y digo, solo para verla palidecer:

—Lo sé.

—Cielo, espero que no tengas nada que ver con ese lugar. Mi tío me contó una vez que pertenecían a una especie de sociedad secreta, como una secta. Está claro que no puede ser una familia de verdad... ¡Me contó que en sus tiempos vivía allí una pareja de chinos![18]

—Entonces... —digo arrastrando la palabra—. Me estás diciendo que no debería tener nada que ver con ese lugar porque tu tío decía que, abro comillas, «vivía allí una pareja de chinos», cierro comillas. Es así, ¿no?

Unas manchas de rubor irregulares se apoderan de sus mejillas.

—Eso no es lo que he... Seguro que tú has oído lo que se dice. —Parpadeo con ingenuidad hasta que se inclina hacia mí, con la voz convertida en un susurro despiadado—. Mira. Puede que no creas todo lo que rumorea la gente, pero mi Dan vio algo con sus propios ojos. —Hace una pausa, como si esperase a que le pidiera continuar. No lo hago, pero parece darle igual—. Fue la noche en la que estalló esa turbina, hace unos once o doce años. En esa época, Dan era repartidor de Frito-Lay's, era antes de que saliéramos y todo eso, y se dedicaba a llenar las máquinas expendedoras en la central. Bueno, cuando terminó y estaba cruzando el aparcamiento, vio esa misma Chevy. —Le dedica una mirada cargada de hostilidad a mi camioneta—. Y luego... Bum. Estalló la turbina.

Recuerdo la explosión. Es el típico ruido que te resuena más en los huesos que en los oídos, una agitación en la atmósfera, intensa y silenciosa. Jasper no se despertó, pero yo me quedé

---

[18] Es muy probable que el tío de la señora Caldwell se refiriese a Etsuko y a John Sugita, japoneses estadounidenses de primera y segunda generación que se hicieron Starling en 1943. Etsuko se ahogó en 1955 y el resto de su familia se mudó a una modesta casita de campo en la costa de Maine. Sus hijas, que ahora son septuagenarias, recuerdan la casa con cariño, pero nunca se han atrevido a regresar. «Ninguna casa debería tener un precio tan alto», me dijo una de ellas.

sentada en la cama durante horas, viendo la tonalidad naranja y enfermiza del cielo sobre la central y preguntándome cuántos funerales habría que celebrar. (Cuatro).

Ashley se acerca aún más a mí, siniestra y ávida.

—Y después de que se marcharan los bomberos y las ambulancias, cuando Dan volvió a quedarse solo en el aparcamiento, se puso a buscar la Chevy. Había desaparecido, pero un ligero rastro de sangre llevaba hasta el hueco donde había estado y terminaba en un charco. Dan me dijo que se le pusieron los pelos de punta. —Se hace un breve silencio. Luego continúa—: Y también me dijo que había mirlos por todas partes, alineados en los postes de la luz y en los cables, mirándolo completamente en silencio.

Apuesto lo que sea a que no eran mirlos. Apuesto lo que sea a que, si los hubiese visto a la luz, las plumas habrían tenido una iridiscencia extraña, como si estuviesen cubiertas de aceite de motor usado.

—Fue por un defecto en la turbina. —Noto los labios rígidos y extrañamente fríos—. Se llevó a cabo una investigación y todo.

Ashley frota la cruz del cuello con la palma de la mano, como si la alisase.

—Dan vio lo que vio. Se lo contó a la policía, pero, cuando los agentes empezaron a preguntar, los Starling ya habían muerto.

He pasado más tiempo de lo que podría considerarse racional analizando los retratos del salón amarillo de la Mansión Starling. La madre de Arthur: de rostro serio, recio y con nudillos llenos de cicatrices e hinchados como los de su hijo. Su padre: de largas pestañas y demasiado alto, como un galgo tímido de pie sobre las patas traseras. Ninguno de ellos me da la impresión de ser ecoterrorista o asesino en serie, pero tampoco es que los conozca. Tampoco es que conozca a Arthur, con sus silencios y secretos impasibles.

Ashley me mira con un gesto espantosamente compasivo.

—Solo trato de decirte que tengas cuidado, Opal. Yo no confiaría en esa gente. Ese joven..., ¿Alexander? Seguro que es igual de horrible que sus padres. Y el doble de feo, ya que estamos...

—Esperaré en la camioneta.

Me alejo por la entrada mientras me recrimino a mí misma. ¿Por qué iba a importarme nada de lo que diga alguien sobre Arthur Starling? Es cierto que me dio un abrigo, que me dio la camioneta de su padre tras limpiarla solo para mí, que la tocó con la ternura con la que se toca una cicatriz que ha sanado mal, que aún está reciente. Pero ni siquiera ha sido capaz de decirme «buenas noches».

Jasper se desliza al asiento de pasajeros tres minutos después, y cierra la puerta con tanta fuerza que unos pedazos de pintura descascarillada caen por el parabrisas.

—¿Desde cuándo tenemos una camioneta? —pregunta, con una tranquilidad demasiado peligrosa.

—Se la compré a los Rowe —miento, sin el menor desparpajo.

Él mira fijamente la manija rota de la guantera, el salpicadero descolorido por el sol, las costuras levantadas de los asientos, abiertas para dejar al descubierto unas capas endurecidas de espuma amarilla que relucen un poco a causa del moho.

—Pues te han estafado.

Giro la llave para arrancar el motor, preocupada por el carraspeo bronquítico del tubo de escape, como si ya le hubiese cogido cariño al vehículo.

—Pero si no sabes cuánto les pagué.

—¿Has pagado por esto? ¿Dinero de verdad? —me interrumpe antes de que pueda defender a la camioneta—. ¿Hay alguna emergencia o algo así? ¿Te ha explotado el apéndice? Porque no se me ocurre otra razón para que me hayas sacado a rastras de allí mientras estaba cenando...

—Quería pizza.

Una pequeña reacción nuclear estalla por el rabillo del ojo.

—El señor Caldwell había preparado chili…

Me saco un billete de veinte del bolsillo trasero.

—Pizza de verdad.

Ambos somos más que conscientes de que esto es un soborno cruel, de que me aprovecho de su metabolismo de adolescente y del hecho de que Dan Caldwell use pimientos morrones en el chili para que «no pique mucho».

Un silencio cargado de tensión. Y luego, con tono escéptico:

—¿Y alitas de pollo?

El teléfono me vibra cuando vamos por la mitad de la segunda pizza, la de pepperoni.

Es ese número con un prefijo de lejos. «Por favor, envía fotos del interior del edificio a elizabeth.baine@iscgroup.com antes de las ocho de la tarde del viernes. Estamos ansiosos por trabajar contigo».

Jasper me mira cuando alzo la vista. Se había relajado un poco a causa de la gran cantidad de calorías, pero vuelve a tener el gesto tenso y serio.

—¿Quién era?

Me encojo de hombros con maestría.

—Lacey. Un tipo volvió a pedirle el teléfono en el trabajo y yo le dije que le diese el de Bev.

Jasper ni siquiera finge una sonrisa. Asiente mientras mira las manchas de grasa que hay en su plato de cartón.

—Vale.

Después tira el plato a la basura y se dirige al baño. Un minuto más tarde, oigo el ruido blanco y malhumorado de la ducha.

Le cojo el portátil y desperdicio unos pocos minutos haciendo una serie de búsquedas infructuosas («Elizabeth baine isc», «isc group», «innovative solutions consulting»). Lo único que consigo son una serie de fotos de *stock* y páginas corporativas tan carentes de información que parece como si alguien se estuviera burlando de mí. «ISC Group tiene como objetivo encontrar soluciones a todos los problemas. Nuestros asesores tienen experiencia llevando a cabo estrategias arriesgadas y técnicas innovadoras».

Cojo mi teléfono. Vuelvo a soltarlo.

Trato de imaginarme a Arthur Starling como hacía antes, como hace todo el mundo: como una figura macabra y sombría rodeada de pecados y secretos. En lugar de eso, lo veo a la luz suave del anochecer, acariciando con determinación una gata que ya le ha mordido una vez y que a buen seguro volverá a hacerlo.

El portátil emite un pitido. En la esquina de la pantalla aparece la notificación, medio transparente, de que ha llegado un mensaje nuevo. No suelo espiar los correos de Jasper, pero este es del departamento de Recursos Humanos de Gravely Power. Lo abro y leo dos líneas antes de que mi visión se vuelva roja y emborronada.

Estimado señor Jasper Jewell:
Gracias por su solicitud para formar parte de la
familia Gravely Power. Nos encantaría concertar una
entrevista en cuanto le resulte posible.

Respiro hondo dos veces. Puede que tres. Pienso en la explosión sísmica de la turbina al reventar en la central eléctrica. Pienso en el depósito de cenizas de carbón que se filtra poco a poco en el río, razón por la que las autoridades sanitarias afirman que solo es seguro comer siluro una vez al año. Pienso en el polvo negro y grasiento que cae a veces, los días encapotados y sin viento, y también en los ataques de asma de Jasper, que cada vez son más frecuentes. En los días oscuros y en las noches desafortunadas, en los finales malos que nos esperan a ambos en el horizonte.

Después pienso en que Jasper sabe todo eso y que, aun así, ha presentado la solicitud.

Justo ayer, Stonewood me envió una carpeta enorme llena de formularios, comunicados y folletos orientativos desconcertantes. En uno de ellos aparecía un grupo de chicos que remaban en un barco extraño y plano, con los uniformes planchados a la perfección y el pelo rubio con la raya a un lado. Tenían esa confianza y esa vitalidad que ambos odiábamos y ansiábamos al mismo tiempo. Intenté imaginarme a Jasper sentado entre ellos, moreno, larguirucho y asmático, y sentí un primer atisbo de ansiedad. Por alguna razón, oí mi voz en mi cabeza, a la defensiva: «Solo intentaba ayudar».

Pero no lo iba a permitir. Yo solo hacía lo correcto.

Rellené y envié los formularios, tal y como me habían pedido, con la firma perfecta y falsificada, y luego guardé todo lo demás en una bolsa de regalos brillante que aguardaba el decimoséptimo cumpleaños de Jasper, que sería en junio. Solo me quedaba pagar una cuota, lo cual no sería un problema mientras Arthur no me despidiera y Baine no me saboteara.

Arrastro el correo de Gravely Power a la papelera de reciclaje y la vacío. Tardo un rato en buscar en Google cómo bloquear una dirección de correo, pero también consigo hacerlo.

Después cierro todas las pestañas y envío un mensaje con dos letras para responder a Baine: «Ok».

Más tarde, mucho más tarde, después de que el vapor del baño se haya disipado y convertido en una humedad fría que cubre toda la habitación, cuando Jasper y yo ya estamos en la cama haciendo como si durmiéramos, vuelve a vibrarme el teléfono. Doy por hecho que es la respuesta de Baine, pero no.

Dice: «Buenas noches, señorita Opal».

La traición es como el hurto: el truco para escapar de rositas es no pensar en ella. Te colocas la caja de tampones debajo del brazo y sigues caminando, con una expresión que dé a entender que estás pensando en la cena o en todo lo que tienes que hacer en casa, porque es lo que hay. Nadie te pregunta qué estás tramando porque no estás tramando nada.

A lo largo del mes de abril, hago exactamente lo mismo que hice en marzo: barrer y limpiar el polvo, frotar y dar cera, molestar a Arthur y sacar bolsa tras bolsa de basura a la entrada. Pero, de vez en cuando, hago una pausa para mirar el teléfono y sacar una foto. Al final de cada semana, envío un correo a la dirección que me habían dado y, a la mañana siguiente, hay preguntas y exigencias como respuesta. «La del vestíbulo está demasiado borrosa, reenvíala en cuanto puedas. ¿Esa puerta está cerrada? ¿Qué hay al otro lado? ¿Podrías enviar un boceto de la planta baja?».

Los respondo sin ton ni son, una amalgama de mentiras, medias verdades y «no lo sé» taciturnos, que provocan respuestas cada vez más desesperadas. El boceto de la planta baja que dibujo está ridículamente incompleto y cuenta con varias habitaciones que no existen. O puede que sí que existan, ya que, cuando intento recordar el orden preciso de los pasillos y las puertas de la Mansión Starling, el mapa se retuerce y serpentea en mi mente, como una víbora, y me mareo.

Pero Elizabeth Baine y su grupo de asesores tienen que estar sacando algo en claro con mis mensajes, porque me piden más y más cosas. A mediados de abril, les envío una foto de la puerta principal y recibo una andanada de correos en respuesta: «Necesitamos unas en las que se vean mejor esos símbolos. ¿Hay objetos así en la casa?».

Los hay. El lugar está lleno de elementos extraños y asombrosos: pequeños crucifijos hechos de madera nudosa y atados con cordeles; manos de plata con ojos en medio; cruces doradas con un círculo en la parte superior; bolsitas con hojas secas y sal; muchos más dijes y amuletos colgados en puertas y ventanas. Al principio me dedicaba a guardarlos en cajones y armarios mientras recogía, pero al día siguiente volvían a aparecer en el mismo lugar de donde los había quitado.

Arthur me pilló una vez tirando en una bolsa de basura todo lo que había en la repisa de una chimenea mientras soltaba improperios. Me dijo que no hiciera eso, y yo le comenté que los amuletos de la suerte eran, bajo mi punto de vista, una mentira de las gordas. Cogí una moneda de cobre desgastada, un centavo con un arpa en una de las caras. Y le dije algo en plan: «¿De verdad crees que esto va a salvarte?». Y él me respondió, con una sinceridad poco habitual: «No, pero puede que sirva para conseguirte algo más de tiempo».

Después se marchó, algo que se había convertido en su única manera de acabar las conversaciones. Yo me quedé esperando hasta oír el traqueteo de las ollas en la cocina, y luego me guardé la moneda en el bolsillo de atrás.

Ahora me dedico a sacar fotos de los objetos que dejo en la repisa: un espejito con ocho lados, un corazón de plata atravesado por una espada, un ramo de lavandas desecadas. El obturador digital suena mucho más estruendoso de lo que debería.

Baine me escribe: «Buen trabajo. Mañana te enviaremos un teléfono con una cámara mejor».

Recojo el paquete en la oficina del motel y me topo con Charlotte. Está inclinada sobre el escritorio de Bev, con gesto intenso.

—Anda, hola. ¿Son los libros que había reservado?

Charlotte se endereza muy rápido.

—No, solo venía para…

Hace un gesto en dirección a Bev, que dice con tono cortante:

—Ha venido para traerme mis libros. —Gira la silla de oficina para encarar la televisión—. No todo tiene que estar relacionado contigo, Opal.

—Madre mía, ¿sabes leer?

—Mira, que te den.

Charlotte suspira un poco más fuerte de lo necesario tras oír lo que, al fin y al cabo, es una conversación civilizada en el Jardín del Edén.

—Ya me iba.

Vuelven a salirle las dos pequeñas arrugas que le rodean la boca y tiene las gafas un tanto torcidas.

Me coloco frente a ella.

—Espera. Estaba pensando en las cajas esas de los Gravely. ¿Crees que podrías darme una? Podría ayudarte a catalogarlo todo.

La Sociedad Histórica no me importa lo más mínimo, pero me gustaría saber por qué un Gravely tenía el número de teléfono de mi madre. Lo más seguro es que no sea nada, que le debiera dinero o que hubiese ligado con él en el aparcamiento del Liquor Barn, o que hubiese intentado venderle maquillaje de marca blanca para su mujer, pero aún conservo el recibo doblado en el bolsillo.

—¿Qué cosas de los Gravely?

Bev ha dejado de ver el programa repetido de *La ruleta de la fortuna* solo para fulminarme con la mirada.

—Anda, ¿crees que esto es asunto tuyo? —Le hago un gesto compasivo—. No todo tiene que estar relacionado contigo, guapa.

La antipatía más que evidente suele conseguir que cambie de tema, pero no en este caso. Niega con la cabeza.

—No necesitas saber nada de esa gente. Sea lo que sea, mejor mantente al margen.

Empiezo a abrir la boca para responder, pero Charlotte suelta una risa mordaz. Casi no parece propia de ella.

—Claro, mejor mantenerse al margen, ¿no? Mejor barrerlo todo debajo de la alfombra y que nadie lo vea. —Se ha quedado mirando a Bev con una rabia que me resulta en extremo desproporcionada. Se vuelve a girar hacia mí con brusquedad, mientras se le agita la coleta y le brillan los ojos—. Te traeré la primera de las cajas en cuanto pueda.

Se marcha. El timbre emite dos notas atonales cuando la puerta se cierra de golpe.

—Pues... —Señalo una caja blanca y nueva que hay detrás del escritorio—. Creo que ese paquete es para mí.

Bev lo empuja con el pie sin dejar de mirar la televisión. Sigo a Charlotte al exterior.

El día está nublado, hace frío ahora que se acerca la noche y el aparcamiento está lleno de pájaros. Quiscales tan negros que parecen agujeros con forma de ave en el asfalto, unos pocos cuervos y el resplandor moteado de los estorninos. Charlotte los atraviesa como un bote que cruzara aguas oscuras.

—¡Oye!

Se detiene, pero no se da la vuelta. Empieza a buscar las llaves con una mano.

La alcanzo y azuzo los pájaros que cubren el capó de su coche.

—Quería preguntarte algo. ¿Tú te crees la historia de la señora Calliope? ¿De verdad crees que hay algo terrible debajo de la Mansión Starling? Porque la otra noche hablé con Ashley Caldwell y me contó que...

—No lo sé, Opal. Puede que sí. Seguramente no. —El Volvo emite un pitido cuando lo abre. Se desliza en el asiento del conductor y hace una pausa mientras fulmina con la mirada las contraventanas cerradas de la oficina de Bev—. En mi opinión, lo único terrible de este lugar es la gente que vive en él.

Seguro que se refiere a Bev, y siento unas ganas breves y antinaturales de defenderla. El portazo del coche evita que lo haga.

Abro la caja de mi nuevo y sofisticado teléfono y tiro el embalaje al contenedor. Si le doy muchas vueltas, si pienso en la silueta cara y lisa del teléfono y en lo que pesa, tal vez me sienta culpable en algún momento, por lo que me lo guardo en el bolsillo sin más. El centavo robado rechina un poco contra la pantalla.

13

En Eden, el mes de abril es una llovizna continua. El musgo brota entre las grietas de la acera. El río crece y se vuelve más lento, hasta rozar la base del puente y la entrada de la galería de la antigua mina. El vivero de temporada abre en el aparcamiento del mercadillo y las hormigas empiezan su ataque anual al desayuno continental del bar de Bev.

La Mansión Starling cruje y se hincha, lo que hace que todas las ventanas se atasquen y las puertas queden bien encajadas en su marco. Esperaba que el lugar se llenara de moho y de olores raros, pero en su lugar se apodera de él un aroma intenso como a tierra recién removida. Me da por pensar que si clavase un cuchillo en la moldura de corona encontraría savia y madera tierna, que si pegase la oreja contra el suelo oiría una intensa ráfaga, como un par de pulmones al coger aire.

Hasta Arthur parece afectado. Ha cambiado su rutina habitual de acechar y garabatear, y cada vez pasa más tiempo fuera. Vuelve con los zapatos llenos de barro y tierra debajo de las uñas, así como con un rubor sano en las mejillas que me irrita de una manera que no sabría explicar.

Frunce el ceño y se refrena si le pregunto qué ha estado haciendo.

—Como no te andes con cuidado, la cara se te va a quedar así. —Al ver que no responde, pongo gesto afligido—. Un momento. ¿Por eso la tienes así? No quería ser insensible.

Arthur se da la vuelta de una manera tan abrupta que me da por sospechar que las comisuras de los labios le han vuelto a hacer de las suyas. Se dirige a los fogones para calentar una olla de metal con algo sustancioso y saludable. Al final, pregunta a regañadientes.

—¿Qué comes?

Levanto el envoltorio con los minidónuts glaseados que he comprado en la gasolinera.

—Un desayuno equilibrado.

Él suelta un ruidito de repugnancia, se marcha con la comida y deja el resto en la olla. Hay un cuenco limpio y una cuchara colocados con cautela junto a ella. Al mirar el cuenco me sobreviene una sensación extraña y se me hace un nudo en el estómago, por lo que tapo bien los dónuts, me los guardo en el bolsillo y me dispongo a trabajar. A la mañana siguiente hay media cafetera esperando, llena de un líquido sedoso y negro, y una sartén con huevos fritos en los fogones. El teléfono me vibra en el bolsillo. «Que sepas que no está envenenado».

Titubeo, preocupada ante la perspectiva de deberle algo a alguien, y también por la comida del rey de las hadas. Pero ¿sería tan terrible quedarme atrapada para siempre en la Mansión Starling? Los pasamanos relucen y todos los cristales de las ventanas titilan cuando paso junto a ellos. Hay menos grietas en el yeso, como si se estuviesen arreglando solas, y ayer mismo me encontré tumbada en una de las habitaciones fingiendo que era mía.

Como hasta que me duele el estómago.

Me resulta imposible no sentirme culpable. No estoy acostumbrada a sentirme así, ya que la culpa es uno de esos lujos que no me puedo permitir, como sentarme en restaurantes o contratar un seguro médico, y me doy cuenta de que no me gusta. La culpabilidad se me posa en el hombro, pesada, desgarbada e inoportuna, una mascota en forma de buitre de la que no me puedo librar.

Pero sí que puedo ignorarla, porque tengo que hacerlo. Porque hace mucho tiempo que aprendí el tipo de persona que soy.

He empezado a revisar los correos de Jasper todas las noches, pero no le han enviado más de la compañía eléctrica. Solo ha recibido notificaciones de vídeos de YouTube y publicidad de la Universidad de Louisville. Ha estado malhumorado y esquivo, y no deja de mirar el móvil ni de fruncir los labios cuando le pregunto qué pasa, pero qué más da. Eso también puedo ignorarlo.

En lugar de preocuparme, me dedico a trabajar. A principios de mayo, he conseguido frotar y dejar reluciente el segundo piso al completo y la mayor parte del tercero. La Mansión Starling está lo bastante limpia como para que me estremezca cuando Arthur me da el sobre al final del día, mientras me pregunto si será la última vez que lo haga.

Trabajo más y más duro, consciente de que empiezo a inventarme nuevas tareas, pero incapaz de parar. La lejía comienza a dejar amarillas las sábanas de tanto lavarlas, y no dejo de sacudir alfombras; pido un abrillantador para la plata por internet y limpio toda la que no he robado aún; compro ocho litros de pintura lustrosa de un color llamado «cáscara de huevo antigua» y vuelvo a pintar los zócalos y las ventanas de todas las habitaciones; veo un vídeo de YouTube sobre acristalamiento de ventanas y me paso tres días haciendo el tonto con masilla y tacos antes de tirarlo todo a la basura y claudicar. Hasta le pregunto a Bev cómo arreglar el yeso, lo cual es un error táctico por mi parte, porque saca una paleta y un cubo para ponerme a practicar arreglando el agujero de la habitación ocho, donde un cliente había atravesado el pladur de un puñetazo. Ella se sienta en una silla plegable y grita consejos extemporáneos y gratuitos, como un padre en el partido de fútbol de un crío.

Golpeo la frente contra la pared, sin cuidado alguno.

—Como me digas que lije los bordes una vez más, te juro por Dios que voy a abrirte otro agujero en la pared para hacerte la vida imposible.

—Adelante, como si estuvieras en tu casa. ¡Anda, espera! Ya lo estás, y te tengo que aguantar toda la vida.

—Yo no tengo la culpa de que te saliera mal apostar contra mi madre.

Bev escupe con rabia en la papelera vacía y aprieta los labios.

—Sí. —Después señala con la barbilla la marca en la pared—. Aún veo los bordes. Tienes que lijarlos un poco...

Le tiro la paleta.

En Kentucky, la primavera tiene más de advertencia que de estación. A mediados de mayo hace calor y está lo bastante húmedo como para que se te rice el pelo, y solo hay dos habitaciones de la Mansión Starling en las que no he trabajado.

Una de ellas es la buhardilla con la ventana de ojo de buey. Empecé a limpiar los escalones angostos un día, con un cubo y una fregona, pero Arthur abrió la puerta con una expresión de sobresalto espiritual tan intensa que puse los ojos en blanco y lo dejé pudriéndose en ese nido que tiene por dormitorio. La otra habitación es el sótano.

O, al menos, lo que yo creo que es el sótano. Es ese lugar que espera debajo de la trampilla que hay en la despensa, ese sitio inquietante con la enorme cerradura y los símbolos tallados. No he levantado la alfombra desde el primer día que lo vi, pero no deja de llamarme. Ejerce sobre mí un atractivo magnético o gravitatorio, como si al soltar una canica en cualquier parte de la casa fuera a empezar a rodar hacia allí.

Elizabeth Baine presiente su existencia.

«Hay algún sótano o entrepiso en la casa?».

Respondo con el emoji de encogerme de hombros.

Se hace un silencio harto elocuente de varias horas. Luego: «Por favor, tienes que descubrir si hay un sótano o un entrepiso en algún lugar de la casa».

La dejo macerar durante un buen rato antes de responder: «Me dan mucho miedo las arañas, lo siento».

Añado el emoji de la carita con una lágrima, porque si va a chantajearme para que traicione a un hombre que, sin decir nada, ha empezado a cocinar el doble para que yo tenga comida, yo haré que se arrepienta de ello.

Baine responde con una retahíla de mensajes que muestran su irritación a las claras, pero hago como que no los he leído. Menciona la «topografía kárstica» y «georradares», y también incluye varios mapas aéreos del terreno de los Starling.[19] Silencio el móvil.

La siguiente vez que lo miro hay una fotografía del instituto del condado de Muhlenberg. Está hecha desde un ángulo extraño y desde detrás del campo de fútbol, donde el graderío llega casi hasta los maizales. No debería llamarme la atención

---

[19] En la topografía kárstica destacan grandes depósitos de piedra caliza, que favorecen en gran medida la aparición de cuevas y socavones. Nunca se han descubierto cuevas significativas en Eden, pero la propietaria de un motel del lugar no alberga dudas al respecto de su existencia: «Entre las cuevas y las minas, si gritas en uno de los extremos de Kentucky, seguro que se oye desde el otro».

para nada, pero sé que es el lugar donde Jasper come todos los días. Y parece que ella también lo sabe.

Me quedo mirando la foto durante un buen rato y noto ese vacío helado en mi interior.

Al día siguiente, quito la alfombra que hay en la despensa de la planta baja y le envío una foto de la trampilla. Ella se emociona. «Dónde está eso, exactamente? Está cerrada? Sabes dónde está la llave?». Y luego, la pregunta inevitable: «Podrías conseguirla?».

No me sorprende que me lo pida, ya que alguien no droga a otra persona ni amenaza al único miembro de su familia si solo busca algo de conversación y enviarle algún archivo que otro, pero sí me sorprenden mis reticencias a hacerlo. Lo postergo en la medida de lo posible, remoloneo, cambio de opinión, le envío listados insultantemente largos de todos los lugares en los que he fracasado en la tentativa de encontrar la llave. Ella me insiste para que persevere en el intento y mi respuesta son listados aún más largos y llenos de notas al pie. Me sugiere que podría forzar la cerradura, y menciona de pasada los informes disciplinarios que habían hecho sobre mí en el colegio. Le respondo que siempre fui una adolescente de mierda que sabía cómo abrir puertas baratas con una tarjeta de crédito, pero que no tengo formación de ladrona de bancos.

Al final, recibo un mensaje que me informa sin rodeos de que debo tener abierta la puerta del sótano para el viernes. No hay amenazas ni advertencias fatídicas, pero vuelvo a mirar la fotografía del instituto hasta que los escalofríos me pasan del pecho a la espalda, como si algo hubiera empezado a aplastarme contra una pared de piedra.

Al día siguiente, espero hasta que oigo los pasos de Arthur en las escaleras. El zumbido taciturno de la cafetera, el chirrido de los goznes, el chapoteo de las botas en el suelo húmedo. Después suelto la brocha, vuelvo a tapar la pintura, aprieto con la parte trasera de un destornillador, y subo a la buhardilla.

Me da la impresión de que tardo mucho tiempo en llegar: la escalera se extiende ante mí sin que pueda vislumbrar su fin, se alarga de una forma que no me parece estrictamente lógica, y me equivoco en media docena de ocasiones al girar en el tercer piso. La quinta vez que termino en la biblioteca, exhalo un profundo suspiro y digo, a nadie en particular:

—Estás siendo una cabrona.

Cuando me vuelvo a dar la vuelta, tengo delante de mí la escalera angosta. Acaricio el papel de pared; es mi manera silenciosa de agradecérselo.

La habitación de Arthur no está tan desordenada como creía. Está reluciente, limpia y cálida, con la tarima caliente a causa de la generosa luz del mes de mayo. Hay un escritorio debajo de la ventana y una cama debajo de los aleros, con la colcha bien ceñida al colchón porque, como era de esperar, hace la cama todas las mañanas. Me planteo arrugarle las sábanas con la única finalidad de chincharlo un poco, pero el solo hecho de pensarlo hace que empiece a sudar y que me ponga muy nerviosa. Además, la gata infernal está acurrucada en medio de la cama y me fulmina con un único ojo. Le saco la lengua y miro a cualquier otra parte.

En la pared contra la que está la cama, colgando de un soporte de aspecto sólido, hay una espada. No parece un juguete ni utilería sacada de una feria medieval. La hoja está moteada de óxido, mellada y rota, pero el borde está tan afilado que cuesta verlo, como la punta del colmillo de una serpiente. Hay símbolos que van desde la empuñadura hasta la punta, grabados en plata, y llego a la conclusión, con una certeza que me hace estremecer, de que a Elizabeth Baine le daría un ataque si viese una foto del arma. Me giro hacia el escritorio.

La superficie está fatigosamente ordenada, con todos los bolígrafos con la punta hacia abajo dentro de una taza de café, todos los libros apilados y lleno de notas adhesivas. El cajón superior contiene una gran cantidad de agujas y de tarros de tinta, así como algunas servilletas manchadas de un rojo aguado. Tendría que haber pensado antes que el salón de tatuajes más cercano está en Elizabethtown, que seguro que se sienta aquí remangado y con el pelo cayéndole frente a los ojos mientras presiona la aguja contra la piel una y otra vez.

Cierro el cajón con demasiada fuerza, irritada y acalorada.

El siguiente está lleno de virutas de lápiz y pequeños pedazos de carboncillo. El tercero está vacío a excepción de un juego de llaves. Solo hay dos llaves en el llavero, viejas y ornamentadas.

Cuando mis dedos tocan el metal, oigo un golpe sordo detrás de mí. Me encojo, pero no es más que un pájaro negro y moteado en la ventana. Aletea quejumbroso, como si le ofendiera haberse topado con una casa tan grande en los cielos, y luego desaparece. Me deja con el corazón latiendo desbocado contra las costillas y los ojos todo lo abiertos que pueden estar.

Cada centímetro de la pared que rodea la ventana está lleno de folios y de chinchetas, como si se hubiese metido a presión todo un museo de arte en la buhardilla. Al principio, me da la impresión de que son bocetos primerizos de las ilustraciones de *La Subterra* y el estómago me da un vuelco, pero no. Eleanor Starling trabajaba en un tosco blanco y negro, con trazos que parecían morder la página, y estos dibujos son de un gris amable con sombras suaves. Hay Bestias que acechan desde esas páginas, pero son un poco diferentes. Las Bestias de Arthur tienen una elegancia inquietante, una belleza terrible que nunca han tenido las de Eleanor. Cruzan con tranquilidad bosques apacibles y campos vacíos, oscurecidas en ocasiones con cúmulos de carboncillo que representan zarzas y madreselvas.

Los dibujos son buenos, tanto que casi siento el batir del viento a través de las ramas y cómo cede bajo mis pies el suelo franco. Pero la perspectiva es extraña y parece estar inclinada en lugar de recta. Tardo unos segundos en darme cuenta de que es la manera en la que se ve el mundo desde las ventanas de la Mansión Starling.

De repente, empiezo a recordar cómo era yo hace no mucho tiempo: caminando sola por la carretera del condado con el delantal de Tractor Supply, alzando la vista hacia la ventana de luz ambarina y ansiando un hogar que nunca había tenido. Ahora sé que Arthur estaba sentado aquí, al otro lado del cristal, igual de solo, soñando con el mundo del exterior.

Se me hace un nudo en la garganta. Trato de convencerme de que es por el polvo.

Hay un pequeño boceto clavado justo debajo de la ventana, más irregular y hecho con más prisa que los demás. Es del bosque en invierno, de los troncos pálidos de los sicomoros, de los surcos dobles del camino de entrada. Una figura femenina emerge de entre los árboles, con un abrigo que le queda grande y el rostro alzado. Los demás dibujos de la pared están hechos a lápiz y a carboncillo, pero este contiene una inesperada chispa de color, lo único que reluce en un mar de grises: un trazo de rojo intenso y arterial. Su pelo.

Algo delicado y diminuto se me estremece en el pecho. Cojo las llaves y salgo corriendo.

Bajo las escaleras a toda prisa y vuelvo al pasillo, sin pensar en las llaves que tengo en la mano, ni en el teléfono sofisticado que llevo en el bolsillo ni en la cara que habrá puesto él mientras me dibujaba: medio irritado y medio algo más, con una determinación peligrosa.

En el primer piso, me doy la vuelta y me encuentro en el frío vestíbulo que hay detrás de la cocina, y tropiezo entre botas de goma resquebrajadas, y la siguiente puerta que abro me lleva al exterior, a la húmeda luz primaveral.

El cielo es de un azul brumoso y el aire reluce con tonos dorados, como si el sol brillase en todas partes a la vez. Me quito las zapatillas, aunque me quitaría la piel si pudiera, y me alejo de la sombra de la casa sin saber muy bien adónde me dirijo.

Camino por un tenue sendero de hierba estropeada mientras examino el patrón carente de sentido de las enredaderas por las paredes de piedra. Ya tienen hojas, aunque translúcidas y de aspecto húmedo, y también empiezan a apreciarse los capullos de las flores. La madreselva del motel ya es de un verde feroz capaz de comerse a una persona, pero aquí está diferente.

Doblo una esquina y me detengo de pronto, pasmada por la explosión repentina de color. Flores. Un círculo improbable de lirios y margaritas, estallidos color lavanda de achicoria y constelaciones pálidas de zanahoria silvestre. Un revoltijo rojo intenso de amapolas, tremendamente fuera de lugar entre la piedra gris y las sombras de la Mansión Starling.

Arthur está arrodillado entre ellas. Hay una pila de hierbas verdosas junto a él, y tiene las manos llenas de tierra. A su alrededor destacan unas hileras de piedras grises, inhóspitas y siniestras entre las flores desenfrenadas. Solo comprendo lo que son cuando leo el nombre STARLING repetido en ellas.

Arthur está arrodillado junto a la mayor y la más reciente de todas. Tiene dos nombres, dos fechas de nacimiento y una sola fecha de defunción.

Debería decir algo, carraspear o arrastrar los pies descalzos por la hierba, pero me abstengo de hacerlo. Me limito a quedarme allí en pie, sin apenas respirar y mirándolo mientras trabaja. Ya no frunce el gesto, ha relajado la frente y el ceño, y también ha dejado de apretar los labios. Las manos trajinan con cuidado entre las raíces frágiles de las flores. La Bestia taciturna y fea que conocí al otro lado de la verja ha desaparecido por completo, reemplazada por un hombre que se dedica a cuidar la tumba de sus padres con manos amables, plantando allí flores que nunca verá nadie más.

La casa exhala a mi espalda. Una brisa dulzona agita el aire detrás de mi oreja y mueve las amapolas. Arthur alza la vista en ese momento y sé que justo cuando me vea su rostro se retorcerá y se deformará, como si alguien hubiese girado una llave en su carne para encerrarlo lejos de mí. Pero no lo hace.

Se queda muy quieto, como haría cualquiera al ver a un zorro durante el anochecer y no quisiera espantarlo. Abre la boca. Sus ojos me parecen enormes y negros y, que el cielo me ayude, reconozco la expresión que veo en ellos. He pasado hambre demasiadas veces como no para reconocer a un hombre famélico cuando se arrodilla ante mí en la tierra.

No soy guapa. Tengo los dientes torcidos y la barbilla hacia fuera, y además llevo una de las camisetas viejas de Bev con las mangas rotas y manchas de color cáscara de huevo antiguo por delante, pero Arthur no parece fijarse en nada de eso.

Me mira lo bastante como para que piense, entre comillas desesperadas: «Joder».

Después cierra los ojos con demasiada determinación, un gesto que también reconozco. Es el de cuando te tragas el hambre, cuando ansías lo que no puedes tener y lo entierras como un cuchillo entre las costillas.

Arthur se pone en pie. Los brazos le cuelgan rígidos y desmañados a los costados, y sus ojos parecen un par de sumideros. La luz aún reluce cálida y suave, pero ya no parece alcanzarlo.

—Qué haces aquí.

Lo dice sin signos de interrogación, como si toda la puntuación de la frase se hubiese calcificado en puntos finales.

—No quería... ¿Eso son...? —Dirijo la vista hacia las tumbas que tiene detrás y luego la aparto—. Me he perdido por la casa y he terminado aquí, no sé muy bien cómo.

La carne de su rostro se retuerce, estirada sobre los huesos. Es la misma rabia cargada de amargura que he visto tantas veces, pero ya no estoy segura de que esté dirigida a mí.

—Ah...

La verdad es que no sé qué es lo que trato de decir. «Ah..., lo entiendo», o «Ah..., no lo entiendo», o quizá «Ah..., lo siento». Pero da igual, porque él pasa junto a mí a toda prisa para marcharse. Hace una pausa en el muro de la Mansión Starling, y el reflejo de su silueta ondea en la ventana. Después, con un gesto breve y desapasionado, atraviesa el cristal con el puño.

Me estremezco. Arthur retira el brazo por el agujero aserrado. Después, dobla la esquina con los hombros encorvados y la mano izquierda convertida en un revoltijo de sangre y tierra. Se oye un portazo, y el viento sopla con tristeza entre los dientes rotos del cristal.

No lo sigo. No soporto la idea de estar en la misma habitación, de encararlo con el recuerdo de su mirada sobre mi piel y el peso de las llaves que le he robado en el bolsillo. La traición funciona mejor cuando no le das muchas vueltas, pero ahora yo no soy capaz de pensar en otra cosa.

Vuelvo a entrar para coger mis zapatos y luego voy a la camioneta. Aprieto la frente con fuerza contra el volante y me clavo el plástico en el cráneo y me recuerdo que hago esto por el dinero. Arthur Starling, sus misterios y sus ojos estúpidos, por muy apasionados y hambrientos que sean, no están en mi lista. Me recuerdo que es viernes y que Elizabeth Baine espera una respuesta.

Saco el teléfono y abro el último correo electrónico. Escribo: «Perdón. ¡He hecho lo que he podido! Pero no ha habido suerte». Añado un emoji triste nada sincero y, antes de pensármelo dos veces, o incluso de pensármelo solo una, lo envío.

Esa noche no me responde. Y, durante un rato, me engaño a mí misma y pienso que ya no volverá a escribirme.

14

He evitado bastantes consecuencias como para saber que me va a tocar enfrentarme a una. Siento algo extraño en el aire, como una nube de tormenta demasiado grande que ha empezado a formarse sobre mi cabeza y me eriza el vello de los brazos.

Me paso el fin de semana esperando a que empiecen a caer rayos, mirando el móvil con demasiada frecuencia y peleándome con Jasper por tonterías. Para tratar de compensárselo, me lo llevo a Bowling Green para ver una película, pero él se pasa todo el día nervioso y distraído y, cuando llegan los créditos, no le «apetece» colarse en la nueva peli de miedo que hay en la sala contigua, aunque el cartel es tan inquietante como para que una madre le tape los ojos a su hijo cuando pasan al lado.

Me hace esperar, parpadeando y sudando por fuera de Greenwood Mall, mientras él graba a unas hormigas que se arremolinan alrededor de una manzana a medio comer.

—¿Cómo va el vídeo? El nuevo, quiero decir —pregunto.

—¿De verdad quieres que hablemos de eso?

El tono que emplea no puede ser más neutro.

—Mira, no sé qué te pasa, pero…

—Lo terminé esta semana.

Me entrega el teléfono con naturalidad, como si no me hubiese enseñado el resto de sus proyectos nada más terminarlos.

Me coloco a la sombra y lo reproduzco.

Una niña negra está de pie en mitad de una carretera, de espaldas. La cámara gira a su alrededor hasta que se le ve la cara: ojos cerrados con fuerza y los labios apretados. La reconozco por las entradas de Facebook de Ashley Caldwell, es una de sus niñas de acogida, que se quedó durante un tiempo antes de que la devolvieran, como si fuese ropa que no les quedara bien. La cámara se acerca cada vez más, hasta que el rostro de la niña cubre la pantalla por completo, tenso como un puño.

Después abre la boca. Sé que ha empezado a gritar, con fuerza y sin freno, pero no se oye nada. En lugar de eso, brota entre sus labios una nube de humo blanco que se condensa y se alza, que le cubre las facciones y termina por ocupar toda la pantalla, hasta que solo se ve un blanco arremolinado.

Espero sin dejar de mirar, con los nervios a flor de piel. Y, cuando llego a la conclusión de que el vídeo debe de haberse parado, algo se mueve entre la niebla.

Es un animal. Tiene unas fauces alargadas abiertas de par en par. Cierra de repente los dientes y la pantalla queda a oscuras.

Exhalo durante un rato.

—Joder, tío.

Jasper sonríe por primera vez en todo el fin de semana, tímido y complacido.

—¿Te gusta?

—Claro que me gusta. ¿Cómo has…? Esos efectos son una pasada.

La sonrisa se vuelve juvenil y ansiosa, como le ocurre cuando empieza a hablar de cine.

—Primero intenté alquilar una máquina de niebla, pero quedaba como el culo. El hielo seco funcionó mucho mejor, pero al final decidí esperar a que hubiese niebla de verdad. Lo de conseguir que pareciese que salía de la boca de Joy fue básicamente probar…

—No, me refería a esa cosa del final.

La sonrisa de Jasper desaparece.

—¿Qué cosa del final?

—El…

No sé cómo llamarlo. Creía que era un animal, pero la forma no tiene sentido en mis recuerdos. Tenía el cuello alargado como el de un cuervo, pero demasiados dientes, y ojos muy separados.

—¿No estabas prestando atención o qué? —Jasper me quita el teléfono de las manos y vuelve a encorvar los hombros—. Dios, pero si solo dura un minuto y medio.

—Sí que estaba…

Pero ya ha empezado a caminar hacia la camioneta.

Volvemos en silencio. Solo lo rompo una vez, para preguntarle si quiere que paremos a pedir unos rollitos de pizza en Drakesboro. Se encoge de hombros con ese nihilismo perfecto e insolente de la adolescencia, y yo me planteo muy en serio tirarle encima lo que me queda de Sprite.

Más tarde, esa misma noche, Jasper se marcha a la máquina expendedora y deja el teléfono en la mesilla de noche. Lo cojo y empiezo a revisar los archivos hasta que encuentro

uno llamado «grito_FINAL_BORRADORFINALDEVERDAD.mov».
Lo veo en bucle, lo repito sin parar. No vuelvo a ver a ese animal.

El lunes me dirijo a la Mansión Starling con más cautela de la que tengo desde hace mucho tiempo. Contengo el aliento cuando llamo a la puerta, preparada para una escena vergonzosa de confesión o de acusación, pero Arthur se limita a abrir y a saludarme con un «Buenos días» de una frialdad desacostumbrada, y luego se da la vuelta sin mirarme a la cara siquiera. Suelto el aire cuando me da la espalda, sin saber muy bien si me siento aliviada o molesta.

No dejo de oír sus pasos durante todo el día mientras espero la oportunidad de volver a dejar las llaves en el cajón del escritorio, pero él no sale de la buhardilla, como si fuese la esposa loca de una novela gótica. No lo vuelvo a ver hasta que anochece, cuando se saca el sobre del bolsillo trasero y titubea. Pasa el pulgar por el borde y dice, con brusquedad:

—Lo siento. Siento si te he asustado.

Tendría que haberme asustado. Romper ventanas es el comportamiento típico de una bestia, ese que solo se les permite a los hombres, pero lo único que sentí en aquel momento fue una tristeza reverberante y profunda como la del duelo. Más tarde, me preocupé por si se habría limpiado bien la tierra de la herida, lo que, pensándolo bien, no tenía buena pinta para mi determinación de «Solo hago esto por dinero».

Ahora tiene la mano izquierda envuelta en una venda a la que ha dado varias vueltas sobre la muñeca para atársela en un nudo chapucero. Carraspeo.

—Si quieres que te ayude a cambiarte el vendaje, se me da bastante bien.

Arthur baja la mirada hacia la mano y luego mira la mía, y entonces se estremece sin disimular.

—No. Dios, no. —Después, como si siguiese un guion preparado y no tuviese intención de salirse de él, dice, con rigidez—: Entendería que quisieras dejar el trabajo. Tampoco es que quede mucho por limpiar, verdad.

Al parecer, los signos de interrogación siguen perdidos entre los mares, donde temen perderse todas las almas.

Busco en su rostro un atisbo de arrepentimiento o de esperanza, sin saber muy bien cuál prefiero encontrar, pero él está demasiado ocupado fingiendo ser una gárgola de piedra y tiene los ojos clavados en el papel de pared con la determinación de una estatua.

—Supongo que no queda mucho, no —respondo.

Y él asiente dos veces muy rápido, como un hombre que acabara de recibir el peor de los diagnósticos en la consulta del médico y se negase a mostrar el menor tipo de emoción. Extiende el brazo con el sobre vuelto hacia mí, sin mirar, y se le cae al suelo.

Ambos lo miramos durante un momento cargado de intensidad. Me agacho para cogerlo y lo doblo para guardármelo con cuidado en el bolsillo.

—Pero todavía queda pintar los marcos de las ventanas. —Mi voz no puede sonar más insulsa—. Y tenía pensado alquilar una manguera a presión para los escalones de la entrada. Están asquerosos, si te soy sincera.

La luz que tenemos encima titila a la defensiva.

Arthur me mira por primera vez en todo el día, un gesto breve y chocante que me recuerda sin motivo aparente al arañazo de una cerilla contra la piedra. Después asiente por tercera vez.

—Bueno. También podrías aprovechar para cortar las enredaderas. Ya que estás.

Casi sucumbo a la tentación de preguntarle de qué coño va. Por qué cuelga en su habitación un dibujo en el que aparezco yo, por qué tiene el amago más ínfimo e imperceptible de una sonrisa en los labios ahora mismo, y también por qué está echando a perder su vida encerrado en esta casa enorme, disparatada y hermosa, acompañado únicamente por una soledad feroz.

Pero ¿y si me respondiera? ¿Y si, Dios no lo quiera, confiase lo bastante en mí como para decirme la verdad y me contara algún secreto capaz de hacer que Innovative Solutions Consulting Group se cagase por la pata abajo? Peor aún, ¿y si yo fuera lo bastante estúpida como para guardarle esos secretos?

Así pues, me encojo de hombros, imitando a Jasper lo mejor que puedo, y luego lo dejo allí de pie a la luz tenue, con la más leve de las muescas en la mejilla izquierda, que bien podría ser o no un hoyuelo.

Esa noche, mientras conduzco por la carretera del condado, a medio camino del motel, llegan por fin las consecuencias. Están allí de pie, a unos pocos metros de la raya blanca, donde el asfalto da paso a los dientes de león y a la gravilla, con el dedo levantado hacia el cielo.

Piso el freno con tanta fuerza que huele a neumático quemado.

—¿Jasper? ¿Qué narices haces aquí?

Abre de un tirón la puerta del asiento del copiloto y se sienta con la mochila sobre el regazo y el pelo revuelto en mechones exhaustos. Cierra la puerta de una manera que me indica que ha pasado de estar «de mal humor» a «cabreado» en las últimas ocho horas.

—Podría preguntarte lo mismo, pero me soltarías alguna mentira de mierda, así que prefiero no perder el tiempo.

Muchas de las mejores mentiras se echan a perder porque la gente claudica a la primera de cambio al toparse con un problema. Alzo una mano en son de paz y me dirijo a él con esa voz que aprendí del asesor académico del instituto.

—Vale, veo que estás molesto. —(«¡Molesto!»)—. No sé qué ha ocurrido, pero…

Jasper golpea el salpicadero.

—Pues deja que te cuente qué es lo que ha ocurrido. Hoy me han sacado de clase a quinta hora para que fuese al despacho del director. —Si estuviéramos hablando de mí, aquello no habría podido considerarse ningún drama, ya que me pasé al menos un treinta por ciento de mi fugaz vida académica en el despacho del director, pero la única ocasión en que Jasper ha tenido un problema fue cuando la señora Fulton lo acusó de copiar, porque no falló ni una sola respuesta en uno de sus estúpidos exámenes de matemáticas—. Pero cuando llegué allí no era el señor Jackson quien estaba detrás del escritorio. En su lugar, una zorra corporativa estirada… —Empiezo a notar cómo la tensión me trepana el cráneo, y también percibo un olor dulzón a manzana falsa—. Y me dijo que estaba preocupada por ti y que esperaba que yo, y cito, te recordara «tus obligaciones». ¿Qué puta mierda de comentario de mafiosa es ese? ¿Desde cuándo los institutos dejan que adultos desconocidos hablen a solas con los estudiantes? Si hasta echó el cerrojo de la puerta, joder. Y resulta que ha… Me dijo que le gustaban mucho mis vídeos. —La rabia cede y da paso al miedo en estado puro—. Ni siquiera he subido el último aún.

Meto la directa y vuelvo a llevar la camioneta a la carretera. Tendría que inventarme una tapadera tranquilizadora, pero solo puedo pensar en dos cosas que ocupan por completo mi mente y que aumentan de tamaño por momentos, como tumores: la primera es que Jasper suelta palabrotas con más naturalidad de la que pensaba y, la segunda, que voy a descuartizar a Elizabeth Baine y dejar que los putos cuervos se coman sus restos.

—¿Qué le dijiste?

Aunque no lo estoy mirando, siento la potencia sísmica del movimiento de sus ojos cuando los pone en blanco.

—Le dije: «Sí, señora, gracias» y me piré nada más sonar la campana. No soy tonto.

—Buen chico. —En ese momento, me viene a la cabeza que no fue corriendo, digamos, a Tractor Supply—. ¿Y te dijo dónde encontrarme? ¿Dónde trabajo?

El temblor de la segunda vez que pone los ojos en blanco bien podría haber quedado registrado en la escala Richter.

—¿De verdad crees que no lo sabía? Uno de los candelabros tenía una S grabada, por el amor de Dios. Y no paras de enviar mensajes a gente que no soy yo... Por cierto, ¿por qué tienes el contacto de un tal «Heathcliff»...? No tienes amigos, así que llamé a Tractor Supply hace un mes y Lacey me dijo que no trabajabas allí desde febrero. Dice que te tiene presente en sus oraciones.

—Vaya. Vale. Joder.

—Da lo mismo, me pareció que era una estupidez que me mintieras, pero te veía contenta, y al menos ya no estabas con ese sobón de Lance Wilson.

—Eh, ¿cómo sabes que...? El sobeteo era mutuo, que lo sepas.

—Es un buen resumen de todas las relaciones que has tenido hasta ahora.

No puedo evitar pensar que se ha pasado y que eso era digno de tarjeta roja, porque más que una respuesta ha parecido una evisceración. Me quedo con las entrañas esparcidas por el suelo, y las palabras apenas logran borbotear entre mis labios:

—Como si supieras... No tienes ni idea de lo que estás hablando...

—Te suplico que no entres en detalles. Por Dios, Opal. —Jasper se hunde en el asiento con un suspiro que parece el de un señor de mediana edad, de un agotamiento extremo. Pasamos casi un kilómetro en el silencio más absoluto, a excepción del traqueteo del motor y del croar húmedo de las ranas mironas primaverales a través de las ventanillas—. Aun así, esperaba que en algún momento me contaras qué estaba pasando —continúa Jasper, quien parece hablar con el techo, con el cuello apoyado sobre el reposacabezas—. La noche que fuimos a por pizza. O aquella tarde en el cine. Creí que te estabas armando de valor, pero nunca me dijiste nada. En cambio, me he tenido que enterar por una desconocida enfundada en traje de chaqueta horroroso.

Es una noche fría y la niebla ha empezado a alzarse sobre el río en lenguas pálidas que lamen la tierra. Parece extrañamente sólida a la luz de los faros, como si condujese entre los costados blancos y húmedos de animales.

—Mira, Jasper. —Me humedezco los labios e intento hacer acopio del más mínimo atisbo de sinceridad que hay en mi alma insincera—. Lo siento. Lo siento mucho.

Me arriesgo a mirarlo en el siguiente stop. Sigue contemplando el techo con gesto meditabundo.

—¿Segura? ¿O solo sientes que te haya pillado? —No respondo. Él vuelve a suspirar, un suspiro mucho más largo de lo que me parece físicamente posible—. Esa casa no es de fiar. Lo sabes, ¿verdad?

—Solo son rumores. —Suelto un bufido condescendiente y cordial, como el de una escéptica que se burlara de una pitonisa—. Trabajo allí desde hace meses y lo peor que he visto es a Arthur Starling cubierto solo por una toalla.

Había abierto una puerta que juraría que el día anterior era un armario, y me había encontrado a Arthur secándose el pelo en el baño del segundo piso. Emitió un quejido similar al de una bocina de coche herida, una especie de balido de oveja estrangulada, y yo cerré la puerta tan rápido que me di en los dedos de los pies. Después, me pasé el resto de la tarde parpadeando para borrar de mi visión las imágenes residuales de sus tatuajes: lanzas cruzadas y espirales, una serpiente con forma de ocho, una Medusa de rostro afilado que sonreía entre dos aves.

Las cejas de Jasper corren peligro de desaparecerle entre el nacimiento del pelo. Después, con el tono de alguien que pisa con mucho cuidado sobre algo asqueroso hasta extremos innombrables, dice:

—¿Y si no son solo rumores? ¿Conoces a la señora Gutiérrez, de Las Palmas? Pues me dijo que, una noche, su cuñado pasó junto a la verja con el coche y vio a ese tipo en la entrada. Estaba agitando una espada por los aires contra la nada. Lo vio claramente mientras pasaba. Y esa misma noche, al cuñado de la señora Gutiérrez le dio un infarto.[20]

Me abstengo de hacer comentario alguno e intento con todas mis fuerzas no pensar en las cicatrices de los nudillos de Arthur, en la espada que cuelga en su dormitorio.

—Y esa casa tiene… algo.

Una expresión extraña recorre su rostro, una rigidez hacia algo en su fuero interno. Me he sentado con él a ver cientos de películas de terror y no recuerdo haberlo visto pasar miedo.

—Mira, no pasa nada, ¿vale? Tendría que habértelo contado, pero no quería preocuparte.

—Opal… —Una pausa muy prolongada. Y luego—: No soy tu hijo.

—Primero, menudo asco…

—Y tampoco soy tu responsabilidad. ¿Lo entiendes?

—Sí, lo entiendo.

No es mentira, pero no me imagino diciéndole la verdad. ¿Cómo se le dice a un chaval de dieciséis años que él es la única razón por la que te levantabas de la cama durante semanas y semanas después del accidente? ¿Cómo se le dice que todo el mundo me parecía desabrido y mortecino a excepción de él, y que por eso perpetré todo tipo de crímenes y falsifica-

---

[20] El cuñado de la señora Gutiérrez consiguió recuperarse por completo. Atribuye su supervivencia al crucifijo de su abuela, que lleva debajo del cuello de las camisas colgando de una fina cadena de oro.

ciones para asegurarme de que no lo apartaran de mi lado? ¿Cómo se le dice que es lo único que hay en la única lista que de verdad importa?

Llegamos a Cemetery Road, que asciende por la colina después del Dollar General y de la funeraria.

—Es que creo que te mereces mucho más que esto. —Hago un gesto en dirección a la ventana para señalar Eden. El titilar del neón de la farmacia y las aceras cubiertas de niebla, vacío todo a excepción de los cardos y del aura ambarina de las farolas—. Eres muy inteligente y sacas unas notas buenísimas...

—¿Y por qué crees que lo hago? —Jasper se envara y mira el perfil de mi rostro con un apremio persuasivo y extraño—. ¿Por qué crees que trabajo el doble de duro que el resto de mi clase?

—Porque quieres salir de aquí. Lo sé. Estoy en ello, solo necesito un poco más de...

Jasper niega con la cabeza y vuelve a dejar caer la espalda contra el asiento. Su boca es poco más que una rendija furiosa que veo a través del retrovisor.

—¿Sabes qué? Esta noche me quedo en casa de Logan. Déjame aquí.

—Jasper, oye. Mira...

Pero ya ha empezado a trastear con el seguro. Se tambalea al salir a la acera mientras la camioneta sigue en marcha y cierra la puerta de un guantazo. Se da la vuelta una única vez.

—Ah. Esa mujer me dejó un mensaje para ti —dice, con el disgusto intenso de alguien que es demasiado mayor para códigos secretos y que no puede creer que lo estén obligando a participar en algo así—. El mensaje es: diez, diez, noventa y tres.

Se marcha, con las manos metidas con fuerza en los bolsillos y la mochila colgando de uno de los hombros.

Dejo la camioneta en punto muerto a un lado de la carretera durante tanto tiempo que la cabina empieza a llenarse de los gases del motor y el cielo pasa a convertirse en una mancha de hollín cubierta de estrellas. Me pregunto cómo lo habrá descubierto Elizabeth Baine, y también si Jasper ha llegado a reconocer los números, o si incluso él se ha olvidado de mi verdadera fecha de cumpleaños. Me pregunto si el Estado me permitirá reclamar su custodia ahora que soy legalmente adulta, o si lo me arrebatarán por los delitos menores de falsificación y suplantación de identidad.

Sin embargo, estos pensamientos son distantes y vagos, porque ya sé lo que voy a hacer. Lo supe desde el momento mismo en el que Baine pronunció el nombre de mi hermano en la parte trasera de su coche, hace ya semanas. Desde entonces no he hecho más que fingir, soñar con una casa antigua, un gran misterio y un chico con secretos y cicatrices. La gente como yo debería saber que los sueños no son para nosotros.

En algún momento antes de medianoche, me aparto de la acera y giro ciento ochenta grados en la calle vacía. Vuelvo a la Mansión Starling mientras las llaves de Arthur no dejan de presionarme la cadera, como si de unos dedos fríos se tratara.

De día, la casa podría confundirse con un mero edificio, pero eso nunca sería posible por la noche. Cuenta con la incierta topografía de un sueño o de un cuerpo, con pasillos sinuosos e interminables, con escaleras que ascienden en ángulos antinaturales. Las paredes parecen respirar como una caja torácica enorme, y Arthur sospecha que si presionase el oído contra ellas oiría el sutil latido de un corazón en algún lugar más allá del roble, del pino y del yeso.

La mayoría de las noches, Arthur lo encuentra relajante. Le gusta imaginarse que no está solo contra las Bestias, aunque su único aliado sea una casa antigua y estúpida con ambición de alcanzar la consciencia. Pero esa noche, la Mansión está inquieta. Todos los clavos se agitan incansables en sus agujeros y las tejas repiquetean como dientes castañeteantes. Una cañería golpea la pared con el ritmo ansioso de una mujer que tamborileara con las uñas en una mesa. Arthur la tranquiliza lo mejor que puede, renueva las protecciones y comprueba los amuletos, pero el clima está templado y las puertas están cerradas. Yace tumbado durante mucho tiempo, escuchando, y solo se duerme cuando Baast se acurruca sobre su pecho.

Al despertar, Baast está sobre él con la espalda arqueada y la cola rígida. Arthur tiene la piel de gallina, como si una brisa fría hubiese soplado por la habitación, y de pronto sabe que las verjas se han abierto. Y también la puerta principal de la casa. Mira al exterior por el ojo de buey, lo bastante como para ver el serpenteo fantasmagórico de la niebla por el suelo, y luego empieza a correr descalzo escaleras abajo mientras la espada le hace daño en la mano vendada.

No hay nada en el tercer piso, ni en el segundo. Nota en la nuca como si algo tirase de él, el temblor de una tela de araña que lo lleva hasta la cocina, pero está vacía, con la única salvedad de la tenue fosforescencia del reloj del microondas.

Algo chasquea, parecido al obturador de una cámara. Viene de la despensa.

Abre la puerta, enciende la luz y contempla las latas oxidadas y los tarros viejos, de contenido gris y glutinoso. Han levantado la alfombra y bajo ella observa un cuadrado perfecto de oscuridad en el suelo.

La trampilla está abierta.

Arthur solo la ha visto abierta en una ocasión, cuando tenía once años. Su madre había esperado a que fuese el mediodía del solsticio de verano antes de arrodillarse en el suelo y abrirla. Después le había cogido la mano para guiarlo abajo, hacia la oscuridad.

Recuerda los escalones, resbaladizos e interminables. Recuerda que pasó una mano por las paredes y las encontró húmedas, supurando agua fría. También se recuerda a sí mismo llorando, y a su madre dándose cuenta, pero sin que eso la detuviera.

No entiende por qué la trampilla vuelve a estar abierta —las llaves están a salvo en su habitación, y estas cerraduras no son de las que se pueden forzar—, pero sus pensamientos se han vuelto muy lentos, muy simples. Es el Guardián de la Mansión Starling y las cerraduras han fallado.

Arthur desciende bajo la superficie de la Mansión Starling por segunda vez en su vida. El corazón le late desbocado y los tatuajes le arden en la piel.

Las paredes son de piedra caliza, ajenas a los picos y a los cinceles. Parece como si el mundo se hubiese partido en dos y alguien hubiera construido unas escaleras en el agujero. Debería estar oscuro por completo, pero la niebla reluce con un brillo propio similar a un fuego fatuo.

Vuelve a oír el ruido, ese chasquido antinatural. Arthur blande la espada frente a él y camina más rápido.

Las escaleras no llevan a una habitación ni a una estancia, sino que terminan sin más, conducen directas a la gran losa que es la primera puerta. Ve las cadenas aún extendidas y tensas por la superficie y el candado aún en su sitio, pero hay una silueta frente a ella, pálida en la nubla luz.

Arthur no titubea. Se abalanza por los últimos escalones y ataca. Es un mandoble sin gracia, el corte hacia abajo propio de un talador, pero debería ser suficiente para desgarrar a una pesadilla recién aparecida. No obstante, se resbala en la piedra húmeda, o la piedra se aleja de su pie, y no acierta el golpe. La espada araña la piedra y suelta una rociada de chispas blancas.

Arthur se choca con la silueta y se estremece, a la espera de dientes afilados y garras que lo abran en canal, del ataque violento y espasmódico de una criatura con demasiadas articulaciones y extremidades…

Pero no ocurre. En lugar de eso, oye una voz que dice:

—Por los clavos de Cristo.

Arthur no se mueve. No respira. Está razonablemente seguro de que el corazón ha dejado de latirle.

—¿Opal?

La silueta pálida levanta la cabeza, y Arthur ve la barbilla afilada, las mejillas pecosas y los iris grises rodeados de blanco.

—Opal. Dios. ¿Estás bien? ¿Te he…?

Le tiembla la mano y la espada cae al suelo golpeándolo. Con dedos frenéticos, recorre la piel desnuda de los brazos de la chica, sobre los hombros, con la esperanza de no notar el tacto viscoso de la sangre.

—Estoy bien. No ha pasado nada.

Cuando habla, Arthur siente la calidez de su aliento en la cara y se da cuenta de que la tiene apretada contra la puerta, que tiene el pulgar apoyado en el hueco entre sus clavículas, justo encima del latir descontrolado de su pulso. De que sus ojos deberían reflejar miedo, pero en realidad no lo hacen.

Da un paso atrás, demasiado rápido, y algo que suena muy caro cruje debajo de su pie izquierdo.

—¿Qué haces aquí?

Usa un tono amenazador, pero ella responde con tranquilidad.

—Limpiar. Me vas a tener que pagar horas extra, jefe.

Arthur decide que el calor que le recorre las extremidades es fruto de la rabia. Hace que le tiemble la voz.

—Te dije que no vinieras jamás por la noche. Te dije que…

—Estás pisando mi teléfono.

Arthur exhala. Después se inclina para coger el móvil que se encuentra debajo de su pie izquierdo. Baja la vista a la pantalla resquebrajada con forma de tela de araña, respirando con dificultad.

—Dámelo.

En la pantalla se aprecia una galería de fotos de la casa. Una parece ser de la verja delantera de la Mansión Starling. La siguiente es de la puerta principal, con varios primeros planos de las protecciones. Después, la biblioteca, el salón, la cocina, el zaguán.

—¿Qué...? ¿Qué es esto?

Su voz le suena ahogada, como si hablase debajo del agua.

—Fotos —responde, y él puede oír cómo aprieta la mandíbula.

Arthur pasa el dedo por la pantalla y ve que hay fotos de cada particularidad de la Mansión: marcas de garras en el papel de pared, libros en lenguas muertas, amuletos y conjuros. Le resulta extraño ver así todas las pruebas de la guerra que tanto tiempo lleva librando su familia, formadas por una disposición perfecta de píxeles. La foto más reciente es la de una puerta de piedra gris surcada de cadenas. Hay un llavero con tres llaves de metal colgando del candado. Una de ellas está metida a duras penas en la cerradura, aunque Arthur sabe que no va a funcionar. Se ha pasado horas intentándolo.

Cuando su madre le enseñó la puerta, le preguntó cuántas cerraduras tenía la Mansión Starling. Las contó mentalmente: la verja, la puerta principal, el sótano y la puerta de piedra que había debajo de todo. «Cuatro», respondió. Después ella levantó el llavero y le preguntó cuántas llaves había hecho Eleanor.

«Tres», le respondió. Y luego, con atrevimiento, le preguntó la razón.

«Porque se supone que esta cerradura no debe abrirse nunca».

Después de pasar casi una década buscando la cuarta de las llaves, ha llegado a la conclusión de que su madre decía la verdad. Aun así, cree que hay otra manera de entrar. Si no lo creyese, si pensara que todos los Starling que ha habido después de él iban a estar condenados a esa estúpida guerra para siempre, duda que fuese capaz de levantarse de la cama por las mañanas.

Arthur exhala con cuidado.

—Has robado las llaves. De mi habitación.

No sabe a cuento de qué suena dolido. Siempre ha tenido clara la naturaleza de Opal: es una náufraga que haría cualquier cosa por mantenerse a flote, una ladrona y una mentirosa que no le debe absolutamente nada.

Opal no dice nada, pero la piel de la garganta se le mueve al tragar saliva. A Arthur le tiemblan los dedos.

—Les has enviado todas estas fotos.

—¿Y qué si lo he hecho?

A Arthur no le gusta la expresión que ve en ella, llena de culpa y rabia pero, incluso en un momento como ese, carente de temor, por lo que cierra los ojos.

Opal continúa, como si cogiese carrerilla.

—¿Y qué si la gente se hace preguntas sobre este lugar? De hecho, yo misma tengo algunas.

—No. Por favor.

No está seguro de haberlo dicho en voz alta o de si solo lo ha pensado.

—Por ejemplo: ¿adónde narices lleva esta puerta? ¿Por qué soñé con ella antes incluso de verla en persona? ¿Por qué has estado a punto de cortarme la cabeza?

—No quería…

Opal se adelanta y alza la voz.

—¿Y para qué te hace falta una maldita espada? ¿Qué les pasó a tus padres? ¿Qué le pasó a Eleanor Starling?

—¡Y yo qué cojones sé! —La madre de Arthur lo enseñó desde muy joven a guardar secretos. A disuadir las preguntas y las miradas de los fisgones, a librarse de los curiosos y de los astutos. Pero no lo había preparado para Opal—. ¿Crees que Eleanor dio explicaciones? Desapareció y se limitó a dejarle a su heredero una espada y un puto libro infantil.

Se sorprende al volver a encontrarse demasiado cerca de Opal, cerniéndose sobre ella. El desafío del rostro de la chica hace que se le quiebre la voz.

—No tendría que haberte permitido entrar en la Mansión. Creía que… Creía…

En aquel momento se había convencido de que la culpa lo había obligado a hacerlo, el recuerdo de su segundo peor fracaso y de lo que le había costado a ella, pero era una mentira pueril: tan solo quería dejar de estar solo.

Una ternura espantosa surca la mirada de Opal, ese lado suyo amable que trata de rechazar desde hace tanto tiempo.

—Arthur, lo siento. Por lo de las fotos. No quería, pero me dijeron que…

En ese momento, Arthur oye otro ruido: un leve arañazo, como uñas en el lado equivocado de una puerta.

Cierra la mano izquierda en torno al algodón de la camiseta de Opal. Siente cómo se le abre la herida de la palma. Ella se la mira, pero él se niega a interpretar la expresión que ve en su cara, se niega a pensar en cómo se le han dilatado las pupilas o en cómo ha ladeado milimétricamente la cabeza hacia él.

Tira de ella hacia atrás para apartarla de la puerta de piedra y luego la empuja con dureza hacia las escaleras.

—Oye, pero ¿qué…?

—Sal de aquí. Vete a casa. No te pares y no mires atrás.

Arthur recupera la espada, se da la vuelta y planta los pies en el suelo, arma en ristre.

Opal no se ha movido. Lo mira con los mismos ojos intrépidos que él recuerda de la primera noche que la vio por fuera de la verja, como si no supiese lo que está a punto de ocurrir, pero fuese capaz de dejarse la piel en caso de ser necesario. Tiene una mancha de su sangre en la camiseta.

Por segunda vez, él hace acopio de toda la mezquindad y la rabia de que es capaz y dice:

—Corre.

Por segunda vez, la ve alejarse de él a la carrera, y no se arrepiente.

15

Conduzco muy deprisa y aparco
fatal; dejo la camioneta cruzada entre
dos plazas del motel. Me quedo sentada
y oigo el chasquido del motor y el grito
ahogado de los grillos, que se estremecen
ligeramente. Luego digo, en voz baja:

—Qué cojones. —Me siento tan bien al
hacerlo que lo repito varias veces, y pongo un
énfasis diferente en cada ocasión—. ¿Qué
cojones? ¡Qué cojones!

—¿Todo bien ahí dentro?

Es Bev, que da unos golpes en el capó,
ataviada con unos pantalones cortos y una
camiseta de tirantes. La niebla, cada vez más
densa, le lame los tobillos.

Me planteo decirle la verdad, en serio, pero
haría falta una lista demasiado larga para
describir todas las movidas de mierda que he
hecho, y también las que he soportado, durante
las últimas ocho horas.

1) Mi hermano pequeño me gritó, lo que resultó ser una mierda. Pero tenía razón, así que fue más mierda aún.
2) Fracasé a la hora de cumplir la tarea que Baine me había encomendado, lo que significa que:
   a. Va a hacer algo rastrero y terrible que tal vez me haga perder la custodia de Jasper, lo que a su vez conllevaría que:
      i. Por si no tuviera suficiente con lo que tengo, ahora me va a tocar planear un asesinato.
3) Arthur Starling casi me mata, y luego casi me besa, y después me ha tirado por ahí como un chicle usado, y no sabría decir cuál de esas cosas me molesta más.

En vez de todo eso, le digo:

—Sí, todo bien. Vuelve a la cama.

Por un momento, Bev me fulmina con la mirada desde el otro lado del parabrisas.

—Vale. —Otra vez le da un golpe al capó—. Aprende a aparcar, idiota.

Una caja de plástico me espera frente a la puerta. En la parte superior tiene un pósit que dice «Colección de los Gravely, #1», con la caligrafía perfecta de Charlotte. Abro la puerta y la empujo con el pie para meterla en el apartamento.

El ambiente de la habitación doce está sobrecargado y mohoso. Hay un ligero tufo hormonal en la estancia que me deja claro que Jasper ha pasado por aquí en algún momento, bien para hacer las paces o bien para coger sus cosas, pero yo estaba demasiado preocupada allanando una casa, dejándome pillar por el dueño y, probablemente, perdiendo mi trabajo. Esa última idea repentina me deja sin aliento. ¿Cómo va a seguir pagándome Arthur después de que le haya robado las llaves y lo haya espiado? ¿Cómo va a dejarme siquiera poner de nuevo un pie en la Mansión Starling?

Me doy cuenta de que una persona normal no tendría tantas emociones, ni tan intensas, respecto a perder un empleo como asistenta. Trato de convencerme de que me siento así solo porque estaba bien remunerado y ahora no sé cómo voy a pagar la matrícula de Jasper del año siguiente. Es solo porque iba a limpiar los escalones y a podar las enredaderas, a colgar cortinas nuevas y a arreglar las partes rotas de las molduras del techo. Es solo porque voy a echar de menos la calidez de las paredes que me rodeaban y el sonido irritante de los pasos de Arthur en las escaleras.

Quiero volver a toda prisa a la Mansión Starling y golpearle la cabeza de Arthur contra la pared hasta que me perdone, se disculpe, o ponga su boca contra la mía solo para hacerme callar. Quiero conducir hasta la casa de Logan y tener una pelea tremenda y llena de gritos con Jasper, a ojos de Dios y de todos los demás. Quiero apoyar la frente en el esternón de mi madre y llorar, y sentir la laca lisa de sus uñas contra las mejillas mientras me miente: «Todo va a ir bien, pequeña».

En lugar de eso, abro la caja de la biblioteca y saco cosas al azar. De alguna manera, termino con las piernas cruzadas y el álbum de fotos familiar de los Gravely sobre el regazo. Paso las páginas despacio y noto una sensación intensa y verde en la garganta. Puede que envidia. Yo nunca he tenido un álbum de familia. Solía revisar a escondidas el teléfono de mi madre y pasar las fotos hasta las más antiguas, pero no había de antes de que yo naciese. Era como si ella hubiera nacido del cráneo del mundo, ya crecida y riendo, una mujer sin pasado.

Los Gravely sí que tienen pasado. El pueblo entero aún cuenta historias sobre ellos, y el álbum de fotos muestra toda una ristra de perros de la familia y árboles de Navidad y pasteles de cumpleaños. Primos y tíos y abuelos de aspecto adusto, todos de pie frente a esa casa nueva y enorme.

La última fotografía muestra a una joven adolescente apoyada en un coche color cereza. Tiene las piernas largas y pecosas, cruzadas por los tobillos. Su rostro es diferente, más joven y amable de lo yo jamás lo vi, pero su sonrisa tiene un deje descarado y temerario que conozco como la palma de mi mano, y su cabello… Sería imposible olvidar un pelo como el suyo. Es más rojo que el coche, con un halo dorado a causa del sol que la hace parecer una mujer cubierta de fuego.

Mamá. Mi madre. Junto al Corvette del 94 que siempre fue demasiado elegante para ella.

Después del funeral, tardé un par de semanas en sacar fuerzas para ir al desguace a recoger sus cosas. Para entonces, el interior del coche estaba negro a causa del moho y a los asientos les habían salido pelillos. Salió agua marrón y grasienta de la guantera cuando la abrí. Cogí el atrapasueños, y firmé para declarar el resto como basura.

Me doy cuenta, para mi sorpresa, de que estoy moviendo las manos. Las deslizo sobre la foto para sacarla y luego darle la vuelta. Alguien ha escrito en el reverso: «Delilah Jewell Gravely, 16» con un bolígrafo azul.

Pienso: «Yo siempre he odiado mi segundo nombre». Luego dejo de pensar.

Sin embargo, sigo moviéndome. Estoy arrodillada en la moqueta del motel, justo en el sitio donde se posan mis pies todas las mañanas. He extendido los brazos debajo de la cama, en dirección a algo que llevaba sin tocar once años y… no sé cuántos días. ¿Cuándo he perdido la noción del tiempo hasta estos extremos? ¿Cuándo se ha reducido mi vida a poco más que una larga sucesión de días?

Las bolsas de plástico se han vuelto quebradizas. El atrapasueños está resquebrajado y roto, sus cuentas cuelgan de hilos sueltos. El libro no se parece en nada al que yo recordaba; ahora se ve más pequeño y deteriorado. Hay varios brotes de moho de un negro amoratado por la cubierta y las páginas tienen ese olor a podrido propio de las alcantarillas. Sin embargo, el título sigue grabado en el lomo en un color argénteo y reluciente: *La Subterra*. Y las iniciales de la portadilla aún son las mismas: «DJG».

En una ocasión, le pregunté a mi madre si ella era DJG. Se rio y luego me llamó señorita Enciclopedia Brown, que es el nombre que usaba cuando me metía donde no me llamaban. Le pregunté cuáles eran sus iniciales verdaderas, y se limitó a responderme: «Las que a mí me dé la gana», con un tono tan cortante que me callé.

Ahora estoy allí, arrodillada en el suelo con nombres sucediéndose en mi cabeza como fichas de dominó o como genealogías del Antiguo Testamento. John Peabody Gravely era el hermano de Robert Gravely, quien engendró a Donald Gravely sénior, quien engendró al Viejo Leon, quien engendró a Don júnior, hermano de Delilah Jewell Gravely, quien me engendró a mí, Opal Delilah…

Me niego. No soy una Gravely.

Soy una tramposa y una mentirosa, una embaucadora y una estafadora, una chica que no ha podido nacer en un lugar más bajo. No soy nadie, igual que mi madre antes que yo.

Pero ese apellido nos convertiría en alguien. Siento cómo mi historia cambia en un abrir y cerrar de ojos, cómo el arco que es mi vida se dobla a causa de la verdad.

Tal vez por eso paso la página. O tal vez lo haga por la necesidad de encontrar una historia que me resulte familiar, o tal vez por un mero acto reflejo.

La página siguiente está en blanco, con la única salvedad de la dedicatoria, que siempre me había parecido un mensaje en clave, una carta escrita para mí y solo para mí:

> *Para todos los niños que necesitan encontrar la entrada de la Subterra. Haceos amigos de las Bestias, niños, y seguidlas bajo tierra.*

Paso la página, y otra más, y leo hasta que lo único que veo son monstruos dibujados en tinta garabateada, hasta que lo único que oigo es la voz de mi madre, suave y cálida como la ceniza de un cigarrillo.

Había una vez una niña llamada Nora Lee que tenía unas pesadillas horribles. Sus sueños estaban llenos de sangre y de dientes, y le daban muchísimo miedo, pero os contaré un secreto: a ella le encantaban, porque en sus sueños esos dientes le pertenecían.

Veréis, habían abandonado a Nora Lee en los bosques cuando era un bebé, y un zorro malvado la había encontrado. El zorro la había llevado a su hogar y la había alimentado con dulces mientras la contemplaba con ojos hambrientos. Ella sabía que un día él terminaría por comérsela.

Nora Lee les suplicó a los demás animales que la ayudasen, pero ninguno le hizo caso. El zorro siempre llevaba su pelaje y sus colas cuando salía de la casa, y sonreía a menudo, por lo que nadie iba a creer que el propietario de un pelaje tan lustroso y una sonrisa tan amplia ocultara esos apetitos tan indecorosos. Le dijeron a Nora Lee que se callase y que fuera buena.

Así que, como Nora Lee no era buena, se escapó.

Corrió hasta llegar a un río ancho y verde. No sabía nadar, pero pensó que un río ancho y verde era mejor que un zorro. Justo cuando estaba a punto de entrar en el agua, una liebre pasó por allí.

—Jovencita —dijo el animal—. ¿Qué haces?

Así que Nora Lee le contó todo sobre sus sueños y aquel zorro malvado.

Resultó que a la liebre tampoco le gustaba mucho el zorro, y le habló de un lugar, secreto y oculto en las profundidades del mundo, donde hasta los sueños más siniestros podían hacerse realidad. Lo llamó la Subterra.

Ella le preguntó a la liebre cómo encontrar la Subterra, y el animal le dijo que siguiese el curso del río.

—Síguelo más allá de la madriguera más profunda —le explicó—, hasta dejar atrás la raíz más larga del roble más antiguo.

Así que Nora Lee siguió el río hasta el lugar donde desaparecía debajo de la tierra, y luego lo siguió más allá. Y, en algún lugar alejado de todo, más abajo que el sótano más meridional, más profundo que el gusano que vivía en lo más hondo, encontró la Subterra, que la esperaba.

Por unos instantes, creyó que se había quedado dormida, porque a su alrededor encontró las criaturas terribles de sus pesadillas, monstruosas y de formas extrañas. Las bestias de sus sueños no eran reales, pero las Bestias de la Subterra lo eran tanto como los huesos, la tierra o los zorros.

Una niña buena tendría que haberse asustado. Tendría que haber salido corriendo de allí.

Pero Nora Lee, que no era una niña buena y que nunca lo sería, no salió corriendo. Contó su historia entre susurros a las Bestias de la Subterra, y ellas partieron entre aullidos a la noche en busca de sangre.

Cuando Nora Lee salió de la Subterra a la mañana siguiente, descubrió que lo único que quedaba del zorro malvado era un cráneo de un blanco inmaculado que aún conservaba esa amplia sonrisa. Y, por primera vez, ella se la devolvió.

Nora Lee supuso que aquel era el momento de la historia en el que viviría feliz para siempre, pero lo cierto es que no se le daba muy bien. Lo intentó, de verdad que lo intentó. Se mantuvo en silencio y se preocupó por sus buenos modales. Construyó una enorme casa de piedra con una gran puerta de piedra. De la Subterra cerró la entrada, y dejó la llave junto al sicomoro enterrada.

Aun así, no dormía bien. Siempre ansiaba que otro zorro volviese a encontrarla.

Y, cuando llegara ese día, sabía lo que tenía que hacer: de-
senterraría la llave y abriría la puerta para regresar, al fin, a la
Subterra.

Las Bestias la acogerían como a una de ellas, una criatura con
dientes, y la envolverían con su abrazo. Y entonces ella dormiría,
y soñaría sueños horribles, y sería feliz para siempre.

16

Esa noche, vuelvo a soñar con la Mansión Starling.

Ha pasado mucho tiempo. Sueño con la casa desde que tenía doce años, pero durante esta primavera los sueños se han alejado, como una marea larga y lenta. En lugar de ellos, he visto imágenes de mis recuerdos, difusas y gastadas como antiguas fotos Polaroid: Jasper y yo saltando al río desde el viejo puente del ferrocarril, cuando aún soportaba que el agua me cubriese por completo la cabeza. Los dos turnándonos para pegarnos una lata de refresco fría a la frente hasta que perdía el frío del minifrigorífico. Mi madre conduciendo demasiado rápido con las ventanillas bajadas, entre risas.

Pensé que tal vez había superado los sueños de la casa, o había firmado un pacto privado e indescifrable con la Mansión Starling.

Pero esta noche vuelvo a caminar por sus pasillos, y sé que algo terrible ha ocurrido.

Las puertas tiemblan en los marcos y las cañerías aúllan en las paredes. Una niebla blanca brota de la tarima y se alza rápidamente hasta cubrir las ventanas.

Una sombra calicó se retuerce entre mis tobillos y la gata infernal me contempla fijamente con ojos ambarinos cargados de urgencia antes de salir disparada otra vez hacia la niebla. Corro detrás de ella, de habitación en habitación, cada vez más rápido. Me resbalo en charcos de algo que me deja las suelas de los zapatos sucias y pegajosas. No veo el suelo a través de la niebla cada vez más densa, pero albergo la terrible sospecha de que dejo un rastro de huellas rojas a mi paso.

Bajo por unos escalones de piedra. La niebla se despeja y veo una silueta en la habitación. La silueta se inclina y se tambalea, agotada. La punta de la espada está a poco más de unos centímetros del suelo.

Grito su nombre, corro a toda velocidad en su dirección y él levanta la cabeza. Me acerco lo bastante como para ver la oscuridad sin estrellas que son sus ojos, el ademán desesperado de sus labios al articular mi nombre, instantes antes de que la niebla se lo trague. Lo arrastra con garras blancas a través de una puerta abierta, que se me cierra con fuerza en las narices.

Mis propios gritos me despiertan.

Hay una pausa en ese momento. Son unos segundos, o puede que minutos, en los que yazco tumbada entre jadeos sobre el colchón, a la espera de que la pesadilla se desvanezca, de que la realidad vuelva a asentarse, de que la voz maternal de mi cabeza me asegure que no ha sido más que un sueño y me diga que me vuelva a dormir. Pero nada de eso sucede.

Y luego tengo las llaves frías de la camioneta en la palma de la mano, y el pedal ajeno y rugoso del acelerador contra el pie descalzo. Salgo del aparcamiento, paso junto al mexicano y sigo, imprudente, abriéndome paso a través del brillo espectral rojo y verde de los semáforos.

La niebla se ha alzado como una masa horneada mientras dormía, y ahora repta para tragarse las farolas, los árboles y hasta las mismísimas estrellas. Conduzco con los nudillos pálidos y apretados contra el volante, y me esfuerzo al máximo para no pensar en ese estúpido vídeo de Jasper o en la cosa que cruzó la carretera la noche en la que murió mamá, fantasmal en mis recuerdos en lugar de tratarse de un animal, o en el instante después de que las ruedas se separasen del asfalto pero antes de que cayésemos al río, cuando sentí que mi vida se dividía en un antes y un después.

Aparco frente a la verja y salgo de la camioneta antes de que deje de moverse. Caigo y me raspo las palmas de las manos con la gravilla. Después busco la llave, pero no la necesito: las puertas de la Mansión Starling se abren rechinando cuando las toco con las manos ensangrentadas.

—Gracias —digo y, por el rabillo del ojo veo cómo se retuercen los herrajes, como si las bestias quisieran liberarse y correr a mi lado.

El camino de entrada es más corto que nunca y lo recorro en apenas unos pocos pasos retumbantes. Casi siento la tierra deslizarse bajo mis pies, la brisa soplar en mi espalda e impulsarme hacia delante.

La casa aparece de pronto, como si hubiese salido de detrás de una cortina negra. Es más misteriosa de noche, y también está más viva. Podría decirse que «es más», a secas. Hay cierta tensión en la silueta al recortarse contra el cielo, como si tuviese que esforzarse por recordar que es una casa, y no algo diferente. Las enredaderas se agitan y tiemblan contra la piedra. La niebla se arremolina en los alféizares y los aleros. Todas las ventanas están a oscuras.

Y es solo gracias a la luna cetrina y con forma de hoz que lo veo: Arthur, de pie y solo frente a los escalones de piedra, con la cabeza gacha y la espada sujeta en diagonal frente a él.

Tendría que haber parecido un idiota: un chico de pie en su

patio, mucho después de medianoche, con la camisa desabotonada, sin un calcetín y blandiendo una espada para hacerle frente a la nada. Y lo parece, pero es el tipo de idiota capaz de romperte el corazón. No sé contra qué lucha ni por qué, pero sé que va perdiendo.

—¿Arthur? —Pronuncio su nombre en voz baja, con cautela, y recuerdo el frío de la hoja mientras pasaba a pocos centímetros de mi cara.

Se pone rígido. Levanta la cabeza y se gira muy despacio hacia mí. Espero verlo enfadado, ya que, al fin y al cabo, he allanado su propiedad dos veces la misma noche, en esta ocasión mientras llevo unos pantalones de chándal y una camiseta de tirantes, pero parece más cercano a la desesperación.

—No —dice con firmeza, como si creyese que soy una aparición que podría desterrar si se esfuerza lo suficiente.

—Mira, sé que no debería haber venido, pero tuve un sueño y pensé que... ¿Eso es sangre?

Una de sus mangas está húmeda y negra, y tiene la tela pegada a la carne. Hay más sangre que le brilla en una de las sienes, le apelmaza el pelo y le humedece las manos alrededor de la empuñadura.

—Opal, tienes que irte... —La punta de la espada se agita cuando lo dice, cae un poco hacia el suelo.

Y es entonces cuando ocurre. De repente, un golpe invisible, un ataque salido de la nada que hace que se tambalee y que hinque una rodilla en el suelo. Una herida aparece a su paso, cuatro marcas profundas que se le hunden en la garganta. La sangre le fluye por el cuello, una pátina negra que le humedece la camisa y se le acumula en la clavícula.

La espada repiquetea con un ruido amortiguado al caer a la gravilla. Arthur cae poco después, con el cuerpo doblado y sin dejar de mirarme.

Creo que estoy gritando, pero soy incapaz de oírlo entre los aullidos descontrolados de la Mansión Starling. Es como si todos los tablones sueltos de la tarima crujieran al mismo tiempo, como si se retorcieran todas las vetas de la madera de las vigas y de los travesaños. Las tejas caen al suelo como puños que golpeasen la tierra con impotencia.

De pronto reparo en que las piedras se me clavan en las rodillas, en que aferro con las manos una tela de algodón, húmeda y caliente. En que digo cosas inútiles y absurdas como «no, no» y «vamos, aguanta», mientras repito su nombre, una y otra vez.

Lo pongo de espaldas y parpadea sin dejar de mirar, con los ojos vidriosos y distantes. Alza una de las manos con torpeza al aire y la apoya en la maraña alborotada que es mi pelo. Luego dice, con una voz que bien podría ser una hoja de sierra oxidada:

—Creí haberte dicho que corrieses.

Lo bueno es que, si de verdad se estuviera muriendo, sería imposible que sonase tan enfadado conmigo.

Le agarro la mano y acerco la cara al calor de su palma, consciente de que al hacerlo acaba de volar por los aires para siempre mi tapadera como asistenta desinteresada, pero en este momento no puede importarme menos.

—Y lo hiciste. —Le aprieto la mano contra mi mejilla con más fuerza aún—. Maldito imbécil.

—Creí que… se sobreentendía lo de… «y no vuelvas por aquí».

Muevo la mano con la que aferro la suya, para que nuestros pulgares rodeen la muñeca del otro. La sal de su sangre me escuece en las palmas arañadas, pero no lo suelto.

—Tú también vienes. No sé qué narices está pasando, pero…

Dejo de hablar porque empieza a ocurrirme algo extraño. Es algo que me empieza en la palma de la mano, donde mi sangre se mezcla con la de Arthur: un frío que se extiende, entumeciéndome. Me fluye por la muñeca y cruza el esternón.

Siento como si caminase despacio por un río helado mientras el agua se alza a toda velocidad.

Arthur dice algo, tira con debilidad de mis hombros. Yo apenas lo oigo. Estoy demasiado ocupada mirando la niebla que nos rodea, que de repente es mucho más que niebla. En algún lugar, debajo del miedo, siento una decepción distante e infantil. Siempre había pensado que Eleanor Starling era una escritora de una imaginación sin parangón, una mentirosa de categoría, como yo.

Ahora sé que tan solo se limitó a contar la verdad.

Solía tener pesadillas con las Bestias de la Subterra. Francamente, ¿quién no? Una vez leí que se preparó una adaptación animada durante los años ochenta, pero que los niños vomitaron en los primeros visionados y el proyecto se canceló. No sé si es cierto, pero sé que a menudo miraba las ilustraciones de E. Starling y me imaginaba que las Bestias se habían movido desde la última vez que las había visto, como si se arrastrasen por la página con esas extremidades deformes y retorcidas.

La criatura que está agazapada en las escaleras de la Mansión Starling, con el cuerpo del color de la niebla, los ojos del de la medianoche, las piernas dobladas como huesos fracturados, es mucho peor que cualquier pesadilla o ensoñación. Es como si alguien hubiera dado a una niña un trozo de tiza blanca para luego decirle que dibujase un lobo, cuando lo único que sabe sobre los lobos es que le dan miedo. Tiene dientes. Tiene garras. Y también un cráneo alargado y lupino. Pero la columna vertebral está retorcida y su pelaje se mece y retuerce como la niebla en la brisa, y es un tanto translúcido. Y, además, es demasiado grande.

No entiendo cómo un monstruo salido de un libro ilustrado se las ha arreglado para estar de pie bajo la luz de la luna primaveral de Eden, en Kentucky, pero sé que ha llegado el momento de correr. Es justo ahora, cuando la Bestia se prepara, cuando retrae los labios y muestra los colmillos, cuando flexiona los tendones que tiene debajo de la carne casi transparente. Este es el instante en el que una chica como yo huye. Es el río que se cierra sobre mi cabeza, el frío que se extiende por mis pulmones, mi muerte contemplándome con unos ojos negros e implacables. La última vez que me sentí así solté la mano de mi madre y la dejé morir sola, y comprendo, con una certeza cargada de pesadumbre, que estoy a punto de hacer lo mismo.

Le suelto la mano a Arthur. La sangre se nos separa con un sonido tenue y pegajoso.

Me incorporo hasta quedar en cuclillas. La Bestia baja la cabeza, y veo cómo las escápulas le sobresalen del lomo. La noto cautelosa, como si no le gustasen demasiado ni Arthur ni su espada. Por primera vez, reparo en las heridas que tiene en los costados y en las matas de pelo argénteo apelmazado que hay por la puerta. También hay un charco de niebla húmeda derramado por el umbral, como si la Bestia hubiera luchado para liberarse de la Mansión Starling. Veo las enredaderas que trepan por los escalones, y se le enroscan entre las garras antes de que la Bestia las rompa.

—Tienes que marcharte. —A mis pies, Arthur se pone boca abajo y busca a tientas la empuñadura de la espada—. Corre.

Los dedos alcanzan la hoja. La arrastra hacia él y se pone de rodillas, con terrible esfuerzo. Se tambalea, ensangrentado y pálido, incapaz siquiera de levantar la punta del arma del suelo, pero no deja de fulminar con la mirada a la Bestia, como si pretendiese detenerla solo con el poder de su ceño fruncido. Llego a la conclusión de que este hombre solitario, salvaje y ensangrentado es la única persona que ha luchado por mí en toda mi vida, la única que se ha interpuesto entre la oscuridad y yo y me ha ordenado que corra. Me dan ganas de reír, o quizá de gritar.

La Bestia da un paso silencioso hacia nosotros. La hierba se marchita a su paso, pasa de verde a marrón para luego adquirir un color negro propio de la podredumbre. Los grillos y las aves nocturnas se han quedado en silencio; la brisa, exánime y soñolienta a nuestro alrededor.

«Ahora —pienso—. Es el momento de correr».

—Ahora —repite Arthur—. Por favor, Opal.

La voz se le quiebra un poco en torno a mi nombre, tiembla bajo el peso de palabras jamás pronunciadas, y pienso con total claridad: «A la mierda».

Luego me coloco delante de él y le arrebato la espada de las manos temblorosas. Es más pesada de lo que imaginaba. Siento la protesta de mis articulaciones, los huesos de las muñecas rechinando. Los símbolos que hay grabados en la hoja tienen un brillo extraño y fosforescente, como el de un fuego fatuo.

—No, no lo…

—Arthur —digo, y si mi voz se quiebra también al pronunciar su nombre seguro que es solo por el esfuerzo que hago para levantar la espada—. Cállate.

Arthur se calla. Oigo su respiración detrás de mí, irregular y trabajosa.

Quizá, si hubiera tenido más tiempo para pensar lo que estaba haciendo, me hubiera acobardado. Quizá habría recordado que tengo una lista que contiene un único nombre, y que ni de coña es el de Arthur Starling. Quizá esa frialdad que hay en mi interior hubiese ganado la partida y me hubiera impulsado a salir corriendo.

Pero la Bestia me ataca antes siquiera de que plante bien los pies en el suelo. Extiende una extremidad, como si fuera una serpiente a una velocidad increíble, y me lanza a un lado. Mi rostro se araña contra la hierba húmeda. La espada sale despedida de mis manos y cae lejos.

Alzo la vista y solo veo dientes, blancos y retorcidos, y un único ojo tan cargado de malicia que se me para el corazón. Es un tipo de odio que no ha sentido jamás ningún animal, uno descontrolado, una rabia entre aullidos y espumarajos, de la que solo surge ante las injusticias sin consecuencias y los pecados sin castigo.

Las fauces se abren sobre mí. Las garras se clavan en la tierra a ambos lados de mi cuerpo y huelo la peste pútrida y fúngica de la hierba marchita. Alguien grita, un sonido ronco y afligido, como si hubiese visto antes esta película y supiese exactamente cómo va a terminar.

Me revuelvo, me retuerzo y extiendo los brazos, como si tuviese esperanza de sobrevivir. El suelo se retuerce de una forma extraña debajo de mí y cierro los dedos de una mano alrededor de un metal frío. No es la espada, pero me vale. Aferro el metal entre los nudillos y siento lo mismo que cuando camino sola por un aparcamiento oscuro o cuando me encaro con los que me dicen guarradas por la calle.

La Bestia vuelve a atacar, y en esta ocasión es un golpe mortal, con dientes que van directos hacia mi esternón. Pero, también en esta ocasión, ruedo a un lado en el último momento y le clavo la llave de la verja hasta hundirla unos diez centímetros dentro de esa pulpa negra que tiene por ojo.

No brota sangre, no convulsiona ni suelta un aullido animal. La Bestia desaparece sin más, se desintegra en una niebla inerte y me deja allí tumbada y sola sobre la tierra fría, empeñada en seguir con vida.

Me paso los siguientes segundos disfrutando del cosquilleo de las briznas de hierba en la nuca, del resplandor borroso de las estrellas, del milagroso movimiento de mi pecho. No recuerdo haber salido del río esa noche, solo tierra bajo las uñas y algo caliente en la espalda, pero sí recuerdo esta misma sensación, este delirio apacible fruto de no haber muerto cuando sin duda tendría que haberlo hecho.

Oigo cómo vuelven los sonidos normales de la noche: las ranas mironas primaverales, los grillos, algunos que otros chotacabras que pían entre sí sin parar. Y también un llanto terrible e irregular cerca de mí.

—¿Arthur?

El llanto se detiene.

Hay una pausa, seguida del movimiento de un cuerpo que se arrastra, y luego el rostro de Arthur Starling aparece flotando a unos pocos centímetros sobre mí y me tapa el brillo de las estrellas. Tiene la piel de un blanco enfermizo y ceroso, y el pelo apelmazado a causa de la sangre y del sudor. El cuello de su camisa se ha convertido en una línea irregular debajo de las heridas que tiene en la garganta, y un blanco salvaje le rodea los iris.

Parece un hombre lobo que hubiese vuelto a transformarse en hombre por accidente, mientras comía. Parece un personaje inventado salido de una de esas historias de terror que se cuentan de madrugada en el porche, un *collage* humano de todas las cosas siniestras que han llegado a susurrarse sobre los Starling.

Tiene un aspecto horrible, por lo que digo, entre risas y agradecida sin saber por qué al ver su silueta recortada contra el cielo:

—Tienes un aspecto horrible.

Él suelta un breve jadeo atormentado. Después me besa.

De haberme imaginado alguna vez a Arthur Starling besándome (lo he hecho), seguramente se habría tratado de un gesto rápido e incómodo: un acto contenido y desapasionado que me dejaría irritable durante una semana, pero por lo demás indiferente. Al fin y al cabo, estamos hablando de un hombre que ha atravesado una ventana con el puño en lugar de demostrar alguna emoción dirigida a mí.

Al principio, y a juzgar por las arrugas tensas de su rostro, creo tener razón. Pero luego sus manos encuentran mis mejillas y sus labios se apoderan de los míos con una calidez furiosa y agresiva, de una intensidad casi cruel, y pienso:

«Tendría que haberlo sabido». Tendría que haber sabido que solo iba a tocarme si se le agotaba la férrea voluntad con la que se contenía. Tendría que haber sabido que entre nosotros no saltarían chispas, sino que sería más bien un incendio.

Podría detenerlo. Y es probable que debiera hacerlo, en lugar de estallar en llamas, pero me encanta, y ambos estamos vivos, absurda y maravillosamente vivos, y no sé ni quién soy ni de dónde vengo, pero sí sé, en este instante, lo que quiero. Me aprieto contra él, con la misma fuerza y con el doble de ansias.

Aprieta más fuerte con las manos, me agarra el pelo en un puño y tira, acercándose al borde del abismo del dolor, y ahogo un gemido…

Y entonces él se aparta, entre jadeos y con los ojos desenfocados.

—Perdón, lo siento, lo… —Se pone recto, se entierra las manos en el pelo y tira de él—. Es que… pensaba que estabas… Como les pasó a ellos…

La frase desaparece entre puntos suspensivos.

—No, estoy… —Me hormiguean los labios. Los aprieto con fuerza—. Estoy bien.

No estoy bien. Creo que nunca había estado menos bien en toda mi vida. Acabo de descubrir cuál es el apellido de mi familia y de enfrentarme a una criatura imaginaria con una espada mágica, y estoy a punto de agarrar a Arthur Starling por el cuello de la camisa y de hundir los dientes en su labio inferior.

—A ver, lo normal es preguntar antes de hacerlo, pero…

Le dedico una sonrisa entre pícara y despreocupada, como si no hubiera significado nada para ninguno de los dos, como si no notara el pulso latiéndome en los oídos.

Él me mira con el ceño fruncido.

—Déjalo. No es que… No puedo…

Se revuelve el pelo de nuevo, con aire torturado, y la verdad es que me cuesta creer que sienta algo por una persona tan absurda.

Me guardo la sonrisa.

—Mira, da igual. Vamos dentro a curarte. ¿Tienes el móvil? Está muy oscuro y… —Antes de que pueda terminar la frase, se oye un tenue chasquido eléctrico y todas las luces de la Mansión Starling se encienden al mismo tiempo. Unas enormes franjas doradas brotan de las ventanas y se extienden por la entrada, ardiendo entre las últimas volutas de niebla. En ese momento, comento con naturalidad—: ¿Sabes…? Alguien me dijo una vez que la casa no estaba conectada a la red eléctrica.

Arthur no ha dejado de temblar, pero al menos se ha soltado el pelo.

—Y no lo estaba. —Me dedica un encogimiento de hombros tembloroso—. Mi madre me contó que empezaron a aparecer interruptores en algún momento a principios de los años cincuenta, y también un fogón eléctrico. Igual que las cañerías que aparecieron en los años treinta.

Tendría que asustarme. Tendría que sufrir al menos una pequeña crisis por la existencia de magia de verdad, pero lo cierto es que estoy cansada y la espada sigue reluciendo entre la hierba y, además, no es como si en algún momento hubiera creído que la Mansión Starling se ciñe a las leyes de la realidad. Y por eso me limito a decir, proyectando la voz:

—No creo que una casa capaz de crear sus propias bombillas necesite una asistenta.

La luz parpadea en las ventanas, como si la casa acabara de poner los ojos en blanco.

—Creo que le gusta la atención —murmura Arthur.

Estoy a punto de reírme y él de sonreír, pero el movimiento retuerce la carne herida de su garganta. Hace una mueca de dolor.

—Venga, vamos.

Ponerme en pie duele más de lo que debería. Tengo algo tocado en el costado izquierdo, un dolor agudo que hace que no deje de soltar tacos mientras ayudo a Arthur a levantarse. Él intenta separar la mano de la mía, pero yo me la pongo sobre los hombros y hago caso omiso del aullido silencioso de mis costillas.

Arthur se esfuerza por mantener el cuerpo apartado del mío y yo le doy un ligero codazo.

—No seas tonto, no importa.

Protesta, pero me da la impresión de que lo hace a desgana.

Nos arrastramos juntos hasta la Mansión Starling, y de la punta de la espada brotan chispas al rozar contra la piedra. Por alguna razón, hay menos escalones delanteros, solo dos o tres, y la puerta principal se abre antes de que llegue a tocarla. Acaricio el marco al pasar y la madera cruje con preocupación. Los símbolos grabados aún emiten una luz tenue, como si fuesen varitas fosforescentes la mañana siguiente a una fiesta de pijamas.

No sé hacia dónde vamos ni quién de los dos dirige la marcha, pero la primera estancia que nos encontramos es ese salón acogedor con el sofá blando. Suelto a Arthur entre los cojines y me roza el brazo al separarnos. Me marcho sin mirarlo.

Hay una cantidad improbable de trapos recién lavados en la cocina. En el baño, el armario de las medicinas ya está abierto y deja entrever toda una colección de antibióticos y de desinfectantes.

—Tranquila —digo—. Se va a poner bien.

El techo se estremece.

Arthur monta un numerito muy convincente del tipo «no te necesito, puedo hacerlo solo» cuando vuelvo al salón, pero tiene la piel del color de los champiñones, las pupilas dilatadas y temblorosas y ya se le empiezan a ver los moretones por debajo de los tatuajes. La gata infernal aparece para zanjar nuestra discusión, se acomoda en su regazo y se hace un ovillo, como una mina antipersona peluda.

Aparto la mano de Arthur de la pila de trapos y lo empujo para que se recline en el sofá. A lo mejor tendría que ser un poco más considerada, pero ha sido él quien me ha besado con una desesperación apasionada para después cambiar de parecer y pedirme perdón por ello, así que tiene suerte de que no se me haya ocurrido echarle sal en las heridas.

Me siento en la mesilla y empiezo a limpiarle sin compasión la tierra y la sangre, mientras escurro el agua sangrienta y marrón en el cuenco que me he traído. Arthur aguanta con un estoicismo impecable y ni se le agita la respiración cuando le paso la tela por la piel destrozada de la garganta. Tan solo se estremece cuando le rozo la parte inferior de la mandíbula con un nudillo.

—Perdón —digo, aunque no es una disculpa sincera.

Emite un ruido ronco, sin decir nada, y ladea la cabeza contra el sofá, con los ojos cerrados con fuerza. Noto su pulso irregular y acelerado bajo el trapo.

Bajo la sangre encuentro marcas más antiguas. Cicatrices aserradas y nudosas, cardenales amarillos e hileras de costras que parecen puntos suspensivos desperdigados por su piel; tatuajes que se ha hecho él mismo, con trazos temblorosos sobre los huesos, en los lugares donde seguro más le han dolido. Hay una cruz retorcida y visible bajo del cuello rasgado de la camisa, una constelación en el hombro izquierdo, un ojo abierto donde se unen sus clavículas. Ese tiene que haber dolido. En realidad, tiene que haberle dolido todo: su piel es un mapa de sufrimiento, una letanía de tortura. El sufrimiento me resulta muy familiar, tengo cicatrices que no se han curado bien y todavía se quejan durante las noches neblinosas, pero yo al menos siempre he contado con Jasper. Al menos siempre he tenido una razón para seguir adelante.

Empiezo a mover las manos con más lentitud, a ser más amable en contra de mi voluntad.

—Por Dios, Arthur. ¿Qué te has hecho? —No responde. Me gustaría zarandearlo, abrazarlo, tocarlo. En lugar de eso, abro el tapón del agua oxigenada—. ¿Por qué no te marchas de aquí?

—Lo hice en una ocasión. —Habla con el techo, con los ojos aún cerrados mientras le aplico el agua oxigenada en la garganta. Sisea y burbujea hasta convertirse en una espuma rosada—. Pero volví. No voy a negar que sueño con vender este lugar y comprarme un apartamento en Phoenix.

La cortina se agita, como ofendida.

—¿Phoenix, en serio?

Tiene que haber oído la risa en mi voz, porque se encoge de hombros a la defensiva.

—Parece un buen sitio. Es cálido y seco. Apuesto lo que sea a que allí nunca hay niebla.

—Y entonces, ¿por qué sigues aquí?

Se incorpora y abre los ojos, pero no es capaz de mirarme a la cara. Fija la vista a mi izquierda, donde los bucles de mi cabello caen junto a mi oreja, y el rostro se le retuerce con una terrible culpabilidad.

—Porque tengo… responsabilidades.

Esa afirmación me habría sonado ofensivamente críptica si no acabara de verlo sangrando y magullado, arrodillado pero aún intentando a la desesperada protegerme de una criatura que no debería existir. El recuerdo —su espalda recta e inquebrantable, la manera en la que fulminaba a la Bestia con la mirada, como si estuviera dispuesto a luchar con uñas y dientes antes que dejarla pasar— hace que note un pinchazo doloroso en los pulmones.

—Te… lo agradezco. Gracias.

—Deberías irte. Por favor. Vete.

Su voz no tiene ni un ápice de esa furia teatral y atronadora de cuando antes me ha dicho que corriera. No es una orden, ni una táctica para asustarme ni una pantomima. Es una súplica, fruto del agotamiento y de la sinceridad, una a la que cualquier persona decente haría caso.

Me río en su cara.

—Ni en tus putos sueños.

—Señorita Opal…

—Como vuelvas a llamarme así, te voy a hacer daño.

Esa marca traicionera que podría o no ser un hoyuelo se le arruga en la comisura de los labios.

—No te atreverías a hacerle daño a un hombre herido.

—Podría ponerte una canción de Kid Rock de tono de móvil y llamarte todos los días al amanecer durante una década. Lo juro.

—Me limitaría a apagarlo.

Ladeo la cabeza.

—¿Lo harías?

Me mira a los ojos, luego aparta la vista y el hoyuelo desaparece.

—No —susurra—. Dios, vete a casa de una vez. Por favor. —Se le mueve la garganta—. Opal.

Me dejo caer en el otro extremo del sofá y levanto los pies para apoyarlos en los cojines.

—Primero, no tengo casa. —Me pregunto de repente si eso aún es cierto, si el apellido Gravely podría cambiar algo más que mi pasado. Me imagino guardando ese pensamiento en una bolsa de la compra y escondiéndola debajo de la cama—. Y segundo, no me voy a ir hasta que me lo expliques.

—¿Qué quieres que te explique? —pregunta, en un alarde de cobardía que me sorprende incluso viniendo de él.

Señalo la espada del suelo, los trapos ensangrentados y la casa disparatada e imposible que nos rodea.

—Todo.

Parece dispuesto a negarse, a decirme que no puede, o que no me meta donde no me llaman, o a hacer un comentario sarcástico y calculado para hacerme salir de la casa a la carrera. La manera en la que aprieta la mandíbula me asegura que no voy a persuadirlo por muchas mentiras, tretas o sonrisas encantadoras que le dedique.

Y por eso le digo la verdad.

—Mira, ambos hemos estado a punto de morir esta noche y no sé ni por qué ni cómo. Estoy segura de que tienes tus razones para guardar secretos, y tengo claro que yo no soy la persona más digna de confianza del mundo, pero ahora mismo estoy un poco nerviosa. Estoy confusa, enfadada y… —Admitirlo es como enseñar un farol en una partida de póquer, como sacar una pareja de sietes después de haber dado a entender todo lo contrario—. Y asustada.

Un estremecimiento lo recorre. La gata infernal extiende las garras. Arthur posa las manos con cuidado en los cojines, con las palmas hacia abajo.

—Lo siento. —Me mira de reojo, con un adusto desconcierto que está a punto de hacerme reír—. Para que lo sepas, por lo general, cuando la gente está asustada se marcha. ¿Por qué tú no? ¿Por qué no te has ido ya?

—Porque…

Porque el dinero me viene bien. Porque tengo que hacerlo, por el bien de Jasper.

Las respuestas me llegan a la mente con facilidad, porque siempre se me ha dado bien mentir.

La verdad es más difícil de decir: porque soñaba con la Mansión Starling mucho antes de verla siquiera. Porque a veces, cuando la luz se proyecta inclinada a través de las ventanas que dan al oeste y convierte las motas de polvo en luciérnagas pequeñas y doradas, me gusta fingir que la casa me pertenece o que yo le pertenezco a ella. Porque Arthur Starling me dio un abrigo cuando tenía frío y una camioneta cuando estaba cansada, y porque abusa de la puntuación en sus mensajes.

Le dedico una sonrisa, demasiado torcida como para ser encantadora.

—Porque soy idiota, supongo.

Él me mira la boca y luego aparta la mirada.

—Vale. —Suelta un suspiro muy largo—. Vale. ¿Qué sabes al respecto, exactamente?

—He buscado en Google y me han contado algunas historias. —Las narrativas se han mezclado en mi cabeza como si de la letra de una canción se tratara, palabras diferentes para rellenar la misma melodía. Los Starling, los Boone y... los Gravely. La melodía se atenúa en mi cabeza con ese último apellido—. Me gustaría oír la tuya.

—Estoy harto de historias. —Arthur habla con voz distante y algo brusca—. Mis... antecesores estaban obsesionados con ellas. Con mitos, cuentos de hadas, folclore y parábolas. Pero yo me he dedicado a estudiar..., a reunir la historia de verdad. Los hechos.

—Pues cuéntame los hechos.

—Bueno, tampoco es que... —Titubea y, de repente, se parece a Jasper cuando le pido ver el primer borrador de un ensayo—. Aún hay algunas lagunas y no he organizado del todo los datos...

Lo interrumpe el cajón de la mesilla que hay junto al sillón, que se abre de repente y le golpea el codo. En el interior hay una pila de carpetas bien ordenadas. Destaca un cuaderno grueso y amarillo que está en la parte superior, a rebosar de la caligrafía precisa de Arthur.

Le frunce el ceño a la mesilla, y entonces trato de coger el cuaderno. Arthur se hace antes con él y se lo lleva al pecho, con expresión de sentirse hostigado.

—¡Vale, de acuerdo!

—¿Eso es un «Vale, de acuerdo, te lo contaré todo»?

No me mira a los ojos. En lugar de ello, empieza a pasar las páginas con cuidado. Se humedece los labios una vez y luego me lo cuenta todo.

Esta es la historia de la Mansión Starling.

El 11 de mayo de 1869, una joven llamada Eleanor Starling se casó con un hombre de negocios local llamado John Peabody Gravely. La mañana después de la boda, John Gravely apareció muerto. El forense confirmó que la causa de la muerte había sido un fallo cardiaco, pero también afirmó que era un hombre sano de solo cuarenta y cinco años. Por esto, y por la temática de las posteriores obsesiones de Eleanor Starling, podemos deducir dos cosas: que su muerte no fue natural y que Eleanor lo sabía.

Las pruebas históricas no son capaces de confirmar si la joven viuda lamentó la muerte de su marido, pero la pena explicaría algunas de las decisiones que tomó a continuación. Permaneció en Eden pese a no tener relación consanguínea ni lazos familiares en la zona. Nunca se volvió a casar, pese a ser joven. Y también construyó la Mansión Starling en la propiedad de su marido, cerca de las minas y justo encima de la causa de su muerte.

La construcción dio comienzo durante el verano del 68. Los planos originales, o bien se quemaron, o bien nunca llegaron a existir. Algunos de los Starling que llegaron después han intentado cartografiar la casa, pero los mapas que dibujaron no cuadran entre sí, y algunos parecen haber cambiado a lo largo del tiempo. Eleanor Starling dejó registrada la razón por la que había construido una casa tan grande y extraña, pero el libro más antiguo y querido de su colección es un ejemplar de *Las metamorfosis* de Ovidio. Los Starling posteriores han sugerido que su intención no era la de construir una casa, sino un laberinto, por el mismo motivo que había guiado al rey de Creta: para proteger el mundo de lo que vivía en su interior.

Cuando se terminó la construcción de la casa, en febrero de 1870, Eleanor Starling se mudó y vivió allí hasta su muerte, en 1886. Hay pruebas de que dedicó sus últimos años al estudio del lugar que más tarde llamaría la «Subterra». Según las notas y los diarios que encontraron sus sucesores, creía en la existencia de otro mundo debajo del nuestro, o puede que junto a él, un mundo terrible y despiadado habitado por criaturas monstruosas. Creía en la existencia de grietas entre ese mundo y el nuestro, lugares donde las cosas podían pasar de uno a otro, y que una de esas fisuras se encontraba debajo de Eden, en Kentucky.

Con arreglo a sus suposiciones, no era el único lugar de estas características. Estaba convencida de que esos agujeros en la realidad eran el origen de todas las historias de fantasmas y de monstruos, de todas las leyendas sobre criaturas que nacían de la oscuridad. Llenó su biblioteca con fábulas y folclore, con rimas y canciones. No las estudiaba como textos de ficción, sino como registros históricos, como pistas, como huellas borradas repartidas por el tiempo y el espacio.

A medida que avanzaba en dicho estudio, aprendió que se podía hacer frente a dichas Bestias. Cada cultura parecía tener sus propias defensas contra ellas: balas de plata, cruces, palabras sagradas, jamsas, círculos de sal, hierro frío, agua bendita, sellos, runas y rituales, cientos de formas de repeler la oscuridad.

En el año 1877, tenía la suficiente fe en la veracidad de sus investigaciones como para encargar que le forjasen una espada. Era de plata pura y la hizo un herrero que afirmaba haber servido al rey de Benín. La grabó con todo tipo de símbolos y la atemperó con agua del pozo de San Jorge y del Ganges. Entre sus documentos se encontró una carta de un convento en Francia que afirmaba que un santo en vida la había bendecido.

La existencia de la espada nos indica que tenía planeada una gran batalla. Su repentina desaparición en el año 1886 nos indica que la perdió. Cabe la posibilidad de que huyera, pero lo más probable es que se la llevaran las Bestias que había estudiado durante tanto tiempo, dejando con su ausencia vacía la Mansión Starling.

No obstante, la Mansión Starling había dejado de ser solo una casa. Lo que al principio únicamente era piedra y argamasa se había convertido en algo diferente, con travesaños que hacían las veces de costillas y piedra en lugar de piel. No tenía corazón, pero sentía; no tenía cerebro, pero soñaba.

En el censo de 1880, Eleanor Starling declaró que su ocupación era «Guardiana de la Mansión Starling». Al morir, la Mansión eligió un nuevo Guardián por su cuenta.

Menos de un año después de su muerte, un joven caballero llamado Alabaster Clay llegó a la Mansión Starling. En las cartas que le enviaba a su hermana refería las pesadillas que lo asolaban, llenas de pasillos y escaleras, y de pájaros negros de ojos negros. Aseguraba despertarse todas las mañanas anhelando una casa que nunca había visto.

A final siguió sus sueños hasta Eden. La verja se abrió para él, así como las puertas. En el interior, encontró una escritura a su nombre, un llavero con tres llaves y una espada. En las cartas posteriores que le envió a su hermana firmaba como Alabaster Starling.

Al término del mandato de Alabaster, llegaron otros. Siempre que desaparecía un Guardián, se elegía a otro para blandir la espada. Algunos encontraron algo parecido a la felicidad durante una temporada. Se casaron, tuvieron descendencia y contemplaron el paso del tiempo desde las ventanas de la Mansión Starling: el edificio de la central eléctrica al otro lado del río, las venas que eran los cables telefónicos que surcaban el condado, el subir y bajar del Gran Jack. Reforzaron las protecciones y mantuvieron al margen a las Bestias.

Pero, al final, las Bestias siempre se los llevaban.

La Guardiana más reciente llegó en 1985, procedente de Carolina del Norte. Ella y su marido se conocieron en una fábrica de procesado de carne de cerdo: Lynn Lewis trabajaba en el matadero y Oscar, de conserje. Pero habían echado a Oscar después de que este se cogiera una baja por lesionarse la espalda y, tras un encontronazo violento con la dirección, hicieron lo propio con Lynn. Los dos aguantaron lo que pudieron hasta que la compañía eléctrica les cortó la luz y el banco les tapió las ventanas, y luego empezaron a buscar trabajo, sin un plan ni un techo. Al cabo de unos meses, la Guardiana empezó a soñar con una gran casa detrás de unas enormes verjas de metal. Siguieron los sueños en dirección oeste y, al llegar, se encontraron con que un llavero y una escritura los esperaban.

La Mansión prosperó bajo su cuidado. El suelo dejó de crujir y las ventanas ya no silbaban en invierno. La cocina siempre olía a limón y las glicinias siempre estaban en flor. Lynn y Oscar amaban la Mansión Starling y siempre habían luchado por aquello que amaban.

Tuvieron un hijo que era menos digno. Era un joven débil y egoísta dado a los dibujos fantasiosos y a las ensoñaciones. Negó su destino todo lo que pudo. Creyó durante un tiempo que la Mansión encontraría a otra persona, a alguien más valiente…, hasta que vio el precio que su cobardía se había cobrado.

Lynn y Oscar Starling murieron en el año 2007. Esa misma noche, él hizo su juramento y se convirtió en el nuevo Guardián de la Mansión Starling.

Pero también hizo una segunda promesa, en secreto: juró que él sería el último.

17

En una ocasión, vi un mapa antiguo del Mississippi. El cartógrafo había dibujado el río como es en realidad, pero también había marcado los recorridos y los canales que había ocupado a lo largo de los mil años anteriores. El resultado era un revoltijo de líneas y de nombres, una maraña de ríos que habían dejado de existir y de los que solo quedaban cicatrices. Era difícil distinguir la verdadera forma del río debajo de todos sus fantasmas.

Esa es la impresión que tengo ahora de la historia de la Mansión Starling: es un relato que se ha contado tantas veces que la verdad ha quedado enterrada y solo puede vislumbrarse de refilón. Puede que todas las historias sean así.

Los Starling me contemplan desde los retratos, diferentes pero iguales al mismo tiempo. Sus sueños los arrastraron a todos a este lugar, donde se vieron abocados a una batalla que aún no alcanzo a comprender. A todos los enterraron antes de lo que les correspondía.

Arthur también me contempla. Tiene los ojos rojos y hundidos en los ángulos irregulares de su rostro. La sangre aguada vuelve a rezumarle de la garganta, pero mantiene el mentón en alto y se mantiene firme. Tiene un aspecto frío y un tanto cruel, salvo por el leve temblor de las manos. Mi madre habría dicho que aquel era el tic que podía llegar a delatarlo.

—Vale. Entonces eres el último Guardián, ¿no? —Mi voz resuena con fuerza en el silencio de la casa—. ¿A qué te refieres con «el último»?

—A eso mismo —responde Arthur—. A que no habrá más después de mí.

—Entonces, ¿crees que no hay nadie por ahí que tenga sueños extraños con casas grandes y vacías? —Arthur había nacido en esa casa, pero la casa parecía haberme elegido a mí. Quizá, después de todo, no tenga que ser una Gravely—. ¿No crees que habrá alguien que llegue después de que tú…?

—¡Los Starling llevan generaciones con esta guerra! —responde con ferocidad y las manos le tiemblan aún más—. Han sangrado por este lugar, han muerto por él y no ha sido suficiente. Cada vez es… —Arthur interrumpe y alza la vista hacia los retratos, con labios pálidos y muy apretados—. Alguien tiene que acabar con esto.

—Y vas a ser tú, claro. —Mientras lo miro, unas gotas de sangre procedentes del cuello de su camisa le caen encima a la gata infernal—. ¿Tú y qué ejército?

Los labios de Arthur se vuelven aún más pálidos, como si los apretara con más fuerza.

—No necesito ningún ejército. Todos los Starling han encontrado nuevas protecciones y hechizos, armas que funcionan con las Bestias. Yo he ahondado aún más en sus estudios.

—Se frota la muñeca mientras habla y se clava el pulgar en los tatuajes, tan fuerte que tiene que estar haciéndose daño. La brisa sopla afligida en los aleros—. Lo único que necesito es una manera de cruzar esa puñetera puerta.

Hay decenas, puede que cientos de puertas en la Mansión Starling, pero sé a cuál se refiere.

—Y no tienes la llave.

—No.

—Y no se puede forzar la cerradura.

—No.

—Y no se puede… No sé… ¿Destrozarla con una explosión?

Arthur retuerce los labios.

—Creía que, a estas alturas, ya te habrías dado cuenta de que las leyes de la física no se aplican a rajatabla en esta casa.

Estoy a punto de preguntarle si ha intentado decir «Ábrete, sésamo», pero justo en ese momento me viene a la mente una rima: «De la Subterra cerró la entrada, y dejó la llave junto al sicomoro enterrada».

—¿Has cavado alrededor del sicomoro? Ese grande y centenario que hay delante.

Nada más decirlo me arrepiento de habérselo preguntado, porque ¿y si tengo razón? ¿Y si acabo de entregarle a Arthur la llave del Infierno? Me asola un ansia repentina y descontrolada de agarrarle las muñecas para obligarlo a quedarse conmigo en el mundo de la superficie.

Pero Arthur emite un ruido lleno de exasperación.

—Eleanor Starling dejó todos los bocetos y borradores del libro en esta casa. Habré leído todas las versiones unas cincuenta veces. He examinado los dibujos con microscopio y luces ultravioleta. Por supuestísimo que he cavado junto al sicomoro. —La exasperación remite. En su ausencia, suena solamente cansado—. No hay nada. Si alguna vez existió una llave, Eleanor debió de haberla destruido. Quería que el camino a la Subterra permaneciese cerrado.

El alivio fluye por mi cuerpo como una ola abrasadora, demasiado intenso. Trago saliva y digo, sin venir a cuento.

—No sé. ¿Y la dedicatoria?

Arthur me mira con el ceño fruncido.

—No tiene dedicatoria.

—Sí que la… —Cierro la boca. Puede que los borradores y los manuscritos de Eleanor Starling no tuviesen dedicatoria, puede que Arthur no haya leído las ediciones más recientes. Espero que no lo haya hecho, de manera repentina y desesperada—. Sigo sin entender por qué querrías bajar a ese lugar. O sea, mírate. —Lo recorro de arriba abajo y me fijo bien en los surcos rojos y purulentos que tiene en el cuello, en las marcas oxidadas del sofá donde se ha secado la sangre y donde han caído copos resecos de su piel—. ¿Por qué haces esto?

Se le tensan los pequeños músculos de la mandíbula.

—Los Guardianes tienen la misión de blandir la espada. —Es su brusca respuesta—. La misión de mantener la casa y de proteger los muros exteriores, de hacer todo cuanto esté en su mano para evitar que las Bestias salgan de la verja.

Hace que suene noble y trágico, propio de una de esas baladas medievales que terminan con un caballero muerto en el campo de batalla mientras su dama llora sobre su cuerpo mutilado. Me imagino encontrándomelo en el suelo del pasillo o desmadejado en la entrada, con la garganta destrozada pero la espada aún entre los dedos, y una rabia inconsciente y fruto del pánico hierve en mi interior.

—Ah, claro. Olvidaba que eres el Guardián.

Soy consciente de que mi tono sarcástico está a punto de rozar la indignación, de que me meto donde no me llaman, pero me da igual.

—Olvidaba que es tu legado. —Se estremece al oír las últimas palabras, con las pupilas dilatadas—. ¿Lo has jurado bajo la luna llena? ¿Con un sacrificio de sangre? Porque odiaría oírle decir a Lacey Matthews que ya me había advertido que...

—Para.

Lo dice con el rostro tranquilo y sin mirarme, como si hablase con la gata infernal que tiene acurrucada en el regazo.

—¿Quieres morir? ¿Es por eso? —Me sorprendo un poco al darme cuenta de que me he puesto en pie, de que tengo los puños apretados mientras noto punzadas en las costillas—. Porque eso es lo que parece. Podrías haberme llamado... Podrías... Yo qué sé, podrías haberte escondido en un armario o haber huido de aquí...

—Lo hice. Ya te lo he dicho. —No grita, pero su voz suena ronca, lo cual me induce a pensar que le gustaría hacerlo. Tiene las facciones blancas y retorcidas, profundamente desagradables. Intento hacerme una nota mental para recordar que este es el aspecto de Arthur cuando se enfada de verdad, y no cuando finge estar enfadado—. Mis padres no me dejaron ir al instituto fuera de aquí, me escapé. Porque estaba cansado de vivir en una historia de fantasmas, porque quería una vida normal y agradable con taquillas y estúpidas hojas de ejercicios. Y durante un tiempo creí haberlo conseguido. Creí que me había salido con la mía. No soñé nada durante dos años.

Calculo que cuando Arthur se había fugado para ir al instituto yo debía de tener unos doce años. Mis sueños habían empezado justo cuando la Mansión Starling había perdido a su heredero. Se desata en mi mente toda una retahíla de posibilidades que nunca fueron, una vida diferente en la que soy yo quien blande la espada en lugar de Arthur. La borro de mis pensamientos de un plumazo.

—Volví a casa después de que el comisario del pueblo me llamara para quejarse. Mis padres llevaban tiempo sin recoger la comida que les dejaban detrás de las verjas y todo había empezado a pudrirse y a atraer a las alimañas. Dijo que se había convertido en una alteración del orden público.

No puedo evitar recordar lo que Bev dijo cuando le pregunté por los Starling, que el chico no había llamado a la policía durante días después de que muriesen sus padres, que no había derramado ni una lágrima y que se había limitado a decirle al forense que ya se le había pasado la hora de la cena.

En aquel momento, la historia me asustó. Ahora siento una pena terrible y familiar. Recuerdo mi primera comida después del accidente de mi madre: el agente me trajo un Happy Meal y yo me senté sin dejar de mirar esa caja de colores vivos que tenía sobre el regazo, impresa con dibujos sonrientes y absurdos, y en ese momento comprendí que era muy mayor para algo así. Que acababa de pasar los últimos minutos de mi infancia moribunda en la orilla de un río, a la luz fría de la central eléctrica, soñando con unos brazos cálidos que me abrazaban. Y también recuerdo que, al despertar la mañana siguiente, había dejado atrás las fantasías infantiles.

Expulso todo el mal genio de mi interior con un largo suspiro. Después doy un paso atrás hacia el sillón.

—Arthur...

Él vuelve a bajar la vista hacia la gata infernal, con ojos vidriosos y sin dejar de acariciarle el lomo con un dedo que milagrosamente se mantiene intacto.

—Creo que estaban cenando cuando empezó a alzarse la niebla, porque aún quedaba comida en sus platos. La Bestia logró atravesar la verja y ellos cogieron la camioneta y la siguieron. No sé cómo consiguieron volver después, si tenemos en cuenta el estado en el que se hallaban. Los encontré arrastrándose en dirección a la casa, justo donde tú...

Lo interrumpe un ruido parecido a un lavavajillas lleno de arena. Ambos tardamos unos instantes en reparar en que proviene de la gata infernal, que ronronea. Arthur deja de aferrar el sillón con el puño y se le relaja un poco el gesto.

Al final, alza la vista y me mira a los ojos.

—Voy a acabar con esto. No es una elección. Tengo que hacerlo.

Lo dice con un tono apremiante que me es conocido. Arthur ha sido muchas cosas para mí a estas alturas: un misterio, un vampiro, un caballero, un huérfano, un capullo…, pero ahora veo lo que es de verdad. Es un hombre que tiene una lista como la mía, en la que solo hay un elemento.

Y eso debería haberme servido de advertencia, porque sé que en una persona así no hay lugar para los anhelos, para los deseos, pero mi cuerpo no atiende a razones. Me acerco, demasiado, y coloco los pies, descalzos y pequeños, entre los suyos. Él ladea la cabeza y la alza para mirarme, lo que hace que se le abran las heridas. No se estremece.

Tiene el pelo apelmazado en el cuello a causa del sudor y de la sangre. Se lo aparto. Lo recorre un escalofrío, pero tiene la piel caliente, casi febril, debajo de mis dedos. Me da por pensar, de repente, que sé la razón por la que Ícaro voló tan alto: cuando has pasado demasiado tiempo en la oscuridad, dejarías que tus alas se derritieran con tal de sentir el roce del sol en la piel.

Cierro los dedos en el cuello de su camisa. Me inclino hacia él, sin sonreír.

—¿Y tienes que hacerlo solo?

—Sí. —Arthur responde con voz rasgada, como si se le hubiese quedado atrapada en un alambre de espino y hubiese tenido que soltarse a tirones—. Sí, solo.

A pesar de sus palabras, ha extendido el brazo hacia mí, y la gata infernal se ha marchado de su regazo con las garras fuera y un bufido de agravio, y él sigue con esos ojos negros clavados en mí..

—Y una mierda —digo, y ahora soy yo la que lo besa a él.

Arthur Starling se considera un hombre con voluntad de hierro. Al fin y al cabo, ha consagrado la mayor parte de su vida a librar una guerra en solitario contra un mal ancestral con la única ayuda de una espada y el tenaz apoyo de una casa. Se ha enfrentado a cientos de pesadillas y ha pasado solo cientos de noches, sin soltar lágrima alguna. Ha limpiado su propia sangre del suelo y cosido sus propias heridas con manos firmes.

Y aun así, se ve incapaz de apartarse de Opal. Las manos se le entrelazan en la maraña de color rojo sangre que es su pelo, y ella ha empezado a besarlo con una voracidad imprudente y temeraria, con una boca que bien podría ser una cerilla contra la suya, encendiéndose para desterrar la oscuridad que los rodea. Le ha aferrado el cuello de la camisa con los puños y tiene tanta energía, una vitalidad tan rabiosa, que por primera vez Arthur comprende por qué Hades robó a Perséfone, por qué un hombre que ha pasado su vida sumido en el invierno sería capaz de hacer cualquier cosa con tal de saborear la primavera.

Pero no se llevará a Opal consigo a la oscuridad. Puede que no sea tan fuerte como pensaba, pero tampoco es tan débil.

Se aparta. No encuentra fuerzas para soltarle el pelo, por lo que se limita a apoyar la frente contra la suya y nota cómo se entremezclan sus respiraciones. Después dice, con voz ronca y miserable:

—No lo entiendes.

Ella se aleja tan rápido que Arthur siente cómo se quiebran algunos de sus cabellos entre los dedos. Después Opal se cruza de brazos sobre el algodón desgastado de su camiseta mientras presiona con fuerza la palma de la mano contra el tórax, como si intentara contenerse.

—Oye, has sido tú el que me ha besado hace como diez segundos, así que perdóneme usted si he malinterpretado las señales.

Lo dice con tono mordaz y distraído, como hace siempre que está asustada. La recuerda plantando los pies en la hierba y con las muñecas doloridas a causa del peso de la espada de los Starling mientras le ordena que se calle.

Extiende el brazo hacia ella, como con impotencia, y le limpia una mancha de tierra o de sangre que tiene en uno de sus codos afilados.

—No es que yo no… Es que…

Opal se encoge y se aleja del roce de la mano de Arthur, pero después hace una pausa. Entorna los ojos, en repentina sospecha.

—Un momento. ¿No lo has hecho nunca?

—¿Hacer el qué?

—Pues… Mira, lo entendería. —Se encoge de hombros, con cierta amabilidad—. Te has pasado toda la vida encerrado en una mansión encantada, así que tampoco es que hayas tenido muchas oportunidades de… —deja la frase suspendida en un silencio lleno de tacto. Al cabo de unos segundos, Arthur dice con voz ronca:

—Me fui al instituto dos años. Claro que salí con gente.

—Ah, ¿sí? —Un atisbo de esa sonrisa burlona y demasiado afilada—. ¿Cómo se llamaba?

—Victoria Wallstone —responde, envarado, un poco sorprendido por acordarse de su apellido. Victoria era una chica ruidosa y simpática que le había preguntado si quería acostarse con ella con la encantadora facilidad con que le podría haber ofrecido un chicle. Titubea antes de añadir—: Y también con Luke Radcliffe.

No le cuesta nada recordar el nombre de Luke.

En cierto modo espera que Opal haya disimulado y en realidad sea una intolerante a la que asuste la idea de que él se pasara un curso colándose en el dormitorio de otro chico, pero ella se limita a poner los ojos en blanco y murmura:

—Apellidos de niños ricos.

Lo dice con un tono que destila cierta aversión.

—Entonces... —Aparta la mirada del rostro de Arthur, como si la siguiente pregunta no importase demasiado—. ¿Qué es lo que quieres hacer?

La sonrisa burlona se ha relajado un poco, dándole un aspecto de persona joven y herida, casi vulnerable. Arthur se mete las manos entre las rodillas y aprieta con fuerza.

—No tiene nada que ver contigo. Bueno, sí que lo tiene, pero no... Mira, es que no lo entiendes.

Incluso a él le suena patético.

—Dios, vale. Da igual. —Ella se recoge el pelo detrás de la oreja—. Estoy cansada y ya no parece que vayas a desangrarte esta noche. ¿Hay una manta limpia en algún sitio?

Trata de dejarse caer desafiante en el sofá, pero se pone rígida cuando su cuerpo choca contra los cojines. Es un movimiento casi imperceptible, menos que una mueca, pero Arthur oye cómo se le entrecorta la respiración. Se fija en que Opal no ha dejado de presionarse el costado izquierdo, que tiene los dedos blancos por la presión.

Y es como aquella noche en la orilla del río: ver el dolor de Opal hace que el sentimiento de culpa lo arrastre como el oleaje y lo ahogue con la desesperación salvaje de detenerlo. Se descubre a sí mismo arrodillándose, dejando que las carpetas y las notas caigan al suelo, y tocando a Opal como si fuera suya.

Pero en aquella época eran niños, y Opal estaba demasiado ocupada muriéndose como para reparar en él. Ahora lo mira con cautela, con el cuerpo rígido y recto. Él se pregunta cuándo habrá aprendido a ocultar sus heridas al mundo y por qué se le hace un nudo en la garganta al pensarlo. Detiene la mano en mitad del aire, a unos centímetros de la de Opal.

Al cabo de un momento, logra decir, con un tono más áspero de lo que pretendía:

—Deja que... —Es bien consciente de que tendría que habérselo pedido con una pregunta. Reúne los retales de la poca decencia que le queda y añade—: Por favor.

Opal lo mira durante otro segundo cargado de incertidumbre, en busca de Dios sabe qué en su rostro, antes de bajar la mano despacio hacia el sillón. Parece una rendición, parece confianza. Arthur no merece ninguna de las dos cosas.

Pasa los dedos por cada una de las costillas de Opal, apretando un poco a través del calor de su piel hasta notar los huesos de debajo. Ojalá no sintiera los latidos de su corazón detrás del esternón, rápidos y ligeros. Ojalá Opal no lo estuviera mirando con esa confianza ingenua, como si se hubiese olvidado de que está herida por su culpa. Ojalá a Arthur no le temblaran las manos.

Pero no encuentra fisuras ni roturas. El pavor remite, pero le deja la voz ronca.

—No es más que una magulladura, creo. No tienes nada roto.

—Pues qué suerte.

Opal pretende sonar sarcástica, pero las costillas le suben y bajan a demasiada velocidad bajo la mano de Arthur. Él recuerda que no ya no hay ninguna urgencia médica, que debería dejar de tocarla ahora que lo sabe, que esa sensación animal y desesperada tendría que desaparecer, pero, en lugar de eso, se arrastra, se retuerce, cobra vida en sus entrañas.

Siente cómo Opal traga saliva. Habla en poco más que una exhalación.

—¿De verdad vas a volver a echarme?

Dios, no quiere hacerlo. Solo quiere levantarle la camiseta y presionar los labios contra el hueco que hay entre sus costillas. Quiere hacer que arquee la espalda contra el sofá. Quiere que se quede, que se quede.

Y la Mansión también lo quiere: la habitación está cálida y hay un tenue olor dulzón a glicinia, con una iluminación ambarina. Se pregunta si Opal se habrá dado cuenta de que el agua del grifo sale siempre a la temperatura que ella quiere y de que los cojines siempre están colocados justo donde ella prefiere, que nunca se ha tropezado en las escaleras ni ha pasado mucho tiempo buscando el interruptor de la luz, que el sol la sigue de ventana en ventana, de habitación en habitación, como un gato desesperado por algo de afecto.

Arthur sabe que Opal sería una buena Guardiana, y mucho mejor que él. Él nació en la casa, pero Opal recibió la llamada, y la casa siempre llama a los que no tienen hogar, a los hambrientos, a los que se han hecho valientes a la base de desesperación, a los inconscientes que lucharían hasta su último aliento.

Por unos instantes aciagos e inquietantes, podría decirse que ve cómo será Opal dentro de unos años, si la Mansión se sale con la suya: llena de cicatrices y agotada por la guerra, sonriéndole con su sonrisa torcida por encima del hombro. Los Guardianes ya no duran tanto como antes, pero Opal aguantaría. Haría de la guerra su vida entera, lucharía tanto y con tanta brutalidad que haría temblar hasta el mismísimo Infierno.

Hasta el día, quizá dentro de mucho tiempo, en el que caería y no volvería a levantarse. Después, una lápida se uniría a las demás y un nuevo retrato aparecería en la pared, la última incorporación a una galería de años arrebatados. En algún lugar, otro desgraciado sin hogar empezará a soñar con escaleras y ojos negros que miran a través de la niebla.

A menos que Arthur acabe con todo.

Aparta la mano del costado de Opal. El ambiente se enfría varios grados. Uno de los clavos del suelo sobresale de repente de la madera y se le entierra en la rodilla derecha. Arthur lo acepta con gusto.

—Opal. —Pronuncia su nombre despacio, de la manera en la que saborearías tu última cena—. Esto es lo que vamos a hacer: voy a contarte todo lo relativo a las Bestias, y a mí, y luego vas a salir corriendo. Y esta vez no volverás.

—Dicen que a la tercera va la vencida —responde Opal.

Lo mira desde arriba, con afectuosa exasperación, como si fuese un niño que acaba de anunciar, otra vez, que se va a fugar de casa.

Arthur cierra los ojos. Tiene que conseguir que lo entienda, pero no está obligado a mirarla mientras lo hace.

Pone el tono de voz más neutro posible.

—Cuando esas Bestias cruzan los muros, cuando no logro detenerlas, corren hasta que encuentran a alguien a quien hacer daño. Los Starling son los únicos que pueden verlas, pero todos pueden sufrirlas. —Piensa en generaciones de recortes de periódicos y entradas de diarios, en todos los incendios y riadas y accidentes extraños, en las muertes repentinas y las desapariciones inexplicables, en siglos de castigo confundidos con mala suerte—. Y algunas personas… las atraen.

—¿Qué personas?

—Los Gravely. Van ante todo a por la sangre de los Gravely. Desconozco el motivo.

Opal se queda muy quieta. Arthur lo agradece.

—La noche en la que mis padres murieron fue la misma en la que estalló la turbina de la central eléctrica. Fallecieron cuatro personas. —Arthur había arrancado la noticia del periódico con dedos temblorosos al comprender por primera vez que su vida no le pertenecía, que hasta sus tragedias no eran del todo suyas—. Extremé precauciones después de eso. Mantuve las protecciones y patrullé los muros. Permanecí atento y vigilante durante todo un año. Hasta que dejé de hacerlo.

La Navidad fue lo que pudo con él, la primera tras la muerte de sus padres. La Mansión hizo brotar matas tristes de oropel y muérdago, pero él las arrancó todas en un acceso de rabia petulante. Después de guardar la espada en un viejo arcón, pidió una botella de whisky barato usando el carnet de identidad de su padre y se pasó una semana tratando de escapar de su propia mente. Descubrió que, si empezaba a beber justo después del desayuno, a mediodía ya había alcanzado un estado de indolente ingravidez, y la inconsciencia total a la hora de la cena.

Y entonces se había despertado una noche con la frente apoyada contra la lápida de su madre y restos de lágrimas frías en las mejillas, y se sentía dramático y algo avergonzado, y muy enfadado. Había tardado demasiado tiempo en darse cuenta de que la niebla había empezado a alzarse.

No le cuenta a Opal nada de esto, no quiere atemperar su rabia con compasión.

—Vi cómo se alzaba la Bestia. Me miró, directamente, y yo…

Él le había devuelto la mirada, un par de heridas abiertas a rebosar de pavor y rabia y aflicción estéril. No se había asustado. ¿Cómo podía asustarse de los ojos que veía en el espejo del baño todas las mañanas?

Arthur tampoco le dice nada de eso.

—Ni siquiera traté de detenerla. La dejé marchar. Luego corrí detrás de ella, cuando me di cuenta de lo que había hecho. Crucé la verja y después el viejo puente del ferrocarril. Pero era demasiado tarde. Había un rastro de neumáticos que se salía de la carretera y llegaba hasta la orilla del río… —Arthur traga saliva y saborea el último instante antes de que Opal empiece a odiarlo, antes de que sepa el precio que ella pagó por su cobardía—. Fue el día de Año Nuevo.

A ella se le corta la respiración. Arthur se pregunta si ha vuelto a sentir cómo el agua le cubre la cabeza.

—Al día siguiente vi que en el periódico decían que se había lanzado al río a propósito. Pero yo sabía que no fue culpa suya.

Opal vuelve a respirar, un jadeo entrecortado.

Arthur aún tiene los ojos cerrados con fuerza. La voz brota de su garganta entre desgarrones.

—Fue mía.

Un silencio, denso y frío. Arthur piensa en comida resecándose en un plato.

No espera que Opal vuelva a dirigirle la palabra. Al fin y al cabo, ¿qué podría decirle al hombre que asesinó a su madre? Pero lo hace.

—Tengo que decirte que Eleanor dedicó el libro a «todos los niños que necesitan encontrar la entrada de la Subterra».
—Opal le ha vomitado encima, lo ha besado y lo ha mandado a la mierda más de una vez, pero nunca le había hablado así: fría y distante, con perfecta indiferencia—. Decía que había que hacerse amigo de las Bestias y seguirlas hasta ahí abajo. Quizá deberías intentarlo.

La voz la traiciona en la última frase con un temblor mortífero y furioso.

Arthur no sabe lo que intenta decirle, ni por qué, porque toda su concentración está puesta en mantener los ojos cerrados y las manos quietas.

Oye el crujido del sofá, al que siguen un tintineo metálico y luego, al fin, el golpeteo de unos pies descalzos en la tarima.

Cuando Arthur abre los ojos al cabo de unos minutos, la llave de la verja está tirada en el suelo frente a él y está solo. Opal ha huido de él por tercera vez y, Dios, en esta ocasión Arthur sí se arrepiente.

18

La cosa es que ya lo sabía. Tal vez no supiera adónde iba mi madre esa noche ni quién era en realidad, pero sí sabía que no lo había hecho a propósito. Yo había visto algo blanco y de forma extraña a la luz de los faros. «Un ciervo —les había dicho a los agentes—. O puede que un coyote». Pero sabía que no era ninguna de esas cosas. Sabía que era la mala suerte a cuatro patas, una pesadilla que el dios negligente e insignificante que controlaba Eden había dejado escapar.

Lo que no sabía era que llevaba cuatro meses limpiando su puta casa. No sabía que lo había traicionado, que había sangrado por él y que lo había besado, que un día lo vería de rodillas, con la cabeza gacha y los ojos cerrados, hablando con una voz que bien podría haber sido una pala que cavara poco a poco en la tierra.

Así que echo a correr. Tal y como él me ha pedido.

El pasillo es corto y recto, pero la puerta delantera está cerrada con llave. Me peleo con el pomo y la casa cruje a mi alrededor.

—No. —Mi voz suena densa y húmeda. Debo de estar llorando—. Por favor.

La puerta se abre.

Bajo los escalones a la carrera y recorro el camino de entrada mientras me duelen las costillas, mientras la gravilla me deja marcas de dientes en los pies. Salgo por la verja delantera y rodeo su camioneta. No quiero pensar en ella ni en el número de teléfono, en el sueldo demasiado alto ni en el abrigo demasiado sofisticado; hay demasiadas cosas que creía que eran regalos, pero que ahora me parecen intentos desesperados por saldar una deuda de sangre. Sin embargo, va a tener que joderse, porque mi madre valía más que todo lo que él pueda llegar a permitirse. Era inútil y alocada y guapa, bebía y mentía y tenía una risa que me recordaba al Cuatro de Julio, yo la necesitaba desesperadamente.

Nunca he dejado de necesitarla. Intenté tacharla de mi lista esa noche en el río, pero si paso los dedos por la página aún noto el tacto de su nombre, indeleble.

Cuando llego al motel, el cielo es del color de unos vaqueros viejos, y las estrellas son marcas desteñidas de lejía. Los grillos se han hartado de gritar, y el único sonido es el del río, una estática entre emisoras de radio.

Me duelen los pies. Me duele el pecho. Me duelen los ojos. Siento algo parecido a una herida abierta, un moretón.

La Subterra sigue abierto sobre mi cama, lleno de fantasmas y Bestias, por lo que me echo en el colchón de Jasper.

Vuelvo a soñar con la Mansión Starling, un mapa arterial e interminable de pasillos y puertas abiertas, de escaleras y balaustradas, y me siento agradecida. Al menos no sueño con el río.

Lo cierto es que nunca he tenido la oportunidad de auto-compadecerme. Es una satisfacción que no puedes permitirte cuando te quedan treinta dólares en la cuenta y tienes un hermano pequeño que te mira como si fueses su sol personal, seguro de que vas a alzarte. Pero ahora no tengo trabajo ni objetivo alguno, nadie que dependa de mí y ningún lugar en el que estar, por lo que lo mando todo a la mierda. Me compadezco como si pretendiera compensar todas las veces en las que no lo he hecho, como si quisiera llevarme una medalla de oro en autocompasión.

Me acurruco en la cama de Jasper y paso tres días en una cueva sudorosa de sábanas y desodorante rancio. Me despierto para comer, ir al baño y ducharme, y luego me quedo sentada y envuelta con la toalla durante tanto tiempo que me deja unas marcas rosadas en la parte trasera de los muslos. Contemplo el movimiento del sol por el suelo. Analizo las marcas aluviales que hay en el techo. Me entierro los dedos en las costillas doloridas y pienso en otras manos amables, y luego cierro los ojos y me lanzo reproches hasta caer rendida en un sueño inquieto.

Sueño, y cada sueño es una pesadilla. La niebla se alza. La casa cae. Arthur sigue a las Bestias a las profundidades, como le dije que hiciera, y yo me despierto con las mejillas húmedas. A veces, deseo no habérselo dicho; a veces, deseo echarlo a las Bestias yo misma.

El teléfono me zumba en ocasiones, como un abejorro que chocara sin sentido contra una ventana. Miro la pantalla el primer par de veces, pero no es más que un mensaje de la biblioteca para avisarme de que los libros que había reservado están disponibles, o Jasper diciendo que va a pasar otra noche en casa de Logan (que le den a Logan), o Elizabeth Baine preguntándome si he recibido su mensaje. Ese último está a punto de hacerme reaccionar, por lo que escondo el móvil debajo del colchón. Supongo que, si han sido lo bastante buenos como para encontrar mi verdadero certificado de nacimiento, seguro que llegarán a la conclusión de que ya no trabajo en la Mansión Starling.

Al final, el teléfono queda en silencio.

Una parte distante y racional de mi mente piensa: «Sabes que no va a rendirse así como así». Nunca se rendirá, porque es como yo: está dispuesta a infringir todas las normas y cruzar todos los límites para conseguir lo que necesita. Una sensación apremiante se apodera de mí, una urgencia por llamar a Arthur, por advertirle sobre ella…

Pero luego pienso en el río. En el barro debajo de mis uñas. En esa frialdad de mi pecho. Pienso en las demás ocasiones en las que he escapado por un pelo, y en todas las noches malas. En las veces que he tenido que pedir una ambulancia para Jasper, en los pinchazos de esteroides, en las caídas con la bicicleta y en la ocasión en la que se me enganchó el pie con un espinel viejo y por poco me ahogo. En aquella otra en la que Jasper se había puesto a perseguir a un perro callejero hasta el bosque y la bala de un cazador había fallado el tiro por tan poco que le había dejado un moretón violáceo en la oreja derecha.[21]

Pienso en pueblos malditos y en familias malditas. Pienso: «Van ante todo a por la sangre de los Gravely».

Y, después de eso, ya no pienso en nada más.

A l tercer día, un puño golpea en la puerta de la habitación doce con tal agresividad que parece como si unos hombres con botas militares estuvieran a punto de arrastrarme al exterior.

---

[21] El cazador, Dennis Roark, afirmó más tarde que le había disparado a una garza y había errado el tiro, y luego remató con que había sido culpa de Jasper por salir en temporada de caza sin llevar prendas de color naranja. La madre de Dennis, la señora Roark, comentó que le había dicho a su hijo que no saliese a cazar en una noche tan neblinosa.

—Niña, ¿estás muerta?

Bev suena como si no le importase demasiado, como si solo quisiera saber si va a tener que alquilar una vaporeta para limpiar el lugar. Me pregunto si ya estará pensando en añadirme a su lista de historias de fantasmas: la chica que murió por culpa de un corazón roto y se pudrió en la habitación doce. La idiota que sigue rondando por el motel.

Más golpes.

—He desconectado internet hace dos horas. ¿Se puede saber qué te pasa?

Hay cierto tono de desesperación en su voz, algo peligrosamente cercano a la preocupación que hace que un escalofrío me recorra la columna.

Salgo de la cama a toda prisa y abro la puerta con fuerza, tan rápido que Bev suelta un:

—¡Por los clavos…!

—¿Lo sabías? —Mi voz suena como si saliese de una cañería oxidada.

Ella entorna los ojos, con las manos en las caderas.

—Qué mala cara tienes. ¿Has estado comiendo bien o sigues con esa bazofia de la gasolinera?

—¿Lo sabías o no?

Un atisbo de cautela cubierto de irritación.

—¿Que si sabía el qué?

Tardo un segundo en arrancar las palabras del lugar pequeño y penumbroso en el que las he estado guardando.

—¿Sabías cuál era su apellido? ¿Cuál era mi apellido?[22]

---

[22] Hay un caso en curso y extremadamente polémico en el que se debate si Opal tiene algún derecho legal sobre el apellido de los Gravely. Por una parte, Jewell Gravely nunca usó el apellido después de abandonar la casa de su padre (el Corvette estaba registrado a nombre de Jewell Wild, y la habitación de motel se alquiló originalmente al de Jewell Weary) y firmar la partida de nacimiento de Opal. Por otra parte, como han afirmado varios testigos: «Es una Gravely. ¿No veis ese puñetero color de pelo?».

Bev no responde, pero se queda muy quieta. Noto una punzada en las mejillas, como si me hubiese dado una bofetada.

—Lo sabías. Lo has sabido todo este tiempo y nunca…

Me callo antes de que mi voz haga algo vergonzoso como quebrarse o titubear.

Bev se frota la cara con fuerza con la mano y dice:

—Cielo, lo sabía todo el mundo. —Pone una voz casi amable. Vaya un aspecto tan terrible debo de presentar si he obligado a Bev a apiadarse de mí—. Todo el mundo conocía al viejo Leon Gravely, y todo el mundo conocía a su hija. El día en el que consiguió ese Corvette fue el último día de paz y tranquilidad en este pueblo.

Me centro en las palabras «lo sabía todo el mundo». Rebotan en mi interior y me destrozan los huesos.

—¿Charlotte lo sabía?

Me parece una pregunta desesperadamente importante.

Bev niega con la cabeza, muy rápido.

—Nunca le he dicho nada, y ella no creció por aquí.

Me sobreviene un leve acceso de alivio al saber que al menos una persona en toda mi vida no me estaba mintiendo. Me humedezco los labios resquebrajados.

—Entonces, ¿sabes por qué mi madre no…? ¿Sabes por qué acabó aquí?

—Tu madre era una rebelde de las de película. Supongo que en algún momento se pasó de la raya y su papaíto la echó de casa. Dejó el instituto, se marchó de la ciudad y, al volver, ya te trajo consigo. Con ese pelo típico de los Gravely.

Los ojos de Bev contemplan mis rizos llenos de grasa.

—Y el viejo Leon. —El hombre de la mansión, la razón por la que no hay mariposas luna ni sindicatos en el condado de Muhlenberg. Mi abuelito—. ¿No le dijo que volviese a casa?

Bev niega con la cabeza una vez.

—Puede que lo hubiese hecho, si ella se hubiera vuelto más respetable y se hubiera arrastrado un poco. Pero tu madre era una cabezota.

Lo dice con tono de admiración, pero a mí me suena como si mi madre no fuese más que una niña rica y rebelde, una de esas niñas mimadas que infringen las normas por aburrimiento. Y luego había terminado con dos hijos y demasiado orgullo como para pedir ayuda. En lugar de hacerlo, nos enseñó a sobrevivir y a robar. Nos crio en aparcamientos y en habitaciones de motel, hambrientos y solitarios, perseguidos por Bestias que éramos incapaces de ver.

Y nadie de este maldito pueblo había hecho nada al respecto. Nos dieron la espalda y miraron hacia otro lado, igual que habían hecho siempre. Igual que harían siempre.

Ni siquiera Bev, que podría haberme contado la verdad en cualquier momento, que era una persona que se había granjeado mi confianza, ha hecho nada al respecto.

Ha dejado de mirarme y se relame el tabaco que tiene en la boca.

—Mira, sé que tendría que…

—¿Charlotte ha traído los libros que había reservado?

Lo digo con voz fría, serena.

Veo que Bev se estremece un poco, como si acabara de recibir un latigazo.

—Charlotte no va… —Carraspea y vuelve a poner ese tono agresivo habitual—. Si quieres tus novelas guarras, tendrás que mover el culo hasta la biblioteca, como todos los demás.

—Vale —respondo con tranquilidad, y luego le cierro la puerta en las narices.

—Opal, oye. Venga… —Oigo cómo se mueve inquieta al otro lado de la puerta—. Vale, como quieras. Pero no pienso encender internet hasta que saques la basura.

Las botas golpean el asfalto mientras se marcha.

Después de eso, me hundo por completo. Desisto de mantenerme a flote y me sumerjo, hacia el fondo, hacia el lecho del río. Pierdo la cuenta de los días y de las noches, y existo solo en ese ocaso inmutable de la profundidad del agua. No sueño porque no duermo; no pienso porque nunca despierto.

La puerta se abre en un momento dado. No me doy la vuelta en la cama, pero sí huelo el asfalto caliente del aparcamiento, siento el golpe de aire caliente y revuelto después de una larga quietud. Oigo la voz de Jasper:

—Hola —dice, y luego, cuando no respondo—: Pues tú verás.

Doy por hecho que se ha largado, pero vuelve un rato después. Y luego otro rato después. Empieza a hablar más alto, cada vez más irritante. «Opal, ¿estás enferma? Opal, ¿qué te pasa?». Me siento como uno de esos peces sin ojos que viven en las profundidades de Mammoth Cave, demasiado astutos como para que los pesquen y los arrastren hacia la luz. Me quedo a salvo, enterrada, a pesar de que alguien me quita las mantas y noto el frío fantasmal, a pesar de que noto el cambio en su tono y se le quiebra la voz de adolescente cuando pronuncia mi nombre. «Opal, ¿qué cojones? ¿Opal, por qué tienes las costillas de ese color?».

Sigue así durante un rato, pero al final se da por vencido y deja que me descomponga en paz. Una parte pequeña y consciente de mí quiere sentirse triste por eso (¿es esto lo que se siente cuando alguien te tacha de su lista?), pero lo que más siento es alivio. Es más fácil romperse en pedazos cuando no hay nadie mirándote.

Arthur Starling llega a la conclusión, de manera gradual y muy a su pesar, de que alguien lo está vigilando. La primera pista fue el temblor nervioso que notaba en la nuca y que le aseguraba que había un desconocido en el territorio de los Starling. La había ignorado porque aquello le parecía imposible, porque volvía a estar en posesión de las llaves y, en teoría, la única persona capaz de entrar sin ellas no iba a regresar nunca.

La segunda pista fue el ruido de la puerta delantera al abrirse. También la había ignorado por el mismo motivo. La Mansión estaba muy descontenta desde la marcha de Opal: los grifos ya no funcionaban, las ventanas se habían atascado y le había salido moho a todo lo que había en el frigorífico, un fango verde y malicioso que había aparecido de la noche a la mañana. Pero sabía que la casa no lo traicionaría abriéndole la puerta a sus enemigos. Y, además, Arthur se había dedicado a beber con un afán tan inquebrantable que estaba borracho y tenía resaca al mismo tiempo, y no podía estar del todo seguro de haber oído cosas.

La tercera pista es el estallido de una botella de bourbon a unos pocos centímetros de su cabeza. Y esa no se puede pasar por alto.

Arthur abre los ojos, un proceso que no difiere gran cosa de abrir un bote de pintura reseca, y se percata de que está en la biblioteca, lo cual le resulta sorprendente. El ambiente está cargado y caliente porque ya no se abren las ventanas, y hay un joven que lo mira. Tiene unos rizos relucientes, unas extremidades larguiruchas y marrones, y unas pestañas demasiado pobladas. No le suena de absolutamente nada, salvo por su expresión.

Solo hay una persona que haya mirado a Arthur con esa astucia tan particular de los animales acorralados y rabiosos.

—Dios, hay otro igual.

Las palabras brotan como aplastadas e irregulares, lo que le indica a Arthur que aún tiene la cara pegada a la tarima. Vuelve a cerrar los ojos y espera a que el hermano pequeño de Opal se marche. O a que se disuelva, como si fuese una pesadilla.

Una segunda botella cae al suelo, un poco más cerca.

—¿Puedo hacer algo por ti? —le pregunta Arthur al suelo.

—«Criar malvas» no estaría mal, pero tampoco es que te falte mucho.

Por la manera en la que Opal hablaba de él, Arthur se había hecho a la idea de que Jasper era una criatura delicada e indefensa, alguien que necesitaba protección constante. Pero lo cierto es que es el típico adolescente de dieciséis años sarcástico y resentido, como los que pueblan el condado de Muhlenberg, alguien de quien, en realidad, son los demás quienes tienen que protegerse.

Arthur se separa del suelo despacio y de manera poco agradable, y hace una pausa varias veces para que su estómago se acostumbre a la gravedad vertical. Al final se queda sentado y encorvado, con la espalda apoyada en una estantería. Lo intenta de nuevo:

—¿Qué haces aquí?

Jasper, quien al parecer se ha aburrido mucho mientras Arthur culebreaba para incorporarse, está apoyado en un escritorio y se ha puesto a leer detenidamente las notas y las carpetas. Todo se encuentra en un estado de soberbio desorden: las carpetas están vacías, hay bolas de papel esparcidas y su cuaderno amarillo se tambalea peligrosamente en el borde con la mitad de las páginas arrancadas. Arthur tiene la sonrojante sospecha de que él mismo las ha arrancado en un acceso de impotencia.

—Opal se dejó por aquí su sudadera favorita —dice Jasper, sin apartar la vista del escritorio.

—Tu hermana miente mucho mejor que tú —gruñe Arthur.

—Sí, pero yo soy más listo. —Jasper deja de mirar las notas y se centra en los ojos de Arthur para amenazarlo sin florituras—. He venido a decirte que la dejes en paz.

Arthur se siente demasiado mayor como para tener una conversación así, y también está demasiado borracho, demasiado sobrio y es demasiado miserable.

—Eso es lo que he intentado. Sois vosotros quienes no dejáis de aparecer por mi casa.

—Pues dile a la casa que nos deje en paz también.

Arthur está a punto de responder que, si pudiese hacer que la casa se comportara como él quisiera, Jasper no estaría ahora en la biblioteca, pero justo en ese momento le viene a la cabeza, entre un remolino de náuseas, el «nos» que acaba de pronunciar el chico. Se obliga a fijarse en él con ambos ojos. Es enclenque y peligroso a la luz del atardecer, lo bastante valiente o lo bastante estúpido como para enfrentarse a un monstruo por su hermana. Luego repite, en voz baja:

—¿«Nos»?

Opal habría sonreído o mentido o hecho cualquier cosa para cambiar de tema y librarse de la pregunta. Jasper se limita a bajar la cabeza y la ignora, lleno de determinación.

—No come. No duerme. No creo ni que esté leyendo. —Se advierte un casi imperceptible y horrible tono de angustia en su voz—. Nunca la había visto así.

El peso que agobia a Arthur desde hace días, la culpa asfixiante que reprime a base de alcohol, se apodera de él en ese instante. Impacta como una bala de cañón y lo aplasta.

—¿Está…? Alguien debería tratarle las costillas… —Oye una sibilancia nada saludable en su voz y traga saliva dos veces—. ¿Está bien?

Jasper no hace gesto alguno y responde, con voz mordaz y rabiosa:

—Eso no es asunto tuyo porque no volverás a dirigirle la palabra, ¿verdad? —Se acerca, con cuidado y agachado entre los dientes rotos de las botellas, hasta que coloca la cara frente a la de Arthur—. No sé qué ha pasado. Pero como vuelva a ver a mi hermana con un moretón otra vez, sabré de quién es la culpa.

A Arthur se le ocurre entonces, en ese momento de dolorosa clarividencia que suele seguir a uno de estupidez, que Jasper tiene buenos motivos para culparlo. La niebla podría haberse alzado cualquier día de la semana anterior y las Bestias se habrían topado con un Guardián insensato sumido en la autocompasión. Habrían quedado libres para deambular a placer, para plantar sus semillas de maldad y quizá para clavar los dientes en un cuello pálido, para desgarrar un rostro pecoso.

El olor que emana de las botellas de bourbon rotas lo incita a vomitar sin previo aviso.

Jasper lo mira, impasible. Se pone en pie, contempla a Arthur con una expresión asqueada y casi compasiva y luego se da la vuelta. El calzado cruje contra los cristales.

—Jasper. —Arthur tiene los ojos cerrados y la cabeza apoyada en la estantería—. Deberíais marcharos. Escapar de Eden.

Jasper se da la vuelta despacio, con las manos bien enterradas en los bolsillos. Arthur ve el contorno de sus puños apretados a través de la tela vaquera, pero habla con tono neutro y desganado.

—Eso mismo me dice la gente desde que tengo uso de razón, ¿sabes? La que me quiere, la que me odia. Todos parecen coincidir en que no pertenezco a este lugar.

Arthur empieza a balbucear una negación incoherente, pero Jasper lo interrumpe.

—Lo divertido, lo que más gracia me hace de toda esta puta broma, es que mi familia lleva aquí más tiempo que ninguno de ellos, y lo saben. Creo que, de hecho, no lo soportan.

Arthur trata de imaginarse cómo el hijo de una traficante de drogas a tiempo parcial que vive en un motel y de un trabajador migrante podría reclamar para sí el legado histórico de Kentucky. No lo consigue.

—¿A qué te refieres?

—Opal siempre ha sobrevivido a base de falsificaciones y de mentiras, y porque todo el mundo se apiadaba de ella, y nunca se ha preguntado cómo me siento yo al ir por ahí con documentos falsos. Solía tener pesadillas… —La voz neutra de Jasper ha empezado a quebrarse. Entre los resquicios que deja expuestos, Arthur ve algo que le resulta familiar: un chico solitario y cansado que es demasiado joven como para guardar tantos secretos—. Pero ¿sabías que si escribes al Departamento de Sanidad te envían un correo con un listado de todas las partidas de nacimiento del país? Si Opal hubiese querido saber de verdad el origen de mi madre, también podría haberlo descubierto.

Arthur pregunta, con cautela:

—¿Y cuál es el origen de tu madre?

—Pues el mismo que el de todo en este pueblo.

Y, en ese momento, Arthur se da cuenta. Dios, ¿cómo no lo había hecho antes? Es normal que la niebla se haya alzado con tanta frecuencia esta primavera. Es normal que Opal y su hermano tengan tan mala suerte. Lo único que le sorprende es que la madre sobreviviera durante tanto tiempo.

Jasper se encoge de hombros con brusquedad.

—Los puñeteros Gravely.

Arthur se frota los ojos con el canto de las manos y presiona hasta que ve el estallido de unos fuegos artificiales negros.

—Jasper, tenéis que salir de este pueblo. Ya. Esta noche.

—Te acabo de decir que estoy harto de que me digan eso.

—No lo entiendes. Las Bestias, la maldición… —Arthur hace una pausa para pensar en las terribles decisiones vitales que lo han llevado a esta situación, sentado sobre su propio vómito mientras habla con libertad de los secretos de su familia con un chico al que le gustaría verlo muerto, o tullido al menos. Traga saliva—. ¿No te has preguntado por qué los Gravely no se quedan más de un par de noches por aquí? Aunque no sepan la verdad, saben lo que les ocurre a los que se quedan.

Jasper abre un poco los ojos, y podría decirse que Arthur ve los engranajes de su mente en funcionamiento, recordando todas esas ocasiones en las que se ha escapado por los pelos y todos los accidentes, todas las ocasiones en las que la niebla se ha alzado y él ha notado la mirada de unos ojos negros clavada en la nuca.

Después Arthur ve cómo hace acopio de todo eso y lo arrincona en un lugar frío y privado. El chico tuerce el gesto con una mirada desdeñosa.

—¿Crees que no soy consciente de lo mierda que ha sido mi vida?

—Pero está yendo a peor. Tenéis que marcharos…

—Y yo lo haré. —Jasper se da la vuelta de nuevo. Esta vez llega hasta la puerta antes de hacer una pausa. Y luego, en voz mucho más baja, dice—: Pero ella no. Así que, si puedes detener esto, sea lo que sea, ahora es el momento, joder.

Sí que ha llegado el momento. Opal le dio una pista vital y definitiva: «Hay que hacerse amigo de las Bestias», y él se ha pasado una semana retorciéndose por la autocompasión y por la bebida, porque tenía demasiado miedo como para afrontarlo, para abrir la puerta que llevaba toda su vida adulta tratando de abrir, para seguir a las Bestias al Infierno y plantarles cara, a ellas o a lo que quiera que encontrase allí.

No sabe qué será. Supone que se tratará de un epicentro o de un portal, algo que hace que las Bestias suban a la superficie para hacer el mal, y espera que sea lo bastante mortal como para perecer cuando le atraviese el corazón con una espada. Lo único que sabe a ciencia cierta es que otros lugares han estado afectados por nieblas nauseabundas y Bestias invisibles, y que han dejado de estarlo de alguna manera. Porque alguien las detuvo.

Arthur tendría que estar preparándose incluso en este momento, consagrado a su causa y haciéndose a la idea. Pero, en lugar de eso, no ha hecho más que aplazar el momento. Ha bebido con la intención de echarse a dormir luego y, al dormir, la Mansión le ha enviado sueños de ella, de ellos, de un futuro que jamás tendrán.

Qué egoísta y estúpido es que haya empezado a querer vivir justo cuando le toca morir.

Cuando Arthur alza la vista al fin, Jasper ha desaparecido.

Y mucho mucho después, tras limpiar los cristales y el vómito, vaciar el resto del bourbon por la bañera, abrir el frigorífico, vomitar otra vez y empezar a reunir todo lo que va a necesitar para el descenso final, repara en algo: su cuaderno también ha desaparecido.

19

En algún momento debo de haberme quedado dormida, porque vuelvo a soñar con la casa. Y, por primera vez, Jasper está en ella. Está de pie frente a la verja delantera, con la mirada acusatoria y ambas palmas de las manos rojas y húmedas. En ese momento, las bestias de hierro forjado de las puertas empiezan a moverse. Se retuercen y serpentean, con brazos extendidos hacia Jasper, a quien envuelven con sus extremidades de metal, y abren las bocas oxidadas para tragárselo entero.

Me despiertan mis gritos y el sueño se desvanece, pero recuerdo fragmentos de la voz real de Jasper, la preocupación y el miedo, y pienso, asqueada: «Hasta aquí hemos llegado».

Esa noche saco la basura, avergonzada por lo flácidos y débiles que noto los músculos. De camino a la habitación, hago dos cortes de mangas en dirección a la oficina de Bev. Las persianas se cierran de manera abrupta.

A la mañana siguiente, me calzo las zapatillas e intento no fijarme en los restos de pintura que las cubren. Después empiezo a caminar encorvada por el pueblo.

El ambiente está húmedo y fresco, y el cielo es de un azul alegre y casi veraniego que está a punto de hacer que me vuelva a meter en la habitación doce a hibernar. Pero la luz se hunde con determinación en mi piel y expulsa la pesadumbre de la última semana, que deja tras de sí una normalidad casi deprimente. Todo lo que conocía sobre mí misma y sobre el mundo se ha distorsionado, pero nada ha cambiado en realidad. Ahora sé cuál es mi apellido, pero aún no soy nadie. Conozco el origen de mis pesadillas, pero no puedo detenerlas. Sé a qué sabe Arthur, cómo es el tacto de sus manos en mi cintura, pero no puedo tenerlo.

Charlotte ha empezado a quitar la decoración de flores color pastel de las ventanas de la biblioteca cuando aparezco por allí, y me doy cuenta de que se me ha pasado el Día de la Madre. Jasper y yo solemos jugar a las cartas y fumar un cigarrillo a medias en la orilla del río, para recordarla. Me pregunto si este año lo ha pasado con los Caldwell, si cogió flores o hizo tortitas o lo que quiera que hagan los niños el Día de la Madre.

Charlotte me sonríe al verme. Me siento como una larva demasiado expuesta al sol.

—Hola.

—Hola —me dice, con voz grave y taciturna, la caricatura de una adolescente—. Son horas de estar trabajando. ¿Por qué no estás limpiando la casa de Sweeney Todd?

—¿Por qué has dejado de llevarme los libros al motel?

Es una manera muy torpe de cambiar de tema, pero funciona.

Charlotte deja la caja de decoraciones en la acera y se cruza de brazos.

—¡Anda, me había olvidado de que trabajaba para ti! No me ha llegado la nómina todavía, así que deberías solucionarlo primero y luego ya vemos.

Lo dice con un tono que se pasa un poco del que tendría una broma, más mordaz de lo que esperaba.

Jugueteo con un hilo suelto de la camiseta antes de murmurar:

—Perdón.

Después entro. Recojo los libros que tenía reservados de una voluntaria del instituto que me saluda con una efervescencia juvenil que debería ser delito y vuelvo a atravesar las puertas dobles, con los hombros encorvados a la altura de las orejas. Mi reflejo parece el de otra persona. Me niego a decir el de quién.

—Opal. —Charlotte me detiene antes de que me dé tiempo a pasar junto a ella con gesto teatral.

—¿Sí?

—Sabes que termino el máster a final de mes.

—Felicidades. —Lo digo con una amargura que roza el sarcasmo. Si Bev estuviese aquí, me habría tirado algo. Me lo merezco.

Charlotte se humedece los dientes con la lengua.

—Quería que supieras que he empezado a buscar trabajo en otros puestos. En otros condados. —Se me retuercen las entrañas. Si fuera un gato, habría arqueado la espalda y se me habría erizado el pelaje—. He pensado que…, si me aceptan en algún lado…, quizá querrías mudarte conmigo. Podríamos pagar el alquiler a medias, durante un tiempo.

Soy consciente de que se trata de un acto de amabilidad, de que debería conmoverme y sentirme halagada, de que tendría que sentir alivio por que alguien me ofreciese una manera de salir de un pueblo que intenta matarme. No debería tener ganas de romper una de las ventanas de un puñetazo.

Al ver que no respondo, Charlotte añade:

—Te mereces algo mejor que esto. Sabes que es cierto.

Sé que tiene razón. Cuando la gente pasa en coche por Eden, cosa que no suele ocurrir, lo único que ve es un pueblucho de mala muerte dedicado a escarbar la superficie sobre los huesos del Gran Jack, como un parásito entregado al cadáver de una ballena. No saben nada de los Gravely, ni de los Starling ni de las cosas que acechan en la niebla, pero notan que hay algo que no está bien, algo que se está pudriendo. Y pasan de largo.

Cualquier lugar sería mejor que este. Pero:

—Tal vez no quiera algo mejor. —Charlotte abre la boca para decir algo, pero la interrumpo—: Además, Jasper sigue en el instituto y me necesita.

Me mira con esa amabilidad insufrible y pregunta, en voz baja:

—¿Estás segura?

Me sorprende que una pregunta consiga sentarme como un puñetazo en el estómago. Me deja jadeando y tambaleándome.

—Claro que sí. Me necesita. No puedo marcharme. Este es mi…

La palabra se me atraganta y me arde en el interior, una dulzura asfixiante, como la de la glicinia en flor.

Qué raro: siempre he querido ser de otro sitio, que mis orígenes no fueran un Corvette rojo y una habitación de motel, pero ahora se me ha concedido mi deseo. Soy una maldita Gravely y mis ancestros llevan generaciones en este pueblo, arraigándose más y más profundo en la tierra. Han escrito la historia de este lugar en sangre y carbón, y el pueblo los ha ido enterrando, uno a uno.

Entonces, ¿cómo es que no puedo pronunciar la palabra? ¿Cómo es que me sigue sabiendo a mentira?

No quedan flores en las puertas delanteras. Charlotte se coloca la caja de cartón debajo de un brazo y me analiza con una lástima exhausta.

—Un hogar es un sitio donde se te quiere, Opal.

—¿Has llegado a esa conclusión tú sola, o lo has leído en la cuenta de Instagram de una de esas supermamis? —El rencor se apodera de mí, sisea y se retuerce en mi interior—. ¿Por qué te vas, entonces? ¿Acaso nadie te quiere por aquí? ¿Es por eso?

Intento que suene a burla, pero me pregunto si será cierto, si esa es la razón por la que todo el mundo me abandona.

La calma de Charlotte se resquebraja durante unos instantes y veo la herida que supura debajo, roja y en carne viva. Vuelve a cosérsela.

—Pues parece que no. Piénsatelo, ¿vale?

—Claro —respondo.

Aunque no pienso hacerlo. He aguantado veintiséis años, a pesar de las Bestias, a pesar de Baine y a pesar de todo lo demás, y me niego a rendirme y escapar a estas alturas.

Mi intención era regresar a la habitación doce y ganar la medalla de oro de regodearme en la mierda, pero al abrir la puerta veo que, más que una habitación, bien podría tratarse de una guarida. El suelo está lleno de envoltorios de plástico de las comidas y las sábanas tienen una pátina grasienta como el cuero. El ambiente está enrarecido y cargado.

La habitación doce nunca ha significado mucho para mí, pero tampoco se merece algo así. Apoyo la cabeza en el metal calentado por el sol de la puerta y me pregunto si la Mansión Starling también habrá empezado a deteriorarse por mi ausencia, pero me recuerdo que ese no es mi problema y que nunca lo será, y luego suspiro y quito las sábanas de ambas camas.

En la versión cinematográfica de mi vida, la escena daría paso a un montaje propio de una limpieza a fondo. Aparecería yo con la camisa remangada y sacando la colada de la lavadora, arrastrando el carrito de la limpieza del motel por el aparcamiento y descubriendo media barrita de muesli pegada en la moqueta, que tiraría sin que se notase en una bolsa de basura. La banda sonora se volvería más animada, para indicar que la determinación ha vuelto a apoderarse de la heroína. Pero la realidad nunca elimina las partes aburridas, y no estoy segura de si se trata de determinación o de un ataque de cabezonería, como le ocurriría a mi madre. La supervivencia es un hábito del que cuesta desprenderse.

Al llegar Jasper, la habitación huele a lejía y a limpiacristales, y también hay un festín dispuesto sobre su cama, a modo de disculpa: melocotones en lata y pizza de la gasolinera, un par de tónicas de jengibre y unas chocolatinas de tamaño familiar para compartir. Sé que no es demasiado, pero puede que sea suficiente porque a lo mejor resulta que al final un hogar sí que es un sitio donde se te quiere. Lo peor de esos lemas tan cursis es que suelen ser ciertos.

Jasper suelta la mochila con un golpe seco y sísmico, primero mira la comida y luego a mí, que estoy de pie, duchada y lúcida. Después mira la comida otra vez. Se come dos porciones de pizza de salchichas y pepperoni en ostentoso silencio, y mastica con la expresión de un joven dios que sopesara una oferta en su altar.

—Gracias —suelta al final, comedido.

—De nada.

Se limpia la grasa del queso en los vaqueros.

—Parece que has vuelto. ¿Qué ha pasado?

—Nada —respondo y rompo a llorar.

No tenía intención de hacerlo. Lo cierto es que había preparado una larga lista de mentiras para convencerlo de que he dejado el trabajo de la Mansión Starling de manera amistosa, que luego Lance Wilson me pegó una mononucleosis que me dejó fuera de juego y que lo siento mucho, pero soy incapaz de articular las palabras entre los sollozos.

El colchón se hunde, y Jasper me rodea los hombros con el brazo y sé que debería recomponerme, porque los niños no deberían cuidar de los adultos, pero por algún motivo no lo hago. Por algún motivo, me dedico a moquearle el hombro (Dios, ¿cuándo ha crecido tanto?), y él me da unas palmaditas inseguras y dice:

—Tranquila. No pasa nada. Tranquila.

Aunque es más que obvio que sí que pasa algo.

No dejo de llorar hasta que me quedo seca y me da hipo.

En ese momento, Jasper repite, con naturalidad:

—Bueno... ¿Qué ha pasado?

Suelto una carcajada húmeda y pegajosa.

—Me han despedido, supongo. Un par de veces. Y luego lo he dejado. Es complicado.

—¿Has encontrado un cadáver o algo así? ¿O una cámara de tortura?

—Joder, está claro que te dejé ver demasiadas películas de miedo cuando eras pequeño. No, no he encontrado nada de eso. Él... Nosotros...

No se me ocurre una manera breve o cuerda de expresar: «Nos enfrentamos a una Bestia de otro mundo y empezamos a liarnos antes de que él lo arruinara todo revelando su implicación en la muerte de nuestra madre». Por lo que al final digo:

—Tuvimos un desacuerdo.

—Es un gilipollas, ¿no?

—El peor. —Me pongo recta y me coloco el pelo detrás de las orejas—. Es un tío borde, raro y tiene la cara como... —Hago un gesto repentino y retorcido con las manos—. Y mira que me gustan los tatuajes, pero creo que todo tiene un límite. Y es un puto mentiroso, y encima arrogante, porque se cree que sabe lo que le conviene a todo el mundo... ¿Qué?

—Nada —dice Jasper, pero me mira de reojo con una sonrisilla de imbécil, como si fuese a ponerse a canturrear «se han besado, se han besado» en ese mismo instante.

Le clavo el codo en las costillas y ambos estallamos en carcajadas, de esa manera abrupta y escandalosa en la que lo haces cuando no te has reído en mucho tiempo. Por un momento, tengo la visión de un mundo alternativo, en el que los monstruos no son reales y la Mansión Starling no es más que una casa, en el que mi madre no está muerta, yo nunca abandoné los estudios y mi hermano y yo pudimos ser niños como los demás.

Cuando dejamos de reír, digo en voz baja:

—Oye, perdona.

—No me ha dolido. Eres una flojucha.

—Me refería a perdón por ser una niñata y por haberte ignorado. Por... lo de antes. Por no contarte lo que había pasado.

Hay muchas más cosas que debería contarle, pero no me atrevo. Siento el cuerpo entero en carne viva, lloroso, como una rodilla pelada.

Jasper recupera la compostura.

—No pasa nada. Bueno, sí que pasa, pero está bien. —Algo inesperado tira de las comisuras de sus labios, un atisbo de remordimiento, como si estuviera a punto de confesarse—. Mira, Opal, yo...

Respira hondo y tengo la sospecha de que va a decir algo muy sentido, que me quiere o me perdona, y yo estoy demasiado deshidratada como para seguir llorando, por lo que le pregunto:

—¿Tienes algún vídeo nuevo?

Cierra la boca. La abre.

—No.

—¿Por qué?

—Pues porque ya no me gusta, supongo.

Jasper se encoge de hombros. Diría que es el único tic capaz de delatarlo, pero lo cierto es que tiene muchos. Mira por la ventana y empieza a juguetear con aire culpable con la etiqueta de la lata de melocotones.

Una idea repentina me borra la sonrisa de la cara.

—No tiene nada que ver con Baine, ¿verdad? ¿Te ha estado acosando?

Una mirada intensa desde detrás de sus pestañas.

—No —dice lentamente—. No lo ha hecho. Y no lo hará, porque ya no tienes nada que ver con esa casa.

—No. Claro. No tengo nada que ver.

No es mentira. Estoy harta de la Mansión Starling y de su Guardián, de Elizabeth Baine y de sus ojos vidriosos, de ese caos de deudas y anhelos, de pecados y de historias.

Sin embargo, no puedo afirmar que ellos estén hartos de mí. «La sangre de los Gravely».

—Pero, si vuelve a ponerse en contacto contigo, dímelo, ¿vale? Y... —Meto la mano en el bolsillo trasero y saco el centavo de cobre que robé hace unas semanas, el que nunca conseguí vender ni devolver, porque me gustaba la sensación de tenerlo, la redondez con la que se me quedaba grabado en la piel—. Toma, para ti.

Jasper coge la moneda con cautela. Analiza las letras retorcidas, el arpa desgastada.

—¿Por qué?

—Te dará suerte.

Lo digo con naturalidad, pero no dejo de mirarlo hasta que se lo guarda en el bolsillo. Puede que, cuando se quede dormido, le cosa un Ojo de Horus en el forro de la mochila, puede que encuentre en alguna parte una herradura para colgarla en la puerta de la habitación doce. Puede que todos los estúpidos amuletos y supersticiones de mi madre fuesen la razón por la que vivió tanto tiempo.

Tengo un recuerdo repentino y doloroso de su pelo enredándose en las cuentas de plástico del atrapasueños la noche en la que se le acabó la suerte.

—Bueno. —Jasper toma la decisión de mantenerse al margen de todas mis cosas raras—. ¿Qué vas a hacer ahora?

«Sacarte de aquí a toda leche». Antes de que Baine se ponga creativa, antes de que Arthur abra las puertas de la Subterra, antes de que vuelva a alzarse la niebla. Y para eso hace falta dinero. Y para eso hace falta que...

—Voy a pasarme por Tractor Supply por la mañana. Supongo que conseguiré que Frank me vuelva a dar el trabajo.

Jasper traga saliva y lo que quiera que le ocurriese desaparece.

—¿No te fuiste sin avisar y le mandaste el emoji de un corte de mangas cuando te preguntó dónde estabas? ¿De verdad crees que te va a volver a contratar?

Le dedico una de mis sonrisas menos encantadoras, angulosa y dentada.

—Sí. Creo que lo hará.

Y lo hace. Bueno, en realidad lo primero que dice cuando me ve cruzar la puerta es:

—No. —Y acto seguido—: Me niego. —Y luego un—: Voy a llamar al agente Mayhew para que te saque de aquí.

Pero luego entra en razón. Lo único que tengo que hacer es mencionar que las leyes contra la explotación infantil no me son ajenas y el hecho documentado de que me pagaba más de treinta horas a la semana cuando era menor. La cara se le queda de un rosa chicle y luego desaparece en las oficinas. Vuelve con un contrato firmado por él mismo y me advierte de que llamará al agente Mayhew si se me ocurre hacer alguna «cosa rara». Termina con un intento admirable de lanzarme una mirada intimidatoria y yo tengo el detalle de no reírme en su cara. Al fin y al cabo, esta primavera me he acostumbrado a lidiar con monstruos de mayor categoría.

Me paso las dos semanas siguientes recuperando la vida que tenía antes de la Mansión Starling, como la superviviente de un huracán que volviese a casa después de que remitiesen las inundaciones. Abro el portátil y arrastro el «documento 4.docx» a la papelera de reciclaje. Después vuelvo a meter *La Subterra* en la bolsa de la compra y lo guardo lo más al fondo que puedo debajo de la cama, pero en esta ocasión lo envuelvo en un abrigo de lana bien grande. De todos modos, ya ha empezado a hacer demasiado calor como para ponérmelo.

Cargo el teléfono y llamo a la academia Stonewood para confirmar que han recibido el último pago. Les hago preguntas sobre los cursos de verano y descubro que, por alguna razón, la estancia y la matrícula cuestan el doble que durante el curso. La secretaria sugiere, con delicadeza, la posibilidad de pagarlos a plazos. Acepto, aunque no tengo ni idea de cómo voy a hacerlo. Luego me sugiere, con más delicadeza aún, que a Jasper podría venirle bien matricularse en cursos de repaso durante el primer año.

—Están diseñados para ayudar a los estudiantes como Jasper, para que no se queden rezagados respecto a sus compañeros.

—No, pero si saca muy buenas notas.

—¡Seguro que sí! A fin de cuentas, Stonewood solo acepta a los mejores.

Pero la mujer sigue hablando, dando rodeos e insinuando cosas. Menciona el «choque cultural» y el «origen» de Jasper, así como lo mucho que hacen para retener en la escuela a los «sectores demográficos menos representados».

Vuelvo a pensar en esos chicos del bote de remos, en el azul sobresaturado del cielo detrás de ellos. Apuesto lo que sea a que ninguno asistió jamás a esos cursos de repaso. Ellos eran la lección que se suponía que Jasper tenía que aprender, el proyecto de vida que seguiría durante los dos próximos años.

A pesar de tener un nudo en la garganta, termino por decir:

—Gracias. Les echaremos un vistazo.

Después empiezo a repasar los mensajes atrasados, entre los que hay seis o siete de Bev, que me pregunta si he hablado con Charlotte de un tiempo a esta parte y me dice que los clientes de la habitación nueve han dejado media pizza, por si la quiero. No respondo.

Bloqueo el número de Elizabeth Baine sin responder a su último mensaje. Me aseguro de caminar lo más rápido posible por el aparcamiento del motel cuando lo cruzo. Nunca la veo, pero a veces siento que me clava la mirada en la nuca.

Titubeo antes de abrir la conversación con el contacto llamado «Heathcliff», con el pecho henchido de esperanza, odio o puede que ansias, pero el último mensaje es de hace semanas. «Buenas noches, Opal». Me pregunto si estará sentado en esa casa enorme y vacía, esperando una noche neblinosa. Me pregunto si habrá dormido algo. Me pregunto si lo volveré a ver.

Elijo recorrer el camino largo hasta el trabajo. Al menos ya no hace frío. A finales de mayo, la brisa resopla caliente contra tu nuca y el sol brilla con la fuerza de un tortazo.

Paso junto a coronas blancas de madreselvas y no me pregunto si las enredaderas también habrán empezado a crecer en la Mansión Starling. Le doy algún que otro puntapié a los dientes de león que hay junto a la carretera y no veo siluetas de animales entre las pálidas nubes de semillas. Como ramen de pollo picante en la sala de personal y no recuerdo el olor cálido de la sopa al hervir en la olla de metal. Cuando veo bandadas de estorninos, no trato de encontrarle el sentido a las formas que hacen en el cielo.

Lo único de lo que no puedo librarme son los sueños, que son como manchas que quedan atrás cuando retrocede el agua de una inundación. Mis noches están llenas de pasillos oscuros y de escaleras retorcidas, de habitaciones que recuerdo y otras que no. A veces, los pasillos se convierten en cuevas y comprendo demasiado tarde que me he perdido en la Subterra, que la niebla se está enroscando para dar forma a calaveras y columnas vertebrales. A veces, la casa no es más que una casa y estoy horas y horas pasando los dedos por el papel de pared buscando a alguien a quien no encuentro.

Y siempre me levanto con su nombre entre los labios.

—Podrías tomarte algo —había dicho Jasper una mañana— que te ayude a dormir.

Tiene los ojos cautelosos fijos en la parte de atrás de la caja de cereales.

—Sí, puede que lo haga.

Y puede que lo hiciera si quisiese que los sueños desaparecieran.

Mi vida es mucho más sombría sin la Mansión Starling. Me siento como una de esas doncellas que vuelven después de que las hadas las secuestren, parpadeando para hacer desaparecer el encantamiento de sus ojos para después descubrir que su traje de seda estaba hecho de telarañas y que su corona no era más que helechos. O como si fuera uno de los Pevensie, un niño normal y corriente que había sido un rey. Me pregunto si alguna vez olvidaré esa sensación. Si seré capaz de enterrar el recuerdo de una única estación debajo del paso de años normales y corrientes, hasta que no sea más que una historia, otra mentira. Me pregunto si aprenderé a darme por satisfecha con poco y si olvidaré que, en el pasado, fui lo bastante insensata como para querer más.

Al día siguiente, compro una caja de difenhidramina en la gasolinera. La dejo en el alféizar de la ventana, sin abrir.

20

La última semana de mayo hace tanto calor que el minifrigorífico rezuma agua y las suelas de los zapatos se me pegan al asfalto. Jasper y yo nos damos duchas frías y nos despertamos con la sal del sudor reseca en el cuello de las camisetas. Se vuelve tan insoportable que Jasper amenaza con irse a vivir con Logan, por lo que me paso por la oficina del motel por primera vez desde que le di con la puerta en las narices.

Bev se balancea en la silla, con un ventilador apuntando directamente hacia su cara y un refresco bien frío apretado contra la frente. Tiene un pequeño cúmulo de sudor en el cuello.

—Vaya, vaya, pero si es la señorita Paso de Ti.

—Tienes que encender el aire acondicionado, Bev. Aunque solo sea para no vulnerar los derechos humanos.

Bev me asegura que soy una exagerada y que su abuelito no encendía el aire acondicionado antes de junio, por lo que ella tampoco lo hará.

—Tu abuelito no vivió durante el calentamiento global.

—No fue porque los Gravely no lo intentaran. —El frío se apodera del ambiente y me da la impresión de que, si entornase los ojos, hielo entre nosotras. Bev gruñe—: Ha llegado correo.

Me lanza un fardo de cartas atado con un elástico y me doy la vuelta mientras empiezo a pasar publicidad del seguro de vida y amenazas de los cobradores de morosos. Hay un sobre color crema con la dirección escrita a mano que hace que me quede sin aliento, pero no es su letra. Es retorcida y femenina y tiene un sello estampado por detrás, con las palabras «Academia Stonewood» recorriendo el círculo exterior.

Lo rompo para abrirlo lo más rápido que puedo. ¿Acaso no les ha llegado el pago de la última cuota? ¿Habrá hecho algo raro Elizabeth Baine? Pero no es más que una tarjeta con un «gracias» impreso por delante, de un dorado elegante.

Querida señorita Gravely:

Como director de Stonewood, me gustaría darle las gracias personalmente por haber formalizado un compromiso tan prolongado y generoso con nuestra escuela. La matrícula de Jasper ha quedado pagada en su totalidad y los fondos adicionales se usarán para comida, alojamiento o necesidades médicas, tal y como usted ha solicitado. ¡Estamos ansiosos por que Jasper venga con nosotros este otoño!

La tarjeta termina con una sentida petición para que llame al director en persona si Jasper o yo necesitamos algo, y una firma ostentosa. Tengo que leerla varias veces antes de comprender qué es lo que debe de haber sucedido, y luego varias veces más antes de comprender quién lo habrá hecho.

La tarjeta se me arruga entre los dedos.

—¡Será gilipollas!

He empezado a hacer todo lo posible por regresar a la aciaga realidad, por olvidarme de él, de su rostro retorcido y del frío sabor del río en la boca. He empezado a intentar despertarme de los descabellados sueños que la primavera trae consigo porque los sueños no están hechos para gente como yo...

—¿Estás bien?

Bev me mira con ojos entornados desde debajo de la lata de refresco.

Me muerdo la lengua, con fuerza, y le dedico la sonrisa más grande y mezquina de que soy capaz.

—Perfectamente.

—Pues no pareces estar bien.

—Te diría lo mismo, pero prefiero callarme.

—Mira. —Bev golpea el mostrador con la lata—. Sé que tuvo que ser impactante descubrir quién era tu madre, pero hace demasiado tiempo que te comportas como si tu mejor amiga hubiese atropellado a tu perro y ahora te has puesto a llorar por una tarjeta de agradecimiento...

—Dios, ¡métete en tus asuntos!

Cierro de un portazo al salir, porque si vas a actuar como una adolescente a rebosar de hormonas, lo mejor que puedes hacer es ceñirte al guion.

Doy dos pasos en el exterior antes de que me empiecen a temblar las piernas. Me siento en la acera y contengo las lágrimas con el borde de las manos mientras me pregunto por qué Arthur aún trata de saldar una deuda que no se puede pagar, y por qué me duele tanto que lo intente. Y por qué me alivia tanto que no se haya perdido en la Subterra, de momento.

Veo un zapato a mi lado y me llega un olor a tabaco y a ambientador. Bev se sienta en la acera junto a mí, con el aspecto estresado de alguien cuyas articulaciones ya no aprecian tanto los asientos bajos.

Nos quedamos sentadas en sudoroso silencio durante un buen rato, antes de que ella diga, con voz ronca:

—¿Recuerdas cuando nos conocimos? —Me encojo de hombros sin dejar de mirar el asfalto—. Te picó una avispa, de esas rojas y asquerosas. ¿Cuántos años tenías? ¿Siete?

Me quito las palmas de las manos de la cara.

—Seis.

—Pero no lloraste. Te quedaste allí sentada, mordiéndote el labio mientras esperabas a que se te pasase. —El hormigón del bordillo resuena contra los vaqueros cuando Bev se gira hacia mí—. Ni siquiera se te ocurrió pedir ayuda.

—Era una niña independiente.

—Eras una niña estúpida y ahora eres una mujer estúpida. —Bev me ha llamado estúpida unas dos veces por semana desde que me conoce, pero nunca lo había hecho con los dientes apretados y mirándome tan fijamente—. ¿Cómo cojones te va a ayudar la gente si no lo pides?

«Pedir cosas es peligroso», podría decirle. Porque pedir algo siempre implica que tienes la esperanza de que alguien responda, y duele mucho cuando no es así. En lugar de decir eso, me pongo rígida.

—Soluciono mis propios problemas, ¿vale? No necesito caridad.

Bev frunce los labios.

—Ah, ¿no?

—Pues no.

Resopla como si le hubiese dado un puñetazo y pienso: «Al fin». No puedo gritarle a Arthur Starling, pero una buena y clásica pelea a tortazos con Bev parece una alternativa decente.

Estoy envarada, ansiosa y dispuesta a entrar en acción, pero Bev se limita a mirarme con una aversión que denota un profundo cansancio.

—¿Aún crees, con casi veintisiete años —pregunta, y creo que nunca la había oído hablar con semejante tono de extenuación—, que permito que os quedéis aquí porque perdí una apuesta?

Si esto era una batalla, acabo de perderla. Me quedo sin nada que decir, intentando recuperar el aliento, rabiosa, avergonzada y de todo menos sorprendida. Porque supongo que esto es otra cosa que ya sabía. Ya sabía que Bev no me dejaba quedarme porque tuviese que hacerlo. Lo hace por la misma razón por la que me cubrió la picadura de la avispa con tabaco húmedo cuando era niña: porque yo necesitaba ayuda aunque no la pidiera nunca.

Me inclino hacia delante, con los brazos cruzados sobre el pecho, como si me fuesen a estallar las costuras que me mantienen de una pieza en caso de no retenerlas.

—¿Por qué no me dijiste nada? ¿Por qué no me dijiste que mi madre era una Gravely?

Mi voz suena muy aguda, muy joven. Bev suspira a mi lado y se encoge de hombros al hablar:

—No lo sé. Supongo que nunca encontré un buen momento para hacerlo. —Se limpia el sudor del labio superior—. O puede que no quisiera decírtelo. Tu madre era la única Gravely que merecía la pena, y la repudiaron. Y también a ti. Yo os acogí. —Me arriesgo a mirarle la cara y descubro que tiene el mismo gesto rígido y mezquino de siempre. Pero ha acercado uno de los pies a los míos y ahora nos rozamos con el borde de las zapatillas—. Y el que lo encuentra se lo queda.

Una extraña calidez se transmite desde su pie al mío, y luego asciende por mis extremidades y se asienta en mi pecho. Soy consciente de que Bev jamás nos ha dejado de lado. Nos ha ayudado a pesar de que nunca se lo pedí. Si un hogar es un sitio donde se te quiere…

No termino el pensamiento.

Bev vuelve a hablar.

—Tengo que contarte una cosa. El día antes de que tu madre…, el día de Nochevieja se pasó por aquí. Nos tomamos algo juntas y me contó que su padre se estaba muriendo. Me dijo que iba a ir a hablar con él para arreglar las cosas, para que Jasper y tú tuvieseis un futuro. Me dijo que me iba a pagar todo lo que me debía por los años que había pasado en la habitación doce.

Exhalo, un sonido cercano a una risa.

—Ya, decía muchas cosas.

Recuerdo toda las exageraciones y las promesas rotas que venían después. Se me ocurre, sin venir a cuento, que Arthur nunca ha roto ninguna de las promesas que me ha hecho.

—Lo sé, pero esa vez parecía diferente. —Bev niega con la cabeza y se pone en pie. Las rótulas le suenan como pistolas de fogueo—. No sé qué te pasa, niña, pero si alguna vez… —Termina la frase con un suspiro, como si acabase de superar su cuota anual de emociones en público.

Extiende el brazo hacia la puerta de la oficina, con la cabeza gacha y los hombros hundidos, y me doy cuenta de que hace mucho tiempo que no la veo con la barbilla en alto. El rapado de los laterales de su pelo se ha convertido en una maraña despeinada y las sombras de debajo de los ojos se le han oscurecido hasta alcanzar un tono malva fruto del insomnio. No me había dado cuenta porque estaba demasiado ocupada regodeándome en mis propias desdichas.

—¿Y qué me dices de ti?

Hace una pausa con la puerta entornada.

—¿Cómo que qué te digo de mí?

—¿Tú pides ayuda, acaso?

Casi se le escapa una sonrisa.

—Métete en tus asuntos. Idiota.

El cartel de CERRADO se balancea contra el cristal cuando la puerta se cierra detrás de ella.

Me quedo sentada en la acera y dejo que el sol temple el odio que siento en mi interior, como si fuese una alfombra que han sacado para airear. Vuelvo a leer la tarjeta unas cuantas veces más y trato de imaginarme a Jasper con un uniforme propio de la Armada, sentado en un pupitre sin insultos tallados en la madera, respirando aire que no contiene polvo de carbón. Jasper, bien cuidado y zarpando como un navío por los mares procelosos en dirección a un mundo mejor.

Quiero que sea así, de verdad, pero no me veo a mí misma en ese futuro. Estoy en otra parte, fuera del encuadre o debajo del agua, a la deriva en el abismo que la espera a una cuando ya no queda nada en su lista. Me pregunto si estoy enfadada o asustada.

Saco el teléfono del bolsillo de atrás y escribo: «Por qué lo has hecho».

Puede que no responda. Puede que finja no saber a qué me refiero. Puede que haya hecho añicos su teléfono para embarcarse en una guerra infernal, porque es un imbécil histriónico. Pero aguardo, sudando en la acera y con el teléfono bien alto.

«Porque no quería que volvieras».

Escribo la respuesta, pero no la envío. Se parece demasiado a una petición, y pedir algo implica tener esperanza.

Pero más tarde, cuando despierto de una pesadilla enmarañada de niebla y sangre, con sabor a agua de río en la garganta y la lengua a punto de pronunciar su nombre, pulso el botón de enviar.

«Creo que sí que quieres».

No responde.

Tardo tres días en dejar de revisar los mensajes cada diez minutos, y ni aun así paro de hacerlo del todo. Guardo el teléfono en el mostrador de Tractor Supply, detrás de un rollo de servilletas, y el corazón me da un vuelco cada vez que se enciende la pantalla. (Suele ser Jasper, que me envía fotos de perros graciosos o de lirios atigrados que han florecido antes de tiempo. Parece saber que necesito que me animen).

No sé siquiera qué es lo que espero: una disculpa, una súplica, una excusa para plantarme en su puerta delantera y preguntarle cómo narices pudo haberme dejado trabajar en su casa durante cuatro meses sin mencionar los monstruos que había bajo el suelo, que además eran los responsables de la muerte de mi madre.

Pero supongo que no tiene nada que decirme, al fin y al cabo. Vuelve a estar solo en la Mansión Starling, como un caballero demente que se prepara para una batalla que está destinado a perder.

A decir verdad, tengo suerte de no tener nada que ver con él. Vuelvo a mirar el teléfono.

—¿Estás esperando un mensaje? —pregunta Lacey a mis espaldas.

—Dile a Frank que me he ido a comer antes.

Me guardo el teléfono en el bolsillo trasero y salgo de detrás de la caja registradora.

Antes solía cogerme los descansos con Lance para colocarme y liarnos detrás de los contenedores de Tractor Supply, pero resulta que la disponibilidad de la hierba estaba ligada al hecho de liarnos, por lo que ahora me paso los descansos dando vueltas por el pueblo, inquieta. Ese día paso por el instituto mientras los chicos salen en tromba a la cafetería, susurrando, refunfuñando y ligando.

Técnicamente, se supone que tienes que firmar en secretaría para que te den un pase de visita, y todo eso, pero de todas formas Jasper no va a estar en la cafetería.

Cruzo las líneas blancas recién pintadas del campo de fútbol, sudando y enfrentándome a la sensación mareante de regresar a tu antiguo instituto: una succión pegajosa en las plantas de los pies, como si caminara sobre arenas movedizas, y la molesta sospecha de que nunca me marché de allí y nunca lo haré.

Todos los que iban a mi clase o bien están casados y ahora tienen dos hijos, o bien se han largado hace mucho tiempo, y yo estoy aquí, pasando la pausa de la comida con mi hermano, que no se quedará mucho más tiempo en este lugar, mientras me persiguen unas Bestias hambrientas y espero un mensaje que no me enviarán jamás y que no debería anhelar recibir. No me extraña que no haya dejado de soñar con la Mansión Starling; incluso una pesadilla es mejor que nada.

Jasper está solo con una bandeja de plástico azul junto a él en la hierba. Tiene pinta de estar adelantando algo de tarea (¡empollón!) porque tiene el portátil abierto y mira con el ceño fruncido un cuaderno amarillo lleno de garabatos.

Miro muy fijamente el cuaderno y noto que mis neuronas empiezan a gritar. Sé muy bien a quién pertenece, pero a mi cerebro le cuesta aceptar su existencia en este lugar y en este momento. Es como ver a un profesor en el supermercado o un gato con una correa: algo ajeno al orden del universo.

—¿Jasper?

Se sobresalta, me mira y se sobresalta aún más. Guarda el cuaderno en la mochila, siglos demasiado tarde.

—¿De dónde has sacado eso? —lo pregunto con una voz que me suena ominosa incluso a mí, como una brisa fría antes de una buena tormenta veraniega.

Jasper adopta varias expresiones: culpa, negación, el pánico más puro, y luego se decide por una sinceridad fruto del agotamiento.

—¿Y a ti qué te parece?

—Pero nunca has ido. No te habrías… Quizá… ¿Te lo ha dado él? Porque de ser así, te juro que…

Jasper niega con la cabeza una vez.

—No me lo ha dado él —dice, y recalca el pronombre más de lo normal—. Lo robé.

—¿Por qué?

En algún lugar debajo de los aullidos aterrados de mi cabeza, a una parte de mí más ajena a lo que ocurre también le gustaría saber «cómo» lo ha hecho. (Una parte aún más ajena quiere saber si ha visto a Arthur, si se le están curando bien las heridas y si ha preguntado por mí, pero esa parte la asfixio con una almohada).

Jasper, en cambio, no da la impresión de que algún rincón de su cerebro haya empezado a aullar o esté asustada. Parece resignado.

—Porque quería saber qué te pasaba y qué narices hay en esa casa.

—Y por eso has decidido cometer un crimen y ocultar las pruebas en tu mochila. ¿Tienes idea de la clase de personas que vigilan la Mansión Starling? ¿Sabes lo que te harían? ¿Te habías planteado contármelo o…?

—Estoy convencido —por primera vez en el transcurso de la conversación noto cierto atisbo de rabia en su voz, una aridez muy peligrosa— de que ni siquiera tú crees que tienes la superioridad moral ahora mismo.

Hago una pausa de medio segundo mientras recompongo las defensas que me acaba de destrozar. Vuelvo a lo mismo de siempre, a la frase que podría decir hasta dormida:

—Todo lo que he hecho ha sido por ti.

Me mira con una transparencia inquietante, como si analizase un mapa de mí, que mostrase todas las grietas y fisuras de mi personalidad claramente marcadas.

—Vale —responde, tan amable como desganado.

Pienso, sin venir a cuento, en ese vídeo que ha hecho, el de la niña de manos ensangrentadas que articulaba un «te quiero» mientras miraba a cámara.

—Vale —repite. Vuelve a observar el portátil y sigue haciendo clic y mirando páginas—. Pero ¿no te gustaría saber lo que he descubierto?

Me cruzo de brazos y noto debajo de la camiseta cómo se me empieza a erizar el vello del cuerpo.

—Arthur ya me lo ha contado.

—¿Y de verdad crees que te lo ha contado todo? —pregunta Jasper, en voz baja.

Titubeo. No es más que una fracción de segundo, pero se da cuenta. Sonríe, sin dar la menor muestra de felicidad, y luego señala con la barbilla la hierba junto a él.

Más que sentarme, me derrumbo a su lado. Él contempla el maizal, las hileras de brotes retorcidas al sol del mediodía y luego me cuenta una historia.

Esta no es la historia de la Mansión Starling.

Bueno, podría decirse que sí lo es, pero no trata sobre Eleanor, ni sobre su marido ni sobre cualquiera de esas personas. Me da igual quién construyese la casa, o las razones que tuviera para hacerlo, o si era bueno, o malo, o estaba loco. Me importan los que vinieron después y lo que les ocurrió, y asegurarme de que no le ocurra a nadie más.

Esta es la historia de los Guardianes de la Mansión Starling.

El primero después de Eleanor fue un tipo llamado Alabaster Clay (déjame hablar, Opal, que yo me he tragado todos tus cuentos sin rechistar), quien llegó en 1887. Alabaster era del condado Crow, muy al este de aquí, y había nacido con una extraña enfermedad de la piel que lo dejaba sin color en algunas zonas y le hacía tener unas manchas enormes y lechosas. Tampoco es que aquello fuese para tanto, pero parece ser que el párroco local lo había acusado de servir al diablo, o de brujería o algo así, y al final lo echaron del pueblo. Un poco después empezó a tener esos sueños (no voy a describirlos porque sé que sabes a qué sueños me refiero) y acabó en Eden. Le escribió a su hermana que había «seguido a los estorninos».

Luego, en 1906, encontraron al anciano Alabaster colgado de las puertas delanteras de la Mansión Starling con la garganta destrozada. Busqué la fecha en la hemeroteca de Charlotte.

En aquel momento culparon a unos perros salvajes que, al parecer, habían atacado a más gente esa misma noche.

Después de Alabaster llegaron dos mujeres osage: Tsa-me-tsa y Pearl. Sus familias eran originarias de algún lugar del río Ohio, pero algo los había arrastrado al oeste, y luego mucho más al oeste, y después había llegado la ley de Asignaciones Indígenas y habían tenido que esforzarse por ganarse la vida en ese infierno enorme y plano que es Kansas. Pearl y Tsa-me-tsa eran huérfanas y las enviaron a uno de esos internados horribles, pero entonces Pearl empezó a tener los mismos sueños. (Esto es lo que podríamos llamar «un patrón»).

Si buscas sus nombres en los registros escolares, se dice que ambas murieron debido a un brote de fiebre tifoidea. Seguro que fue cosa de algún gerente que intentaba cubrirse las espaldas, porque vivieron en la Mansión Starling durante más de veinte años antes de morir.

Nadie encontró jamás sus cuerpos, pero según los apuntes de tu novio (¡Ay! Joder, que era una broma) tienen unas lápidas la una junto a la otra en el terreno de los Starling.

Después llegó Ulysses Wright, el hijo de unos aparceros de Tennessee. Sus padres y él llegaron a comienzos de los años treinta, después de que su empleador vendiese las tierras. Sus padres murieron de viejos, pero en cambio a Ulysses lo encontraron con la espada aún en la mano. Los siguientes fueron Etsuko y John Sugita en el año 43. Eran de California, pero se habían conocido en Jeroma, en Arkansas. Después de unos seis meses de encarcelamiento ilegal, saltaron la valla de la prisión y siguieron el Mississippi hacia el norte. Tuvieron dos hijas en la casa antes de que encontraran a Etsuko flotando en el río Mud. Después de ellos les tocó el turno a Odessa Dixon y a su esposa, luego a Eva Jackson y después a Lynn y Oscar Lewis.

¿Sabes lo que les pasó a todos ellos? ¿Empiezas a darte cuenta de cuál es el patrón?

Un Guardián cae. La casa llama a uno nuevo, alguien perdido o solitario, alguien cuyo hogar ha sido robado o vendido, o que nunca ha tenido hogar alguno. Los llama, ellos acuden y nunca vuelven a no tener una casa.

El precio que deben pagar es su sangre. Y lo digo literalmente: las notas de Arthur mencionan una especie de juramento de sangre (Dios, me da vergüenza hasta pronunciarlo) para convertirse en Guardián.

Pero la cosa no acaba ahí, claro que no. Hay que entregar más sangre, y más aún, hasta que el Guardián muere y otro pobre diablo empieza a soñar con escaleras, pasillos y puertas cerradas. Una y otra vez, con más y más frecuencia.

Al principio parece justo, noble incluso, que haya una casa para quienes no la tienen, un hogar para aquellos a los que se lo arrebataron. Es como un cuento de hadas, un sueño. Pero luego ese sueño se los come vivos.

En su diario, Etsuko llamaba a la Mansión Starling su «santuario». Pero no es un santuario. Es una tumba. Y, Opal, te aseguro que no será la tuya.

21

La última vez que había escuchado una historia sobre la Mansión Starling estaba sentada dentro de ella. La noche presionaba contra las ventanas, yo tenía las manos manchadas con la sangre de Arthur y él me miraba con los ojos tormentosos. Todo había sonado grandilocuente y terrible, como un mito actual.

Contada allí, entre los maizales y el campo de fútbol a la luz inclemente del mediodía, la historia me suena triste y extraña.

Jasper me observa con detenimiento.

—¿Y bien?

—Y bien, ¿qué? —Encojo un hombro y luego lo dejo caer, para que vea que no estoy nada preocupada—. Me despidieron, ¿recuerdas? No he vuelto desde entonces. Gracias por preocuparte, pero todo esto es agua pasada.

—¿Has dejado de soñar?

Me recojo el pelo detrás de la oreja.

—¿De soñar con qué?

Jasper se frota la cara con tanta fuerza que parece de verdad que intentase moldearse el gesto en uno de paciencia.

—Hay dos cosas más que deberías saber. La primera es que, sea lo que sea lo que esté pasando ahí dentro, no ha dejado de empeorar. He comprobado todas las fechas y revisado los periódicos… —Vuelve a frotarse la cara, ahora como si intentara arrancarse algo de ella—. Los Guardianes cada vez duran menos con vida.

Noto el pulso en los oídos de repente.

—¿Desde cuándo?

Que le den a esperar a que me escriba. Voy a llamar a Arthur todas las veces que haga falta hasta que lo coja. Voy a advertirle… Pero luego recuerdo que Arthur ha jurado que sería el último Guardián, el pánico que se adivinaba en su rostro cuando le mencioné mis sueños, y me doy cuenta de algo: él ya sabe que la cosa va a peor.

—No sé, desde principios de los ochenta o así. Pero hay algo más que deberías saber. —Jasper se gira para encararme y me taladra con la mirada—. Todas esas personas, todos los Guardianes, tenían elección. Decidieron obedecer a los sueños, seguir a los putos estorninos o lo que fuera. Eligieron comprometerse con ese lugar. Hasta Arthur.

—Quizá.

—No, nada de quizá. Mira, había algo más en las notas. —Por primera vez en lo que llevamos de conversación, percibo cierta sensación de culpabilidad en Jasper—. Sé que no tendría que haberla leído, por el derecho a la intimidad y todo eso, pero…

Saca de la mochila el libro de matemáticas y coge del interior un trozo de papel de cuaderno que me resulta familiar. Reconozco el azul desgastado de los renglones, la caligrafía sin florituras, los bordes rotos. Pero no es la página que yo encontré, la que terminaba en mitad de una oración: «Este es tu legado, Arthur. Es lo que te dije la noche en que escapaste, ¿ver».

Es la otra mitad de la carta. Se la quito de la mano a Jasper sin decir nada y sigo leyendo.

dad? Y que Dios me perdone, porque dudo que tú puedas hacerlo, pero me equivocaba.

No existe tal cosa. Lo único que has heredado de nosotros son tus pómulos y tu cabezonería. Eres libre de tener tu propia vida, de crear tu propio hogar, de librar tus propias batallas. Esta Mansión no tiene heredero. El siguiente Guardián será aquel que blanda la espada.

Lo siento. He amado este lugar durante mucho tiempo y he luchado por él con uñas y dientes, tanto que he perdido de vista lo más importante. Creía que luchaba por un hogar, pero en realidad siempre he estado luchando por ti.

En Carolina del Norte, los sueños no empezaron cuando el banco nos quitó la casa. No empezaron cuando dejamos de tener dinero para pagar el aparcamiento de caravanas. Empezaron cuando supe que estabas de camino, en ese momento empecé a soñar con la Mansión Starling, porque fue cuando decidí que necesitaba un lugar que nadie pudiese arrebatarme.

Yo tuve elección. Y tú también la tendrás.

Te quiero.

Mamá

P.D.: Tu padre quiere que te recuerde que podes las rosas antes de la helada y que les pongas estacas a las dedaleras en junio. Le he dicho que no ibas a volver y me ha asegurado que no pasa nada, pero que te lo comente por si acaso.
P.P.D.: Vayas adonde vayas, espero que no estés solo. Si he sido fuerte, si he hecho algo bueno o valiente en toda mi vida, es porque os tenía a tu padre y a ti para obligarme a serlo.

La carta me deja con un nudo en la garganta y dolor en el pecho.

Durante todo este tiempo no he dejado de creer que Arthur estaba encerrado, sujeto a una maldición que lo obligaba a continuar con el legado de su madre. Pero no era así. Llegó a la casa para enterrar a sus padres y encontró una carta que le concedía la libertad. Nunca habría tenido por qué blandir la espada.

Podría vivir en un bonito apartamento de dos habitaciones en Phoenix, donde la mayor de sus preocupaciones sería la presencia de ratas. Podría estar trabajando por las noches y saliendo con un o una higienista dental. Podría ser un profesor o un artista muerto de hambre, pero feliz. Podría ser lo que quisiera.

Pero está aquí, solo, pagando un precio terrible para que nadie más tenga que hacerlo. Y, aunque ha cometido errores, aunque ha dejado que un monstruo escapase durante la noche para dar caza a la sangre de los Gravely, ¿acaso no ha pagado ya lo suficiente por ello?

Doblo la carta con cuidado y me la guardo en el bolsillo trasero. Trago saliva en dos ocasiones.

—Tienes razón. No deberías haberla leído.

Jasper pone los ojos en blanco con tanta fuerza que casi se oye el movimiento.

—Vale, sí, pero lo he hecho, y tú también, y ahora ambos sabemos la verdad.

—¿Que somos unos criminales y unos degenerados?

—Que todos los Guardianes tienen elección. No es una herencia, ni el destino ni nada de eso. Algunos tenían familia, ¿no? ¿Y sabes lo que les pasó a sus hijos? ¡Que se mudaron, se casaron y vivieron con normalidad! Nada los retuvo aquí, ni el sino ni la sangre. —Jasper se ha inclinado hacia mí y habla con nitidez, como el profesor que se dirige a un niño taciturno y algo corto de entendederas—. Los Guardianes eligieron ese lugar. Y eso significa que nosotros también podemos elegir.

—Entiendo lo que dices, pero… —Alguien pisa el freno con fuerza en mi mente. Las ruedas chirrían—. ¿Cómo que «nosotros»?

Jasper se me queda mirando durante un rato. Lo bastante como para que me fije en las ojeras hinchadas y moradas que tiene debajo de los ojos, en las arrugas recientes que le han salido junto a la boca y en la pelusilla que hace las veces de barba incipiente propia de un adolescente sin afeitar. Después dice, tan despacio que da miedo:

—No eras la única niña sin hogar de este pueblo, Opal.

Veo en sus ojos el reflejo de las puertas y las escaleras que solo ha visto en sueños, el mapa fantasmal de una casa que no es la suya.

El oxígeno se evapora de repente de mi flujo sanguíneo. Estoy mareada, sin aliento y abrumada por unas emociones a las que no soy capaz de ponerles nombre. Rabia, quizá, por los años de secretos entre nosotros. Y miedo por lo que pueda ocurrir a continuación. Pero también es algo ácido y viscoso, algo que burbujea, nocivo, en mi garganta: envidia.

—No puedes volver a ese lugar nunca más. Prométemelo.

Clavo los dedos en la tierra, empiezo a arrancar raíces.

Jasper cierra el portátil y lo guarda entre los libros de texto de la mochila, y luego cierra la cremallera. Se pone en pie y me mira con gesto cansado y distante.

—¿Por qué? ¿Porque quieres que esté a salvo o porque quieres la casa solo para ti?

—Venga ya, vete a la mierda…

—Aún no has tomado una decisión, ¿verdad? Pues yo sí. —La sonrisa que me dedica es sorprendentemente amable—. Nadie, ni esa casa ni tú, va a decirme qué hacer con mi vida.

Jasper coge la bandeja de plástico azul y me deja sola en el extremo del campo de fútbol.

Malgasto el resto de la pausa de la comida dándoles puntapiés a piedras para lanzarlas contra los contenedores de Tractor Supply, gritando algún que otro improperio de vez en cuando. No ayuda. Cuando llega la hora, sigo tan enfadada que cuando Frank abre la boca para quejarse porque llego tarde, la vuelve a cerrar despacio para después refugiarse en el pasillo de los juguetes para gatos.

Cobro a cuatro clientes sin hacer contacto visual. No levanto la vista hasta que una voz fría que no es de la región me dice:

—Buenas tardes, Opal.

No he visto acercarse al mostrador a esta mujer guapa con el reloj girado hacia dentro de la muñeca y una sonrisa que alguien haya recortado de una revista para pegársela sobre la barbilla.

No me sorprende. Siempre supe que Elizabeth Baine no iba a rendirse así como así.

La saludo con esa apatía agresiva que caracteriza a las cajeras que llevan seis horas trabajando.

—¿Ha encontrado todo lo que buscaba, señora?

—Sí, gracias.

Coloca un paquete de chicles y una caja de cerillas sobre el mostrador, uno de esos recuerdos deprimentes que dice: «Mi viejo hogar en Kentucky» con letra azul. Los paso por el lector y ella saca una tarjeta negra y mate del bolso. No me la da.

—¿Puedo ayudarla con algo más?

Da golpecitos con la tarjeta en el mostrador.

—Hemos intentado ponernos en contacto contigo.

—Pues aquí estoy.

Si trataba de ponerme nerviosa, no tendría que haberlo hecho aquí. Detrás de este mostrador he aguantado con una sonrisa ocho años de comentarios indecentes, un intento de robo y a más de cien madres de las que se aburren por las tardes con mechas y cupones caducados.

—¿Podríamos hablar en privado? Sales a las seis.

Frank deambula entre los repuestos de los cortadores de césped y no deja de mirarnos, por lo que le dedico una sonrisa aún mayor a la mujer y digo:

—Vete a tomar por culo.

Un músculo se le mueve en la mandíbula.

—De acuerdo, seré rápida, entonces. Gracias a tu cooperación —blande la palabra como un cuchillo, como si buscase un punto débil—, nuestro equipo ha llegado a la conclusión de que merece la pena seguir investigando los fenómenos de la Mansión Starling.

El estómago me da un vuelco de culpabilidad, pero mi sonrisa no titubea ni un instante.

—Pues suerte.

—Sin embargo —Baine inhala y las fosas nasales se le ponen blancas—, necesitamos las llaves. Nos gustaría pagarte una cantidad sustancial por ellas.

—Oooh, es una oferta supergenerosa, pero no las tengo.
—Pongo la misma cara con la que le digo a un cliente que su marca de comida para perros no se repondrá hasta el miércoles—. Y, como ya no trabajo para el señor Starling, me da que no puedo ayudarte.

La sonrisa de revista de la mujer se ensancha, todo ángulos y bordes rasgados.

—¿No puedes o no quieres?

Este es el momento adecuado para cubrirme las espaldas, para asegurarle que sigo siendo la traidora avariciosa y pusilánime que cree que soy. Ni siquiera sería mentira.

Pero puede que no quiera que sea verdad. O puede que no crea que la academia Stonewood echaría a Jasper después de cobrar el cheque que les ha enviado Arthur. Es fácil ser valiente cuando sabes que no va a costarte nada.

O puede que, simplemente, tenga un día de mierda. Le enseño los dientes, como una estúpida descarada, y no respondo.

Espera, y luego dice:

—Ya veo.

Y me pasa la tarjeta por encima del mostrador.

Le guardo el recibo en la bolsa y se la acerco.

—Que tenga un buen día, señora.

Baine se queda mirando mi cara, como si buscase algún error en la ecuación.

—Te he juzgado mal, Opal. —Pronuncia mi nombre como si le perteneciera—. Creí que querías a tu hermano.

Me dedica una nueva sonrisa mientras lo dice, la mueca resplandeciente de alguien que nunca ha pasado una sola semana sin seguro dental, de alguien que gana todas las manos porque tiene todas las cartas, una diseñada para ponerme en mi lugar, para doblegarme.

En lugar de eso, me hace estallar.

Noto un sobresalto en mi visión, como si el vídeo de mi vida hubiese dado un salto hacia delante de repente. Elizabeth Baine ha dejado de sonreír. Está inclinada con las manos presionadas contra la boca y hace un sonido parecido al de un gozne oxidado que la brisa mueve. Tengo los nudillos rajados y laten con suavidad mientras Frank me señala con un triunfo rabioso. Lo oigo todo de forma extraña, pero soy capaz de leerle los labios entre las babas de frustración: «¡Lárgate!».

Y esta es la segunda o la tercera vez que me despiden este mes, dependiendo de cómo se cuenten.

En esta ocasión, no salgo corriendo. Me guardo el teléfono en el bolsillo y cojo una chocolatina del expositor. Me la llevo a la frente cuando hago un saludo militar burlón y luego salgo de la tienda y me pierdo bajo el sol brillante de primavera.

Jasper y yo solíamos saltar del viejo puente del ferrocarril cuando éramos niños. Todo el mundo lo hacía, aunque la mitad de las veces el agua te dejase la piel roja y llena de sarpullidos. Era el único final satisfactorio a un juego veraniego de retos, ya que tenía altura suficiente para asustarte, pero no tanta como para que te hicieras daño. Además, estaba lo bastante cerca de la Mansión Starling como para que se erizase el vello del cuerpo, aunque no tanto como para dejarte paralizada.

Solía gustarme la experiencia: enroscar los dedos de los pies en el borde, la brisa, el chapoteo de la piel contra el agua y el silencio repentino que sobrevenía al zambullirme. Era como caer a otro mundo, como escapar de la ruidosa gravedad de la realidad durante un rato. Era como soñar.

No lo he hecho desde el accidente, claro. Me he remangado los vaqueros para vadear el río alguna que otra vez, pero nunca durante mucho tiempo, y solo hasta los tobillos. El agua siempre está demasiado fría, incluso en verano, y tengo la estúpida convicción de que voy a resbalarme y a hundirme y ya no volveré a salir. «El típico síndrome postraumático», supongo.

Pero, de vez en cuando, vengo a sentarme en el puente. Este es un buen momento para hacerlo: esa hora velada justo antes del anochecer, cuando el calor empieza a atenuarse y las sombras se estiran por el suelo como perros agotados. Las primeras luciérnagas titilan sobre el río, visibles solo gracias a su reflejo en las aguas oscuras, y el vapor de las chimeneas dibuja lazos en el cielo. No miro la central eléctrica, porque no quiero pensar en a quién pertenece.

En su lugar, contemplo las antiguas minas, casi invisibles debajo de las vides kudzu y de los tablones negros a causa de la podredumbre, antes de llegar a la conclusión de que son propiedad de la misma familia: la mía.

Me sobreviene una oleada de algo parecido a las náuseas. Me pregunto si Nathaniel Boone excavó esa mina y si de verdad encontró una entrada al Infierno para escapar de mis ta-taraloquefuesen. Me pregunto si Eleanor Starling odiaba a su marido, o si lloró por él. Me pregunto por qué se metió piedras en los bolsillos, o si eso es simplemente lo que ocurre cuando se te acaban los sueños y ya solo te quedan pesadillas.

Esa es la razón por la que sé que mi madre no se lanzó al río a propósito, sin importar lo que pensara el agente Mayhew: tenía sueños para repartir. Era la voracidad hecha persona, siempre de una estratagema en otra. En lugar de leernos cuentos, nos echaba la buenaventura, con ojos relucientes y la convicción de una niña haciendo un comecocos de papel. Pre-dijo que iba a casarse con un farmacéutico y que viviríamos en una gran casa de ladrillos con dos bañeras. Que iba a ganar los rasca y gana y que nos compraríamos una cabaña junto a la costa. Que iba a convertirse en una gran estrella de la mú-sica y que sus canciones sonarían en la frecuencia 94.3 (El Lobo: «música country que te hará aullar»), y los tres nos mudaríamos a uno de esos barrios elegantes donde las puertas de entrada se abren con un código.

Supongo que eso es lo que estaba haciendo el día en que murió: tirar los dados, probar suerte y perseguir un sueño. Nos había contado que estaba a punto de conseguir que cam-biasen nuestras vidas, y supongo que lo decía en serio, que iba a convencer a su padre para que la acogiera de nuevo y nos diera un apellido y una fortuna familiar que nos convertirían en alguien después de tantos años siendo donnadies. Pero, en aquel momento, no la creí. Lo último que me dijo, antes de que las ruedas chirriasen sobre el asfalto, fue: «Ya verás».

Y vaya si lo vi. Vi la niebla condensarse. Vi el río abalan-zarse sobre nosotros. Vi que los sueños eran peligrosos, así que doblé los míos y los guardé debajo de la cama junto con el resto de mi infancia.

Ya casi no recuerdo qué sueños eran. Cierro los ojos y dejo que el murmullo del río fluya por mi cráneo mientras trato de imaginarme lo que deseaba antes de obligarme a dejar de desear. Al principio, pienso en sueños típicos de una niña pequeña: tartas llenas de glaseado, sábanas a juego, esa muñeca de bebé que comía cerezas de plástico de una cuchara de plástico.

Y luego: una casa que considerase mi hogar. Un chico arrodillado entre las flores.

Un chico que creció con prisa, como yo, que se ha pasado toda la vida haciendo lo necesario en lugar de lo que le apetecía. Un chico que me necesitaba (lo sé, ¿vale?), pero no tanto como necesitaba mantenerme a salvo.

Intento recordarme con firmeza que Arthur Starling también es un mentiroso y un cobarde, el responsable de la muerte prematura de mi madre, etcétera, etcétera, pero ¿a quién quiero convencer? Tendría unos dieciséis o diecisiete años cuando ocurrió. Y estaba solo, acompañado únicamente del peso de sus terribles decisiones, de los pasillos interminables de su laberinto.

Fue un accidente, simple y llanamente, y se culpaba de manera tan vehemente que al final incluso yo lo había creído culpable. Y, ahora, mientras estoy aquí sentada, sumida en mis anhelos y regodeándome en la pena, él va a seguir a las Bestias hasta la Subterra. Va a convertirse en el último Guardián, y en la más reciente de las tumbas.

A menos que yo haga algo.

Saco el teléfono del bolsillo trasero y paso el pulgar por la pantalla resquebrajada. Primero, le envío un mensaje a Jasper, porque todos tenemos que poner orden en nuestras vidas antes de cometer una auténtica estupidez y no quiero que las últimas palabras que nos hayamos cruzado sean mentiras y reproches. «Oye, tenemos que hablar».

Me he pasado todo el tiempo tratando de convencerme de que estaba salvándolo, protegiéndolo de la sombra inclemente de la Mansión Starling, pero al parecer ya estaba metido en esto hasta el cuello y la única persona a la que estaba salvando era a mí misma. No quería decirle que en realidad era un Gravely ni que iba a ser alumno de la academia Stonewood, siquiera. No quería que fuese de nadie más, solo mío.

Supongo que alcanzo a comprender, aunque sea un atisbo, por qué Bev nunca me contó la verdad.

Espero mientras escucho el susurro verde de los árboles y el sonsonete acelerado del río. El sol desaparece detrás del meandro occidental, y el viento sopla con fuerza y me eriza el vello de la nuca, me enfría los nudillos hinchados.

Jasper no me responde, aunque no me cabe duda de que está con Logan y no está ocupado, porque el curso acaba la semana que viene y él ya ha entregado todos los trabajos.

Lo llamo, no sin sentirme un poco cruel porque solo solemos llamarnos cuando hay una emergencia médica legítima, pero la culpa es suya, por pasar de mí. No lo coge. Espero un poco más.

La noche empieza a cerrarse. Las estrellas se iluminan. La central eléctrica reluce con un naranja intenso. El ambiente empieza a condensarse, como si fuese a llover, como si las consecuencias de mis actos vinieran directas a por mí.

Llamo de nuevo a Jasper y cuento cada uno de los tonos antes de que una voz fría me diga que el titular de la línea no ha configurado el buzón de voz. Trato de convencerme de que no tengo motivo alguno para entrar en pánico, de que no hay nada de lo que preocuparse. Y justo en ese momento la veo: una voluta de niebla que empieza a alzarse del río.

Se me entumecen los pies, como si caminara por el agua fría. Veo otra voluta lechosa que se alza en espiral en dirección a mis tobillos.

Vuelvo a llamar. El agua me llega al vientre, y un escalofrío enfermizo se apodera de mí.

Una y otra y otra vez, siento cómo me hundo.

22

Arthur da por hecho que está soñando cuando suena el teléfono. De un tiempo a esta parte, ya le ha ocurrido una o dos veces (puede que tres o cuatro). Es un sueño estúpido, porque solo hay una persona que sepa su número y ella no tiene motivo alguno para volver a hablar con él. En todo caso, siempre se guarda el teléfono en el bolsillo del pecho y nunca deja que la batería baje del veinte por ciento. También se queda cerca del enchufe mientras lo carga, por si acaso.

Pero ahora siente el zumbido contra el pecho, y Baast le mira el bolsillo con gesto contrariado. Se lo saca a tientas y lo coge sin pararse siquiera a mirar la pantalla.

—¿Sí?

Espera que ella no oiga el latir desbocado de su corazón.

—¿Arthur Starling?

Hay una pausa entre el momento en que el corazón de Arthur se detiene de repente y el que empieza a recriminarse a sí mismo por haberse emocionado.

—¿Quién es?

—Me llamo Elizabeth Baine. Soy de Innovative Solutions Consulting Group y llamo en nombre de Gravely Power. Hace mucho tiempo que tratamos de ponernos en contacto con usted.

Arthur supone que era de esperar. Ya no tienen una espía, por lo que deben recurrir a estrategias menos elegantes: el soborno, el chantaje, varias amenazas ilegales diseñadas para asustar a la gente y doblegarla. Pero solo pueden asustarte cuando tienes un futuro que perder, y ese no es el caso de Arthur.

La mañana posterior a la visita de Jasper, Arthur llamó a la editorial de Eleanor. La persona que le cogió el teléfono le dijo, con tono alegre, que no sabía con quién había que hablar para averiguar de dónde podía haber salido una dedicatoria del siglo XIX, pero ¡que lo intentaría y volvería a llamarlo! (No lo había hecho). La siguiente persona con la que habló le preguntó si sabía que estaban en crisis y que todos estaban muy estresados y con más trabajo de la cuenta, por lo que no tenía tiempo para responder a las solicitudes excéntricas del «supuesto» descendiente de una autora muerta. La siguiente persona le había colgado el teléfono.

Pero Arthur insistió y al final dio con el sobrino nieto del primer editor de Eleanor, quien había consultado los archivos de la familia para confirmar que la dedicatoria se había añadido en la séptima edición, con arreglo a lo que había dispuesto Eleanor Starling en su testamento, redactado justo antes de desaparecer.

Arthur le dio las gracias y le colgó, seguro ya de que Opal tenía razón y de que Eleanor había dejado instrucciones para encontrar la Subterra.

A partir de entonces, empezó a prepararse, a la espera de que se alzara la niebla.

—Bueno, señor Starling…

—Vete a tomar por culo.

Se aparta la pantalla del teléfono de la oreja, y entonces la voz suspira y dice, en voz baja:

—Es la segunda vez que me mandan a tomar por culo hoy.

Los tendones se le agarrotan cuando vuelve a presionar el teléfono contra la oreja.

—Has hablado con Opal.

—¿Quién te crees que nos ha dado este número? —Claro que lo ha hecho. Arthur no la culpa. Él se merece algo mucho peor—. Esperábamos un poco más de ella, la verdad. Pero ha dejado de colaborar.

—¿Eso qué significa? —En algún lugar del interior de Arthur hay una correa muy ajada. Oye cómo se le empiezan a romper los hilos poco a poco—. ¿Qué le has hecho?

—No le hemos hecho nada. A ella.

La naturalidad apacible de las palabras es lo que termina por afectarlo. La correa se rompe. La voz brota de su interior, glotal y grave, ahogada por la rabia:

—Como me estés mintiendo, como le hayas hecho daño… Te juro que…

—¿Qué? —pregunta, al momento y casi con avaricia, como si supiese muy bien hasta qué punto Arthur ha empezado a imaginarse perpetrando actos violentos, y hasta qué punto le gusta. La puerta del sótano, abierta. Las Bestias sueltas, taponándole las arterias o provocándole un accidente, el devenir de miles de calamidades sobre su alma miserable…

Arthur traga la bilis fruto de esa violencia y no responde, mientras busca a tientas los restos ajados de la correa.

—¿Creías que le habíamos roto las piernas con un bate de béisbol? Somos asesores empresariales, no mafiosos.

Elizabeth Baine ríe, con aire astuto. Se supone que es para disgustar a Arthur, y también para tranquilizarlo.

No consigue ninguna de esas cosas.

—Drogaste a la señorita Opal sin su consentimiento, sin que lo supiera. —Recuerda el aspecto que tenía, enferma y tambaleante, vulnerable muy a su pesar, como una caballera a la que han despojado de su armadura. Arthur se pregunta dónde está Baine y cuánto tardaría en llegar hasta allí—. Luego la interrogaste, seguro que incluso la amenazaste…

—Le dimos los incentivos necesarios para que cooperase, y ya está. O eso creo. —El encogimiento de hombros se le nota hasta en la voz—. Parece ser que me equivocaba.

¿La habría rechazado Opal, al fin? El corazón se le agita y trata de controlarlo.

—Qué pena.

—Sí que lo es. Y por eso nos hemos puesto en contacto contigo. La Mansión Starling no es el único lugar que investigamos. Espero que lo sepas. Solo es otro de estos lugares únicos o, como los llamamos, otra de las aperturas únicas. No obstante, los informes indican que es la más activa. Iba a ofrecerte una cantidad absurda de dinero por tu propiedad, pero supongo que la habrías rechazado…

—Sí.

—Y eso nos ha obligado a ponernos en contacto con el señor Gravely para conseguir los derechos de explotación minera del terreno, que supongo que sabrás que no te pertenecen.

Un escalofrío le recorre la espalda y ahoga la placentera intensidad de su odio. Recuerda todas las cartas y los avisos que ha recibido de Gravely Power, esas cuyas letras se volvían más grandes y más rojas a medida que llegaban más. Se las enviaba al abogado de la familia sin abrirlas, y él le había asegurado que nadie podía explotar los recursos mineros de su propiedad sin su consentimiento por escrito, ya que ya había pasado la década de 1940. Pero Arthur sospecha que Elizabeth Baine tiene menos escrúpulos y más contactos que una empresa de carbón.

Arthur tiene que soportar la visión de unos desconocidos excavando y rebuscando en su tierra, fingiendo que buscan carbón hasta que encuentran algo mucho peor.

Llega a la conclusión de que es un buen recordatorio de lo que ocurrirá si fracasa, si se queda en Eden en lugar de dirigirse a la Subterra.

—Pues supongo que estarás preparada para pasarte los próximos diez años en el juzgado —le dice al teléfono, con la esperanza de haber sonado convincente—. Te prometo que haré que te arrepientas de haber puesto siquiera un pie en Eden.

Un suspiro resopla por el altavoz.

—No me cabe la menor duda de que lo harías. —Es en ese momento cuando Arthur se da cuenta de las formas verbales tan particulares que ha usado: «harías», «iba a ofrecerte»—. Pero no creo que haga falta llegar a eso. Ya he encontrado lo que necesitaba.

El frío se condensa y se le acumula en el estómago.

—¿Y qué necesitabas?

Arthur oye su sonrisa a través del altavoz, una propia del gato de Cheshire.

—El incentivo necesario.

Y cuelga.

Arthur está casi frente a las puertas principales cuando repara en que no se ve los pies, en que ha empezado a correr por un velo de niebla dispersa.

23

Llamo a Jasper nueve veces más de camino al motel. Cuelgo justo antes de que empiece el mensaje del contestador automático y me obligo a dar diez pasos antes de volver a llamar. No responde.

No tengo el número de Logan en la agenda del móvil, por lo que llamo al orientador del instituto para que me lo proporcione. El señor Cole me dice que no puede hacerlo debido a la ley de protección de datos, así que hago que se me quiebre la voz, cosa que no me cuesta mucho, y digo:

—Por favor, señor. Estoy muy preocupada por Jasper.

Al cabo de diez segundos, Logan responde a su teléfono.

—¿Hola? —dice con el asombro alelado de un adolescente que ha pasado la última semana entre hierba y videojuegos.

—Hola. ¿Podrías decirle a mi hermano que me coja el teléfono?

—¿Opal?

—No, soy Dolly Parton. —Me parece como si oyera el restallar de los engranajes de su cerebro, como nachos en una batidora—. Sí, Logan. Soy Opal. Quiero hablar con Jasper.

—Pero… No está aquí.

No suena muy seguro. Suelto el aire a través de la nariz.

—Logan Caldwell, ¿me estás mintiendo?

Oigo el chasquido de su garganta al tragar saliva.

—No, señora.

—Bueno, pues dime. ¿Dónde está?

—Supongo que en su casa. Dijo que tenía que prepararse para esa entrevista, pero se suponía que iba a pasarse más tarde. Mi madre está preparando alitas…

Cuelgo antes de decir algo de lo que me arrepienta, como: «¿Qué entrevista?» o «¿Cómo es que te lo ha dicho a ti y no a mí, mierdecilla?». Seguro que los de la compañía eléctrica se han puesto en contacto con él de alguna manera y no ha tenido las agallas de contármelo. Me sobreviene un acceso de culpabilidad al recordar la carpeta con el mensaje de admisión de Stonewood esperando debajo de mi cama, en esa bolsa de regalo brillante. Empiezo a caminar un poco más rápido.

Puede que Jasper haya apagado el teléfono para la entrevista y se haya olvidado de volver a encenderlo. Puede que se haya quedado dormido con los auriculares puestos. Puede que Arthur blanda la espada de los Starling en este preciso instante, interponiéndose entre las Bestias y mi hermano.

O puede que esté a punto de hacerse amigo de ellas, con las manos vacías y abandonando a Eden a su suerte. Aprieto el paso un poco más.

Cuando ya estoy cerca, empiezo a oír el sonido de las sirenas, estruendoso y distante, aullando cada vez más cerca.

Alzo la vista al cielo y comprendo que lo que flota en las alturas y bloquea los últimos rayos de luz no son nubes de tormenta, sino humo.

Desisto de llamar a Jasper. Corro y mi calzado repiquetea contra el asfalto al tiempo que me duelen los pulmones. El cielo se oscurece. El humo se condensa, se acumula y revolotea sobre la niebla. No tiene nada que ver con el gris honrado de las chimeneas, ni siquiera con las nubes blancas de la central eléctrica. Es negro y agrio, lleno de copos grasientos de ceniza y de los restos químicos de cosas que no tendrían que haber ardido. Se entremezcla con la niebla y forma unas siluetas oscuras que hacen que me escuezan los ojos.

Todos los niños de los Gutiérrez están en la cerca, frente a Las Palmas, tosiendo en la cara interna de los codos y con los rostros cubiertos de neblina y humo. Una de sus tías los azuza para que vuelvan a entrar en casa mientras paso junto a ellos, y luego se pone a mirar hacia atrás. Su rostro aparece en la ventana del viejo autoservicio; no ha dejado de contemplar el cielo. Se saca un colgante de debajo de la blusa y lo besa tres veces.

Cuatro camiones de bomberos pasan a toda prisa junto a mí, abriéndose paso entre la neblina. Los miro fijamente y deseo con todas mis fuerzas que sigan de largo, como si mi voluntad importase, como si, para variar, algo pudiera ir bien en este maldito pueblo por una vez.

Los camiones giran hacia el aparcamiento del motel. Me tiembla la mandíbula, como suele ocurrirme cuando estoy a punto de vomitar.

Corro más rápido.

Doblo la última esquina y noto el impacto del calor. Brota del motel en una oleada agria que me seca los ojos y me resquebraja los labios, que hace arder la neblina. Me abro paso entre grupos de mirones, cuyos teléfonos tiro a empellones mientras recibo algún que otro codazo en la boca. Pero no me importa. Ni lo siento siquiera. Me tropiezo con una manguera plana y vuelvo a levantarme, mientras toso con fuerza y me engaño con toda mi energía.

Puede que Bev haya vuelto a intentar recalentar la pizza en la tostadora. Puede que a un cliente se le haya caído una colilla encendida en el colchón. Puede que solo sea mala suerte, en lugar de una Bestia en busca de la sangre de los Gravely.

Todo irá bien. No ha ocurrido nada malo.

Después paso junto al último de los coches y veo que nada va a ir bien, que puede que nunca vuelva a ir bien, porque el Jardín del Edén está en llamas.

El Jardín del Edén está en llamas, el fuego revolotea por los tejados y derrite las tejas, que gotean en el asfalto, mientras los clientes se acurrucan bajo relucientes mantas de emergencia. Y no sé dónde está mi hermano pequeño, y todo esto ha sido por mi culpa.

Alguien empieza a gritarme. No presto atención y entorno los ojos para ver entre el aire tóxico, cegada por las luces azuladas y estroboscópicas de la policía y del humo. Busco el número doce metálico de la habitación, esa que no es del todo un hogar, ese lugar seguro, pero no lo encuentro. No hay más que un agujero donde antaño estaba la puerta, una garganta renegrida de la que no deja de brotar humo. La ventana también ha desaparecido, y la acera de debajo reluce a causa de los cristales rotos. Las llamas se relamen en el alféizar y llegan hasta los aleros.

Corro. Una mano me agarra por el hombro y la muerdo, rápido y con saña. La mano desaparece. Saboreo la sangre de otra persona.

Empiezo a gritar y mi voz queda ahogada por el rugido hambriento del fuego, que está lo bastante cerca como para haber empezado a sentir el mordisco de las llamas en los vaqueros. Alguien me agarra justo antes de que me lance a las fauces ardientes de la puerta.

Forcejeo sin parar. Hacen falta dos bomberos y un agente de la policía estatal para detenerme y ponerme las esposas, y ni siquiera eso basta para que deje de dar patadas y arañar, porque sé que en cuanto pare de moverme empezaré a gritar.

Tendría que haberlo sacado de Eden. Tendría que haber sido consciente de que un centavo de la suerte y un Guardián zumbado no bastaban para mantenerlo a salvo. Y ahora, mientras me retuerzo sin parar sobre el asfalto caliente, comprendo hasta qué punto seguía confiando en Arthur Starling. Le falló a mi madre, pero nunca llegué a creer que también me fallaría a mí.

—Soltadme, ¡soltadme! ¿Dónde está? ¿Lo habéis sacado?

No responden. Alguien sale del humo y me mira desde arriba, con los pulgares colgando de la trabilla del pantalón, y como era de esperar se trata del agente Mayhew. Como era de esperar, el testigo de dos de los peores momentos de mi vida tenía que ser ese anciano flácido que viste como un extra de un telefilme del Oeste, con su sombrero de ala ancha sostenido por sus sorprendentemente pobladas cejas.

Me río al verlo y me percato de que más bien parece un sollozo.

Me señala con la punta encerada de su bigote.

—¿Es ella?

Estoy tan aturdida que tardo un buen rato en comprender que no habla conmigo.

Habla con el hombre que está justo detrás de él, una mole que lleva un traje negro e impoluto. Tiene un rostro que me resulta incómodamente familiar. Recuerdo cómo esos ojos me miraban desde la superficie inclinada de un espejo retrovisor.

Llego a la conclusión de que no todas las Bestias vienen de la Subterra, que algunas de ellas viven entre nosotros y llevan trajes caros y faldas de tubo.

Que Arthur no es quien nos ha fallado, al fin y al cabo.

—Sí, señor —responde el tipo, con tono serio. Tiene un acento de la zona, pero exagerado, a un paso de resultar caricaturesco—. Esta tarde empezó a actuar de forma extraña. La he visto tirando esto al suelo.

Le entrega al agente algo pequeño y cuadrado, y Mayhew entorna los ojos para mirarlo. Es una caja de cerillas vieja con algo escrito en la parte delantera, con letra azul y cursiva. No leo bien las palabras debido al resplandor y al titilar de las llamas, pero no tengo por qué hacerlo. Ya sé lo que dicen.

«Mi viejo hogar en Kentucky».

24

La oficina del sheriff de Mudville está a casi quince kilómetros, pero el viaje se me hace más largo. Tienen unos SUV más brillantes y relucientes cada año, pero el coche de Mayhew huele a meados calientes y a tabaco. El aire acondicionado rezuma de los conductos. El pelo se me ha pegado a las mejillas, enmarañado a causa del hollín y de la sangre, y tengo los hombros retorcidos hacia atrás por las esposas. Un cosquilleo se adueña de mí a medida que se me entumecen los dedos de las manos. Uno de los agentes ha sugerido que me quitaran las esposas en el coche, como un detalle misericordioso, pero el agente Mayhew lo ha taladrado con la mirada durante un buen rato antes de zanjar el asunto:

—A esta no, Carl.

Al cabo de tres kilómetros, le hago saber que tengo que orinar. Mayhew pasa de mí. Casi dos kilómetros después, le digo que voy a vomitar y empiezo a suplicar, con una voz perfectamente quebrada, le pido por favor que pare y que abra la puerta. No se molesta en mirar siquiera.

Después me centro en acercarme lo bastante a la puerta como para tirar del picaporte, preguntándome una y otra vez si dolerá mucho, pero él me frena en seco:

—Está puesto el bloqueo de puertas para niños, Opal.

Suelto el picaporte.

—Mira, solo quiero saber si Jasper…, si estaba… —Presiono la frente contra la ventanilla, con fuerza—. ¿Sabes si rescataron a algún niño del motel?

Por un instante, me da la impresión de que va a volver a pasar de mí, pero luego gruñe:

—No.

Me veo por el retrovisor, los ojos enrojecidos y espantados, y no tardo en apartar la mirada. Pasamos los kilómetros restantes en silencio. No dejo de pensar en cosas malas —«Lo último que le dije fue "que te den"»—, pero trato de no prestarles demasiada atención.

El centro de detención del condado de Muhlenberg es un edificio bajo y alargado de hormigón que se encuentra entre un desguace y un Waffle House que también hace las veces de parada de autobús. Doy por hecho que el interior será oscuro y lóbrego, pero lo cierto es que hay muchos azulejos blancos y tubos fosforescentes. Parece haberse construido unas décadas después que el instituto.

Hay una mujer con mechas decoloradas en la entrada. El agente suelta una bolsa de plástico sobre el mostrador y ella la coge sin apartar la mirada del ordenador.

—¿Eso es mi teléfono?

Ninguno me mira. El teléfono vibra.

—Perdonad. Eso es mío. Tenéis que dármelo…

El agente Mayhew saluda a la recepcionista con un toque en su estúpido sombrero y luego me agarra por el codo. Mis zapatillas chirrían por el suelo.

—¿Quién me acaba de llamar? ¿Puedes mirar el nombre? ¡Por favor!

Mayhew tira con más fuerza y me quedo inmóvil, colgando de un codo mientras las palabrotas le salen de detrás del bigote.

—Tengo que saber quién es, te lo suplico. Hay un incendio y no sé si mi hermano sigue vivo.

La recepcionista aparta la mirada del ordenador el tiempo suficiente como para observar mi ropa manchada de hollín y mis ojos enrojecidos. Después baja la vista hacia el teléfono con la expresión de una santa que obrara un milagro a regañadientes.

—Alguien llamado… ¿Heath Cliff? ¿Como la chocolatina?

Me hundo, me rechinan los hombros y noto cómo se me parte el corazón.

—¿Podrías mirar mis llamadas perdidas, por favor? Necesito saber si…

—Venga, Opal. Es hora de irse.

Mayhew me agarra por las axilas con las dos manos.

La recepcionista empieza a echar un vistazo al móvil, con uñas acrílicas.

—Pues solo Heath, una y otra vez. —Chasquea con la lengua—. Está coladito por ti, cielo.

—¿Podrías mirar mis mensajes? Ya sabes que los niños odian llamar por teléfono…

La recepcionista comienza a revisarlos mientras Mayhew empieza a herniarse a causa de la fuerza con la que intenta levantarme del suelo. Las puertas de cristal se abren de repente.

Es Bev. Apesta a humo y me fulmina con esa mirada que se adivina tras las manchas de ceniza, como un ángel vengador con un corte de pelo a lo mohicano. Charlotte la sigue con mirada inquieta y dedica una sonrisa incómoda a la recepcionista.

Bev se detiene en mitad del pasillo y se cruza de brazos. Nos mira de uno en uno con una meticulosidad feroz y, si quedase algo de hueco en mí para sentir algo más, seguro que me habría dejado aterrorizada. El motel era su vida y su sustento, su hogar, y ha desaparecido porque yo he decidido asestarle un puñetazo en los dientes a la persona equivocada. Me pregunto si el agente Mayhew será capaz de meterme entre rejas antes de que ella me asesine a sangre fría.

Bev pregunta, despacio:

—¿Quiere alguien explicarme qué narices está pasando aquí?

El agente me suelta e hincha el pecho.

—Señora, voy a tener que pedirle que abandone las instalaciones. Estoy investigando un crimen.

—Me parece fantástico, agente. Y yo estoy investigando por qué ha esposado a una de mis clientas en lugar de enviarla a Urgencias.

Busco la mirada de Charlotte, que se encuentra detrás de Bev, y consigo articular una única palabra, apenas audible.

—¿Jasper?

Charlotte dice:

—Han extinguido el incendio y no han encontrado a nadie. Creo que no estaba por allí.

No oigo lo que dice a continuación porque bastante tengo con vomitar hasta la primera papilla. Cuando termino, me siento vacía y frágil, como el plástico que ha pasado demasiado tiempo al sol. La recepcionista me pasa un rollo de servilletas azules, pero lo rechazo con un gesto mientras trato de recordar cómo hace una para respirar.

Cuando ya estoy levantando la cabeza del suelo, Bev señala al agente con un dedo, demasiado cerca de la cara.

—No me hables así, maldito policía de tres al cuarto que se las da de vaquero...

—Mira, Bev. La gente de este, nuestro gran estado, me ha elegido para...

—¡Que vas en el Pontiac de tu madre, Joe! ¡Que ya no te dan ni coches patrulla para que no juegues con las luces!

—Está a unos pocos centímetros de él, y la voz tiene un tono de amenaza velada—. Creíamos que Opal estaba muerta hasta que alguien nos dijo que la habías traído aquí.

Mayhew intenta alzar la vista hacia Bev, quien le saca media cabeza y casi diez kilos.

—Un testigo presencial nos informó de que esta señorita había actuado de manera sospechosa esta noche.

—Pues yo también soy un testigo presencial y es la primera vez que la veo esta noche. No había vuelto del trabajo.

Bev articula cada sílaba como si hablara con un altavoz roto en un Burger King.

—Su gerente nos ha dicho que la despidieron varias horas antes de producirse los hechos, porque se puso agresiva con una clienta. Dado lo voluble de su estado de ánimo, creo que lo más probable es que…

Charlotte habla por primera vez, en voz baja y respetuosa.

—Yo también estaba allí. Opal ni se ha acercado al motel en toda la tarde.

El agente Mayhew entorna los ojos y la mira.

—¿Y qué hacías tú en el Jardín del Edén esta tarde?

—Pues estaba…

Charlotte mira a Bev, a quien se le pone el gesto tenso. Se queda en silencio.

El agente Mayhew vuelve a colgar los pulgares de las trabillas del pantalón.

—¿Habías pagado por una habitación?

—No, señor.

—¿Estabas visitando a algún cliente que hubiera pagado por una?

—No, señor.

La voz de Charlotte se atenúa con cada palabra. El marco de sus gafas es de un rosado oscuro que destaca debido a la palidez de su piel.

—Entonces ¿qué hacías allí?

Bev se interpone entre ellos y aprieta tanto la mandíbula que casi no es capaz de mover los labios.

—Eso no es de tu puñetera incumbencia.

El agente, quien al parecer nunca ha visto a Bev enfrentarse a tres borrachos en el aparcamiento del motel y cree que el blanco de sus nudillos significa que va ganando, dice:

—Intento investigar un posible incendio provocado. Creo que merece la pena interrogar a esta joven, quien al parecer estaba en el escenario del crimen y no tenía razón alguna para estar allí. —Alza un poco más la cabeza—. Señora, voy a preguntárselo otra vez: ¿qué hacía en el Jardín del Edén esta tarde?

Charlotte mira a Bev. Bev mira a Charlotte. Puede que esté mareada e indispuesta, que me sienta estúpida y aliviada; aun así, veo que hablan entre ellas, en el silencioso código morse de dos personas que se conocen muchísimo mejor de lo que yo creía.

—No quería… —dice Bev, a nadie en particular—. No quería hacerlo así.

El rostro de Charlotte es un mapa de esperanza y de dudas. Se encoge de hombros, como si no le importase, o como si ansiase que ese fuese el caso, sin quitarle ojo a Bev.

—Nadie te obliga, cielo.

Intento sin suerte recordar si Charlotte me ha llamado «cielo» alguna vez. Si lo ha hecho, dudo que haya sido con ese tono desafiante, o quizá como una petición.

Bev se vuelve a girar hacia el agente Mayhew, con la barbilla alzada en gesto imprudente y una sonrisa de indiferencia.

—Estaba en el motel porque es mi casa.

—¿Y qué más le da a esta mujer dónde vivas tú?

—Le da porque —Bev coge aire— es mi novia, agente tarugo.

Parece como si el agente Mayhew hiciera un análisis sintáctico de esa frase en una pizarra invisible, tan concentrado que tiene el ceño fruncido.

Bev se gira hacia Charlotte. Los brazos le cuelgan rígidos a ambos lados de los costados.

—Lo siento.

—No pasa nada —dice Charlotte, casi sin resuello.

Bev se rasca el dorso de la mano en el pelo.

—No, por lo de antes. Por no querer que nadie lo supiese. No me da vergüenza, pero… No es seguro y soy… un poco lenta.

—Eso ya lo sabíamos —murmuro yo desde el suelo, y Charlotte me da a entender, con apenas un parpadeo casi imperceptible, que si vuelvo a abrir la boca me desollará y se hará una bolsa con mi pellejo.

—Y sí, sé que vas a marcharte y no te culpo por ello, pero deberías saber… —Bev pone los ojos en blanco, como si se hiciera un reproche a sí misma—. Que iría contigo, si me lo pidieras. Y en caso de que te quedaras…, alquilaría una puñetera valla publicitaria para dejarlo bien claro.

Parece que el agente Mayhew ha empezado a salir de su ensimismamiento y se dispone a hacer algún tipo de comentario autoritario, pero Charlotte besa a Bev en ese momento, con júbilo e intensidad, justo en la boca, y vuelve a cortocircuitarse. La recepcionista dice «Oooh, qué bonito» y empieza a aplaudir. Y a mí me gustaría hacer lo mismo, porque Jasper está vivo y Charlotte ha empezado a sonreír y ahora tengo algo con lo que fastidiar a Bev durante el resto de su vida.

La puerta de cristal vuelve a abrirse. Unos tacones repiquetean despacio en el suelo.

Elizabeth Baine extiende un brazo hacia el agente Mayhew, quien parpadea como si fuera la primera vez que ve uno. Le dedica una sonrisa amable.

—Agente Mayhew, si vuelve a su despacho podrá oír un mensaje de voz en el que le detallo en qué medida estoy implicada en la investigación. Gracias por su ayuda.

Bev y Charlotte miran cómo Mayhew se escabulle a su despacho. Baine gira los ojos azul claro hacia el suelo, donde estoy sentada con las piernas cruzadas y aturdida. Se me quitan las ganas de aplaudir.

—Hola otra vez, Opal. ¿Podríamos hablar en privado?

No sé cómo me las arreglo para ponerme en pie con cara de pocos amigos y seguir a Elizabeth Baine por el pasillo. Puede que sea el golpeteo indiscreto de sus tacones y las costuras planchadas de su falda; la manera en la que se mira el reloj que tiene virado hacia dentro de la muñeca, como si solo dispusiera de unos pocos minutos para lidiar con nuestra estupidez colectiva. Lo único que desentona es su labio superior, que está hinchado y reluciente, partido justo en el lugar donde mi puño chocó contra sus dientes. Me imagino que los nudillos aún me dolerían si fuera capaz de sentirme las manos.

Me guía hasta una habitación con una placa que dice SALA DE CONFERENCIAS C, y luego se sienta en la otra punta de una mesa muy larga y me indica que tome asiento junto a ella. Paso de largo y me siento en el extremo opuesto. Hago todo lo posible por encorvarme con gesto insolente, pero tengo los hombros envarados.

Baine me examina con educación, con la barbilla apoyada en las manos entrelazadas.

Me dan ganas de escrutarla de arriba abajo, pero abro sin querer la boca y oigo cómo mi voz hiende el aire que nos separa:

—¿Lo sabías? ¿Sabías que él no estaba allí?

Ella se lo piensa.

—Sí.

La respuesta suena como si acabara de sacarla al azar de un sombrero.

Me imagino acercándome a ella y dándole un cabezazo en la nariz.

Ella suspira, como si supiese exactamente lo que estoy pensando.

—Siempre piensas lo peor de mí. Hal revisó la habitación antes del incidente. Sabíamos que tu hermano no estaba ahí dentro.

—¿Y las demás habitaciones? ¿Y la oficina? ¿Evacuasteis las instalaciones antes de provocar un incendio?

Por primera vez, no hay ni el más ligero titubeo en su voz al hablar.

—No queríamos que esto llegase a tanto. Hal es un operario muy experimentado… —Se encoge de hombros, como si todo esto le afectase—. Dice que las llamas se extendieron más rápido de lo que deberían, y que los detectores de humo no funcionaron bien.

Pienso en la niebla mezclada con el humo, en las siluetas oscuras que vi en el lugar. Había más de un tipo de bestia suelta esta noche. Le sonrío, un gesto agresivo y retorcido con los labios.

—Pues qué mala suerte.

Los ojos de Baine relucen al mirarme.

—Sí. —Después saca un cuaderno de hojas amarillas con renglones. Alisa las páginas sobre la mesa—. Hal recuperó varios documentos muy interesantes de la habitación doce. Antes del incendio. ¿Son tuyos o de Jasper?

Cierro la boca, con fuerza.

—Mira, Opal. Lo único que queremos es un poco de ayuda. No queremos que nadie salga herido, pero hay muchos grupos interesados en la propiedad de los Starling. Nos han contratado para obtener resultados y no quiero defraudar sus expectativas. Lo entiendes, ¿verdad?

Arthur y todos sus predecesores habían luchado y sucumbido durante generaciones para no dejar que las Bestias anduviesen sueltas por ahí. Elizabeth Baine se haría a un lado y se limitaría a mirar, con una sonrisa en el gesto y un portapapeles en las manos.

—No sabes con quién te estás metiendo —digo. La típica frase hecha.

—¿Y tú sí? —responde ella, rápido y con rabia.

—¿Por qué no me dejas en paz?

La sonrisilla perpleja me deja claro que la pregunta carece de sentido para ella. Es la misma expresión que habría puesto un Gravely si alguien les hubiese pedido que dejasen de excavar cuando sabían que había carbón debajo de Eden.

Baine vuelve a mirar el reloj.

—Voy a dejarte bien clara tu situación. Ha habido un incendio provocado esta noche, y un testigo presencial muy fiable, que no tiene motivo alguno para mentir y carece de antecedentes penales, jura que te vio y que eres la responsable.

—Dale las gracias a Hal de mi parte.

Hace como que no me ha oído.

—Si al incendio le añadimos suplantación de identidad, está claro que ningún juez te considerará una buena tutora para tu hermano.

El pánico se retuerce en mis entrañas, familiar como un dolor de muelas. Me dan ganas de gritar: «No puedes hacer eso» o «Me necesita», pero oigo la voz de Charlotte en mi oído: «¿Estás segura?». También oigo a Jasper: «Y tampoco soy tu trabajo». Puede que sea el momento de confiar un poco más en él, de dejar de vender mi alma por algo que nunca me ha pertenecido.

Trago saliva.

—¿Y? Ya es mayorcito y tiene el futuro resuelto.

Baine ladea un poco la cabeza.

—¿Y si sus nuevos tutores escogieran un futuro diferente para él?

—¿Qué nuevos tutores?

Baine ha empezado a trastear con el teléfono.

—Su familia, claro está.

—Yo soy su familia, pedazo de…

Y, en ese momento, se abre la puerta y el director general de Gravely Power entra por ella.

La última vez que lo vi, Don Gravely no tenía nada que ver conmigo. No era más que un apretón de manos sudoroso y un traje de poliéster. Lo único que me había llamado la atención de él era la manera en la que se había estremecido ante mi presencia. Recuerdo que lo fulminé con la mirada, no porque me hubiese hecho sentir molesta, sino por solidaridad con Bev y sus mariposas luna.

Ahora me fijo bien y pongo todo mi empeño en que sus facciones encajen en algo o en alguien que me resulte familiar. Pero no hay nada de mi madre en ese hombre, a excepción quizá de los ojos: de un gris gravilla y de mirada impasible.

Saca una silla de debajo de la mesa y se sienta con un suspiro ausente. Me da la impresión de que ni siquiera me ha visto.

—Mira, Liz —el rostro de Baine se retuerce de manera casi imperceptible—, no puedes tenerme de un lado para otro. Soy un hombre ocupado.

—Gracias por su paciencia, señor Gravely. —Baine sonríe, y él no parece reparar en la malicia de su gesto—. Solo hablaba con su sobrina nieta acerca de su futuro.

Gravely me mira por primera vez desde que entró en la habitación. Se le retuerce todo el cuerpo y hunde la cabeza en el cuello de la camisa. Tengo la necesidad infantil de darle una patada, solo para ver cómo se cae de la silla.

Me dedica una sonrisa que me recuerda a un perro callejero lamiéndose los colmillos.

—La hija de Delilah. ¿Cómo estás?

Así que es cierto. Este hombre forma parte de mi familia, de mi historia, de mis raíces, y lo sabía todo el mundo menos yo. Me embarga la vergüenza, la sensación de que seguro que todo el pueblo empezará a reírse de mí tan pronto como doble la esquina.

Me esfuerzo por mantener la compostura:

—He estado mejor.

Hago resonar las esposas contra el respaldar de la silla.

—Ah, sí. —Don Gravely ha dejado de mirarme—. Siempre tuvimos presente que debíamos ponernos en contacto contigo, claro, desde lo que le ocurrió a Delilah. A nosotros, a mi esposa y a mis hijos, nos encantaría pasar un tiempo contigo de vez en cuando. Podrías conocer al resto de la familia. Podríamos hacernos cargo de ti. —Baine abre los ojos un poco mientras lo mira y Don añade—: Y del chico, tu hermano. A fin de cuentas, ambos sois Gravely.

Unas imágenes me cruzan la mente, un montaje de vídeos caseros de mala calidad con escenas que nunca llegaron a ocurrir: Jasper y yo comiendo pollo en un patio enorme en las afueras, sentados frente a varios primos rubios con ropa de marca. Mi foto en el álbum de familia junto a la de mi madre. Un regalo debajo del árbol de Navidad con mi nombre en una etiqueta con caligrafía impecable: «Opal Delilah Gravely».

Imágenes de lo más normales. Tentadoras. Todo lo que siempre he querido, la lista que creía haber quemado hacía mucho tiempo: un hogar, un apellido, una familia. Sé que todo esto tiene truco, que hay que pagar un precio, que nada es gratis para la gente como yo, pero por un momento me quedo paralizada, sin poder respirar, ansiosa.

Baine interrumpe en ese momento, en voz baja.

—Lo hará cuando acabemos con esto, claro.

Muestro los dientes para hablar.

—¿A qué te refieres con «esto»?

Gravely gesticula, como si hubiese mosquitos en la habitación.

—Todo esto de la propiedad de los Starling. Has oído lo de la expansión, ¿no? Bueno, pues depende de un nuevo yacimiento de carbón que queremos abrir. Imagínate: una mina de verdad en Eden, de nuevo, por primera vez desde que enterramos al Gran Jack. Mis prospectores me han dicho que hay una veta muy prometedora debajo de la propiedad de los Starling. Tenemos los derechos de explotación, siempre los hemos tenido, desde el siglo XIX, pero los Starling no ceden. Liz, aquí presente —cabecea en dirección a Elizabeth Baine, a quien vuelve a darle un tic en un párpado—, es experta en resolver este tipo de situaciones.

Baine me mira con frialdad, y sé que si ahora mismo dijese que en realidad investigaba una entrada al Infierno, lo negaría de manera harto convincente.

—Y, por eso, todos estaríamos agradecidos, muy agradecidos —concluye Gravely—, si pudieses ayudarla.

Y ahí está el precio que debo pagar. Parece un trato justo, en realidad. Les entrego la Mansión Starling, dejo que maltraten una casa vieja que no es mía y que nunca lo será, traiciono a un hombre estúpido y valiente, y a cambio consigo lo que siempre he querido.

Un hogar, un apellido, una familia.

La palabra «familia» activa otro de esos montajes de imágenes en mi mente, pero este no es inventado. Veo a Bev al señalar al agente Mayhew a la cara, a Charlotte al pedirme que me vaya con ella, a Jasper al fingir que duerme para que yo haga lo propio. El abrigo de Arthur doblado a la perfección en el sillón. Las manos de Arthur entre las achicorias y la zanahoria silvestre. El rostro de Arthur al girarse hacia el mío mientras las amapolas se agitan a nuestro alrededor.

Ladeo la cabeza y analizo a Don Gravely, mi tío abuelo, supongo. El hombre que no nos hizo ni puñetero caso durante los once años en que vivimos a base de ramen, el que habría seguido sin hacernos ni puñetero caso de no ser por su cuenta bancaria y por sus planes de negocio. Es normal, ¿no? Compartimos linaje, puede que una maldición, pero nunca se ha quedado en el pueblo el tiempo suficiente como para saber lo que ocurre cuando se alza la niebla. No hay ningún vínculo que nos una a excepción de un apellido que yo ni siquiera sabía que fuera el mío.

Al mirarlo a los ojos, impasibles como la piedra caliza, llego a la conclusión de que tal vez los Starling estén en lo cierto, de que el único apellido que merece la pena tener es el que tú elijas.

Gravely empieza a impacientarse, a rumiar y a tamborilear en la mesa. Le sonrío y, a juzgar por la manera en la que se estremece, me da la impresión de que tiene que haber sido mi sonrisa de verdad, mezquina y retorcida. Me inclino sobre la mesa y notó cómo me arden los hombros.

—Vete a pastar, imbécil.

El cambio no tarda en hacerse visible: Gravely abandona el aire de tipo simpático. Deja las manos muy quietas y empieza a levantar el labio superior.

—Dios, eres igual que ella. Leon la consintió lo indecible, le dio todo lo que quería y, aun así, no fue suficiente.

Para mi madre, nada era suficiente. Era ansia pura, una necesidad insaciable. Ese apetito era algo que siempre he odiado de ella, solo un poco, pero ahora me resulta extrañamente adecuado. Al parecer, yo también lo tengo.

El rostro de Gravely empieza a hincharse y a ponerse morado.

—Se queda preñada y encima insiste en que quiere tenerte, se niega a casarse, mancilla el apellido de los Gravely… —Empieza a perder el hilo conductor, como si se resquebrajara bajo el peso de veintiséis años de rencor—. Y luego, para colmo, después de todos esos años, después de todo lo que había hecho, Leon iba a dárselo todo. No se había esforzado por ello, no se lo merecía…, yo era quien…

—¿Qué iba a darle?

Lo pregunto con tono impasible, en voz baja. No hay razón para justificar el silencio que sobreviene a continuación. Gravely vuelve a encogerse, como una tortuga, y parece como si

Baine hubiera conseguido no poner los ojos en blanco gracias a años y años de entrenamiento en condiciones adversas.

Gravely empieza a respirar más rápido, prácticamente a jadear.

—Eso ya da igual. Yo mismo quemé el testamento. Y tu mamaíta se tiró al río antes incluso de saber lo que iba a pasar.

—Sí que lo sabía.

Saboreo la verdad de mis palabras. «Ya verás», me había dicho mi madre. Y luego le había comentado a Bev que iba a arreglar las cosas, y creo que lo decía en serio. Creo que iba a dejar de ser una cabezota y reclamar la herencia que le había ofrecido su padre, para que tuviésemos un futuro mejor.

Pero los sueños no suelen durar mucho en Eden. La niebla se alzó bien alta, las ruedas se separaron del asfalto y, para cuando el agente Mayhew me compró el Happy Meal, mi futuro ya se había desvanecido.

Me lo habían robado, me lo había robado aquel cabrón de ojos grises como la piedra.

Un acceso de rabia hace que me ponga en pie.

—Pedazo de...

—Ya basta. —La voz de Baine resuena imperturbable, como si empezara a aburrirse—. Lo pasado, pasado está. Además, no tienes pruebas de nada, ¿verdad?

Abro la boca y la vuelvo a cerrar. La única prueba que tenía era el número de mi madre escrito en el recibo de un muerto, su foto en el álbum familiar. Y lo único que queda de todo eso son rumores y cenizas.

—Hablemos del futuro —continúa Baine—. Creo que es seguro dar por hecho que los jueces le otorgarán la custodia de Jasper a su tío abuelo, sobre todo después de comprobar el... comportamiento de su hermana.

Me mira, esposada, jadeando y apestando a humo.

—No lo ves desde ahí, pero quería que supieras que te estoy haciendo un corte de mangas.

Baine no parece afectada.

—Y no creo que el señor Gravely quiera que vaya a Stonewood. Al fin y al cabo, le han ofrecido un puesto en la empresa familiar. ¿Por qué no iba a aceptarlo?

—Porque tiene asma, pedazo de engendro.

El padre de Lacey trabaja en la central y me ha dicho que el capó del coche siempre está cubierto de un hollín fino y negro. Un turno de trabajo muy largo, un inhalador roto, una caminata hasta el motel durante una noche neblinosa bastarían para…

El pánico se apodera de mí y hace que mi voz suene como una súplica.

—No sobreviviría ni un año.

Gravely parpadea rápido. Baine se levanta y encoge un hombro, con gesto delicado y exasperante.

Me humedezco los labios y comento, con la mayor naturalidad posible:

—Voy a matarte.

—Difícil lo veo. Vas a ir a la cárcel por el incendio.

Me está provocando. Me mira con esos ojos azules e inexpresivos mientras pone patas arriba toda mi vida. Estoy harta.

—Dios, déjanos en paz. Ya ni siquiera trabajo para Arthur. ¡Gracias a ti!

Baine se reclina en el cuero falso.

—Lo sé.

—Y, aunque aceptara, aunque suplicara… —Una imagen de Arthur irrumpe en mis pensamientos, tal y como lo vi la última vez: de rodillas, con los ojos cerrados, como un penitente ancestral. Trago saliva—. Él no me dejaría las llaves.

Noto un cambio en su gesto.

—¿No?

—No. —Puede que le guste a Arthur, pero he visto cómo rompe una ventana con el puño para evitar entregarse a sus deseos. No titubeará, no se doblegará. Vuelvo a tragar saliva y miro a Baine a los ojos—. No puedo ayudarte.

—Lo sé.

No puede estar más tranquila.

—¿Hemos terminado, entonces?

Me dedica una sonrisa breve y condescendiente.

—No.

—¿Por qué no? ¿Qué hacemos aquí, exactamente?

Baine gira la muñeca para volver a mirar la hora.

—Esperar.

Un estremecimiento de inquietud me recorre el cuerpo. No le presto atención.

—Estarás esperando tú. Yo me largo.

Antes de que me dé tiempo a rodear la mesa siquiera, alguien llama a la puerta con tono respetuoso.

—¿Señorita Baine?

—¿Agente Mayhew?

—Ha llegado otro visitante.

Mayhew parece aliviado en su papel de mera comparsa.

Baine me sonríe mientras dice:

—Al fin. Que entre.

El tintineo metálico de las llaves, una voz grave. Después se abre la puerta, y Arthur Starling entra en la sala de conferencias C del centro de detención del condado de Muhlenberg.

Es la primera vez que veo a Arthur fuera de los confines de la Mansión Starling, y no puedo decir que me guste demasiado. Parece incómodo y demasiado alto, como si sus dimensiones no encajasen en las habitaciones normales. Su rostro está hecho a medida de la luz oblicua y de las bombillas ambarinas; bajo los tubos fluorescentes del centro de detención parece pálido y ordinario, como un hueso antiguo agujereado por la lluvia. Le acaban de partir el labio y tiene una ceja deformada, como si se le estuviese hinchando.

326

Recorre toda la habitación con la mirada hasta que me localiza, con la trémula determinación de la aguja de una brújula. Y, Dios, no debería mirarme así cuando Baine y Gravely pueden vernos. Y yo no debería devolverle la mirada. Somos un par de jugadores de póquer del montón que le muestran sus manos a toda una mesa de tahúres.

—Maldito imbécil —susurro.

Arthur no se estremece. Ahora no me mira la cara, sino la camisa quemada, y luego los hombros dolorosamente estirados. Aprieta la mandíbula.

—¿Por qué la han esposado? —pregunta con voz grave.

Elizabeth Baine le sonríe, como si fuese su primogénito, con una permisividad cariñosa.

—¿Las llaves, agente?

Mayhew saca un llavero del cinto, pero titubea.

—No le recomiendo que lo haga, señora. Esta arrastra un historial de acusaciones de hurto desde el mismísimo día en que su madre se ahogó para suicidarse.

Le enseño los dientes.

—Mi madre no se suicidó. Y, si me hubieses traído algo más que un Happy Meal, no tendría que haberte metido las manos en los bolsillos, pedazo de cabrón imbé…

Arthur me interrumpe, con un ruido demasiado parecido al que haría la gata infernal, y se hace con las llaves que Mayhew sostiene en la mano. Cruza la sala de conferencias con dos enormes zancadas y se arrodilla detrás de mí. Siento su calor en mi espalda, pero poco más: tengo las manos hinchadas y entumecidas, como guantes de plástico que se han inflado como globos.

Oigo un chasquido metálico y mis brazos caen hacia delante, mientras me chirría la articulación de los hombros y la sangre me late en las palmas. Me brilla la carne, de un rosado desagradable y un púrpura cada vez más oscuro en torno al lugar donde tenía las esposas.

Me doy la vuelta y veo que Arthur está tan cerca que mis ojos quedan a la altura de su garganta. Unas heridas de líneas aserradas le recorren la carótida, de un rosado chillón y arrugado. Me pregunto si se habrá limpiado la herida o si está dejando que se le infecte.

Trago saliva y le espeto:

—¿Permitiste que Jasper cogiera esas notas? Porque, si es así, te volveré a rajar la garganta.

—No. Al parecer lleváis el crimen en la sangre. —Arthur habla en voz muy baja y casi no mueve los labios—. ¿Está bien?

—Eso creo. —Me enfrento a la imperiosa necesidad de apoyar la cabeza en su pecho y estallar en lágrimas de agotamiento. En lugar de eso, me muerdo los carrillos—. No estaba allí cuando ocurrió.

Arthur baja la voz más aún.

—¿Y tú estás bien?

—Sí. —Levanta una mano para tocarme la costra de sangre y ceniza que tengo en la mejilla. Sus dedos rozan mi piel. Me muerdo el carrillo con más fuerza—. No.

—Es por mi culpa. Lo siento mu... Intenté detenerlas... En esta ocasión han salido dos. Y una...

No lo soporto. No soporto su aflicción, la culpabilidad que lo arrastra batalla tras batalla y lo deja herido y ensangrentado.

Apoyo la mejilla en su mano.

—Tú no tienes la culpa. Nadie la tiene, ¿vale?

Se atraganta.

Doy un paso atrás.

—¿Qué haces aquí? ¿En qué estabas pensando? Ya sabes qué es lo que quiere esta gente...

—Me alegra que hayas venido, Arthur.

Baine habla como si hubiese lanzado una bomba entre nosotros, pero con educación.

Arthur deja los brazos colgando en los costados. Se envara.

—Claro —dice, y su voz tiene el mismo tono desdeñoso que recuerdo de cuando me hablaba el invierno pasado.

Gravely lo mira con gesto de satisfacción enfermiza, pero Arthur no ha dejado de mirar a Baine.

—Gracias por venir, Opal. Puedes marcharte. —Baine me despide con un cabeceo cordial, como si estuviésemos en una reunión de negocios o una entrevista de trabajo. Después cabecea en dirección a un asiento vacío sin dejar de sonreír a Arthur—. Siéntate. Hablemos.

Me acomodo en el sitio y evito que Arthur me rodee.

—No tiene nada que decirte.

Baine cabecea en dirección al agente Mayhew sin mirarlo.

—Sácala de aquí, por favor.

Él se toca el estúpido sombrero y se dirige hacia mí. No sé hasta qué punto puedo hacerle algo con estas manos que parecen un par de pescados hervidos, pero estoy dispuesta a descubrirlo. En ese momento, Arthur dice, con voz cansada:

—Márchate, Opal.

—Dios, ¿vais a dejar de decirme que me vaya o qué?

Pero otros dos hombres uniformados aparecen detrás de Mayhew y se acercan a mí con cautela. Lo encontraría halagador, de no ser porque estoy ocupada fulminando con la mirada a Arthur. Me agarran por los codos y tiran para separarme de él. Los insulto y pataleo mientras mis zapatillas golpean botas pesadas, con los nudillos demasiado hinchados para cerrar los puños como es debido. Lo último que atisbo a ver de la sala de conferencias C es a Arthur mientras se sienta en la silla vacía, con los hombros inclinados, y a Elizabeth Baine, sonriendo.

25

El aparcamiento está a oscuras, con la
única salvedad de los haces de luz
redondos de las farolas, a rebosar de
polillas y efímeras. Hay una camioneta que me
resulta familiar al lado de la entrada, aparcada
con una despreocupación por las líneas blancas
digna de admiración, y también un Volvo
bastante cerca. Dos mujeres están apoyadas
cerca de la puerta del conductor, con hombros
que apenas se rozan. Alzan la vista hacia el
centro de detención cuando la puerta se cierra
a mis espaldas.

Charlotte grita mi nombre. Bev ya ha empezado a acercarse y arranca a correr. No creo haber visto jamás a Bev correr por nada. Apuesto a que ni siquiera corrió hacia su oficina cuando estalló el incendio. Pero ahora ha empezado a hacerlo, por mí.

Se detiene con torpeza a mi lado, con los brazos a medio levantar. Después dice, con voz ronca:

—¿Estás bien, idiota?

Asiento, más por costumbre que por convicción. Después la abrazo y aprieto la cara contra los músculos calientes donde el hombro se une al cuello del chaleco. Bev dice:

—Dios.

Lo pronuncia con una repugnancia considerable, pero también me rodea con los brazos. No sé si ha reparado en la mancha húmeda llena de mocos que le he dejado en el hombro, pero se abstiene de hacer comentario alguno.

Y pienso: «Han pasado once años y a saber cuántos días desde la última vez que alguien me abrazó así».

De hecho, nunca me han abrazado así, con firmeza y seguridad, durante todo el tiempo que necesito. Mi madre solo me abrazaba durante el tiempo que necesitaba ella.

Me da la impresión de que llevo todos estos años de luto por dos personas: por la madre que tuve y por la madre que me habría gustado tener, y que ninguna de ellas era la que me daba un techo bajo el que cobijarme.

—Bev, lo siento mucho. Yo tengo la culpa de lo del motel. No creo que hubiesen hecho algo así de…

Ella murmura:

—Mira, cierra el pico.

Se lo dice a mi pelo. Y cierro el pico.

Bev me da dos golpecitos en la espalda cuando me separo, como si fuese el capó de un coche en el que no se puede confiar. Luego se frota los ojos con fuerza contra un hombro.

Me lleva hasta el Volvo.

—Venga, vamos a casa de Charlotte para que te des una ducha.

—No puedo.

—Cielo —dice, sin brusquedad—. Hueles a llantas quemadas.

—Mira, aún no sé dónde demonios está Jasper porque no responde al puñetero teléfono, pero tengo que encontrarlo. Y ella tiene a Arthur ahí dentro…

Bev entorna los ojos.

—¿Ese espantapájaros enorme que entró corriendo hace unos minutos? —Asiento—. ¿Qué es para ti?

—Es mi… —empiezo a decir, pero no se me ocurre un sustantivo preciso. El posesivo se queda flotando en el aire.

Bev dice:

—Que le den.

Pero justo en el mismo momento, Charlotte dice:

—Te esperaremos.

Charlotte saca una chaqueta de punto y una caja de galletas de mantequilla de cacahuete del asiento trasero, como una auténtica bibliotecaria. Se esmera al echarme la chaqueta por encima de los hombros y luego me limpia el hollín de la cara con una camiseta que dice ¡BIEN POR LOS NIÑOS QUE LEEN! Me apoyo en el parachoques y empiezo a comer galletas a lo loco, sin apartar la mirada de la puerta del centro de detenciones. Bev y Charlotte me flanquean, como un par de gárgolas o de ángeles custodios.

Después de un largo silencio, digo:

—Así que sois…

Charlotte es la que responde:

—Eso no te incumbe.

Y Bev dice, al mismo tiempo:

—Sí, desde hace unos años.

Noto cómo se miran a los ojos por encima de mi cabeza, la colisión de un par de sonrisas cargadas de ironía.

—Y yo que pensaba que me traías al motel el material que había reservado porque tenías buen corazón. —Chasqueo la lengua—. Pero en realidad te ponía cachonda mi casera.

—Al principio iba a pesar de ella —admite Charlotte—. Pero luego empezó a ser ella quien reservaba libros y comenzamos a hablar… —Charlotte baja la voz hasta convertirla en un mero susurro—. ¿Sabes que le gusta la poesía? La más cursi además, los románticos.

Bev agita las manos, como si tratara de espantar un mosquito en lugar de sus sentimientos.

—Ya te he dicho que solo era para impresionarte.

—Claro que sí, cielo —dice Charlotte, por decir algo, y soy testigo de un hecho insólito, ver cómo mi casera se ruboriza.

Miro a Bev con ojos entornados y titubeantes.

—¿Estás segura, Charlotte? A ver, come salchichas directamente de la lata. Como un animal. —Bev me arrea un capón en un lado de la cabeza—. Solo digo que creo que mereces algo mejor.

—No te digo que no —replica Charlotte, pensativa. Después mira a Bev, con aire sereno y amable y, de repente, me da la impresión de que acaban de dejar un beso a medias—. Pero también puede que no quiera otra cosa.

—¿Ves, niñata? —dice Bev mientras me hace un corte de mangas. Y menos mal porque, de no haber sido así, habría arrancado a llorar otra vez.

Después, esperamos en un silencio que solo rompen el zumbido anodino de los bichos contra las bombillas y el crujido del envoltorio de galletas. Siento una tranquilidad muy extraña en la cabeza, una tensión ahogada, como si me hicieran presión con una almohada para tapar una boca que no deja de gritar.

Una silueta alta y enjuta aparece al otro lado de las puertas de cristal. Corro en su dirección antes de que la puerta se abra del todo.

Arthur no parece estar herido, pero noto algo raro en su manera de moverse. Tiene los hombros encorvados a los lados, y camina con paso ligero y a grandes zancadas, como si acabara de quitarse un gran peso de encima. Me mira a los ojos desde el otro extremo del aparcamiento y veo el resplandor blando de una sonrisa. Si trata de tranquilizarme, lo cierto es que no ha funcionado. Un escalofrío me recorre la espina dorsal.

Se detiene debajo de una farola y espera, con las manos en los bolsillos y la sonrisa mística de alguien que acabara de quitarle la anilla a una granada. La hendidura de la mejilla izquierda está más pronunciada que nunca. Frunzo el ceño.

Arthur no se inmuta. Me recoge un mechón lleno de ceniza detrás de una oreja, con una naturalidad posesiva, como si ya lo hubiera hecho cientos de veces. Como si sus dedos no dejaran una mancha luminosa e incandescente en mi pómulo.

—Me gusta la chaqueta —observa, y debo refrenarme para no agarrarlo por los hombros y empezar a zarandearlo.

—¿Te ha drogado? ¿Estás bien?

A modo de respuesta, se encoge de hombros con indiferencia y gesto relajado. Qué ganas tengo de partirle todos los dientes.

—¿Qué ha pasado ahí dentro? ¿Qué van a hacer?

—Nada. —Su voz denota una serena certidumbre que hace que se me erice el vello del dorso de la mano—. Ni a ti ni a Jasper. Nunca más.

—Arthur. —Estoy lo bastante cerca como para ver cómo le titilan los ojos cuando pronuncio su nombre, un destello de algo cercano al dolor físico—. ¿Qué les has dado?

Otra sonrisa, y contengo el impulso de acercar el pulgar a la arruga oscura de su hoyuelo.

—No te preocupes.

—¿Que no me preocupe? Que no me preocu…

Un tono de llamada amortiguado me interrumpe. Me doy la vuelta para mirar a Bev y a Charlotte.

—¿Ese es mi teléfono?

Charlotte ya ha sacado una bolsa de plástico, iluminada con el azul claro del brillo de la pantalla.

—Convencimos a la recepcionista.

Corro, rompo la bolsa para abrirla y luego miro a ver quién llama.

—¿Dónde coño estás?

—Joder, vale. ¿Dónde coño estás tú?

Al oír la voz de Jasper, las piernas me empiezan a temblar por segunda vez esa misma noche. Me apoyo contra el Volvo y deslizo la espalda por el metal caliente, con un nudo en la garganta a causa de las lágrimas.

—Dios, Jasper. —Mi voz es poco más que un hilillo quebrado—. ¿Por qué no cogías el teléfono?

El suspiro suena como una ráfaga de viento a través del altavoz.

—Le quito el sonido durante una hora y parece que le va a dar un infarto a todo el mun…

Después empezamos a hablar al mismo tiempo, pisándonos las frases.

—Mira, siento haberte dicho que…

—¿De verdad le has prendido fuego al motel? Porque…

—¿Quién ha dicho eso? Claro que no. Dios, Bev me mataría si…

—¿Ella está bien? ¿Le ha…?

—Sí, Bev está bien. Está aquí conmigo. ¿Tú dónde estás?

—En la biblioteca.

—¿Por qué estás en…? Da igual. —Cojo aire y obligo a mis piernas a recuperar el equilibrio—. Quédate ahí. Voy a ir a buscarte. —Cuelgo antes de hacer algo de lo que me arrepienta más tarde, como llorar o insultarlo o decirle cómo me sentí al ver el humo y pensar que lo había perdido para siempre.

Bev y Charlotte empiezan a hacer preguntas, pero, antes de que me dé tiempo a responder, oigo un tenue tintineo metálico. Arthur me mira con el brazo extendido. Le cuelga un llavero de los dedos. Veo el símbolo de Chevy desgastado, la pequeña linterna de plástico que no funciona.

Extiendo también el brazo, pero me paro en seco. Guardo un registro detallado en mi cabeza, un conteo de deudas y favores, pero ya no sé lo que nos debemos él y yo. Echó a perder mi vida y luego intentó enmendarla. Yo lo salvé y luego escapé de él. Habíamos alcanzado una especie de equilibrio miserable pero tolerable entre ambos, hasta esta noche. Hasta que apareció en el centro de detenciones e hizo un trato horrible para salvarme. No tengo ni idea de qué ha hecho, pero reconozco al mismísimo diablo cuando lo tengo delante. Y, para colmo, ahora me ha vuelto a ofrecer la camioneta.

Lo miro a los ojos, buscando dónde está el truco, qué precio hay que pagar. Me mira con gesto impasible, sin pedir nada y ofreciéndolo todo.

Cojo las llaves.

Charlotte me toca el hombro antes de que me dé la vuelta.

—Tenemos que hablar después de que recojas a Jasper. He encontrado algo en los documentos de los Gravely que creo que tienes que...

—Ya lo sé —la interrumpo con amabilidad—. Al parecer, lo sabía todo el mundo.

Su rostro se arruga a causa de la confusión.

—Yo no estoy tan segura, Opal. Tengo que enseñárselo a una amiga abogada que tengo en Frankfurt, pero de verdad que creo que...

Pero no tengo tiempo de preocuparme por la Sociedad Histórica. Le doy un beso a Charlotte en la mejilla, me despido de Bev con un gesto que bien podría ser un saludo militar y luego me dirijo a la camioneta.

Arthur me sigue a escasos centímetros. Me deslizo en el asiento del conductor y él se inclina por la ventanilla.

—Sácalo de Eden. Esta noche, si puede ser.

Ese espeluznante tono de inquietud ha desaparecido de su voz, que ahora suena grave e inexpresiva.

Vuelvo a notar una premoción, un frío que me recorre las entrañas.

—Lo haré.

—Buena suerte. Se… —La boca de Arthur se retuerce en un gesto irónico—. Se parece mucho a ti.

—Sí, es un imbécil.

—Yo diría que es perseverante.

Apoyo la barbilla en la puerta del conductor.

—¿Vienes?

Un cabeceo prácticamente imperceptible.

—Tengo que volver a la casa. —Arthur saca una cartera del bolsillo trasero y extiende el brazo para soltarla en el porta-vasos. Detiene la mano en el volante y lo agarra con fuerza—. Opal, márchate con él. Abandonad Eden. —Alza la vista y noto cómo traga saliva—. Por favor.

Lo examino durante un lapso que se me antoja interminable.

—Lo sabes, ¿verdad?

—¿Que si sé el qué?

—Mi apellido.

Una pausa. Luego asiente con tono brusco.

—De haberlo sabido antes, jamás te habría dejado entrar en la casa. Por muy perseverante que fueras.

Y le digo, prácticamente en un susurro:

—Pues me alegra que no lo supieras.

Es la verdad. Los meses que pasé en la Mansión Starling fueron, válgame Dios, los más felices de mi vida.

Arthur traga saliva.

—Márchate, Opal. Y no vuelvas.

Lo miro a esos ojos negros, sin parpadear, sin ni siquiera colocarme un mechón de pelo detrás de la oreja.

—Vale —respondo—. Lo haré.

Y, por el alivio desesperado de su rostro, por la manera en la que sus dedos sueltan el volante y se alzan para tocarme la mejilla en un gesto de despedida fugaz y terrible, sé que me cree.

Veo a Jasper antes de que él me vea a mí. Espera en el exterior de la biblioteca, con el cuello inclinado hacia el teléfono y el cabello peinado con mucho cuidado. Lleva pantalones de vestir y una camisa de botones que seguramente le haya pedido a Logan, con el cuello y los puños rígidos. Sé que, como hermana, Dios querría que me riese de él, pero no tengo ganas de reír. En lugar de ello, siento un dolor extraño detrás de los ojos, como si viese algo infinitamente valioso desaparecer en el horizonte.

Paro el coche con un frenazo en seco y dejo los faros encendidos, que recortan la silueta de Jasper contra los ladrillos, como un criminal en una serie de televisión en blanco y negro. Entorna los ojos al ver la luz y me hace un corte de mangas. El dolor remite un poco.

Se desliza en el asiento de pasajeros con la mochila sobre el regazo, y yo lo vuelvo a mirar de arriba abajo para que me quede claro que está de una pieza y no está herido. Aún noto el sabor del humo negro en la garganta y no he dejado de ver ese hueco con forma de boca abierta que ocupaba el lugar donde antes estaba nuestra puerta.

—Hola —dice Jasper, con tono amable, y acelero en lugar de mirarlo.

Ninguno de los dos dice nada durante un rato. Baja la ventanilla y deja que la brisa lo despeine mientras contempla el mundo al pasar con una expresión de insólita nostalgia. Es como hacer fotos mentales del paisaje para colocarlas en un álbum y convertir el presente en pasado. Los toldos se extienden sobre los puestos del mercadillo, azules y ajados. El grupo de chicos con gorras en el aparcamiento del Dollar General. El resplandor amarillo de la central eléctrica por la noche.

Mantengo la vista fija en la raya blanca de la carretera cuando pasamos por el Jardín del Edén, pero veo las luces del camión de bomberos, que relucen en las nubes como rayos.

Jasper suelta un taco.

—¿Cómo ha pasado algo así?

Mi primer impulso es mentir, tampoco es que el motel cumpliese con la reglamentación, pero necesito tenerlo de mi parte. Así que respondo, con cautela:

—Enfadé a alguien.

Una pausa cargada de tensión.

—¿A él?

—¿A quién te refieres?

—Porque, como sea así, si se ha enfadado contigo por dejarlo, o ha intentado destruir las cosas que le robé, podría ayudarte a ocultar el cadáver.

Tardo unos cuantos segundos en comprender de qué me está hablando, y le grito «¡No!» con más brío del necesario.

—Él nunca haría algo así. Nada de lo que cuentan de él es cierto. Podría decirse que es… tonto y estúpido y desesperadamente impulsivo, que está atormentado por su cabezonería. Pero es buen tío —sentencio, en voz baja.

—Ya veo —comenta Jasper, con tanta delicadeza que noto algo cálido que empieza a deslizárseme por el cuello.

Pasan casi dos kilómetros antes de recuperarme lo suficiente como para decir:

—Fue esa Baine. —En su mayor parte—. Quería algo de mí y yo no iba a dárselo.

—Dios. —Oigo el desconcierto de su voz y lo entiendo. ¿Cuándo he defendido algo o a otra persona que no sea él?—. Un momento. ¿Eran las notas que cogí? Porque la verdad es que…

—No —le aseguro.

Y algo me dice que es verdad. Han cogido las notas, pero no creo que las necesiten. Creo que Baine le prendió fuego al motel, me acusó de ello e hizo que me esposaran mientras mi tío abuelo amenazaba el futuro de Jasper solo porque quería que Arthur Starling viniese a salvarme. Y eso hizo él.

La imagen de Arthur al entrar en la habitación, al mirarme como si fuese algo valioso, vital incluso, como si no hubiese nada en su lista a excepción de mi nombre, hace que otra oleada de calor me recorra el cuerpo.

Pasamos por el centro de detención y me resulta inevitable buscar una sombra desgarbada, pero el aparcamiento está vacío. Me pregunto si se habrá ido con Charlotte o si habrá ido a pie. Me pregunto si habrá cruzado el antiguo puente del ferrocarril y si habrá hecho alguna pausa para regodearse en ese sentimiento de culpa vetusta y rancia.

Giro a la derecha al dejar atrás el centro de detención y apago el motor. La cabina está en silencio, a excepción del zumbido del neón viejo y del chirrido distante de los grillos.

Jasper carraspea.

—En realidad ya he comido en casa de Logan, así que no tengo hambre.

La luz de las ventanas del Waffle House le da un tono dorado eléctrico e inquietante a su rostro.

—No hemos venido a comer gofres, chaval.

Apoyo la cabeza unos segundos en el volante, para recordarme que esto es lo mejor que podemos hacer, que he trabajado muy duro para ello, y luego saco el teléfono del bolsillo y abro la página web de la academia Stonewall.

Le paso el teléfono.

—Tenía un folleto y una carta de aceptación preparados para tu cumpleaños, pero el incendio...

Jasper se queda pálido. Muy pálido.

—¿Qué es esto?

—Tu nueva academia.

Jasper desliza la página con el dedo y luego toca la pantalla dos veces.

—¿Un instituto privado? ¿Un internado?

—Está todo pagado. La matrícula, la estancia, la comida. Todo.

—¿Cómo narices has…? Mira, mejor no respondas a eso. No… ¿Qué hace mi cara en la página web?

—Yo… ¿Qué?

Le quito el teléfono de las manos y paso las imágenes de la galería. Ahí está, la fotografía de Jasper apoyado en la pared del motel, con las manos en los bolsillos y la capucha puesta. Pero la han puesto en escala de grises y añadido un mensaje con letra a palo seco: «No importa cuáles sean tus orígenes. Lo que importa es lo que harás a continuación».

—Vale, eso es…

No sé lo que es. ¿Extraño, raro, bueno, incómodo? El rostro de Jasper sugiere que no es ninguna de esas cosas y que la he cagado a base de bien.

Intento adelantarme a lo que quiera que vaya a decir y cambiar de tema.

—El curso empieza en agosto, así que todavía queda, pero…

—Así que ya me has matriculado. Me has matriculado tú.

Me humedezco los labios.

—¿Sí?

—Porque creías que me iba a gustar… —me vuelve a quitar el teléfono— la academia Stonewood. Donde se cultiva la grandeza. —Toca la pantalla—. Dios, ¿cómo has encontrado un lugar en el que hay más tipos blancos que en Eden, suponiendo que eso sea posible?

—No… Eh… No será así…

—Esto es como cuando Charlotte se puso a gritarle al director. Sé que lo hizo por mi bien, pero las semanas posteriores fueron un infierno.

Me siento como alguien que acaba de aparecer de repente exclamando «¡Sorpresa!» el día que no era y a la persona que no era: a la defensiva, avergonzada. Y un poco enfadada incluso.

Respiro, vacilante.

—Mira, ya hablaremos del tema… después. Lo que más importa ahora es que tienes que salir de aquí. Esta noche. Alguien tendría que habértelo dicho hace mucho tiempo. —Vuelvo a coger aire, una inhalación breve para prepararme—. Nuestra madre era la hija del viejo Leon Gravely. Así que… tú y yo somos Gravely, técnicamente.

El silencio que sobreviene a continuación es tan intenso que lo noto en los tímpanos. Podría decirse que casi oigo las neuronas de Jasper al encenderse. Luego dice, con cautela:

—Entonces…, ¿ellos son los que han pagado esto? ¿Eso es lo que tratas de decirme?

—¿Qué? Dios, no. ¡Esos buitres no darían ni un chavo por nosotros!

—Vale. Entonces, ¿por qué…?

—Es la maldición. O como quieras llamarlo. Va… Va a por los Gravely, por eso siempre han…

—¿Opal? —A Jasper le cuesta coger aire—. Lo sé. Ya lo sabía todo.

—¿Cómo dices?

—Que lo sé desde hace tiempo. Siento mucho no habértelo dicho, pero no estaba seguro de que estuvieras lista para conocer la verdad.

Jasper hace una pausa, pero no se me ocurre nada que decir. De hecho, puede que jamás vuelva a ocurrírseme nada que decir.

—Vale —conviene él—. Vale. Gracias, eso lo primero. No sé cómo has pagado una academia privada, pero es… Sé que intentabas ayudar.

Lo dice con voz seria, demasiado, como un padre que agradece a sus hijos un regalo de Navidad artesanal. Empiezo a sentir una corazonada que empantana el ambiente.

—Segundo, lo siento mucho, lo siento de verdad, pero…
—Me devuelve el teléfono y dobla los dedos lánguidos alrededor de la carcasa—. No voy a ir.

Creo que nunca lo he visto tan seguro de lo que dice.

—Si crees que vas a trabajar en la maldita central eléctrica, vas a tener que…

—Porque este año voy a empezar en la Universidad de Louisville. —Jasper hace una pausa para dejarme asimilar sus palabras—. Me han concedido una beca y el orientador dice que puedo pedir un préstamo, así que no tendrás que preocuparte por nada.

Estoy muy segura de que, en el guion original de esta conversación, esa línea de diálogo era mía. Yo soy la que le está ofreciendo la salida de Eden, dándole las llaves de su futuro.

—Tienes dieciséis años.

Jasper sonríe, con algo de timidez y un poco de orgullo.

—No hay requisitos de edad. Solo hay que hacer las pruebas y esas cosas. Charlotte me ayudó a solicitar plaza y con el examen de admisión. —Charlotte, mi antigua amiga, a quien ahora tengo por una traidora sin escrúpulos—. Y la madre de Logan me ayudó con el papeleo de la beca. Y hoy la señora Gutiérrez me ha traído a la biblioteca. Acabo de reunirme con mi tutor. Ya estoy matriculado.

El entusiasmo de su voz flaquea un poco, como si se volviese algo más joven en ese momento.

—Sé que tendría que habértelo dicho, pero quería darte la sorpresa. —Juguetea con el botón del puño de la camisa, que saca y mete del ojal—. Antes solicité varios puestos de trabajo, pero ni se molestaron en responderme. Supongo que quería esperar a que fuese algo seguro. Y quería demostrarte que era capaz de hacerlo, que ya no tienes que preocuparte por mí.

Me mira y me obliga a apartar la mirada de repente y a enjugarme la cara con la manga. El olor de mi camisa solo consigue irritarme aún más los ojos.

—Opal, mira, tranquila. No te voy a abandonar. Lo tengo todo planeado: voy a sacarme Empresariales y conseguiré un trabajo. Y luego seré yo quien te cuide a ti.

Me coloca la mano en el hombro, titubeante, como si no estuviese seguro de si voy a morderlo.

Es más o menos lo que quiero. ¿Cómo se atreve a tramar todo eso a mis espaldas? ¿Cómo se atreve a contárselo a Logan antes que a mí? ¿Cómo se atreve a no necesitarme? En lugar de eso, digo:

—No sabía que quisieras hacer Empresariales.

Esboza una sonrisa, como si el comentario fuese estúpido y yo fuese muy ingenua por hacerlo.

—Ya veré si me gusta.

—Te gustan los vídeos. Grabar. El arte.

Él levanta uno de los hombros.

—¿Y qué?

—Pues que lo que haces es muy bueno. Y has trabajado muy duro. ¿Por qué no…?

—No recuerdo el aspecto que tenía mamá. ¿Lo sabías? —Lo dice sin inflexión alguna en la voz, como un hombre que quitase de repente la alfombra de debajo de su oponente—. Cuando intento imaginarme su cara, todo se vuelve borroso y solo te veo a ti. —Lo dice mirando al parabrisas, con la mirada fija en las protuberantes bombillas ambarinas del restaurante, con voz grave—. Opal, eres una mandona y siempre crees saber qué es lo mejor, pero tienes un gusto terrible para los hombres. Aun así, ¿crees que no sé cuánto te debo?

Creía que mis costillas habían sanado, pero al parecer me equivocaba, porque siento un dolor terrible en el pecho. También noto los huesos raros, calcáreos y quebradizos como yeso viejo.

Espero y empiezo a respirar poco a poco a pesar de la herida, hasta que consigo articular:

—No me debes nada, Jasper. ¿Me has oído?

—Sí, claro.

De repente, me parece prioritario hacérselo entender, que sepa que no tiene por qué compensarme, que no me debe nada. Quiero que sepa que no soy como nuestro tío abuelo, que ofrece su parentesco a cambio de innumerables condiciones. Que lo quiero y que el amor anula todo lo demás.

—No, lo digo en serio. Crees que te he cuidado porque tenía que hacerlo, pero no es así. Podría haberte dado en adopción. Y quizá tendría que haberlo hecho, por tu bien. —Jasper amaga con objetar, pero lo interrumpo—. Pero no lo hice. No lo hice porque no quería. ¿Recuerdas cuando dormías en mi cama todas las noches?

Un dolor adolescente se apodera de sus facciones, como si la mención de las costumbres de su infancia le hiciese daño.

—Porque tenía pesadillas —murmura.

—No, tonto, porque era yo quien las tenía. —Trago saliva—. O porque las teníamos los dos, supongo.

Es cierto. Todas las noches soñaba con la casa o con el río, o a veces con ambas cosas. Habitaciones llenas de ríos de agua, de escaleras que desaparecían y se convertían en una espuma blanca y rancia, aguas negras que se filtraban entre ventanas rotas. Solo podía dormir cuando tenía la espalda de Jasper apoyada contra la mía, cuando su respiración silbaba por encima del ruido del radiador.

Ahora es él quien se aferra las costillas, quien se inclina como si le doliese. Bajo la voz.

—Estoy orgullosa de ti. De verdad. —También me siento enfadada y triste, sola antes de tiempo, incapaz de imaginarme cómo será un mundo sin él, pero él no tiene por qué saberlo—. Vete a la Universidad de Louisville, claro que sí. Pero, por favor, no te metas en Empresariales. Métete en Comunicación Audiovisual o en Historia del Arte. O en Danza Interpretativa, yo qué sé. Haz cosas raras con los raritos de tu foro. Asústame como ya has hecho con tus vídeos. ¿Vale?

—Vale.

No parece muy seguro.

—No, prométemelo. Quería hacerte un regalo, ¿recuerdas? —Agito el teléfono frente a él. La página de la academia Stonewood aún pasa las imágenes: hiedras que reptan por ladrillos viejos, niñas con coletas rubias y bien firmes, bibliotecas de ventanas de medio punto; Jasper de pie, como si fuese la imagen lúgubre del «antes» de una de esas remodelaciones en las que se muestra el antes y el después—. Pero ha resultado ser un regalo de mierda. Así que deja que te dé esto.

—Pero…

—Mira, he tenido un día muy largo, así que cierra el pico y júrame que no vas a renunciar a tus sueños por mí, ¿vale?

Extiendo el meñique. Jasper lo mira con una sonrisilla desamparada en el gesto y una pregunta en la mirada. «¿En serio?». Asiento una vez. Se le ensancha una sonrisa amplia y joven. Parece embriagado por su futuro. Feliz.

Extiende el meñique y lo estrecha con el mío.

Dejo de estrecharlo antes de ponerme a llorar, y luego cojo la cartera de Arthur del portavasos. Hay una suma desconcertante de dinero en el interior, billetes tan nuevos y verdes que seguro que los ha sacado directamente del banco. Abro la cremallera de la mochila de Jasper y meto el dinero en el bolsillo superior.

—Cómprate un billete de autobús a Louisville. Tendrás que quedarte en un hotel hasta que comience el curso, pero te conseguiré más dinero si se te acaba…

—Espera. ¿Quieres que vaya ya? ¿Ahora mismo?

—La cosa ha empezado a ir a peor. —Lo digo con un tono del todo neutro, como si leyese un periódico—. No sé lo que hay debajo de la Mansión Starling, pero se está volviendo cada vez más infame y más fuerte. Y es posible que Elizabeth Baine esté a solo un candado de liberarlo. Hoy, cuando creía que estabas en el motel… —Hago una pausa para tragar saliva varias veces—. Mira, sí. Ahora mismo.

Jasper vuelve a colocarse la mochila sobre el regazo y tantea la puerta para abrirla.

—Si eso fuese cierto…, ¿no tendrías que venir conmigo?

Me rasco la clavícula, donde el sudor y el humo se han solidificado en una película gris que ha empezado a picarme.

—Lo más probable es que sí.

—Pero vas a quedarte.

—Ajá.

—¿Por él?

—No.

«Sí».

—Pero eres consciente de que no tienes por qué hacerlo, ¿no? Tú y yo hemos tenido los mismos sueños, durante muchos años, pero eso no quiere decir nada, en realidad. Puedes elegir.

—Sí, lo sé. —Y también veo la decisión que ha tomado Jasper en todos y cada uno de los gestos de su cuerpo, en la manera en la que inclina los hombros. «Vamos, vamos, vamos». Nunca se habría quedado, sin importar con qué soñase en secreto. Y yo nunca iba a marcharme, sin importar lo que dijese en voz alta—. Esta es mi elección.

Siento que Jasper libra una lucha en su interior: si por él fuera, me esposaría por las muñecas y me arrastraría al autobús detrás de él.

Lo empujo, sin el menor tacto.

—¿Te vas ya? No eres mi padre.

Pone los ojos en blanco y vuelve a extender el dedo meñique.

—Júrame que no te vas a morir de una manera extraña, estúpida y asquerosa.

Se lo estrecho.

—Todo irá bien.

Se lo digo porque lo quiero.

Después lo aprieto contra mí y le doy un beso en la frente, como hacía cuando era pequeño. Y él tiene la deferencia de no entrar en combustión espontánea a causa de la vergüenza. Después se marcha.

Lo veo acercarse al mostrador, donde cuelga un cartel de la compañía de autobuses, y deslizar dos billetes de veinte por la formica. Veo que la cajera se tranquiliza al cabo de medio minuto de conversación, como le ocurre a todo el mundo, y después le da una taza de chocolate caliente que sospecho que le ha salido gratis. Lo veo sentarte en una mesa y mirar por la ventana con los ojos entornados. No sé si me ve entre el resplandor amarillo del cristal, pero levanta la barbilla en dirección a la carretera. «Márchate».

Y me marcho. Poco después de coger la carretera del condado, veo el resplandor broncíneo en el salpicadero y reparo en que ha dejado el centavo reluciente de Arthur encima. Para darme suerte.

Conduzco con las ventanillas bajadas, a toda velocidad mientras el viento me enjuga las lágrimas. No pienso en el motel, ni en la ceniza, ni en los cristales ni tampoco en los huesos de metal de las estructuras de las camas que han quedado destrozados. Ni en Elizabeth Baine o Don Gravely o todo el tiempo que han pasado los Starling interponiéndose entre ellos y el abismo. Ni siquiera pienso hacia dónde voy.

Otra mentira. Sé exactamente adónde voy.

Cruzo el río y conduzco hasta el lugar donde acaban las farolas y el bosque se vuelve impredecible, donde la única luz es el resplandor tenue y ambarino de una ventana iluminada, que reluce para mí entre los árboles.

26

Es muy tarde, pero Arthur Starling no está durmiendo. Lo ha intentado durante un rato, pero lo único que ha conseguido ha sido quedarse diez minutos tumbado en el sofá, rígido, consciente de cómo cada moretón le latía por todo el cuerpo mientras la Mansión aullaba de preocupación.

La niebla se había espesado muy deprisa, y la Bestia se ha deslizado por la puerta antes incluso de que consiguiese coger la espada. El enfrentamiento fue desesperado y encarnizado, y concluyó al rodear Arthur con el brazo ese cuello lleno de escamas afiladas. Sus tatuajes sisearon y ardieron, y dispersaron a la Bestia en goterones de vapor.

Después, mientras estaba concentrado en mantenerse en pie entre jadeos y sangre, la segunda Bestia salió a la carrera, pasó a su lado y se escabulló por encima del muro meridional.

Las manos habían empezado a temblarle con tanta fuerza que había necesitado tres intentos para meter la llave en el arranque de la camioneta.

Pero ella estaba viva. Y también su hermano.

De todas formas está demasiado ocupado como para dormir. Tiene muchas cosas que hacer: preparativos que llevar a cabo, explosivos que distribuir, un testamento que escribir, flores que regar, como un imbécil, a sabiendas de que pronto no habrá nadie que se preocupe por ellas. Y no tiene mucho tiempo.

Supone que bien podrían quedarle unos pocos días. Una semana, a lo sumo. Ha firmado todos los formularios de pacotilla de los Gravely, pero tardarán un tiempo en reunir su maquinaria monstruosa en la linde del territorio de los Starling. Le ha dado a Baine las tres llaves mientras ella le sonreía con la satisfacción de una profesional que ha hecho bien su trabajo y él se imaginaba clavándole una en el ojo, de la misma manera que Opal había acabado con la Bestia. Pero no le había entregado la cuarta llave.

Se hará con la cuarta tan pronto como vuelva a alzarse la niebla. Y tiene la sospecha de que no tardará en ocurrir, una sospecha basada tan solo en la densidad del aire y en un cosquilleo en la base de la espalda.

Arthur cree que debería estar apenado, pero lo único que siente es un alivio tan grande que más bien parece euforia, como un corredor de fondo durante el último kilómetro de una maratón. La sensación empezó justo cuando el bolígrafo tocó los documentos de Gravely, con la paz que se experimenta al equilibrar una balanza invisible. Pronto Opal estará a salvo.

Y, además, le gusta la simetría: la primera Guardiana de la Mansión Starling desapareció en la Subterra, y al último iba a pasarle lo mismo. Tal vez la Mansión llorará su pérdida, pero no durante mucho tiempo. Las máquinas de los Gravely llegarán y la hundirán en el suelo, donde terminará por pudrirse, sin nada que marque el lugar de su descanso o conmemore su existencia más allá del tenue perfume de las glicinias a principios de verano. Con el tiempo, incluso dejarán de contar historias sobre ella.

Termina de vaciar la bolsa de plástico que ha robado de la excavación y se sacude unos cristales rosados de las manos. Las paredes se estremecen a su alrededor y toca la piedra con suavidad.

—Lo sé, pero no puedo permitir que nadie me siga.

Le parece terriblemente arrogante por su parte imaginar siquiera que alguien podría intentarlo, pero recuerda la manera en la que ella lo miró al entrar en la sala de conferencias, con los dientes al descubierto y los ojos abrasadores en el rostro sucio, y se pregunta si no tendría que haber robado más explosivos.

Sube y sube, franquea la puerta del sótano, atraviesa la biblioteca y vuelve a su pequeña habitación de la buhardilla. Enciende la lámpara, se sienta a la luz tenue y se pregunta si debería dormir aunque sabe que no va a hacerlo. Una brisa repentina se filtra por las rendijas de la ventana, intensa y de olor dulzón, y agita los dibujos clavados con chinchetas en la pared. Uno de ellos se suelta y cae al suelo.

Arthur se inclina hacia él, pero hace una pausa al ver el rastro de hollín sobre el papel. Se ríe con amargura y, por primera vez, una punzada de dolor quiebra ese extraño júbilo que lo envuelve.

—Déjalo —dice—. Esta vez no va a volver.

Y es justo en ese momento, como si la mismísima Mansión así lo hubiera dispuesto, cuando oye el golpe seco y distante de un puño contra la puerta de entrada.

Arthur siempre sabe cuándo alguien se adentra en el territorio de los Starling. Forma parte de su condición de Guardián, los límites entre la tierra, la casa y su cuerpo se han difuminado y ya no distingue dónde acaba cada uno. Sin embargo, esta vez no ha sentido la corriente de la verja al abrirse ni el tenue latir de un corazón ajeno.

Puede que la Mansión se la haya ocultado. Puede que ella haya estado en la casa tantas veces, dejándose allí el sudor, la sangre y el aliento, que la propiedad ya no la considera una intrusa sino parte de sí misma.

Arthur se tropieza dos veces por las escaleras. Se detiene delante de la puerta principal, entre jadeos, desesperado y desamparado y hambriento y profundamente molesto, como se siente siempre que ella está cerca.

Vuelven a llamar a la puerta. Arthur sabe que no debería abrirla, que eso no hará más que complicar las cosas.

La abre.

Opal está en pie en el umbral y alza la vista para mirarlo, con la misma expresión cautelosa y agotada que tenía la primera vez que la vio al otro lado de las verjas. Arthur tiene el impulso sentimental de memorizarla: el plateado sagaz de sus ojos y los dientes torcidos; el blanco lunar de su piel y la oscuridad inquietante de sus pecas, como el negativo de una constelación. Tiene marcas rojizas alrededor de las muñecas y le sangran dos de los nudillos de la mano derecha.

Arthur no debería cogerle la mano. No debería aferrarla en la suya y pasarle el pulgar por las costras de los nudillos mientras piensa en el labio destrozado de Elizabeth Baine y se siente orgulloso de una manera extraña y posesiva. Sin duda, tampoco debería llevarse esos nudillos a los labios.

Oye una inhalación repentina. Opal lo mira con ojos oscuros y titubeantes.

—¿Estás sobrio?

—Sí.

Arthur se pregunta si será cierto. No ha bebido una gota de alcohol desde el día en el que Jasper entró en la casa, pero se siente ligero, desligado de sí mismo, y las luces tienen un aspecto febril y quebradizo que suele asociar con los efectos del whisky barato. La Mansión entera parece viva a su alrededor, una presencia que late bajo sus pies descalzos.

Opal no parece convencida. Se mira la mano, aún entre los dedos de Arthur, y luego lo mira a la cara. Alza la barbilla.

—¿Me vas a echar otra vez?

Se supone que debería sonar como un desafío, un duelo burlón, pero su voz tiene un tono áspero que Arthur no alcanza a comprender.

—Debería hacerlo —dice él, con sinceridad, pero no le suelta la mano.

Se recuerda con determinación que en su vida no tienen cabida el anhelo o el deseo, que cada vez que se ha rendido a sus sueños inmaduros ha pagado un precio terrible. Que tiene lo que necesita y que es suficiente.

Pero, a veces, y que el cielo lo ayude, quiere más.

Un estremecimiento se apodera de Opal. Arthur lo sigue por el brazo de la chica hasta su cara. Y en el instante antes de que ella aparte la mirada, ve la verdad. Ve terror y deseo y también una amarga decepción, la desolación propia de alguien solo que, durante un momento, pensó que no tendría que seguir estándolo. Opal ya está armándose de valor contra él, como una joven que se cruzara de brazos para protegerse del frío.

Y es esto último lo que Arthur descubre que le resulta intolerable. Su existencia no ha supuesto más que una herida en la de ella. Opal lleva las cicatrices con orgullo (ha convertido su vida en un acto de resistencia, una risa en la oscuridad, una sonrisa que muestra dientes ensangrentados), pero él se niega a añadirle ninguna más.

Abre la puerta del todo y tira de ella hacia el interior.

No tendría que haber venido, pero lo he hecho. No tendría que haber entrado, pero lo he hecho.

La casa está silenciosa esta noche, y nunca la había visto tan oscura. No hay velas ni lámparas en los alféizares, no hay luces en el techo que titilen hasta encenderse. Hasta la luz de la luna que se proyecta por las ventanas parece ahogada y tenue, como si mirase de soslayo.

Arthur me rodea con el brazo para cerrar la puerta y una última brisa perfumada cruza el pasillo. Las enredaderas de la casa están en flor, las he visto al subir por los escalones, cascadas fastuosas de flores que hacen que el olor de la noche sea más dulce e intenso. Siempre he creído que las glicinias crecían mejor en la orilla del río, pero puede que la Mansión Starling tenga sus propias reglas.

Arthur no se aparta al cerrarse la puerta. Nos quedamos en pie mirándonos el uno al otro, sin hablar y dejando que todo lo que hay entre nosotros, las confesiones y los reproches, las mentiras y las traiciones, se deslice hacia la oscuridad hasta que solo queda lo que vendrá a continuación.

No es que lo necesite. Es algo que pertenece a esa segunda lista más peligrosa, la que creía haber quemado hace once años. Es algo que deseo, y saberlo me hace sentir imprudente y en carne viva, como si fuera un animal de carne tierna que corre demasiado rápido por el bosque. No hace frío, pero me estremezco.

Arthur me coloca un mechón de pelo detrás de la oreja por segunda vez esta noche, pero ahora se queda con la mano en mi mandíbula. Se acerca un paso más y el aire que nos separa me resulta escaso y abrasador.

—¿Puedo besarte, Opal?

Es una pregunta educada, contenida. Su mirada, en cambio, no lo es.

Nunca me he mostrado tímida respecto al sexo. Es algo que siempre me ha resultado fácil, un intercambio transaccional de necesidades, pero en ese momento se apodera de mí una fragilidad trémula. No soy capaz de articular palabra. Logro asentir de manera casi imperceptible.

Me espero que sea igual que la vez anterior: una colisión temeraria, algo que solo podría ocurrir en la cuerda floja de su autocontrol, pero en esta ocasión es diferente. En esta ocasión, Arthur me besa con una ternura sumamente insoportable, como si yo fuese un hilillo de algodón de azúcar o estuviera hecha de cristal frágil, como si él tuviera todo el tiempo del mundo. Es una sensación maravillosa. También peligrosa. De repente, quiero que deje de ser tan delicado, que me deje con los labios partidos y el corazón recompuesto.

Empiezo a temblar aún más, a jadear demasiado. El pecho de Arthur roza el mío y me separo de él súbitamente, como si estuviera tratando de proteger un instrumento delicado que guardo en el esternón.

Arthur se aparta de golpe.

—¿Te he hecho daño?

—No —digo. Mi voz suena tenue y miserable.

—¿Quieres…? ¿Quieres parar?

—No —respondo, aún más miserable.

Arthur hace una pausa para analizarme. Soy incapaz de mirarlo a los ojos. Me toca el labio inferior con el pulgar, con tanto cuidado que me dan ganas de llorar.

—Me preguntaste que por qué le pagué la matrícula a Jasper.

—Porque no querías que yo volviera.

—Mentí —susurra, y su aliento me roza la piel—. Lo hice para que no te vieses obligada a volver. Para que, en caso de hacerlo, fuera porque querías. —Después, en voz aún más baja, como si las palabras brotasen dentro de mi propia mente, dice—: ¿Qué es lo que quieres, Opal?

—Quiero…

Lo cierto es que lo quiero a él y tengo miedo de quererlo y me avergüenzo de tener miedo. Lo cierto es que soy una cobarde y una mentirosa y una cabrona insensible, como mi madre, y al final dejaré que él se ahogue para salvarme yo. Debería parar en este momento, salir corriendo antes de que sea demasiado tarde, antes de que descubra la clase de persona que soy en realidad.

Pero no soy capaz de moverme.

Cierro los ojos. Puede que no haya diferencia entre querer y necesitar, que no sea más que una cuestión de intensidad. Puede que, si deseas algo lo bastante, durante el tiempo suficiente, se convierta en una exigencia.

—Esto —susurro—. Esto es lo que quiero.

Arthur desliza la mano hasta mi nuca y encuentro que el peso de su palma me serena, que me devuelve a la tierra.

—Está bien. —Baja el rostro hasta que solo siento su aliento en mis labios—. Te tengo, Opal.

Y siento que me hundo, que dejo que su mano me sostenga. Mis extremidades se vuelven torpes y pesadas. He dejado de estremecerme.

Dejo que me acorrale contra la puerta. Dejo que me toque con esas manos que son al mismo tiempo bruscas y respetuosas. Apoya su mandíbula contra la mía y me habla, y su voz es igual: el tono áspero y las palabras, tiernas.

—Está bien —repite. Y luego—: Déjame. —Y en una ocasión, con la voz quebrada—: Joder, Opal.

Dejo que me tumbe en el suelo y noto la moqueta imposiblemente suave bajo la piel desnuda de mis omoplatos. Dejo que deje caer su peso sobre mí con suavidad, tan despacio que no puedo respirar, que lo único que puedo hacer es querer más.

Arthur se detiene y luego se pone rígido.

—¿Estás segura de…? —empieza a decir, pero de repente estoy muy segura, y también harta de esperar.

—Por el amor de Dios —digo.

Lo empujo y ruedo sobre él hasta que queda debajo de mí, dentro de mí, con el pelo hecho una maraña negra, una aureola extendida por el suelo. Tiene la expresión expuesta, casi desesperada. Es el rostro de un hombre hambriento ante un festín, aferrándose a sus modales con la punta de los dedos.

Me imagino haciendo que se suelte de un pisotón. Le sonrío desde arriba, y me doy cuenta por cómo contiene el aliento que la sonrisa que le dedico es la mía de verdad: torcida, malvada y que refleja la misma voracidad que él siente.

Le agarro las manos, que tiene vacilantes en el aire, y las deslizo por mis muslos. Hago que apriete los dedos en mis caderas, con la fuerza suficiente como para hacerme daño, con la fuerza suficiente como para que mañana me salgan los tenues fantasmas azules de sus pulgares y recuerde que me ha sostenido como si le perteneciera.

Después de eso, no hay titubeos, no hay más dudas, solo quedamos los dos y lo que hay entre nosotros, esa urgencia, esa ansia animal que crece hasta engullirnos a ambos.

Dejo que me rodee con los brazos al terminar y la geometría de nuestros cuerpos me resulta natural, incomprensiblemente familiar. Me da la impresión de que conforma cuatro paredes y un techo, un espacio robado al resto del mundo y que solo me pertenece a mí. No me permito pensar en la palabra, pero me recorre las entrañas como un grito en la galería de una mina, un eco subterráneo que no deja de reverberar, lo bastante ruidoso como para hacer temblar las vigas.

Arthur recoge con el nudillo una lágrima que se me derrama por el rabillo del ojo en dirección a la sien. No dice nada.

—¿Puedo…? —Nunca le he pedido a nadie que pasemos la noche juntos, y no me gusta tener que hacerlo. Se me revuelve el estómago, como si dejase al descubierto mi faceta más débil—. Es que, ahora que no hay motel, lo cierto es que no sé dónde…

Una oscuridad se apodera del rostro de Arthur y, por un momento insoportable, creo que va a volver a echarme, pero luego presiona los labios en el lugar donde la clavícula se me une con el hombro.

Me lleva al piso de arriba.

Arthur se ha pasado la vida entera preparándose —para la batalla, para las Bestias, para su amargo final—, pero aun así no estaba preparado para esto. No estaba preparado para la mirada descarnada de los ojos de Opal, ni para la sensación de tenerla encima ni para la manera en la que ha llorado al correrse, como si la última de sus barricadas hubiese cedido y la hubiera dejado indefensa. No estaba preparado para verla en su cama, para contemplar los extremos redondeados de sus hombros sobresaliendo por encima de la colcha. Aparta la mirada, pero la imagen residual, una pareja espectral de medialunas, se le queda grabada en la retina.

Opal se duerme enseguida, un sueño profundo como el de una niña. Arthur cree que se trata de puro agotamiento y no de una demostración de confianza, pero decide, de todas formas, que está dispuesto a ganársela. Se esfuerza por quedarse despierto, a la espera de oír el chirrido de un gozne, el rasguido de una llave en una cerradura. Baast le hace compañía junto a la ventana, con los ojos fijos en el exterior.

En un momento dado, en las horas oscuras nada más pasar la medianoche, Opal se tensa. Cierra los puños y aprieta los labios, como si tratase a la desesperada de impedir que algo entre o salga. Un estremecimiento le nace en la espalda y se apodera de sus extremidades, hasta que comienza a temblar contra él. Arthur la aferra con más fuerza, con un brazo alrededor del estómago, como si lo que la asola fuera un escalofrío que él pudiera desterrar.

Opal abre los ojos, ahogando un jadeo. Parpadea al ver el brazo de Arthur, con una expresión que da a entender que es el primero que ve.

Él afloja la presión y se siente un poco ridículo.

—¿Una pesadilla?

—Sí. —Tiene la voz ronca, como si hubiese estado gritando—. El río, otra vez.

La culpa lo golpea como un puñetazo. Recuerda el sonido

de la voz de Opal mientras le decía cómo encontrar la cuarta de las llaves, el tono apagado e insensible, nada propio de ella, y le parece un milagro que se haya dignado a dirigirle la palabra otra vez.

—Lo siento —se disculpa él, con voz grave—. Sé que ya no importa, que no va a servir de nada, pero lo siento.

Opal se gira para mirarlo, con gesto afligido.

—Fuiste tú —dice, y Arthur se pregunta si seguirá medio dormida.

—Sí, fui yo. Dejé que la Bestia atacara a tu ma...

—No, me refiero a que fuiste tú. El que estaba en la orilla del río. —Opal no parece medio dormida. Los ojos tienen un brillo plateado, fruto de una lucidez inquietante—. El que me salvó.

Arthur no se había planteado que ella pudiese recordar algo así. Cuando la arrastró fuera del agua estaba medio ahogada y casi congelada, con la piel de un azul enfermizo y una pátina cristalina de escarcha en la punta del pelo. Él también tenía frío, pero no había llegado a meter la cabeza y tenía su grueso abrigo de lana. Además, también iba un poco borracho.

Arthur se aparta hasta dejar un ligero espacio entre ambos en el colchón.

—Llamé al 911, pero no sabía cuánto iban a tardar. El color de tu piel era cualquier cosa menos normal...

Opal se incorpora sobre los codos y lo mira con una urgencia inexplicable.

—¿Me encontraste en la orilla? ¿O te...? ¿Aún estaba...?

El pecho se le agita a demasiada velocidad.

Arthur no está seguro de qué respuesta quiere, por lo que le dice la verdad.

—Lo único que vi fue el coche. Aún no estaba muy hundido, así que vadeé el río. Tenías la ventanilla bajada y te habías quitado el cinturón, pero aún no habías empezado a salir. Debías de estar enganchada con algo, porque tiré y conseguí que te zafaras.

Esa noche es poco más que un borrón nauseabundo: la Bestia al alzarse entre la niebla, con cuernos y aspecto horrible, los pies al chapotear en el suelo congelado, el chirrido de los neumáticos, el rostro de una joven, azul bajo las aguas; pero recuerda el tacto de su muñeca en la mano, el momento en el que algo había cedido y había conseguido sacarla a la superficie.

Los ojos de Opal le parecen enormes, cada vez más abiertos.

—No me había quedado enganchada. Estaba agarrando a mi... —Las lágrimas se resisten a caer y se le acumulan en las pestañas—. Siempre he pensado que la abandoné —susurra, y luego las lágrimas se derraman en una riada de consternación.

Arthur no tiene claro por qué llora, ni si él tiene la culpa, pero le toca el hombro con cautela y ella le hunde la cara en el pecho. Se queda muy quieto mientras ella llora, respira de forma lenta y regular, como si intentara hacerle mimos a Baast sin que la gata lo mordiera. Un rato después, Opal dice, sin venir demasiado a cuento:

—He leído la carta. Perdón.

Arthur no sabe a qué carta se refiere.

—No pasa nada —dice aun así, por si todavía hubiera riesgo de que lo mordiera.

—La de tu madre. La robé. Traté de devolverla a su sitio, pero luego Jasper encontró la otra mitad...

Arthur ya estaba quieto, pero ahora siente que se convierte en piedra. Sin importar el estado de embriaguez o depravación en el que estuviera sumido, él nunca hubiera dejado ninguna de las dos partes de la carta como si tal cosa entre sus notas. Eso solo puede significar que la Mansión se puso manos a la obra en algún momento, metafóricamente hablando.

Se imagina durante un breve instante metiendo chicle en todos los enchufes de la luz, o puede que rompiendo todas las ventanas del tercer piso, pero luego recuerda que no tiene tiempo para esas cosas.

Carraspea y suelta un tenue:

—Oh.

Opal ha separado la cabeza de su pecho.

—Lo siento. Sé que no tendría que haberlo hecho. —Hace una pausa—. Aunque era una carta preciosa. —Vuelve a hacer una pausa, como si recogiera las siguientes palabras de algún lugar remoto dentro de sí misma—. Me dio muchísima envidia.

—¿Por qué?

Una pátina de lágrimas hace que sus ojos parezcan esquirlas de cristal.

—Porque… al menos se despidió de ti. Al menos intentó hacer lo correcto.

Pero no es envidia lo que oye en su voz, solo tristeza.

Arthur pregunta:

—¿Cómo era tu madre?

Opal exhala.

—Un puto desastre. Una catástrofe natural con pantalones vaqueros cortos. —Sonríe. Y, Dios, cómo va a echar de menos Arthur la brusca curva de las comisuras de sus labios, ese filo que nunca se mella—. No lo sé. Supongo que ella también intentaba hacer lo correcto.

Se quedan en silencio durante un buen rato. Arthur está tumbado boca arriba, y ella se coloca sin problemas en el hueco de su brazo y apoya el suyo en su esternón. Arthur lo nota subir y bajar con su respiración. Se imagina a los dos de niños, separados por unos años y varios kilómetros. Ambos solitarios y obligados a permanecer en un lugar que no los quería. Ambos encorvados bajo el peso de todo lo que sus padres dejaron atrás: un hermano pequeño, una casa, una batalla interminable.

—Arthur…, ¿por qué te quedaste aquí? Ella dijo que no tenías por qué hacerlo.

El pelo de Opal parece plata en la oscuridad. Se enrosca un mechón alrededor de uno de los dedos.

—¿Por qué no entregaste a Jasper a servicios sociales y te marchaste?

—Puede que lo haga. Marcharme, quiero decir.

—No, no lo harás. —Jasper estaba en lo cierto—. Y yo tampoco.

Y puede que eso sea lo que hace que sean verdaderamente parecidos, esa negativa vehemente a escapar, esa urgencia imprudente por clavar las uñas en la tierra y quedarse. Ninguno de los demás Gravely habían corrido el riesgo de intentarlo, pero Opal sí.

Opal emite un sonido casi imperceptible junto a él, y Arthur repara en que ha cerrado los dedos en un puño y que le está tirando un poco del pelo. Ella levanta la cabeza y, está vez, no se estremece cuando la besa.

Esta vez, él se coloca encima de ella y contempla la oscuridad hambrienta de sus ojos. Esta vez es ella quien coloca sus muñecas bajo las palmas de Arthur y susurra: «No me sueltes». No lo hace, ni siquiera cuando se retuerce y grita, ni cuando le muerde el cuello. Arthur la siente temblar, siente el miedo que le provocan sus ansias y siente la tentación de decirle muchas cosas: que no hay nada que temer, que él cuidará de ella, que va a abrazarla y que nunca la va a soltar. Pero nunca se le ha dado bien mentir. Así que no dice nada salvo su nombre, al final.

Esta vez, cuando Opal se queda dormida contra él, sí que le da la impresión de que es a causa de la confianza. Esta vez, él también se duerme.

Arthur sueña y, ahora, no está seguro de si los sueños le pertenecen a él o a la Mansión. Es una serie de escenas breves y cotidianas: un par de tazas, la una junto a la otra en el fregadero; la voz de alguien que está a la vuelta de una esquina, tarareando una canción que desconoce; una melena que se desparrama sobre su almohada como pétalos de amapola. Una vida que no tiene nada de solitaria, una casa que no está encantada.

Arthur se despierta con un dolor intenso en el pecho, porque sabe que nunca tendrá ninguna de esas cosas.

Porque la niebla ha empezado a alzarse y se ha quedado sin tiempo.

27

No estoy soñando. Estoy recordando.
Recuerdo el agua, el pavor, los contenidos de la guantera al derramarse sobre mi regazo, la orilla del río, el barro entre las uñas, el frío. Recuerdo la sensación de unos brazos que me rodean, pero en esta ocasión recuerdo más: una caja torácica presionada contra mi espalda y la voz desesperada de un chico que dice: «Joder, joder, lo siento», una y otra vez. El resplandor de unos faros y el frío repentino en la espalda cuando el chico se marcha.

Más tarde, las enfermeras me dijeron que se debía a la conmoción, y yo las creí. Durante once años, creí que ese recuerdo, ese momento en el que alguien me aferró, me cuidó y me protegió del frío, no era más que una fantasía infantil. Hasta que me dormí entre los brazos tan familiares de Arthur y descubrí la verdad.

Me despierta un estallido ensordecedor. Al principio me da la impresión de que tengo que haberlo soñado, pero siento cómo el ruido reverbera en mis huesos y resuena en mis oídos. El mismo suelo tiembla al unísono.

Extiendo el brazo hacia él sin pensar, y elijo no plantearme qué significa que lo haya hecho así, sin dudar siquiera, pero no lo encuentro. Su lado de la cama sigue algo caliente, hundido con la forma de su cuerpo, pero Arthur se ha marchado.

En su lugar no hay más que plata fría: la espada de los Starling, colocada con sumo cuidado junto a mí.

Me aparto de ella y estoy a punto de caerme de la cama. La gata infernal bufa y veo cómo arquea el lomo junto a la ventana mientras mira el exterior con las orejas pegadas al cráneo. Me tropiezo hasta llegar a ella, dejando tras de mí las sábanas, y por unos instantes oníricos me da la impresión de que la Mansión Starling ha alzado el vuelo y ahora miro la colcha algodonosa de las nubes. Pero no son nubes, claro, es niebla. Por segunda vez la misma noche.

Mi primera reacción es un alivio bochornoso, porque si se ha alzado la niebla eso indica que Arthur no se ha ido para huir de mí. Lo ha hecho para cumplir con su misión como Guardián, para devolver a las Bestias al lugar del que quiera que vengan. Pero ¿por qué se ha dejado entonces la espada?

Me tambaleo y me aparto de la ventana. Me llama la atención ver mi nombre de refilón, escrito con caligrafía perfecta en el reverso de una carpeta beis. En el interior, descubro un fardo de documentos a doble espacio a los que no les encuentro sentido. Las palabras parecen alzarse de la página y flotar en círculos amenazadores: «codicilo», «gravámenes sobre el particular», «albacea», «único beneficiario». Mi nombre se repite una y otra vez, así como la palabra «Starling». Tardo demasiado en darme cuenta de que existen en conjunto, una pareja de nombres dispares unidos por la fuerza. «Dejo mi patrimonio residual, la Mansión Starling y todos mis bienes muebles, a la señorita Opal Starling».

Es un testamento, firmado y registrado ante notario, al que acompaña la escritura de la casa.

Desde algún lugar remoto, me llega la idea de que ya no soy una persona sin hogar. La Mansión Starling, todos sus clavos y sus guijarros, todas las motas doradas que flotan a la luz del ocaso, me pertenece. Pruebo a articular la palabra en silencio: «hogar».

Pero cuando lo hago, no estoy pensando en la casa.

Pienso en el chico que me mantuvo en calor cuando tuve frío, el que me dio un abrigo y una camioneta. En el hombre que me ha dejado un testamento que no quiero y una espada que ya no necesita, porque no va a luchar contra las Bestias. Va a hacerse amigo de ellas y a seguirlas a la Subterra. Tal y como yo le dije.

Seguro que lo planeó todo mucho antes de dejarme entrar, puede que incluso antes de firmar el trato con Baine y con Gravely. No tenía pensado quedarse. Una parte de mí, pequeña y herida, quiere saber si lo que ha ocurrido entre nosotros le ha importado en algún momento, si quería quedarse conmigo o si solo se ha limitado a hacer tiempo hasta que se alzara la niebla. Pero la mayor parte de mi cuerpo está demasiado ocupada insultándolo mientras rebusca en su armario.

Se me ocurre, mientras me arremango una de sus camisas, que me queda demasiado grande, que podría huir. Podría coger la escritura y salir por la puerta principal. Podría coger un autobús a Louisville y puede que, dentro de unos meses, viese un titular sobre un hombre desaparecido en el condado de Muhlenberg. Podría vender las tierras a la compañía eléctrica y comprar un apartamento tan nuevo que aún oliese a serrín y a pintura. Así soy yo, ¿verdad? Una superviviente, una persona que solo piensa en salir corriendo, una muy pragmática.

Pero, si de verdad fuese así, habría comprado un billete de autobús y me habría largado con Jasper hace unas horas. Habría pasado de largo de aquella ventana ambarina el pasado febrero y habría seguido trabajando en Tractor Supply. Habría soltado la mano de mi madre para salvarme. Pero no era yo quien me había salvado esa noche, sino Arthur.

Y ahora se ha marchado a la Subterra y me toca a mí salvarlo a él.

Siento la atención de la Mansión Starling como un peso en el aire que me rodea, una mirada hacia el interior. Las ventanas traquetean en los marcos y las cañerías aúllan en las paredes. El suelo tiembla, como si la casa hubiese sufrido una herida secreta y solo se mantuviera en pie por pura cabezonería.

—Dime lo que tengo que hacer —le pido.

La casa no responde, pero un haz extraviado de luz de luna se proyecta a través de una ventana sobre el filo plateado de la espada. Me ciega con un parpadeo despiadado y brillante, y recuerdo la voz de Jasper, que rezumaba repulsión al decir: «Una especie de pacto de sangre».

La empuñadura está fría y es pesada, pero me resulta familiar. Sostengo la hoja con la mano izquierda y apoyo el filo sobre la primera cicatriz que me hizo la Mansión Starling. Tendría que haber comprendido en ese preciso instante lo que quería de mí. Tendría que haber sabido que mi camino me conduciría hasta aquí, con la casa cerniéndose sobre mí con apremio y el pulso latiendo desbocado en los oídos, sin importar lo mucho que Arthur tratase de apartarme.

Cierro los ojos, suelto una palabrota y me paso el filo por la palma.

El corte es más profundo de lo que pretendía, atraviesa los estratos de mi piel y se hunde en el músculo húmedo de la base de mi pulgar. La sangre me cubre la mano y se me derrama entre los dedos. Cae al suelo en un reguero meloso y forma un pequeño charco a mis pies.

No me da la impresión de que ocurra nada en particular, a excepción de que me siento mareada y estúpida.

Puede que mi sangre esté contaminada de alguna manera. Puede que la casa detecte el sabor a Gravely en mí, los pecados que he heredado de mis ancestros. Pero, sinceramente, me importa una mierda: no sé cuál es mi nombre, pero sí que nunca he sido Opal Gravely. Mi madre mudaba el apellido como si fuera piel y nos crio a los dos para no ser nadie, o para ser cualquiera. Mi apellido es el que yo elija.

Cierro el puño y aprieto con fuerza. La sangre permanece un segundo más en el suelo, dos, antes de que la madera la absorba y desaparezca, como si un animal la hubiese lamido.

Siento como si me asomara a un precipicio y cayera hacia el delirio. Los límites de mi cuerpo se vuelven delgados y permeables. Veo cómo mi sangre atraviesa las vetas de la madera, cómo se desliza entre los tablones y gotea de las puntas de unos clavos invisibles. La sigo por las vigas y detrás de las paredes, mientras las arterias secretas de la casa la bombean por todo un mapa vascular de cañerías y cables eléctricos, de ratoneras y enredaderas sinuosas. La sigo hasta los cimientos y más aún, hasta el suelo húmedo y caliente. Mi sangre se entremezcla con esa tierra, a rebosar de criaturas pequeñas y ciegas, perforada por postes y raíces primarias.

Por unos instantes, o puede que durante una estación entera, me convierto en la Mansión Starling. Soy una arquitectura imposible, algo sacado de los sueños y pesadillas de diez generaciones. Hay raíces de glicinias alrededor de mis huesos y ataúdes enterrados en mi piel. Suspiro, y las cortinas se agitan. Cierro el puño, y las vigas crujen.

Poco a poco vuelvo a tomar consciencia de la chica, de la mera humana que soy. Vuelvo a sentir en primer lugar la mano izquierda, a causa del dolor. Después noto las rodillas, magulladas y doloridas en el suelo; los hombros, los pulmones, el pulso frágil y mortal. Lo último que regresa a mí es la mente, que se desenreda a regañadientes de la Mansión. Cuando abro los ojos, sé algo con absoluta certeza: Arthur Starling se equivocaba.

Él no es el último Guardián de la Mansión Starling.

Arthur Starling se da cuenta, mientras baja a la carrera por los escalones de piedra en dirección a la Subterra, porque de repente lo embarga un silencio ensordecedor. Durante doce años, sus sentidos han sobrepasado todos los límites. Conocía el sabor del rocío y el peso del polvo en los alféizares y las formas que adoptan los estorninos en el cielo. Pero ahora solo nota el pánico de los latidos del corazón, que le retumban en los oídos.

Dice, en voz alta:

—No. —Y luego, varias veces seguidas—: Maldita seas.

Sin embargo, la Mansión ahora tiene una nueva Guardiana y no le hace caso. No sabía que aquello fuera posible, no sabe de ninguna otra ocasión en la que la casa haya escogido un nuevo Guardián mientras el anterior seguía con vida, pero la Mansión debe de haber llegado a la conclusión de que dirigirse hacia la Subterra no difiere gran cosa de morir.

Tan solo han hecho falta un poco de sangre, muchas agallas y la espada.

Arthur siempre planeó llevársela para enfrentarse a lo que quiera que lo espere debajo de la Mansión Starling, para que el último y el mejor legado de Eleanor cumpliese al fin con su cometido, pero no había tenido en cuenta a Opal. Sola, en su cama, frágil y confiada, con esa sangre mortífera de los Gravely latiéndole en la garganta.

Separarse de su lado le había costado muchísimo, pero dejarla indefensa le había resultado imposible.

Y por eso Arthur atravesó la trampilla con las manos vacías. Se quedó en pie en el sótano mientras la niebla se condensaba y le salían dientes y garras. Ha esperado, inmóvil, hasta que la Bestia terminó de formarse y lo miró desde arriba, con ojos como orificios de bala desiguales, y luego él levantó las manos con las palmas hacia fuera, desarmado. La cosa se le acercó, quitinosa y enfermiza, y Arthur se arrodilló ante ella con la cabeza gacha y la garganta expuesta.

—Por favor —dijo.

Una súplica dirigida nada más y nada menos que a la cosa contra la que ha luchado durante toda su vida, a la cosa que convirtió a sus padres en unos cadáveres sanguinolentos tirados entre la hierba.

Y la cosa inclinó la horrible cabeza para dejarle algo frío y metálico en las manos.

Arthur no titubeó. Abrió la cuarta de las cerraduras y atravesó la puerta mientras se convencía de que era lo mejor, que Opal permanecería a salvo mientras él descendía hacia la Subterra y, cuando despertara, lo haría en una Mansión que no era más que una casa, y las Bestias no serían más que pesadillas. Incluso puede que le estuviera agradecida. (Sabía que no iba a ser así).

Pero la Mansión la ha despertado demasiado pronto, y ella ha cogido la espada. Arthur sabía que lo iba a hacer. Nadie que fuera capaz de enfrentarse a las Bestias con una llave entre los nudillos temería plantarles cara de nuevo.

Pero, aunque Arthur pudiese dar media vuelta, aunque no se hubiese asegurado de que la puerta no volvería a abrirse, no va a hacerlo. Todos los años de estudio y de práctica, todas las agujas manchadas de tinta lo han conducido hasta este momento, al final de todo, y el único camino que le queda por tomar es el del descenso.

La dejará allí mientras se alzan las Bestias y con el enemigo a las puertas, con solo una espada oxidada y la Mansión que él ha odiado durante doce años.

Arthur apoya la frente en la pared de piedra húmeda del pasadizo y trata de articular una disculpa que llega demasiado tarde.

—No fue culpa tuya. —Nota el interior de la boca cubierto de polvo y las palabras brotan densas y glotales. Los cimientos de la Mansión gimen a modo de respuesta—. Hiciste todo lo que pudiste por ellos. Siempre lo he sabido.

Recuerda a regañadientes la primera ocasión que volvió a entrar en la Mansión después de encontrar los cadáveres de sus padres. Las telas de un color negro fúnebre que cubrían los espejos, los gemidos tristes de las escaleras. Había estado demasiado enfadado como para que le importase, demasiado centrado en sí mismo como para reparar siquiera en la tristeza del lugar.

Presiona la frente más fuerte contra la piedra, hasta que siente cómo se le queda la marca en la piel. La voz con la que habla a continuación suena como el rechinar de una llave oxidada dentro de una cerradura también oxidada:

—Pórtate mejor con ella.

Arthur Starling lleva a cabo su descenso final mientras, muy por encima de él, los monstruos se alzan.

28

Las noto, de igual manera que se notan las patas de las moscas al repiquetear en las sábanas. En esta ocasión, hay más de una Bestia, y todas ellas han salido de la Mansión. Noto pezuñas que dejan podredumbre a su paso, garras hechas de vapor y odio. Siento unos deseos irrefrenables de salir y luchar contra ellas, como han hecho todos los Guardianes anteriores, pero me contengo. Arthur se ha pasado toda la vida protegiendo esta ciudad horrible e ingrata. Esta noche, los habitantes de Eden tendrán que esperar su turno.

Dejo el testamento de Arthur sobre el escritorio y corro escaleras abajo mientras sostengo con torpeza la espada con la mano derecha. Las luces se encienden a mi paso, como si una hilera invisible de mayordomos pulsase los interruptores, y la Mansión se reconfigura para hacerme llegar a la cocina.

Aquí dentro ha pasado algo. Los armarios están torcidos, las puertas cuelgan abiertas y hay platos rotos en las encimeras. El suelo está más inclinado de lo habitual, hacia abajo, y las grietas que se han formado en los azulejos son lo bastante grandes como para tragarse entera a la gata infernal. La niebla brota por ellas como si de vapor se tratara, se acumula en el techo y se desliza hasta el pasillo.

En la despensa encuentro la trampilla abierta de par en par y con la cerradura rota. Me lanzo hacia abajo con la extraña sensación de estar interpretando una escena que ya he vivido, aunque en esta ocasión soy yo quien blande la espada. Soy yo quien persigue a alguien que ha tomado una decisión estúpida, mientras albergo la esperanza imposible de que no sea demasiado tarde.

El aire se vuelve caliente y acre, como si fuese la mañana después del Cuatro de Julio, cuando todavía se puede saborear la pólvora en la garganta. El polvo hace que me lloren los ojos y me forma una pátina gris y sudorosa en la piel. Llego al último escalón y me tropiezo con una pila de piedra y de yeso. El sótano parece el típico edificio bombardeado cuya foto se ve en los libros de ciencias sociales: las vigas del techo están resquebrajadas y cuelgan en ángulos extraños, y las paredes muestran una peligrosa curvatura hacia dentro. El suelo está renegrido, de una manera que me recuerda la intensa detonación que me ha despertado.

—Arthur, serás imbécil.

¿Cómo se puede ser tan estúpido, tan noble y altruista como para tratar de hacer estallar tu propio sótano en lugar de correr el riesgo de pedirle ayuda a alguien?

Su plan ha funcionado a medias. Trepo entre las rocas y aparto una viga de la puerta. La pared entera parece a punto de derrumbarse, de caer hacia el Infierno que yace debajo de la Mansión, pero la puerta propiamente dicha sigue en pie.

Y sigue cerrada. Si Arthur ha llegado a encontrar la cuarta

llave y descendido a la Subterra, como siempre ha deseado y como sé que ha hecho, tiene que haberla cerrado al pasar.

Tengo miedo desde el momento en el que me he despertado, desde el momento en el que he extendido el brazo y no he encontrado nada más que frío junto a mí. Se me da muy bien bloquear aquellas emociones que no me conviene sentir, por lo que hasta ahora lo único que he sentido es un zumbido amortiguado en la parte de atrás de la cabeza. Pero el ruido se vuelve más intenso y se extiende por mi cuerpo. ¿Y si aquí se acaba todo? ¿Y si Arthur se ha ido de verdad, perdido en un lugar al que no lo puedo seguir? Me imagino sola en esta casa grandiosa, maldita y de ensueño, otra Starling más condenada a pasar la vida entera descubriendo la enorme distancia que separa una casa de un hogar.

Tanteo el suelo en busca de una piedra para golpear los goznes, a sabiendas de que va a ser en vano pero demasiado enfadada como para no intentarlo. Ni siquiera consigo hacerles un arañazo. Después lo intento con mi sangre y apoyo la mano húmeda sobre la madera. La puerta permanece inmóvil y cerrada.

Noto un tirón desagradable, como si un desconocido me quisiera arrancar un mechón de pelo. Una llave gira en la cerradura de mi verja. Los pistones se resisten, los goznes gritan, pero no resisten durante mucho tiempo. Pronto siento los pasos de unas botas en la entrada y la nauseabunda certeza de que en mis tierras hay alguien que no tendría que estar ahí.

Nadie que haya nacido y se haya criado en Eden pondría pie en la propiedad de los Starling antes del alba, sobre todo en una noche como esta, cuando la niebla se ha alzado y no hay luna en el cielo. Eso significa que sé quién ha venido. Eso significa que ahora sé cuáles eran los términos del trato de Arthur. Le ha dado a Elizabeth Baine las llaves de la Mansión Starling y le ha puesto en bandeja todos los secretos que sus ancestros lucharon por proteger. Por mí. Cuando lo vea, lo voy a estampar contra la pared y lo pondré verde a insultos y, luego, rojo a besos.

Siento que Baine avanza y otros la siguen. Mis tierras intentan apartarse a su paso: la entrada se retuerce sobre sí misma, se alarga y se divide hasta que hay muchos senderos que cruzan los bosques, y ninguno lleva hasta la Mansión. Los árboles se estrechan y se inclinan, como amantes, y las zarzas se afilan aún más para convertirse en púas verdes de alambre de espino. Las bestias de hierro forjado de las verjas delanteras lamen sus labios de metal y, en el bosque, las Bestias de verdad levantan la cabeza.

Noto cómo me recorre una especie de entusiasmo tenebroso (que me encuentren y descubran qué les pasa a los que allanan el territorio de los Starling, que sus huesos se pudran en mi bosque), pero luego comprendo algo: si aún hay Bestias allí arriba, es porque aún hay una manera de cruzar la puerta. Si Arthur ha podido hacerlo, ¿por qué no iba a poder yo?

Ya voy por la cocina, corriendo hacia la puerta trasera, cuando empiezan a oírse los gritos.

Me caigo dos veces antes de conseguir salir de la casa. El suelo está inclinado, gruñe y chasquea bajo mis pies, como si fuese la cubierta de un barco que se hunde. Me pregunto si se estará derrumbando entera, si el sótano terminará por abrirse como una boca para tragársela.

Una criatura de un blanco moteado pasa a toda velocidad junto a mis tobillos cuando abro la puerta delantera. Es la gata infernal, que desaparece entre los árboles. Al menos uno de nosotros aún tiene claro cuándo hay que salir por patas.

Llego hasta los escalones delanteros, cruzo el jardín y sigo los gritos. Veo Bestias por el rabillo del ojo: un resplandor sinuoso de carne llena de escamas, una pezuña hendida que golpea la tierra, el movimiento rápido de una cola bífida. Unas criaturas de un blanco fantasmal se mueven entre los árboles sin agitar una sola hoja o romper una sola rama a su paso. Van de cacería hacia las puertas delanteras y cubren la tierra con una voracidad repugnante que me recuerda a esas historias antiguas sobre cacerías encabezadas por el mismísimo diablo.

Al correr golpeo con los pies la arcilla de la entrada. El antiguo sicomoro se retuerce y se alza más adelante. Unas personas ataviadas de negro se me están acercando desde la verja, pero no me preocupo por ellas porque, de repente, una Bestia se interpone en nuestro camino.

Aparece de entre los árboles y arrastra niebla tras de sí. Tiene una forma parecida a la de un ciervo, con la salvedad de que su columna es demasiado alargada y sus cuernos se ramifican demasiadas veces, como la parte inferior de un árbol desenterrado. Tal vez me haya acostumbrado a ellas, o tal vez haya perdido la cordura, pero no me parece tan terrible como la primera Bestia que vi. Está dotada de cierta elegancia, de un horror refinado que me recuerda, por inquietante que parezca, a los dibujos de Arthur.

Uno de los tipos se adelanta a los demás. No ve a la Bestia, pero seguro que la siente. Un instinto antiguo y animal hace que el rostro se le ponga pálido y sudoroso y que mueva los ojos de lado a lado. Siento el impulso de gritar una advertencia, pero es demasiado tarde: la Bestia brinca a su encuentro y deja tras de sí un rastro de tierra muerta.

No ataca. Sencillamente lo atraviesa, como una nube que se deshilachase al topar con una colina. Por unos instantes, me da la impresión de que le ha perdonado la vida. Después oigo el chasquido hueco de los huesos. Los gritos.

Las siluetas negras que se encontraban detrás de él se dispersan como hormigas, se acercan o se alejan y empiezan a comunicarse por radio y a recibir respuestas entre estallidos de estática. Todas menos una. La luz de las estrellas ilumina una melena lisa y corta por encima de los hombros, el resplandor dorado de un reloj. Elizabeth Baine se abre paso en dirección a la Mansión Starling sin vacilar ni detenerse. Siento el peso de mis llaves en sus manos.

Pasa junto al hombre caído, que se está agarrando el tobillo mientras suelta unos gemidos agudos e infantiles, sin mirarlo. Me ve y, puede que al ver el brillo de mi espada, se le ensancha la sonrisa como si fuera el gato de Cheshire oculto en la oscuridad. Como si no estuviese sorprendida ni preocupada. Como si ni siquiera ahora, mientras sus hombres caen a su alrededor y la Mansión se alza en su contra, creyese que algo pudiera interponerse entre ella y su propósito. Me pregunto cómo tendrá que ser avanzar por el mundo sin molestarte en distinguir entre tus deseos y tus necesidades, y una envidia insólita me reconcome las entrañas.

Baine sigue caminando; sigue sonriendo. Tiene algo raro en la cara. Unos agujeros oscuros que se abren alrededor de sus ojos y de su boca, que relucen e incluso rezuman un poco.

Otro grito hiende el aire, seguido de un disparo amortiguado. Luego, el silencio. No mira atrás. Pero, aunque lo hubiese hecho, no habría visto la segunda Bestia al acecho.

Vengativa. Maravillosa. Con esa mandíbula vulpina y ese cuerpo sinuoso. Con una cantidad incorrecta de patas que terminan en demasiadas garras. Ojos negros, muy negros, fijos en Baine. El cuerpo del animal avanza por el bosque y veo cómo las hojas se retuercen y se marchitan, cómo la corteza se reblandece y se llena de gusanos, cómo unas setas pálidas empiezan a crecer en los troncos de los árboles.

Se oye un chasquido desgarrador. El viejo sicomoro deja escapar un ruido lastimero antes de empezar a caer, poco a poco y con dignidad.

Baine aún no ha titubeado ni se ha estremecido. Va a morir con esa maldita sonrisa en la cara.

Hay un instante, del que no me siento nada orgullosa, en el que vacilo. Vuelvo a ser la casa y veo a Baine lanzarse hacia mí como uno de esos pájaros negros moteados que a veces chocan contra mis ventanas. No siento más que una pena distante por estas criaturas frágiles y temerarias que me rodean. Pero luego recuerdo que soy una persona y que estoy a punto de ver cómo otra muere aplastada, y se me empiezan a mover las piernas.

Golpeo a Baine con el hombro en el estómago, la dejo sin aire en los pulmones y la lanzo al suelo en plan película de acción. Cae con un ruido sordo, como una sandía sobre el asfalto, justo cuando el sicomoro se desploma a nuestro alrededor. Logramos evitar el tronco, pero el dosel arbóreo me azota la espalda y me desgarra la camisa y la piel.

Silencio. Respiro una vez, dos, antes de enderezarme. Baine se afana por ponerse en pie, con su peinado caro hecho un desastre y unas ronchas blancas en las mejillas. De cerca, veo que los agujeros negros son en realidad muchísimas heridas pequeñas y sanguinolentas. Sus labios no se distinguen demasiado de la pulpa húmeda de un melocotón.

—¿Cómo has…? Da igual. No puedes d-detenerme.

Algo oscuro gotea de la sien de Baine y no es capaz de enfocar bien la mirada. Parece débil, demasiado blanda, y comprendo que ya no le tengo miedo.

No obstante, sí que temo a la Bestia, que ahora se alza sobre nosotras como una ola. Tiene los ojos fijos en mí, oscuros y rabiosos.

Me pongo en pie y levanto la espada por instinto. Me cuesta horrores volverla a bajar, aflojar la mano y soltarla, dejar que caiga sobre la parte blanca de las hojas del sicomoro.

«Haceos amigos de las Bestias». Tan sencillo y tan antinatural. Me pregunto cuánto le habrá costado a Arthur dejar atrás la espada y acercarse a sus viejos enemigos sin un arma.

A mí me resulta más fácil. He leído el libro de Eleanor tantas veces que sus pesadillas son como viejos amigos para mí. A veces, en mis momentos más bajos, me imaginaba que las Bestias me saludaban y me aceptaban como una de ellos, como si fuese otra criatura con dientes, y me dejaban dormir para siempre en la Subterra.

—Por favor. —Se me quiebra la voz al decirlo y sueno ronca—. Por favor. No quiero hacerte daño.

La Bestia me mira. Cada instinto natural y cada célula de mi cuerpo me grita a la desesperada que corra, que vaya a por un arma, que ponga cualquier cosa entre la pesadilla que tengo delante y yo.

En lugar de eso, levanto la sangrienta mano izquierda, con la palma hacia fuera, como si la Bestia no fuese más que un perro desconocido que me he encontrado en la caravana de alguien. Cierro los ojos con fuerza.

Pienso: «La sangre de los Gravely». Y pienso: «Ese no es mi apellido».

Un frío imperceptible me recorre la piel y noto una ligera presión contra la mano. Abro los ojos y veo que está limpia, que tengo la herida sin sangre y blanca. La Bestia se pasa por la boca una lengua plateada.

No sé si vomitar o reírme.

—Tengo que bajar a la Subterra.

Es como si yo hubiera salido de mi cuerpo y observara la escena desde fuera, como en una de esas historias de fantasmas que le contaba a Jasper. En mi mente, mi imagen se mezcla con la de la pequeña Nora Lee.

Un zumbido irregular se alza a nuestro alrededor y, durante un instante de desconcierto, me da la impresión de que la Bestia está ronroneando. Pero es la gata infernal, que sale a la carrera de los árboles y pasa por debajo de las patas de la criatura. Miro a la Bestia a los ojos y veo que han cambiado de manera sutil. Aún son de ese negro abisal, pero ahora hay amabilidad en ellos y me da la impresión de que albergan una dolorosa tristeza. Recuerdo esos mismos ojos mirándome desde un campo de flores.

—No —susurro, y la gata infernal me dedica una mirada impasible y ambarina y después frota la cara contra el pelaje de color niebla. Me doy cuenta de que solo la he visto ser así de cariñosa con una única persona.

Extiendo el brazo hacia la Bestia sin pensar, igual que lo extendí hacia Arthur en la cama vacía. Por un momento, parece que va a funcionar, que me va a dar la llave y guiarme al subsuelo, pero se aparta antes de que mi mano la toque, con ojos tristes y fieros. Después desaparece, se desvanece por la entrada y se lleva consigo mi única forma de entrar en la Subterra.

La gata infernal me dedica una mirada larga y acusatoria antes de salir corriendo detrás de la criatura.

El miedo me inunda, me llena los oídos, la boca; siento cómo me ahoga. Aunque no sé cómo es posible, había algo de Arthur en esa Bestia, y eso significa que lo he perdido, que se ha internado en las profundidades de la tierra, hasta dejar atrás la raíz más larga del roble más antiguo, como Nora Lee.

Pero ella no fue la primera en recorrer ese camino, ¿verdad? La liebre le había contado cómo bajar. En otra versión, era Nathaniel Boone quien se lo revelaba a Eleanor Starling. Ambas historias se parecen demasiado como para ser una mera casualidad, como si fueran en realidad un único relato que se ha contado demasiadas veces. Pero todas tienen algo en común: mucho antes que existiera la Mansión Starling, de que llegaran Eleanor y sus llaves, había otra forma de descender a la Subterra.

Unos dedos fríos me agarran el tobillo. Baine se ha incorporado sobre un codo y la sangre le mancha el cuello de la camisa.

—La a-abertura. ¿Dónde está?

Algunos de sus matones se han retirado, pero otros salen de los árboles y siguen de camino a la Mansión.

—Mi equipo dará con ella al final, claro, pero si nos ayudas…

Tiene las pupilas de tamaños diferentes, de tamaños poco habituales. Una de las heridas que tiene junto a la boca le llega hasta los dientes. Veo el blanco húmedo del hueso.

Doy un puntapié para que deje de agarrarme.

—Deberías salir de aquí. Llama a tu equipo y largaos.

Baine intenta emitir una de sus risas sofisticadas, pero suena desafinada, demasiado aguda.

—¿Ahora? ¿Ahora que estamos tan cerca de lograrlo? —Por un instante muy incómodo me recuerda a mi madre: una mujer cuyo apetito voraz e insaciable superaba toda consideración—. He cruzado las verjas, he dejado atrás a esos malditos pájaros. —Me imagino una maraña de picos amarillos y afilados desgarrándole la carne, una y otra vez—. ¿Y crees que voy a detenerme ahora?

—Si entras en esa casa, te garantizo que lo vas a pasar muy mal.

Parece un farol, pero es la pura realidad. Siento la Mansión detrás de mí como si de una criatura viva se tratase, un perro guardián con el pelaje del cuello erizado. La explosión parece haberla desatado, como si toda la estructura se hubiese alejado un poco más de la realidad. Ahora, más que una casa podría decirse que es la idea de una, y las casas están pensadas para acoger a algunas personas y mantener fuera a las demás. Si Baine se abre paso por la puerta, solo encontrará miseria.

No me escucha. Ha empezado a examinar el suelo con esa mirada dispareja, a parpadear una y otra vez. Ve el resplandor del metal de un llavero y se lanza a por él. Se lo lleva al pecho, como si estuviera convencida de que voy a arrebatárselo, como si creyera que aún tiene algo que yo quiero.

Me recorre una pena atormentada y llena de resentimiento. De pronto, me encuentro demasiado cansada como para estar allí hablando con esa criatura vacía y despiadada.

—Claro, cógelas. Puedes quedártelas —le digo, sin malicia alguna—. Ya no las necesito.

Cuando abre la boca para responder con alguna que otra oferta, amenaza o soborno, yo ya estoy corriendo hacia la entrada principal.

Es una sensación dolorosa, la de abandonar el terreno de los Starling. Cruzar la frontera de la propiedad es como desenredarme de unas zarzas y dejar tras de mí sangre y pedazos de piel.

Las verjas se abren para mí y las cruzo mientras hago caso omiso de las figuras que no dejan de retorcerse y gimotear, entremezcladas con el metal. Los animales de hierro retozan por el rabillo del ojo, con los costados húmedos y rojos a la luz de las estrellas.

Me siento más pequeña al otro lado, como si fuera menos de lo que era hace un momento.

La camioneta de Arthur espera justo donde la dejé, pero ahora la rodean un par de vehículos negros y un grupo de seis personas. Me preparo para una andanada de preguntas y acusaciones, y trato de encontrar una mentira que explique por qué voy descalza y tengo las manos llenas de sangre, pero se limitan a mirarme con estupor. Uno de ellos le hace gestos bruscos a una de sus compañeras, y dice:

—Despídeme si te da la puta gana. No pienso volver a entrar ahí.

Otro está apoyado contra el parachoques de un vehículo y llora en silencio mientras se cubre la cara con las manos.

Me deslizo en el asiento del conductor e intento arrancar dos y tres veces antes de que el motor responda al fin. Trato de no pensar adónde voy, ni cuánto habrá crecido el río ni si encontraré las antiguas minas ahora que se ha alzado la niebla.

El puente acecha entre volutas blancas como una caja torácica negra, con puntales recortados contra el resplandor de la central eléctrica del otro lado del río. Aprieto los nudillos sin sangre contra el volante. Oigo cómo la superficie cambia bajo las ruedas, volviéndose ligera y estridente, y mantengo la vista fija en el otro extremo del puente.

Pero está bloqueado. Hay vehículos aparcados en ángulos extraños, y las esquirlas de los cristales lo cubren todo como si de purpurina se tratara. Unas luces parpadean, tiñendo la niebla de tonos rojos y azules. Distingo a través de ella la forma cuadrada de un antiguo Pontiac, y también la silueta de un sombrero de vaquero. Parece que, por algún motivo, los policías de verdad le han devuelto al agente Mayhew sus estúpidas luces.

Piso el freno con fuerza y los neumáticos chirrían. El sombrero de vaquero se levanta y se gira hacia mí, y de pronto me asalta la certeza de que no me va a dejar pasar. Mayhew nunca ha necesitado excusa alguna para esposarme, y ahora estoy cubierta de sangre en la escena de un accidente, tan solo unas pocas horas después de haberme librado de lo del incendio del motel. Incluso alguien que no me guardase rencor personal alguno me habría querido hacer más de una pregunta.

Pero las minas están en la orilla del río donde está Mayhew, en el terreno de los Gravely. Me imagino los tablones podridos, los cúmulos verdes e interminables de enredaderas kudzu. Para llegar solo tengo que doblar una curva y recorrer unos metros de la carretera.

O nadar río arriba.

Noto el picaporte resbaladizo entre las manos sudorosas. Los antiguos amarres del puente tienen un tacto rugoso bajo mis pies. Una linterna reluce en dirección a mí, debilitada por la niebla. Y luego oigo un grito:

—¿Quién anda ahí? ¿Eres tú, niña?

Me da la sensación de que tengo las piernas muy alejadas del torso, casi desconectadas de él, como si fueran las extremidades lánguidas de una marioneta descuidada. Me arrastran hasta el extremo del puente. Hoy la niebla es tan densa y viscosa que no veo el río siquiera, solo los dedos de mis pies junto a la orilla y nada más. Pero oigo el mismo canto de sirena agradable que llevo escuchando en mi cabeza desde el accidente, el fluir imparable del río que me llama para que me sumerja en él.

Me convenzo de que no puede estar tan frío en esta época del año. Me convenzo de que solía tirarme a él muchas veces, antes de que mi cuerpo supiese lo que era tener miedo, cuando creía que mi madre, Jasper y yo éramos intocables, eternos y que el problema no era que no tuviéramos suerte sino que las desgracias siempre nos encontraban primero. Cuento hacia atrás desde diez, tal y como me enseñó a hacer el señor Cole.

No funciona. Las piernas se me quedan rígidas e inmóviles. El corazón me late a mil por hora en la garganta. Siento el retumbar de las botas del agente Mayhew al acercarse; veo el resplandor azul de la linterna sobre mi piel.

No puedo hacerlo. No pienso hacerlo. He tenido demasiadas pesadillas en las que me hundo y me he esforzado muchísimo por mantenerme en tierra firme.

Sin embargo, Arthur ha descendido, y lo conozco demasiado bien como para saber que no volverá a no ser que lo saque yo misma a rastras, como una Eurídice cabreada. Conozco la tozudez con la que aprieta la mandíbula, la suave curvatura de sus labios, la culpa insoportable que lo impulsa a actuar y las cicatrices que le ha provocado. Sé que él es aquello que tanto tiempo llevo persiguiendo y anhelando, buscando y esperando: mi hogar.

Me adentro en la niebla y dejo que me baje con delicadeza y lentitud. Me deslizo en el río con facilidad, con suavidad incluso, como si el agua me estuviera aguardando con los brazos abiertos.

29

Nunca se me dio bien nadar, y han
pasado once años desde la última vez
que me sumergí en aguas profundas.
Bev dice que antes había una piscina pública en
Bowling Green, pero que la llenaron de
cemento en lugar de abolir la segregación, y
ahora la mayoría de los niños saben poco más
que bracear al estilo perro y mantener la
barbilla por fuera del agua.

Ni siquiera llego a eso esta noche. Dejo que
la corriente me arrastre, que mis pies se topen
de vez en cuando con algas y con piedras, que
la boca se me llene del sabor metálico del agua.
Saco la cabeza del agua tres veces antes de ver
la orilla que hay debajo de las minas. No estoy
segura de cómo me las arreglo para
reconocerla en la oscuridad, pero lo hago al
ver la inclinación tan particular de un roble,
la curvatura de un meandro. Al parecer,
nunca llegamos a olvidarnos del todo de los
mapas que hacemos de niños; solo los

doblamos mentalmente y los guardamos hasta que volvemos a necesitarlos.

Nado a duras penas hasta la orilla y luego me arrastro a cuatro patas. El cieno que se me mete entre las uñas hace que me suba bilis por la garganta y malgasto cinco respiraciones en recordarme que no tengo quince años y que ningún Corvette rojo se hunde a mis espaldas. Me pongo en pie, con piernas que bien podrían ser dos cerillas, frágiles y sin articulaciones.

Oigo voces que vienen desde el puente, sobre mí, que rebotan en el agua y resuenan río abajo. Oigo las palabras «dónde» y «Dios». Un haz de luz penetra a través de la niebla y señala hacia el lugar donde me he sumergido bajo el agua. Me imagino al agente Mayhew negando con la cabeza, cabizbajo y mojigato, mientras masculla: «Igual que su madre».

Puede que tenga razón. Mi madre se resistió, luchó y mantuvo la esperanza hasta el mismísimo final, y eso es lo que pienso hacer yo.

Avanzo a duras penas por la orilla mientras la tierra se desliza bajo mis pies. No veo la entrada de la galería a causa de los matorrales oscuros, así que golpeo hasta que suena hueco. Arranco las enredaderas como un animal que escarbase para horadar una madriguera, rompo grandes tallos de kudzu, arranco las raíces de la hiedra a tirones irregulares, hasta que el ambiente empieza a oler a verde y hace que se me humedezcan los ojos, hasta que tengo las manos pegajosas a causa de la savia. Gracias al resplandor azul y rojo de las luces alcanzo a ver un trozo de madera antigua y los restos oxidados del cartel que avisaba del peligro de la entrada. Los tablones están cubiertos de podredumbre y la neblina se desliza entre los orificios y luego fluye hacia el río. Casi me siento aliviada al verlo, porque eso significa que tenía razón y que hay otra entrada a la Subterra.

La madera se desmorona entre mis manos, me caen tierra suelta y bichos bola por los brazos. El aire que brota de la entrada huele fatal y a rancio, como una habitación de motel que alguien hubiese dejado sin aire acondicionado y con las ventanas cerradas durante todo el verano. El agujero que acabo de hacer solo da paso a un negro del todo vacío, a una oscuridad tan total que parece casi sólida.

Pateo los últimos tablones y entro en las minas. No tengo luz, ni mapa ni plan alguno, así que apoyo una mano en la piedra húmeda y camino, como una niña que ha hecho una apuesta que no debería y a la que no le apetece nada estar ahí.

El suelo es blando hasta extremos incómodos. Los dedos de los pies se me hunden primero en montones aluviales de tierra y hongos, después en montículos de rocas afiladas y por último en piedra caliza pegajosa. Me golpeo la tibia en un árbol caído y paso como buenamente puedo, a ciegas. En algunos lugares, las paredes se han derrumbado, por lo que tengo que arrastrarme por los escombros y arañarme la espalda contra el techo. El aire es frío y nauseabundo. En ocasiones, la pared desaparece bajo mis manos cuando un túnel se bifurca, pero en ningún momento titubeo demasiado. Elijo cualquier dirección que me ayude a internarme más y más.

Me adentro. Cada vez más. Me imagino el peso de todo lo que se acumula sobre mí: la tierra y las raíces de los árboles, el asfalto de los aparcamientos, los enormes huesos de metal del Gran Jack.

El túnel se estrecha y hay árboles que crecen de tanto en tanto, pero son cada vez menos. La galería no tarda en estrecharse hasta casi rozarme los hombros, como una ratonera excavada en la tierra. Recuerdo la historia que reprodujo Charlotte en la biblioteca, cómo la voz de la anciana se estremecía a causa de un miedo que había pasado generación tras generación en su familia como un veneno muy lento. Debajo de la palma de mi mano, que ahora me escuece y tengo en carne viva tras arrastrarla por la piedra, siento las cicatrices desesperadas que han dejado los picos y los taladros, las marcas de arañazos de hombres que llegaron al límite, a la locura.

Pienso en los Gravely y en su casa de grandes columnas, en sus cenas de los domingos, rodeados por todo un pueblo que los admira, les guarda rencor y depende de ellos, que nunca piensan durante un solo segundo en este lugar. En esta mina, enterrada bajo su propiedad como un cadáver, como un pecado oculto bajo un colchón. Me asalta la sensación repentina y ominosa de que Eden se ha merecido cada año de mala suerte, cada pesadilla y cada Bestia que ha recorrido sus calles.

Veo una luz frente a mí. Se trata de una fosforescencia tenue, similar a la de las últimas horas de una varita luminosa. Después de haber pasado tanto tiempo en la oscuridad, no confío en ella, pero desaparece cuando cierro los ojos y regresa cuando vuelvo a abrirlos.

La luz se vuelve más resplandeciente. La galería se estrecha aún más. El aire se me atasca en la garganta, denso y húmedo, y un ruido empieza a alzarse entre las piedras, un batir incesante. Piso algo suave y hueco, algo que se quiebra como la cáscara de un huevo. A la luz tenue e inquietante distingo una cuenca vacía, una media sonrisa, un cúmulo de vértebras y de falanges. Parecen muy pequeñas. Desde algún lugar lejano, muy por encima de mí, siento el impulso demencial de hacer una foto y mandársela a Lacey para demostrarle que no sacrificaron a Willy Floyd en un ritual satánico.

Paso por encima de los huesos de Willy y me pongo de lado para arrastrarme por el último recodo, me contorsiono a través de una grieta final y desesperada, y luego termino en un espacio abierto. Me golpeo las rodillas contra la piedra y levanto los brazos, como si esperase el ataque de unas garras o de unos dientes, la ferocidad de lo que quiera que viva en este infierno debajo del mundo.

Pero no es un infierno. No es más que una caverna alargada que se pierde en la oscuridad en todas las direcciones. En la pared opuesta hay una entrada en forma de arco enclavada en el muro y unas escaleras que ascienden hacia la negrura. Los escalones tiran de mí de esa manera extrañamente familiar, y sé que conducen a una puerta cerrada y a un sótano lleno de escombros, a una casa que se derrumba como un soldado anciano después de una guerra interminable.

Y entre las escaleras y el lugar donde me encuentro, fluyendo como un lazo plateado en mitad de la cueva, hay un río.

Pienso con frialdad que tendría que habérmelo imaginado, que tendría que haberlo sabido por los sicomoros que recorren la entrada de la Mansión Starling, por las glicinias que cubren sus paredes. Plantas que prefieren los arroyos y los pantanos, los huecos y los valles que nunca se secan del todo. Sus raíces llegan hasta aquí abajo, se deslizan por el techo de la cueva y se hunden como dedos blancos en este río subterráneo para beber de él.

La corriente es rápida, pero me resulta extrañamente glutinosa y densa. El agua es de un gris enfermizo, como el río Mud después de una gran tormenta, cuando la empresa de servicios públicos tiene que alertar por la contaminación del agua. Hay una ligera capa de niebla sobre la superficie y gracias a la luz pálida y onírica que desprende distingo dos siluetas en la corriente.

Cuerpos. Con los ojos cerrados y las extremidades a la deriva.

Uno de ellos es el de una mujer de mediana edad, un poco fea y ataviada con un vestido largo y descolorido que parece un disfraz, uno de esos que usan para hacer fotos de estilo antiguo en Gatlinburg. Pero sé que no lo es, en realidad, porque la reconozco. Tiene la boca tensa y pequeña como una manzana que acaba de brotar, el rostro alargado y las mangas manchadas de tinta. Tengo su foto guardada en el portátil de Jasper, copiada y pegada de su página de la Wikipedia.

Eleanor Starling tendría que ser poco más que polvo a estas

alturas. Tal vez podrían quedar de ella algunos molares y metatarsos, acaso la mitad del cráneo, pero tiene la piel tersa y maleable debajo del agua, como si solo estuviese durmiendo.

La otra persona es, como no podía ser de otra manera, Arthur Starling. Me cuesta más vislumbrar sus rasgos porque el agua fluye con más fuerza sobre él, como si su cuerpo fuese una piedra afilada. Es como si hirviese a su alrededor y, debajo de ese torrente, los tatuajes parecen ampollas en carne viva, como si al río no le gustasen los signos que se ha grabado en la piel y quisiera eliminarlos.

Me meto en la corriente sin pensar. El agua tiene justo la misma temperatura que mi piel, por lo que aunque la veo ascender por mis piernas, por los tobillos, las tibias, las rodillas, los muslos, apenas la siento. Extiendo el brazo en dirección al cuello de la camisa de Arthur, mantengo la barbilla sobre la superficie y tiro con fuerza.

No se mueve. Es como si sus bolsillos estuviesen llenos de piedras, como si tuviese las manos enterradas en el lecho del río y no quisiera soltarse. Lo intento con Eleanor, ¿por qué no? En un momento como este, haría lo que fuera. Me da miedo que su carne se desintegre cuando la toque, como una de esas momias expuestas a la luz después de miles de años, pero su cuerpo tiene un tacto muy parecido al de Arthur, blando y vivo, y también anclado en el sitio.

Grito un «¡No!» desesperado y doy un puñetazo al agua. Me salpica en la cara, se desliza por mi boca. Tiene un sabor raro. Dulce, intenso y metálico, como a miel y a sangre. La trago sin querer y el río desciende por mi garganta dejando un rastro aceitoso.

Noto cómo un sueño enfermizo se apodera de mí. Me entran ganas de tumbarme en el agua, cálida como mi piel, y dormir. Me resisto y pienso en Dorothy, en Rip van Winkle y en todos los imbéciles que se han quedado dormidos dentro de un círculo de las hadas.

Pero luego pienso en historias más antiguas. Me vienen a la mente los cinco ríos del inframundo: el del olvido, el de la aflicción, el de las lamentaciones, el del odio y el del fuego. Pienso en esa nota ológrafa que encontré hace tanto tiempo en los márgenes de aquel volumen de Ovidio: «¿Un sexto río?».

La única manera de llegar al inframundo es cruzar un río, y la única de alcanzar el reino de las hadas es dormirse. Aún no estoy en la Subterra, pero sé cómo llegar allí.

Recojo un poco de agua con las manos, me lleno las palmas de plata, y me la bebo a tragos.

El sueño se apodera de mí como una marea inexorable. Me tumbo y siento que el pelo flota lejos de mi cuero cabelludo y a mi alrededor como un halo sangriento. Cierro los ojos y abro la boca, y dejo que el río entre. Me llena la boca, se desliza entre mis dientes y llega hasta mis pulmones como si de un sirope cálido se tratara.

Mi mano encuentra la de Arthur. Me tumbo junto a él en el lecho y me duermo.

Estoy despierta. (Sigo durmiendo).

Estoy de pie frente a la Mansión Starling. El cielo es del color del esquisto y el aire está caliente e inmóvil. (Aún sigo tumbada en el lecho del río. Hay cieno bajo mi espalda y agua en mi garganta).

Arthur también está allí. No lo está. Sé que no lo está. Todavía puedo sentir sus dedos entre los míos en ese lugar más arriba, pero aquí, en la Subterra, está despierto.

Me da la espalda, un poco más arriba en el camino de entrada a la casa. Solo consigo distinguir su silueta, pero sé que es él por esa mata de pelo demasiado largo, la forma en la que aprieta la mandíbula, entierra los talones en el suelo y cuadra los hombros. Parece una persona que ha elegido un camino y no tiene intención de cambiar de parecer.

Entre Arthur y la Mansión, mirándolo con esos pozos negros que tienen por ojos, están las Bestias. Son más sólidas aquí abajo, más reales y, a causa de ello, más terribles. No están hechas de niebla, sino de carne: veo tendones que se mueven bajo piel lechosa, bultos de huesos en todas las articulaciones, garras que aplastan la hierba alta. Ninguna se mueve, pero todas vigilan al hombre que está en pie frente a ellas.

—¡Arthur!

Su postura me recuerda a la que mostraba aquella noche horrible cuando lo vi enfrentarse a la Bestia. Aunque no se estaba moviendo, una quietud nueva y aterradora se apodera de él al oírme. Cuando gira la cabeza hacia mí, lo hace de una forma que parece antinatural, como un lento rechinar, como una estatua que mirase hacia atrás. Mueve los labios, y me da la impresión de ver articulada la palabra «cómo», aunque también podría ser mi nombre. Llego a la conclusión de que no importa.

Corro hacia él, y me tropiezo en el camino de entrada oscuro. Me agarra con torpeza contra su pecho, con una sola mano, ya que en la otra blande una espada. Una vieja y abollada, con incrustaciones de extrañas formas plateadas que brillan con luz muy tenue: la espada de los Starling, la misma que yo he abandonado en el mundo de la superficie.

Arthur se aparta y me agarra el hombro con fuerza.

—¿Qué haces aquí? ¿Cómo has…? Me aseguré de que…

—Cállate. ¡Cállate!

Todo el miedo, el pánico y el dolor, todo lo que he sentido desde que lo busqué con la mano en la cama y no encontré más que sábanas frías, brota de mi interior. Sé que estamos en una realidad onírica e inquietante en la que hay monstruos preparados para atacarnos, pero estoy tan enfadada que por un instante siento cómo el pulso me late en el cráneo. No puedo hablar, así que le doy un puñetazo, con fuerza, justo en el centro de las costillas.

—¡Ay!

—¡Te lo mereces! Me dejaste sola ahí arriba, después de que…, justo cuando creía que había encontrado a alguien a quien le importo un poco…

—Claro que me importas, por eso…

—¿… vas y me abandonas? ¿Sola con una espada y un puto testamento?

—Intentaba… No quería que…

Pero no quiero que me explique nada ni que me pida perdón, porque sigo muy enfadada. Y, si se me pasa el enfado, aunque solo sea durante un segundo, empezaré a llorar.

—Pues no lo quiero. Nunca lo he querido. Te quería a ti, maldito imbécil, ¡pedazo de estúpido! Y, si no querías que te siguiese aquí abajo, pues no haberte largado.

Arthur renuncia a darme explicaciones y me besa. Empieza con brusquedad, una colisión violenta entre labios y dientes, sabor a sangre y rabia y metal caliente, pero luego me desliza la mano por el hombro hasta llegar a la nuca y recorre mi mandíbula con el pulgar. Sus labios se suavizan contra los míos.

Cuando se aparta, habla con voz ronca:

—No quería que me siguieras. —Apoya la frente con fuerza contra la mía y posa las siguientes palabras contra mi piel—: Pero gracias a Dios que lo has hecho.

Reparo en que he cerrado las manos alrededor de la tela de su camisa. Las abro y las coloco sobre el lugar en el que le he dado el puñetazo, sin remordimientos.

—¿Dónde estamos?

Miro las Bestias, que aún están inmóviles, que aún nos contemplan como aves rapaces que aguardan a que un par de ratones salgan al campo abierto.

—No lo sé. —Arthur se gira de nuevo para plantar cara a los animales—. Creía que, si descubría de dónde venían, podría acabar con ellas, como quien pisa un avispero. Creía que iba a encontrarme con otro mundo, no con…

Levanta la vista a la silueta familiar de la Mansión Starling, que se alza acechante detrás de las Bestias.

Sigo su mirada y veo algo pequeño y pálido en una de las ventanas. Un rostro. Una joven.

Tiene un aspecto frágil y demacrado, con la piel tan pálida que parece translúcida y los hombros tan afilados que bien podrían ser las alas plegadas de un pájaro pequeño y negro. Lleva un vestido pasado de moda, de cuello alto, y nos mira con gesto completamente inexpresivo.

Busco a tientas la muñeca de Arthur y se la aprieto. Me percato del momento en el que ve a la chica, porque se le estremece todo el cuerpo.

—¿Qué pasa si te acercas a la casa? —pregunto.

—Que atacan.

Arthur señala con la barbilla a una de las Bestias, una criatura emplumada con demasiados dientes. Tiene una de las patas recogida entre el plumaje blanco del pecho. La sangre es de un rojo que contrasta de manera inquietante en este lugar descolorido.

—Ah —respondo. Miro con fijeza a la chica de la ventana y alzo la voz para aventurar un nombre—: ¿Nora Lee?

Lo grito, pero ella no hace gesto alguno. Sin embargo, sé que tengo razón. He visto esa cara pequeña y angulosa en las páginas de *La Subterra*, he soñado conmigo misma ataviada con ese vestido antiguo y desfasado, corriendo hacia las profundidades para alejarme de todo.

La miro hasta que su rostro empieza a emborronarse. Se mezcla con la cara que me observaba desde los retratos de los Starling, la cara que vi durmiendo en el río. Sé que las historias de ambas son dos reflejos distorsionados, como el de una niña en un espejo resquebrajado. Las letras de su nombre bailan en mi cabeza, hacen piruetas gráciles para recolocarse.

—¿Eleanor?

En esta ocasión, no grito, pero tampoco es necesario. La joven da un respingo en la ventana y me mira a los ojos.

30

El rostro de Eleanor Starling ha sido una máscara impenetrable hasta que he pronunciado su nombre, con unos ojos que parecían dos puntos finales negros y fijos en el centro de una página en blanco. Contemplaba desde las alturas a las Bestias reunidas, sin mostrarse consternada ni sorprendida. Me he preguntado si podría sentir algo acaso o si, por el contrario, este lugar le ha arrebatado su humanidad y la ha convertido en una mera ilustración.

Pero el sonido de su verdadero nombre la golpea como si hubiera roto la ventana con un puñetazo. Abre los ojos de par en par. Separa los labios, como si saborease la palabra a través del cristal. Me lanza una mirada penetrante, hambrienta incluso, y luego se da la vuelta de repente. Desaparece entre las sombras de la casa.

—Arthur, creo que… —empiezo a decir, pero un ruido me interrumpe. Es un aullido agudo y vacilante, como el de un gato arrinconado o un coyote en la lejanía.

Otra Bestia se une a él. Y otra más. El sonido se propaga y una pezuña golpea la tierra. Ya no se muestran impasibles.

Hago un ruido a medio camino entre un sollozo y un bufido.

—Creía que te habías hecho amigo de ellas, o algo así.

—No parece que la cosa haya durado mucho. —La voz de Arthur suena seca, pero ha empezado a levantar de nuevo la espada, con el codo en alto y la hoja en paralelo a su antebrazo—. Entra en la casa, Opal.

Miro a las Bestias, que se acercan, y luego su gesto fruncido.

—¿Me lo dices porque crees que es la forma de salir de aquí o porque estás volviendo a comportarte como un gilipollas?

Se le curva la mitad de la boca en un gesto que no muestra la menor alegría.

—Sí. —La curva desaparece—. Por favor, Opal. Por esta vez, solo por esta vez, ¿me harás el favor de irte cuando te lo pida?

Lo cierto es que creo que tiene razón. Creo que, si hay una forma de destruir este lugar o escapar de él, Eleanor Starling la conoce. Tomo aliento, una inhalación breve y brusca.

—Vale. Muy bien. Pero no… No puedes… —Tragar saliva me cuesta más de lo que debería—. No permitiré que mueras luchando contra estas cosas. Ni siquiera creo que esa espada sea real…

Arthur lanza un tajo amplio de advertencia a una de las Bestias, que sisea y se echa hacia atrás.

—A mí sí me lo parece —dice.

—¡Vale, haz lo que te dé la gana! Pero voy a volver a por ti y, como estés muerto, te mataré.

Me dedica esa sonrisilla amarga, de modo que insisto.

—No estoy de broma. Me iré si me juras que te quedas conmigo.

Puede que sea por la manera en la que mi voz se quiebra al pronunciar la última palabra, o puede que sea solo porque quiere que me vaya, pero me mira a los ojos y asiente una vez, con tanta intensidad que parece una reverencia o una promesa.

No es suficiente, pero es cuanto tenemos antes de que las Bestias se abalancen sobre nosotros. Son una fuerza infernal, con labios que se retiran y dejan al descubierto unos caninos largos y perlados, músculos que se retuercen y garras que se extienden, pero Arthur también lo es. La espada muerde y hiende el aire, taja y silba, corta con tanta velocidad que deja tras de sí un rastro argénteo. No hay belleza alguna en sus movimientos ni tampoco gracilidad. No parece un bailarín. Parece un chico que quería plantar flores, pero a quien, en lugar de eso, le dieron una espada. Parece un hombre que abandonó toda esperanza hace mucho tiempo, pero sigue luchando a pesar de todo, sin rendirse. Parece un Guardián de la Mansión Starling que está en guerra.

Arthur da dos pasos hacia delante y otro a la izquierda. Lanza una estocada, rápida y brutal, y luego tiene que hacer fuerza para sacar la espada de un hueso astillado. Las Bestias se apartan de él solo un poco, y ahí está: el camino hacia la Mansión.

No titubeo. Corro, con los brazos pegados al pecho y la cabeza gacha.

Mis pies repiquetean en la piedra. Subo a toda prisa los escalones de la Mansión Starling y golpeo la puerta con fuerza. Está cerrada.

Pero, como cabía esperar y a pesar de la versión retorcida e invertida del mundo en la que nos encontramos, la Mansión está de mi parte. La he alimentado durante meses a base de sudor y de tiempo, de amor y de sangre. Mi nombre está en la escritura, y mi mano ha sostenido la espada. Soy la Guardiana.

Presiono la palma de la mano contra la madera estropeada y digo, en voz baja:

—Por favor.

Vierto todos mis anhelos, toda mi inútil esperanza, en las palabras.

Siento que el espacio que me rodea se suaviza. Es una sensación de irrealidad, como estar en un sueño y darte cuenta de repente de que estás soñando. El mundo se doblega ante mí.

La cerradura chasquea. La puerta se abre. Miro a Arthur una vez más, mi valiente y estúpido caballero, mi puñetero y perfecto imbécil, que no ha dejado de luchar. Su silueta se desvanece detrás de una oleada de Bestias hambrientas que no dejan de gruñir, y me adentro en la Mansión Starling.

Esta es una Mansión Starling diferente de la que conozco. La tapicería se halla en perfecto estado y el papel de pared está como nuevo, sin marca alguna, sin enchufes o interruptores. Todos los muebles están pulidos y todos los tablones del suelo relucen. Parece recién construida, como si los pintores se hubiesen marchado hace poco menos de una hora. Es bonita, pero me sorprendo buscando las telarañas y las manchas con una punzada de nostalgia en el pecho. La Mansión parece una casa normal y corriente, una estructura yerma que aún no ha aprendido a soñar.

Eleanor no está en el pasillo, pero mis pies saben adónde ir. Subo un tramo de escaleras, y otro, y otro, hacia la habitación de la buhardilla que ahora pertenece a Arthur, aunque no siempre ha sido así.

Tiene un aspecto vacío y desolador en su ausencia. No hay ilustraciones clavadas en la pared ni lámparas de luz cálida. Solo hay una cama de estructura metálica y estrecha sobre la que Eleanor está sentada con los tobillos y los brazos cruzados. Detrás de ella, con el cuerpo encorvado para protegerla y dimensiones espantosamente deformadas para caber en la habitación, hay una Bestia. Esta tiene los cuernos cortos y curvados de una cabra, pero un cuerpo sinuoso y casi parecido al de un gato. No hace amago de atacarme, sino que se limita a mirarme mientras le tiemblan las vértebras.

—Hola —digo, incómoda porque no sé qué se supone que tiene una que decirle a una niña que también es adulta, a un personaje de ficción que también es una persona, a una villana que puede que también sea una víctima.

Parece que no he acertado, porque Eleanor no responde. Ni siquiera parpadea. Se limita a mirarme con esos ojos negros e impasibles.

—Soy Opal.

Titubeo, sin tener muy claro si los apellidos Gravely o Starling le gustarían o la enfadarían; así pues, solo le digo mi nombre.

Eleanor se limita a mirarme. De repente, estoy muy cansada de este numerito de huérfana gótica, cansada de esperar educadamente mientras Arthur se desangra en el exterior.

—Oye, siento molestarte, pero necesito que mandes la retirada de tus… amigos. —Hago un gesto incómodo hacia la Bestia, que sigue acurrucada a su espalda—. Ese hombre de ahí fuera no es tu enemigo.

—¿No? —Una parte racional de mi cerebro se estremece al oír su voz. Es demasiado grave, demasiado precisa, demasiado deliberada—. Ha venido a declararles la guerra a mis pobres Bestias, ¿no?

—No. Bueno, puede ser, sí, pero porque tenía que hacerlo. ¿Sabes lo que hacen en la superficie? Matan gente. Como… Mi madre…

Lo siento otra vez, el peso del río en el pecho, el frío del agua en los pulmones.

Una mirada extraña y furtiva cruza el gesto de Eleanor. Me recuerda a Jasper cuando dejó que la gata infernal entrase en la habitación doce, a sabiendas de que tenía pulgas. Es la primera vez que Eleanor ha puesto la cara de una niña de verdad.

—Es su naturaleza —dice, casi con un mohín.

Me cruzo de brazos y uso el mismo tono de voz que había empleado con Jasper.

—¿Qué son, Eleanor? ¿Qué es la Subterra? ¿Es esto…? ¿Estamos en otro mundo?

Me siento estúpida por preguntarlo en voz alta, pero también estoy en medio del fantasma de una casa que no va a existir hasta dentro de un siglo.

Eleanor ha dejado de mirarme y se ha puesto a acariciar las costuras grises de la colcha.

—Eso era lo que pensaba yo.

Me dan ganas de cruzar la estancia y zarandearla con fuerza, pero su Bestia me mira con un ojo que parece una piedra de carbón exánime. Así que espero.

Eleanor roza el borde del cráneo de esa cosa, con cariño incluso.

—Pensaba que las Bestias venían de otro sitio…, del Infierno, al principio, y luego del Cielo. Después creí que formaban parte de la historia, que eran un mito, pero ahora sé lo que son. Ahora sé que forman parte de mí.

—¿Qué…? —digo, con un grado de paciencia que me resulta admirable, dado que he dejado la mayor parte de mi corazón en la hierba que está tres pisos por debajo de nosotras—. ¿Qué significa eso?

Eleanor ladea la cabeza y el tono de su voz se vuelve más neutro.

—Si este río tuviese un nombre, como sus hermanos del inframundo, sería Fantaso, o puede que Hipnos, y pertenecería a Morfeo. —Empiezo a ahondar en mis recuerdos fragmentarios de Edith Hamilton y de *Las metamorfosis*, y desisto del intento de comprender lo que dice. Después continúa—: Es el río de los sueños.

La palabra «sueños» me golpea como si me hubiese tirado una piedra. Se hunde en mi mente con facilidad, como si la estuviese esperando, y no forma ondulación alguna al penetrar en ella.

—¿Qué significa eso? —repito, pero ya sé la respuesta.

—Significa que estas aguas les dan forma a nuestros sueños, por muy absurdos que sean. Significa que los únicos monstruos que hay aquí son los que creamos nosotros.

Eleanor vuelve a mirar a su Bestia, y su pequeña mano desaparece entre las cerdas blancas del pelaje de la nuca. Tiene una mirada casi tierna como la de una madre que mirase a su hijo, o la de una soñadora que contemplara su sueño favorito.

Me inunda una oleada de repulsión y de rabia.

—¿Las has creado tú? Tú… ¿Por qué?

La cabeza se le retuerce sobre el tallo frágil que es su cuello, a una velocidad asombrosa. Los ojos son poco más que hendiduras mezquinas.

—Ni siquiera te importa. —Parece una queja que usase mucho, afilada tras años y años—. A nadie le ha importado nunca, y a nadie le importa ahora. Nadie sabe la verdad, y preferís que siga siendo así.

Ese discurso provoca una resonancia muy incómoda en mi cráneo. Trago saliva dos veces y digo:

—Cuéntamela entonces.

—No me vas a escuchar.

Todavía emplea un tono de voz grave y agresivo, pero ahora una nueva emoción empieza a brotar en las profundidades crueles de sus ojos. Una necesidad antigua y desesperada, un anhelo que ha intentado enterrar sin éxito.

Cruzo la estancia, cuyo suelo no cruje en esta casa, y me arrodillo junto a la cama.

—Cuéntamela, Eleanor. Te escucharé.

Ella se resiste, pero la necesidad gana.

Esta es mi historia.

Nadie la ha oído antes y, en caso de que sí la hayan oído, no se la han creído; y en caso de que se la hayan creído, no les ha importado. Estoy segura de que a ti te ocurrirá lo mismo, pero te la contaré de todos modos, porque ha pasado mucho tiempo desde la última vez que hubo alguien a quien contársela.

Mi historia comienza con la historia de mi madre, como nos sucede a todos. Dice así: érase una vez una chica rica que creía que estaba enamorada. Pero, tan pronto como se firmó el acta de matrimonio, o, para ser más específicos, tan pronto como todas sus cuentas se pusieron a nombre de su marido, el hombre desapareció. La dejó sola, convertida en un hazmerreír y en un estado mucho más avanzado del que debería.

Yo nací la primavera de 1851. Me llamó Eleanor, como ella, y nunca pronunció nuestro apellido en voz alta.

Mi madre murió joven. Los médicos dijeron que la mató el cáncer, pero yo creo que fue la amargura, y el juez me mandó a vivir con la única familia que me quedaba. Cogí el tren a Bowling Green y una barcaza hasta Eden. Mi padre jamás me había visto, por lo que permaneció en la orilla mientras los pasajeros bajaban por la rampa. Cada vez que se le cruzaba una mujer, preguntaba: «¿Eleanor Gravely?». Fue la primera vez que oí mi apellido en voz alta.

Mi padre vivía muy bien gracias al dinero de mi madre. Él y sus dos hermanos menores (mis tíos) habían creado una empresa, Gravely Brothers Coal & Power, y ahora eran propietarios de unas cuantas hectáreas de terreno, una docena de hombres, cinco aves cantoras negras importadas de Europa y una casa grande y blanca en la colina. Al principio creí que podría tener una vida tolerable en esa casa, que podría pasar los días cosiendo, leyendo y enseñándoles nuevas canciones a los pájaros, pero mis tíos y mi padre eran hombres muy malos.

(Quieres saber más. Quieres que te cuente cada detalle deprimente, escabroso y cotidiano, pero sin duda alguna puedes imaginarte la multitud de pecados que se esconden bajo la palabra «malos» como larvas debajo de una piedra. Sin duda alguna, la forma precisa de las heridas es menos importante que el dolor que provocan y las manos que las infligen).

Eran hombres malos y se volvieron peores conforme la guerra empeoró y el carbón empezó a agotarse. Consumieron sus beneficios y recurrieron a las arcas de mi madre. Bebieron más y durmieron menos. Llegaron a ofenderse por el más mínimo bocado que probaba bajo su techo, cada miga rancia que metía con disimulo en la jaula de los pájaros, y me castigaron por ello.

Mi padre era el peor de los tres, supongo que porque era el mayor y había tenido seis años más para practicar la crueldad. Empecé a dormir todo lo que podía, a envolverme en sueños en los que aparecían dientes y sangre, filos y arsénico. Estaba durmiendo cuando mi tío vino a contarme que mi padre se había ahogado.

No fui yo. La mitad del pueblo sospechaba de mí, y yo llegué a desear que estuvieran en lo cierto, porque te aseguro que se lo merecía, pero la otra mitad de Eden culpaba a los mineros. La niebla se había alzado esa noche y, cuando se despejó, mi padre estaba muerto y ya no había esclavos en Eden.

Huelga decir que no lloré por mi padre. Mi tío John se colocó junto a mí en el cementerio y me retorció con tanta fuerza la carne de detrás de los brazos que al día siguiente la tenía morada y verde, pero me negué a derramar una sola lágrima por él. Puede que fuese entonces cuando empezaran los rumores sobre esa joven Gravely extraña y fría: «Me han contado que lo mató ella —susurraban—. Me han contado que solo ha sonreído una vez en toda su vida, cuando la primera palada de tierra cayó sobre el ataúd de su padre».

Puede que sonriera entonces, pero no tardé en dejar de hacerlo. En ausencia de un testamento, fui yo quien heredó la fortuna restante de mi padre, que había pertenecido a mi madre, y que tendría que haberme pertenecido a mí. Pero, como aún no había alcanzado la mayoría de edad, mis circunstancias apenas cambiaron, con la salvedad de que mi tutela pasó de un hombre a otro.

John Gravely era el siguiente hermano en términos de edad y también en cuanto a maldad. Creí que tal vez a él también le sobreviviría, pero poco a poco me di cuenta de que me miraba con más detenimiento que antes. Me estudiaba como si fuese una ecuación complicada que necesitara resolver. Me preguntó en dos ocasiones cuándo era mi cumpleaños, y tamborileó con los dedos con impaciencia cuando le respondí ambas veces.

Esa noche, conté con los dedos y me percaté de que iba a cumplir dieciocho años en veintitrés días. En ese momento mi dinero pasaría a ser mío, y a mis tíos solo les quedarían unas pocas minas en declive, una pajarera sucia y una sobrina muy rica que ya no les pertenecería. Era un pájaro en una guarida de zorros, y estaban muy hambrientos.

Creí que su plan era envenenarme o ahogarme. Creí que quizá iba a encerrarme hasta que lo pusiera todo a su nombre y al de su hermano, o que me internaría en un manicomio. Ni siquiera habría tenido que sobornar a los médicos; para entonces yo ya estaba muy mal. Me mordía los labios hasta que me salían costras, nunca me cepillaba el pelo, había dejado de cantarles a las aves negras y solo hablaba con ellas con susurros graves y delirantes. Dormía y dormía, porque incluso las pesadillas eran preferibles a la realidad.

Mi tío John no me envenenó ni me encerró. Optó por una solución diferente, una que me decepcionó profundamente no haber anticipado. Al fin y al cabo, era la misma que se le ocurrió a mi padre cuando conoció a mi madre. Era un hombre pobre y malo, y ella, una mujer rica y débil. ¿Había algo más sencillo, más obvio?

Supongo que, a los diecisiete años, aún tenía una fe infantil y ridícula en las normas sociales. Sí, eran hombres malos. Sí, había oído los llantos en las minas y visto a mis tíos volver de las cabañas bien entrada la noche. Pero eso era diferente, eso estaba permitido. Yo era una chica blanca de buen linaje, y creía en la existencia de líneas que no serían capaces de cruzar.

Por ese motivo, cuando mi tío John me mandó llamar para desayunar una mañana y me contó que iba a tener que dejar de llamarlo tío, no entendí de qué me hablaba. Me cogió la mano izquierda y me puso un anillo barato de hojalata en el dedo anular. Aun así, seguí sin entender nada. Me sentí rara y lángui-da, como si estuviese durmiendo. Miré a mi tío Robert, el más joven y menos cruel de los Gravely, y vi un atisbo de aversión en su gesto, y solo entonces lo comprendí todo al fin.

Nuestro compromiso se anunció en tres periódicos. Mi ape-llido apareció de forma diferente en cada uno de ellos. Eleanor Grand, Eleanor Gallow, Eleanor Gaunt. Puede que mis tíos cre-yesen que así ayudarían a la gente a convencerse a sí misma de que habían oído mal mi nombre. «Esa chica nunca fue una Gravely —podrían decir—. Seguro que era una expósita, una huérfana, una desconocida a la que hemos acogido entre noso-tros».

Y funcionó, claro. Nadie vino a nuestra gran casa blanca para arrastrar a las calles a mi tío John. Nadie lo maldijo ni lo castigó, ni siquiera se le quitó su lugar en la primera fila de bancos de la iglesia. Se limitaron a creerse una historia diferente, una que fuese más fácil de digerir porque ya la habían oído antes: érase una vez una mujer mala que arruinó a un buen hombre. Érase una vez una bruja que maldijo un pueblo. Érase una vez una niña fea y rara a la que odiaba todo el mundo, porque odiarla era lo más fácil.

Aunque albergué la esperanza de que alguien pusiera obje-ciones, lo único que conseguí fue una mirada compasiva de la criada de los vecinos y una mueca de incomodidad por parte de mi tío Robert. Todos los demás se alejaron de mí, como ma-nos que se retiran de unas brasas de carbón. Apartaron la mi-rada del mal y, al hacerlo, se volvieron cómplices. Vi cómo el pecado de mi tío se extendía por el pueblo igual que la noche al caer, y al final asumí que nadie iba a salvarme.

Por eso, la mañana de mi boda, llevé la jaula de mi padre al bosque que había detrás de la mansión de los Gravely y la abrí. Los pájaros desaparecieron con el batir de sus alas iridiscentes, una mirada de sus inteligentes ojos negros y unos pocos gorjeos agudos. No sabía si sobrevivirían en libertad, pero les tenía demasiado cariño como para dejarlos solos con mis tíos.

Escogí dos piedras lisas y pesadas y me las metí en los bolsillos de la falda. Luego me dirigí al río.

Habría llevado a cabo mis planes de no haberme topado con el barquero. Más tarde lo presentaría como una liebre, porque el tipo tenía una manera furtiva de parecer una persona, como si lo hiciera de soslayo. Me detuvo y me escuchó, y después me dio un regalo aún mejor: me dijo cómo había muerto mi padre. Me contó que el Infierno era real y que también lo eran sus demonios.

Ese día no me adentré en el río, después de todo. Volví a la gran casa blanca de la colina y dejé que me pusieran un vestido blanco con lazos y encajes. Permití que mi tío Robert me llevara al altar de la iglesia vacía. No fui capaz de pronunciar las palabras, pero permití que mi nuevo marido me besara, con esos labios húmedos y estrechos.

No recuerdo el resto del día, pero sí que recuerdo la luz cambiar del mediodía al atardecer y del atardecer al crepúsculo y del crepúsculo a la noche. Mi tío John se levantó de la mesa tras la cena y extendió la mano, como si fuera a cogérsela, como si fuera a seguirlo a la cama como una cerda a la que llevan al matadero.

Corrí. Él me siguió.

Me siguió hasta su mina y titubeó al borde de la oscuridad. Oí cómo me llamaba, engatusándome, suplicándome, insultándome y exigiéndome, pero no me detuve. Bajé y bajé y bajé.

Encontré el río. Bebí el más ínfimo de los tragos, como me había dicho el barquero, y caí en la Subterra. Y aquí encontré a las criaturas de mis pesadillas, animales hechos de dientes y de garras, de rabia y de justicia. Me miraron como si me aguardasen desde hacía tiempo. Lloré de júbilo y de miedo, sobrecogida de amor. Les hablé de mi tío y les mostré el anillo que me había puesto en el dedo, y entonces salieron corriendo hacia la oscuridad. Al regresar, tenían los hocicos húmedos y rojos. Se los limpié con el dobladillo lleno de barro de mi vestido de novia. Y después dormí, en paz.

Me desperté en el fondo del río. Me arrastré hacia la orilla, entre toses y arcadas. Estaba demasiado asustada como para volver a las minas. ¿Y si no había sido más que un sueño maravilloso? ¿Y si mi tío estaba vivo y seguía llamándome? Pero el barquero me había dicho que había otra salida, una cueva natural que ascendía en espiral hasta un socavón en el extremo meridional del pueblo. Más adelante supe que el terreno en el que se encontraba también pertenecía a los Gravely.

El ascenso a la superficie fue duro. Cuando volví a ver el sol, tenía las palmas de las manos en carne viva y el vestido rasgado. Salí arrastrándome a la luz del atardecer y me quedé tumbada en la hierba húmeda. Vi a cinco aves que cruzaron el cielo sobre mí. Todos los pájaros son negros a esa hora, pero me convencí de que se trataba de los míos. Mi padre había dicho que eran estorninos, y los había comprado porque le gustaba el aspecto que tenían las cosas enjauladas. Pero ahora eran libres, y yo también.

Dijeron que reía y reía sin parar cuando me encontraron. No lo recuerdo. Tampoco recuerdo mucho del juicio. Me pareció todo un proceso místico, como una serie de rituales que llevaron a mi metamorfosis. Había sido una joven sin apellido y ahora era una viuda rica. Había estado atrapada y ahora no lo estaba.

Podría haberme ido a cualquier parte del mundo, ¿sabes? Podría haber escapado de Eden y haber vivido de la fortuna robada de mi madre hasta olvidarme del murmullo del río de arriba y del sabor del río de abajo. Pero me quedé. Que Dios me ayude, me quedé.

Al ser la viuda de mi tío, tenía derecho al terreno de los Gravely. Dejé que mi tío Robert se quedara con la mitad más valiosa, las minas y la casa grande, pero reclamé todas esas hectáreas que había al norte del río. Al principio prepararon la escritura con mi nombre de casada, pero no soportaba verlo, así que la rompí y los obligué a poner otro. «Que figure mi apellido de soltera —dije—. Eleanor Starling». Cuando lo pronuncié, el nombre me supo a limpio.

Contraté a un arquitecto tan pronto como firmé la escritura. Verás, es que yo nunca había tenido un hogar de verdad. Mi madre y yo vivimos entre habitaciones alquiladas y residencias, evitando los rumores y sobreviviendo con lo poco que nos había dejado mi padre, y la casa blanca de la colina era simplemente un lugar del que no me podía marchar. Así que construí para mí todo lo que siempre había soñado tener: salas de estar y salones de baile, bibliotecas y comedores, pasillos llenos de puertas que solo yo podía abrir.

Era más que un hogar, claro. Era un laberinto en cuyo centro se encontraba la entrada a la Subterra, rodeada por altos muros de piedra. No sabría decir si me atemorizaba más que alguien encontrara la manera de llegar a las profundidades o que algo escapara de ellas. Lo único que sé es que soñaba con las Bestias, con sus dientes manchados de la sangre de mi tío, y que a menudo me despertaban los sonidos que escapaban de mí por las noches. Nunca llegué a saber si eran risas o gritos.

Creí que sería feliz en aquel lugar. Ahora tenía un apellido y un hogar propios, y dinero suficiente como para poder quedarme con ambos durante toda la vida. Sin embargo, me convertí en un fantasma que atormentaba mi propia casa. A veces me preguntaba si en realidad me habría ahogado aquella noche y simplemente aún no me había dado cuenta.

Creo que era por la soledad. El pueblo siempre me había odiado y seguía odiándome, con una intensidad fruto de la vergüenza. La única compañía que tenía eran los estorninos, que criaron y se multiplicaron hasta alzarse de los sicomoros en grandes nubes negras. Me dedicaba a contemplarlos desde la ventana de la buhardilla mientras la bandada se alzaba y descendía, se retorcía como una cinta oscura por los cielos, y pensaba en mis pobres Bestias, atrapadas bajo la tierra.

Estaba demasiado asustada como para regresar a la Subterra y encontrármelas de nuevo, pero las amaba demasiado como para irme. Así que me dediqué a estudiarlas. Tenía el privilegio de contar con tiempo y con dinero, y consagré ambos a la Subterra. Pedí libros de historia y de geografía, de mitología y de monstruos, de folclore y de fábulas. Aprendí latín y me familiaricé con el silabario cheroqui. Guiada solo por mitos y misticismo, fabriqué amuletos y protecciones, y forjé cuatro llaves y una espada. No había en mi biblioteca nada que hablase de la Subterra o de las Bestias, pero encontré retazos de sus sombras en cada cuento sobre demonios y monstruos, en cada relato sobre dientes que aguardan en la noche.

Sin embargo, la naturaleza de su origen seguía siendo un misterio. ¿De dónde habían salido? ¿Cómo había sido capaz de soñar con ellas antes de saber siquiera que existían? Pasó mucho tiempo hasta que comprendí que solo existían porque las había soñado, y que todos mis estudios no eran más que una serpiente que se mordía la cola.

Empecé a dibujar por las noches bocetos oscuros y espantosos de una joven con sueños oscuros y espantosos. Escribí mi historia, si bien la suavicé un poco, consciente como era de que nadie querría la cruda realidad. No recuerdo tomar conscientemente la decisión de publicarla, pero metí el manuscrito en un sobre y lo mandé por correo al norte. Puede que estuviera ligeramente orgullosa de mi obra. Puede que quisiera ver cómo mi nombre, el que yo había elegido, quedaba inmortalizado en la cubierta de un libro, y con ello borrar el que me había tocado, como si de un error escrito con tiza en una pizarra se tratara. Puede que mi única aspiración fuese que la gente supiera la verdad, aunque la confundiesen con un libro infantil.

Pero nadie quiso mi historia, ni siquiera después de que le arrancara los dientes. El último correo que recibí de mi editor fue una notificación: iban a destruir mis libros para dejar espacio en los almacenes.

No me sorprendió. Mis estudios prosiguieron como siempre, con la salvedad de que dejé de dibujar por las noches.

El correr de los años me volvió más inquieta y extraña. Empecé a llevar la espada conmigo, de habitación en habitación, como si creyese que las Bestias pudieran venir a por mí a cualquier hora del día.

Y, luego, una noche, alguien llamó a mi puerta. Esta Bestia iba trajeada y lucía una sonrisa amplia, pero la conocía demasiado bien como para dejarme engañar: era el hermano menor de los Gravely, el último de mi linaje, y al fin había venido a por mí.

Mi tío Robert me informó de que había llegado el momento de que Gravely Brothers Coal & Power reclamara los derechos de explotación minera de mi propiedad. Yo me había quedado con la fortuna y con la tierra, dijo, pero la compañía era propietaria del carbón.

Ya no era una chica asustadiza. Le dije que lucharía con uñas y dientes antes que permitirle poner un solo dedo sobre mis tierras.

Y mi tío, el más amable de los Gravely, el que me pasaba miguitas de pan a escondidas para que se las diera a los pájaros, aquel a quien casi se me había olvidado temer, me sonrió. Luego me dijo todas las cosas que podría hacerme, con solo compartir una copa y un apretón de manos con la persona adecuada.

Amenazó con decirle al sheriff que me había visto asesinar a sus hermanos a sangre fría. Con decirle al predicador que era una bruja que practicaba magia negra. Con decirle al juez que estaba loca y que tenían que encerrarme.

Iban a creerlo a él. Imagínate cómo sería vivir un mundo que se doblegaba a tu voluntad, donde todo lo que cuentas se convierte en realidad solo porque tú lo has dicho.

Sentí que el suelo se resquebrajaba bajo mis pies, que las paredes se abombaban como si estuvieran hechas de papel mojado. Iban a arrebatarme todo aquello que consideraba mío, todo aquello por lo que había sufrido, por lo que había matado. Mi apellido, mi casa, mi dinero, mi seguridad.

Nadie iba a escucharme. Nadie iba a salvarme. Estaba condenada de verdad.

Pero me lo llevaría al Infierno conmigo. Le di a mi tío una última oportunidad. Le dije que podía marcharse y jurarme que no volvería a sacar el tema, porque, de lo contrario, moriría como sus hermanos. Se le desdibujó la sonrisa, pero solo durante unos instantes. A los depredadores les resulta difícil imaginarse unos dientes que se cierran alrededor de su garganta. Carecen del instinto necesario para ello.

En cuanto se marchó, hice tres cosas sin demora y de manera consecutiva. Primero, escribí el borrador de un pequeño apéndice a *La Subterra* y se lo envié a mi editor, en caso de que se reeditase alguna vez. En segundo lugar le escribí una carta al barquero, pues de todo Eden, era el único que no se merecía lo que iba a ocurrir.

Y en tercero, desenterré la llave que había ocultado junto a las raíces del sicomoro. La había enterrado unos años antes, quizá con la idea de evitar la terrible tentación de regresar a la Subterra. Pero, al final, la necesidad siempre se impone.

Volví al río que fluía en las profundidades. Bebí y bebí y bebí, para dormir y no despertar jamás.

Las Bestias estaban aguardándome. Habían experimentado algunos cambios sutiles, y ahora se parecían más a los dibujos infantiles de mi libro que al recuerdo que tenía de ellas. Supe entonces que eran creaciones mías, nacidas de mis pesadillas desesperadas. Ya no las temía, sino que las amaba como una madre quiere a sus hijos, por muy monstruosos que sean.

En ocasiones las dejo sueltas por el mundo de la superficie. Cuando siento la niebla alzarse sobre el agua, cuando noto una grieta en las defensas de esa maldita casa y de sus Guardianes. Cuando pienso en mi padre y en mis tíos y en los pecados que cometieron contra mí, y en el pueblo que me dio la espalda en lugar de ayudarme a vengarme de ellos.

Creía que la Mansión Starling era mi hogar, pero estaba equivocada. Este lugar, donde nunca estoy sola, donde nadie puede hacerme daño, donde la verdad es lo que yo sueñe que sea, es mi verdadero hogar y siempre lo será.

31

Eleanor Starling me cuenta su historia
y yo la escucho. Cuando termina,
pienso, paralizada: era esta. Era esta la
historia que he buscado desde que me corté la
mano con la verja de la Mansión Starling,
desde mucho antes de eso, desde la primera
noche en que soñé con la casa. He ido
encontrando retazos de ella, con detalles
emborronados por el tiempo, transformados
por cada uno de quienes la habían contado,
pero aún legibles. Ahora lo entiendo todo, las
verdades y las mentiras, colocadas las unas
sobre las otras. Los hermanos Gravely,
respetados hombres de negocios, esclavistas y
maltratadores. Eden, un pueblo bueno y
terrible, lleno de personas buenas y terribles.
Eleanor, una niña asustada, una asesina y, al
final, el fantasma que aún nos acecha a todos.

Pensaba que escuchar esa historia, la
primera y verdadera me haría sentir como si
hubiese colocado la última pieza de un

rompecabezas. Pensaba que me haría sentir satisfecha, triunfante, puede que algo orgullosa de mí misma. Pero ahora tengo a una niña solitaria y rabiosa frente a mí, con mirada fría y acusatoria, y lo único que siento es pena.

Así que digo, aunque sea insuficiente:

—Lo siento.

La mirada de Eleanor no cambia.

—Ellos también lo sentían.

—¿Quiénes?

—¡Todos! —La vehemencia repentina me hace dar un paso atrás—. La sirvienta de los vecinos, la mujer que traía leche y huevos todos los martes, el predicador que nos casó y el juez que firmó los documentos. Miraban el anillo de hojalata que llevaba en el dedo y parecían sentirlo mucho, pero ¿de qué me sirvió eso?

—¿Estás segura de que lo sabían? —No tendría que haber preguntado algo así, pero una parte de mí se resiste con desesperación a creer esa verdad tan terrible—. ¿Sabían que era tu…? ¿Sabían que tú eras…?

Eleanor frunce los labios con un frío desdén que una niña normal no habría sido capaz de poner.

—Claro que lo sabían. Mi padre me recogió de la barcaza llamándome por mi nombre. La mitad del condado me llamaba «la Gravely» en lugar de aprenderse mi nombre. Pero, cuando mi tío John les pidió que mirasen a otro lado, cuando pusieron en una balanza mi vida y la empresa de carbón, sus donaciones generosas a la caridad y su gran casa blanca en la colina, no titubearon.

Abro la boca, la cierro.

—Lo siento —repito.

Eleanor me mira de arriba abajo, con ojos que se fijan en cada costura rota, en cada mancha.

—Creciste aquí, ¿verdad? Deberías saber de qué hablo.

Y lo sé. Sé lo que es sentir que tu pueblo te da la espalda

415

con la misma facilidad con la que se pasa la página de un libro. Lo sé todo sobre gente que da la espalda y te dedica miradas de reojo, sobre ser la única chica de sexto curso a la que no invitaban a los cumpleaños. Sé que la gente le habla en voz alta y despacio a mi hermano, como si no comprendiese su idioma, sé cómo lo miran en los supermercados aunque todo el mundo sea consciente de que la que roba soy yo. Ahora lo sé todo sobre mi madre, a quien desterraron por un pecado tan absurdo como el sexo y por el pecado, mucho más terrible, de no arrepentirse de ello.

El círculo de cielo que se ve por el ojo de buey de la buhardilla se ha convertido en un hervidero de negrura. En la superficie, podría verse la central eléctrica desde donde estamos, una luz firme, pero no ocurre lo mismo en la Subterra.

Presiono la frente contra la ventana redonda y miro abajo. Las Bestias son más grandes y más relucientes que antes, y sus extremidades, más alargadas y estrechas como fémures. Se retuercen furiosas, como una maraña de carne hermosa y monstruosa. Se han congregado en torno a algo, pero no lo veo con claridad y soy incapaz de recordar lo que era.

Me las imagino corriendo por el mundo de la superficie. Quizá persigan al agente Mayhew por la carretera del condado. Quizá arranquen a Don Gravely de su enorme casa, como se arranca la carne tierna de una ostra de su concha. Dios sabe que ambos se lo merecen.

—Podrías quedarte conmigo, ¿sabes? —La voz de Eleanor se desliza por mi hombro como una mano cálida—. Otros han encontrado el camino para llegar hasta aquí abajo: niños perdidos que se adentraron demasiado por las minas, cazadores de tesoros que perseguían historias extrañas…, pero ninguno duró demasiado.

—¿A qué te refieres?

—Sus sueños eran débiles, cosas informes, demasiado blandas como para sobrevivir en mi Subterra. —Su voz parece encogerse de hombros—. Pero tú… tienes hambre y te gusta la oscuridad. Eres como yo.

—No soy como tú.

Suena bien. Una negativa vehemente en la que cada palabra suena con la dureza y la seguridad de un mazo, como no podría ser de otra manera. Siempre se me ha dado muy bien mentir.

Había sentido la verdad cada vez que leía *La Subterra* de niña, cada vez que recorría con los dedos el rostro blanco y anguloso de Nora Lee en las páginas. Le habían pintado los ojos con tinta negra e irregular, como si fuesen un par de agujeros en el papel, pero yo me imaginaba que me miraba directamente a mí con esa sonrisilla taimada.

Por la noche, soñaba con ríos y puertas y casas que no eran la mía, un lugar oscuro y silencioso donde dormir, segura al fin, satisfecha de una vez por todas. Por la mañana, lloraba con la certeza de que nunca llegaría a escapar, de que nunca podría acompañar a ninguna de las Bestias a la Subterra, porque ¿quién le iba a calentar la avena instantánea a Jasper en el microondas si lo hacía? ¿Quién iba a abrocharle el saco de dormir hasta arriba durante las noches frías, y a robarle sobres de chocolate caliente del bufet de desayuno de Bev?

Y luego estaban Bev, y Charlotte, y la gata infernal, una ristra de cosas que me necesitaban o de cosas que yo necesitaba, todas ellas bien amarradas alrededor de mi muñeca. Y luego llegó la Mansión Starling, grandiosa, en ruinas y maravillosa, y con ella…

Arthur.

Su nombre resuena en mis oídos como la campana de una iglesia, nítida y con fuerza. Recuero de pronto que está aquí, conmigo, en la Subterra, que lo he dejado luchando contra las Bestias. Vuelvo a bajar la vista hacia ellas y, en esta ocasión, atisbo el movimiento de una espada, el destello de un pelo negro. Arthur parece un soldado de juguete desde las alturas, demasiado frágil y pequeño como para plantar batalla, pero incapaz de escapar.

Me aparto de la ventana y empiezo a extender la mano hacia la puerta, pero no está ahí. Las paredes son ahora de un yeso liso y blanco, como si se hubiesen construido así, como si la habitación nunca hubiera tenido salida.

Dos inhalaciones, entrecortadas y ruidosas. Me doy la vuelta despacio para volver a encarar la estrecha cama de metal, y la chica sigue sentada en ella, con las piernas cruzadas a la perfección a la altura de los tobillos.

—Déjame ir —digo con tranquilidad, con autoridad, como si hablase con una niña que ha cerrado la puerta del baño.

Eleanor baja los párpados despacio, como si le pesaran por el desdén.

—¿Para qué? ¿Para que salves a un chico que aún le tiene miedo a la oscuridad?

—Sí.

—No lo necesitas —dice, con un movimiento rápido y brusco de los dedos, como si Arthur fuese un juguete o una amenaza.

—No. —Mi voz sigue calmada, demasiado—. Pero lo quiero.

Las dos palabras son indistinguibles en mi mente, se han fusionado en un ansia única y reluciente.

Eleanor hace una pausa para analizarme, con la expresión de un depredador que buscase una cojera o una cicatriz, una antigua herida que no hubiera llegado a sanar del todo.

—¿Sabes qué? Él también te abandonará —dice, y no puedo evitar estremecerme. Ella huele mi dolor y mueve la cabeza hacia delante—. Todos los demás lo han hecho, ¿verdad? Un día él hará lo mismo y volverás a estar sola.

Después de nadar durante un siglo en sus propias pesadillas, ha conseguido que esto se le dé muy bien. La voz tiene una fuerza profética, una certeza que se me hunde directa en el pecho. Pero no me quedaría sola, ¿verdad? Incluso si llegase a ocurrir algo así, aún tendría a Jasper, a Bev, a Charlotte y a la gata infernal.

Miro a Eleanor y ladeo la cabeza como si jugase a buscar las siete diferencias. Ya no me cuesta ver lo diferentes que somos. Eleanor nunca tuvo hogar, al margen de lo mucho que se esforzase por tenerlo; yo tuve el asiento trasero del Corvette rojo de mi madre, y luego la habitación doce, y luego la Mansión, una serie de hogares formados por ilusiones y amor. Eleanor siempre estuvo sola; yo no.

Una emoción incómoda me recorre las entrañas, caliente y capaz de hacer que se me erice el vello del cuerpo. Parece compasión, pero es difícil sentir compasión por alguien a quien entiendes con tanta claridad.

—Eleanor, no me voy a quedar. Y tú tampoco deberías. Has pasado aquí demasiado tiempo…

—¡No! —La voz suena aguda y estridente, como si la apuntase con un cuchillo o una pistola—. Este es mi hogar y pienso quedarme aquí hasta que los Gravely, sus hijos y los hijos de sus hijos, estén muertos, hasta que sus tumbas estén demasiado deterioradas como para que puedan leerse sus nombres. —La Bestia ha empezado a gruñir detrás de ella, a abrir las fauces y a rasgar la tarima con las garras. Me pregunto si huele la sangre Gravely que corre por mis venas, la herencia que nunca pedí—. Registraré Eden por cielo y tierra, cada casa y cada nombre. Trataron de enterrarme, pero seré yo quien los entierre a todos al final.

Es una maldición de las que no pueden romperse, de las que no puedes escapar, de las que nunca he creído que existieran.

—No —digo. No sueno muy convincente.

—Sí —replica Eleanor—. El caudal del río lleva mucho tiempo aumentando, ¿lo sabías? La niebla se alza ahora más densa, y más a menudo.

Me imagino a Arthur rodeado de tumbas. A Jasper diciendo que los Guardianes ya no duran tanto como antes.

—¿Por qué?

—Las Bestias me han hablado del lago negro que han creado en la superficie, donde guardan el agua que han corrompido.

—¿El...? ¿Estás hablando del depósito de cenizas de carbón? —Siento cómo se me retuerce la mente, cómo convergen las palabras—. La gente dice que tiene filtraciones, pero la empresa eléctrica asegura que...

—Claro que tiene filtraciones. —El tono de Eleanor suena divertido incluso—. La tierra de este lugar es muy porosa, está llena de cuevas y de tumbas. Se filtra hasta el río, hasta mí, y nos damos un banquete con ello. —Y entonces se humedece los labios, como si los desechos de una central eléctrica fueran un manjar especial—. Y ahora, esta noche..., ahora que ya no hay un Guardián y que las puertas están abiertas...

Se queda en silencio, pero veo en mi mente cuál será el curso de los acontecimientos: las Bestias correrán sueltas por las calles de Eden. Tendrán lugar incendios, inundaciones, desastres y muertes en los momentos más inesperados. La ciudad sufrirá un ataque tan terrible que sus habitantes la dejarán vacía, abandonada a las glicinias y a las enredaderas kudzu. Pronto solo quedará la niebla recorriendo las calles vacías con pies silenciosos.

La estancia se oscurece a nuestro alrededor. Las ventanas se cubren de sombras, pero no a causa de la noche, sino de los cuerpos brillantes como la obsidiana de las aves, que pasan a toda velocidad junto a los cristales en una bandada interminable. Eleanor me está mirando y esboza una sonrisa.

Siento que alzo la barbilla, que cierro los puños.

—No —repito, pero ahora doy un pisotón, como una niña. La tarima se agita bajo mis pies.

Los pájaros se alejan de las ventanas.

El estupor cruza el rostro de Eleanor durante un momento fugaz, y después la malicia se apodera de él. Su Bestia se pone en pie y llena toda la estancia, abre la boca y muestra unos dientes propios de un perro rabioso. Y pienso: «Los únicos monstruos que existen son los que creamos».

Esa Bestia es tan solo el sueño de una niña pequeña. Igual que las paredes que nos rodean, que las ventanas y que el cielo. Yo también tengo sueños, aunque haya dedicado media vida a tratar de olvidarlos. Los he desdeñado y maltratado, he hecho todo lo posible para quemarlos, pero han sobrevivido. Incluso ahora puedo sentirlos bajo la superficie de mi piel, hambrientos.

Me resulta fácil, muy fácil. Lo único que tengo que hacer es querer.

Cierro los ojos y, cuando los vuelvo a abrir, la estancia ha cambiado.

Hay un par de camas contra las paredes, con las sábanas arrugadas. Hay un microondas de finales de los años ochenta junto a una cafetera de plástico. También hay manchas de humedad en el techo, un mapa de brotes marrones que conozco de memoria.

Estamos en la habitación número doce del Jardín del Edén, tal y como la recuerdo, y como ahora solo puede existir en sueños.

Eleanor se ha puesto en pie y me fulmina con la mirada entre jadeos. Parece muy fuera de lugar, como un retrato victoriano que ha cobrado vida en circunstancias extrañas. Frunce los labios y escupe una vez, con rabia.

Me echo atrás, pero no apuntaba hacia mí. Apuntaba a la moqueta fina del motel. El escupitajo sisea en el suelo. Una voluta de humo se alza desde él, seguida de una pequeña llama azul. Después, el fuego empieza a extenderse con una rapidez antinatural, a subir por las paredes, a saltar de cama en cama como un niño inquieto.

Pienso: «Otra vez no». Cierro los ojos, pero no logro pensar en nada que no sea el resplandor de las llamas contra mis párpados, en el calor que emite mi único hogar al arder.

Tanteo en dirección a la puerta y salgo al aparcamiento, bañado por la luz crepuscular.

Está lleno de gente. A algunas de estas personas las conozco muy bien, y a otras no; todas me resultan tan familiares como el rumor del río o la luz de las farolas. El cartero. El cocinero del mexicano. Bev y Charlotte. La chica que se chivó de mí a la profesora en sexto. Don Gravely, el señor Cole, el agente Mayhew, Ashley Caldwell, Arthur. Jasper.

Ninguno se mueve. Ninguno habla. Solo me miran con ojos húmedos y carentes de interés. Me asfixio a causa del humo y toso palabras como «por favor» y «ayuda». Seguro que alguien llamará al 911 o encontrará una manguera o, al menos, me ofrecerá la mano y me dirá que todo va bien, aunque no sea verdad.

Pero tendría que habérmelo imaginado. Este pueblo desdeña todo lo que le resulta inquietante o desagradable, lo que ponga en peligro la consideración que tienen de sí mismos como personas decentes y respetables: la caza fuera de temporada, los vertidos ilegales, los perros famélicos y los niños con moretones con forma de mano, e incluso la ponzoña en su propia historia. ¿Cómo pude creer que yo sería una excepción?

Las personas congregadas en el aparcamiento me dan la espalda al unísono, con una sincronía inquietante, y se alejan. Incluso Jasper.

Un detalle capta mi atención. Dejo de toser. Jasper podría enfadarse conmigo, o hablarme mal, podría robar el último paquete de ramen del bueno, pasar de mis mensajes o echar una solicitud de trabajo sin decirme nada, pero nunca me daría la espalda y me dejaría así.

Esto no es más que una pesadilla. Y yo las tengo mejores. Cierro los ojos y busco algo distinto, un recuerdo tan pulido y dorado que se ha convertido en una fantasía. Cuando los abro, el aparcamiento ha desaparecido.

Estoy de pie en la orilla del río Mud. El sol ha empezado a ponerse y sus rayos le arrancan destellos dorados al agua. Está lo bastante oscuro como para que hayan salido las golondrinas, y las luciérnagas reluzcan en las partes bajas de los árboles. Parece que estamos a finales de junio o a principios de julio, en ese momento en el que pierdes la noción del tiempo y ni siquiera te importa porque no tienes prisa por llegar a ninguna parte, en el que el verano se alarga de manera tan exuberante a tu alrededor que empiezas a dudar de la existencia de otras estaciones.

Eleanor está a mi lado. Tiene los pies pequeños y descalzos sobre el barro. Ya no me fulmina con la mirada, sino que observa el río con una expresión de amor que resulta tan desamparada como ofendida, como si estuviera dispuesta a arrancárselo del pecho si supiese cómo hacerlo. Desliza la mano en la mía y yo se la estrecho sin pensar, porque es pequeña y está fría, porque me recuerda a cuando esperaba el autobús con Jasper. Froto el pulgar contra sus nudillos.

Eleanor hace un ruidito de asco, como si no creyese que alguien pudiera ser tan estúpido, y luego tira de mí hacia el río.

El agua tendría que estar caliente como el caldo en esta época del año, pero no es así. Está tan fría que hace daño, capaz de entumecer músculos y parar corazones. Intento zafarme, pero Eleanor tiene una fuerza sobrenatural. Me clava las uñas y deja marcas azules con forma de medialuna en las muñecas, tira de mí hacia las profundidades hasta que vuelvo a sentir que me ahogo, pero en esta ocasión quiero soltarme, y no puedo. En esta ocasión no hay nadie que me saque a la superficie y me rodee con su cuerpo.

Me aferro con fuerza al atisbo de ese recuerdo. Arthur, cálido y vivo. Arthur, abrazándome mientras la palabra «hogar» rebota por mi cavidad torácica como una bala perdida.

Ya no me ahogo. Abro los ojos y aparezco de pie en el salón acogedor de la Mansión Starling, el que tiene el sofá mullido y el papel de pared color pastel y los retratos de los Guardianes. Pero aún no hay ninguna de esas cosas. La tarima reluce como si la acabasen de pulir y el yeso está intacto. El único retrato que cuelga de la pared es el de Eleanor.

—¿En serio, Opal? ¿Aquí? —La verdadera Eleanor ríe—. Esta es mi casa.

La miro, cansada ya de su risilla maligna y de sus ojos impasibles.

—No, no lo es. Tal vez lo haya sido en algún momento, pero ya no. —La boca se le ve ahora muy pequeña y rígida en su tersa cara de niña, como si fuera la semilla de un caqui, así que sigo—: La abandonaste y se convirtió en el hogar de otra persona, una y otra vez, y todos la quisieron tanto como tú. Más, probablemente.

La boquita de caqui se mueve.

—No, no es verdad.

—Sí que lo es. Y ¿sabes qué? La Mansión también los quería. Cuando tú vivías en ella no era más que una casa, una cosa grande y muerta llena de más cosas muertas, pero se ha despertado con el paso de los años. O tal vez ha ido durmiéndose.

Pienso en las raíces largas y marfileñas que recorren el agua, que beben de ese río de los sueños. Pienso en la glicinia que rodea la Mansión por todas partes, que la recorre bajo los muros como venas debajo de la piel. Las cosas muertas no sueñan, pero la Mansión sí, y por eso dejó de estar muerta. Ha pasado ciento cincuenta años bebiendo el agua y soñando con lo que quiera que sueñen las casas, con tener fuego en la chimenea, platos en el fregadero y luces en las ventanas, y cuando se vio vacía llamó a otra persona sin hogar y hambrienta, e hizo todo lo posible por mantenerla a salvo. Hasta que perdió la capacidad de hacerlo.

Siempre me la imaginé como un faro, pero lo cierto es que era más bien como una sirena: algo hermoso tras lo que aguarda una muerte segura, una voz dulce y mortal en mitad de la noche.

Pero juro que no habrá más retratos en la pared, no habrá más tumbas a las que llevar flores. Juro que acabaré con todo esto, aquí y ahora. Seré la última Guardiana de la Mansión Starling.

Eleanor tiene la espalda apoyada en una pared, con los brazos extendidos como si pudiese mantener la casa inmóvil e invariable. Siento pena por ella.

—La Mansión me envió sueños antes de verla siquiera. Me necesitaba, y yo la necesitaba a ella.

Recuerdo la ventana que brillaba entre los árboles como un faro. El rostro de Arthur al otro lado de la verja, furioso y solitario. Motas de polvo que revolotean en un haz de luz. Mi sangre empapando el suelo de madera.

El salón cambia a nuestro alrededor, se convierte en la habitación que conozco del mundo de la superficie. El papel de pared se desgasta y salen grietas en la pared. El brillo de la tarima pierde lustre y las vigas del techo se llenan de manchas de humedad. Los muebles victorianos estrechos quedan reemplazados por un sofá hundido y las paredes se cubren de retratos de diferentes tamaños. El ambiente cambia y acumula años de largos atardeceres y de largas noches de invierno, de tardes lluviosas y de medianoches amargas, décadas de esfuerzo, de deseos y de sexo, de olvidar el café y de dejar que se enfríe porque el libro se ha puesto interesante. Generaciones de vida que llegan a Arthur, y luego hasta mí.

—Puede que la Mansión Starling fuera tuya al principio, Eleanor, pero ahora es mía —digo con toda la amabilidad de la que soy capaz, pero ella se estremece como si le hubiese dado un tortazo.

Después me enseña los dientes, pequeños y afilados, y dice:

—Pues quédatela. Me da igual. —Sus ojos muestran un resplandor terrible—. Ya has perdido todo lo demás.

Después huye de mí a la carrera y desaparece en la Mansión, y yo la sigo.

No necesito apresurarme. Oigo los pies pequeños de Eleanor repicar por las escaleras, puertas que se cierran de golpe detrás de ella, pero ahora esta es mi casa. Puedo hacer que me lleve adonde quiero. No hay cerradura que se me resista.

La encuentro de nuevo en la habitación de la buhardilla, sentada en la cama con la Bestia a sus espaldas. Ahora es pequeña y frágil, como un animal callejero famélico, y me mira bajo la seguridad del codo de Eleanor.

—¿A qué te referías? —pregunto. Y estoy tranquila, muy tranquila.

El resplandor furioso, triunfante y terrible no ha desaparecido de sus ojos.

—Me refería a que se acabó. Me refería a que ese lago negro, ese depósito de cenizas de carbón, como lo has llamado tú, no se construyó como debía. Tiene demasiadas grietas, demasiadas fisuras, demasiados lugares por los que romperse con un poco de mala suerte.

¿Cuántas veces he oído a Bev quejarse de lo mismo? Lo único que hace la gente es decirle al oído «pero el carbón es lo que mantiene las luces encendidas» y se liaba a enseñar fotos del condado de Martin que tenía en el móvil. La tierra convertida en un lodazal, las casas manchadas de arsénico y de mercurio, los vientres blanquecinos de los peces que flotaban durante kilómetros por el Big Sandy.

La Mansión tiembla a mi alrededor. Respiro hondo.

—Eleanor, escúchame. Si esa cosa llegara al río…

—Recibirán su merecido.

—¿A quién cojones te refieres? —He perdido la calma. Las cañerías rechinan en las paredes y las cortinas se agitan—. A Gravely Power no, eso está claro. Ellos se limitarían a pagar una multa y la central reabriría en dos semanas.

Por primera vez, Eleanor no parece tan segura de sí misma. Me siento junto a ella en la cama y el colchón se hunde bajo mi peso.

—¿Por qué te quedaste en Eden, Eleanor?

Me pregunto si me llegará a responder o si se mantendrá vengativa hasta el final. Pero dice:

—Estaba en mi derecho. —Se muerde los labios con fuerza—. No era de aquí, pero tampoco era de ninguna otra parte y, después de lo que pasó, creí que merecía pertenecer a algún lugar. Como mis estorninos, que no eran de aquí y no le gustaban mucho a nadie, pero se quedaron. ¿Por qué no iba a hacer lo mismo?

Esa historia me resulta familiar, es un cuento que me he repetido muchas veces: una niña que ama un lugar aunque este no la corresponde, una niña que crea un hogar porque nunca le dieron uno. Carraspeo.

—Tus estorninos siguen por aquí. Ahora hay miles. No hacen más que incordiar a toda la ciudad.

Los labios de Eleanor se retuercen de manera antinatural y supongo que eso es lo más parecido que tiene a una sonrisa genuina. Pronto los deja como estaban.

—Los Gravely también siguen por aquí.

Carraspeo.

—Sí.

Pone la voz grave, cargada de resentimiento.

—Y aún son ricos, aún se aprovechan de la miseria de todos los demás.

—Sí. —Titubeo—. Lo cierto es que mi madre era una Gravely. —Eleanor me mira directamente por primera vez desde que entré en la habitación, y se aleja de mí como un animal arrinconado—. Tú también lo eras, hasta que decidiste dejar de serlo. Como mi madre. Y como yo, supongo.

Mi madre me mintió sobre muchas cosas, pero esa es la única mentira que también era un regalo: arrancó de raíz la podredumbre de su pasado y me concedió una vida en la que solo importaba el ahora y el mañana. Me dejó crecer sin nombre y sin casa, y por eso ahora soy libre de crear mi propio hogar y de elegir cómo me llamo.

Sin embargo, Eleanor sigue enraizada en esa historia tan terrible suya. Ha pasado mucho tiempo allí abajo, supurando y odiando, castigando y envenenando, y sigue sin ser suficiente. Me mira como si estuviera considerando enterrarme los dientes de leche en la garganta. Bajo la voz y digo, con suavidad:

—Los hombres que te hicieron daño murieron hace mucho tiempo.

—¿Y debería dejar a sus descendientes impunes, dejar que se beneficien de los pecados de sus padres y de sus abuelos?

—No, claro que no. Que se jodan. —Pienso en Don Gravely mirándome con esos ojos grises como la gravilla. Caigo en la cuenta, quizá demasiado tarde, de que yo también soy uno de esos descendientes—. Pero sí que creo que deberías dejarlo en manos de los vivos.

Eleanor aprieta la pequeña mandíbula.

—No saben lo que yo sé. Han cambiado la historia, se han olvidado a propósito. Ninguno sabe la verdad…

—Por eso escribiste *La Subterra*, ¿no?

—Quería… —Le aletean las fosas nasales. Mueve la barbilla, un gesto que en un niño de verdad podría considerarse un puchero—. Quería que se dieran cuenta, que lo supiesen. Creí que si… —El puchero desaparece. Entorna los ojos—. ¿Cómo sabes el título?

Subo ambas piernas a la cama y me giro para mirarla de frente. Estamos sentadas como dos niñas que se quedan despiertas hasta las tantas en una fiesta de pijamas.

—Porque he leído tu libro. Todo el mundo lo ha leído. Es famoso. —Abre los ojos de par en par, los iris rodeados de marfil—. Hay una placa frente a tu casa con tu nombre. El nombre que elegiste tú.

Un líquido rezuma de sus ojos y se le acumula en las pestañas inferiores, reacio a derramarse.

—Pero nadie se lo ha creído, ¿verdad? Creen que era un cuento infantil. No lo entienden.

—Tal vez ese sea el caso de la mayoría —respondo sin titubear. Pero después pienso en la página de Wikipedia de E. Starling, en la larga lista de obras relacionadas debajo de su imprecisa biografía, en el dolor de una niña convertido en generaciones de arte maravilloso, terrible y perturbador—, pero algunas personas sí que lo han entendido. Yo lo entendí.

Las lágrimas son tan densas que se le agrandan las pupilas, que se ven enormes y negras en su rostro. Deslizo la mano por el colchón, sin llegar a tocarla, y bajo la cabeza hasta que termino por mirarla a la cara.

—Se lo contaré a todos, Eleanor. Les contaré la verdad sobre ti, sobre los Gravely y los Starling. En realidad, llevo mucho tiempo coleccionando todas las historias, todas las mentiras y las medias verdades que cuenta la gente sobre la Mansión Starling. Mi amiga Charlotte está escribiendo una crónica, o lo estaba, y podría ayudarme. No sé cómo vamos a encontrarle sentido a todo, pero...

Vuelvo a recordar el mapa del Mississippi, todos los ríos que ya no estaban, pero estuvieron, juntos en la página. Como mapa, no servía de mucho, pero contaba la verdad por completo. Y puede que la verdad siempre sea igual de complicada.

Cojo un poco de aire.

—Pero te juro que lo intentaré. Contaré la verdad.

En algún momento, más tarde, cuando no esté bajo el hechizo del río de sueños ni hablando con una mujer muerta, pensaré en lo curioso que resulta que todas mis mentiras, mis confabulaciones y mis engaños hayan confluido en algo así: en la promesa sincera de que diré la verdad.

—No te creerán.

La voz de Eleanor suena grave y mordaz, pero aún tiene los ojos abiertos y húmedos, llenos de anhelo.

—Puede que no. —Ni siquiera yo estoy segura de creérmelo, y aquí estoy, experimentándolo por mí misma. No me extraña que lo escribiera como si fuese un cuento infantil—. Pero algunos sí que lo harán.

—No les importará.

La primera lágrima cae, le recorre la mejilla y deja tras de sí un rastro reluciente.

—Puede que no, pero a algunos sí. —Me acerco un poco más y le agarro la mano al fin. No la aparta—. ¿No te bastaría con eso? ¿No estás cansada?

Las lágrimas empiezan a caer más rápido, se precipitan una tras otra por su cara.

—Se lo merecen. Todo —dice con la voz húmeda y ronca.

—Sí, es posible.

Me permito plantearme, solo por un momento, la totalidad de lo que merece Eden. Pienso en los hermanos Gravely, que encerraron a una niña como un pájaro en una jaula y cometieron todo tipo de abusos contra ella para conseguir beneficios; en los hombres que excavaron las primeras minas, aquellos cuyas cadenas repiqueteaban en la oscuridad, y en todos los lugareños temerosos de Dios que miraron a otro lado; en el río que ahora fluye con ese color marrón oxidado y en la central eléctrica que lanza cenizas a los cielos y en la casa de columnas blancas con la estatua del jockey que le sonríe a la ciudad. La rabia de Eleanor parece multiplicarse en mi cabeza, hasta que solo queda una única chispa incandescente en toda una constelación de pecados.

Le aprieto la mano con más fuerza.

—Se merecían todo lo que les hiciste, y puede que más. —Le aparto el flequillo lacio de la frente. Noto la piel fría y pegajosa al tacto—. Pero tú mereces algo mucho mejor, Eleanor.

Ella se derrumba contra mí, y siento su cabeza como una roca fría contra mi clavícula, y empieza a llorar. Le acaricio la espalda una y otra vez, arriba y abajo, y la arrullo para tranquilizarla. Me imagino que es Jasper después de tener una pesadilla o de un día muy largo, agotado después de tener que contener demasiadas cosas en su frágil caja torácica.

—Es demasiado tarde —llora—. Ya he… El depósito ya ha empezado a desbordarse por todas partes…

—Está bien —le aseguro, aunque no sea así, aunque las lágrimas también se me derramen por las mejillas, rápidas y silenciosas.

Mi pobre, rota y pecaminosa Eden, inundada en sus propias aguas envenenadas. Todo esto entraña cierta justicia poética, de la que aparecía en el Antiguo Testamento, pero nada de piedad, y nada de futuro.

Tumbo a Eleanor en la cama y la tapo con la colcha hasta la barbilla. Tiene un aspecto mucho más humano que antes; se parece más a Eleanor Starling que a Nora Lee.

Saca la mano de debajo de la ropa de cama y me aferra la muñeca con fuerza.

—No he dejado que llegue al río. Intenté… Las Bestias lo desviaron.

Tengo que tragar saliva antes de hablar.

—¿Adónde?

—Dijeron que a un agujero. Una tumba antigua. Dijeron que allí no vivía nada.

—Vale. Bien. —Cierro los ojos y espero, con todas mis fuerzas, que se refiera a lo que creo que se refiere—. Ya puedes dormirte, Eleanor. Se acabó.

—Creo que ya no sé cómo.

Le han salido algunas arrugas alrededor de la boca, y también algunos mechones de canas en el pelo. Su Bestia ha adquirido una palidez translúcida y neblinosa.

Le vuelvo a tocar el pelo de la frente, como si todavía fuera esa niña pequeña y agresiva. Después le canto.

Al principio es ese vals triste y antiguo sobre una luna azul, pero las notas cambian y la tonalidad fluctúa. Se convierte en esa canción de John Prine que salió hace unos años, la que dice que el final del verano siempre llega antes de lo que queremos. Nunca me he aprendido la letra del todo, pero me conozco el estribillo de memoria, dulce y lastimero.

—Vuelve a casa —canto, y a Eleanor empiezan a pesarle los párpados—. No, no tienes por qué quedarte sola, vuelve a casa.

Sé en qué preciso instante se queda dormida, porque la estancia cambia a mi alrededor. Las ventanas se iluminan con la luz del ocaso veraniego. Las paredes se llenan de bocetos con cientos de sombras plateadas hechas de carboncillo. Un jarrón con amapolas aparece sobre un escritorio, con flores rojas como dedos ensangrentados. La colcha se ablanda debajo de mí, y noto la tarima más caliente bajo las plantas de los pies.

Eleanor Starling ha desaparecido, y la habitación ya no le pertenece. Ahora le pertenece a Arthur; y la Subterra, a mí.

32

La Mansión Starling suspira a mi alrededor, un alivio hecho de madera y de piedra, y yo suspiro con ella. Vuelvo a sentir que la casa es una criatura viviente, un gran cuerpo lleno de vigas en lugar de huesos, y de cañerías de cobre en lugar de venas. Me pongo en pie, no sin marearme un poco, y me siento más vieja y más cansada de lo que creía posible.

Algo blanco sale despedido desde la cama y me rodea los tobillos. La Bestia de Eleanor tiene un parecido sospechoso con la gata infernal, si esta tuviese el pelaje del color de la niebla y ojos como las cuencas de una calavera vieja.

—Creo que no deberías existir —le digo, con naturalidad.

La Bestia me da un mordisquito.

No tengo que bajar escalera alguna, lo cual me alegra porque no me veo capaz. Me limito a abrir la puerta de la buhardilla y aparezco en el umbral de la entrada principal de la Mansión, unos cuantos pisos por debajo. Froto el pulgar contra el picaporte para darle las gracias, y la moqueta se despereza bajo mis pies como un animal satisfecho.

La Bestia me rodea las piernas y baja los escalones de la puerta principal con la cola erguida. Corro detrás de ella, con la esperanza de encontrar a Arthur tambaleándose a causa del agotamiento, y puede que sonriendo aliviado...

Pero sigue luchando. Aún hay Bestias rabiosas por todas partes, igual de grandes y terribles que antes, acechantes como buitres blancos. El suelo que hay bajo sus pies está cubierto de escarcha, como si hubiesen pasado estaciones enteras mientras yo estaba en la Mansión.

Sin embargo, Arthur no parece mayor. Parece más joven, más joven de lo que lo he visto en el mundo de la vigilia. Tiene el pelo bien cortado y la piel inquietantemente tersa, sin tatuajes ni cicatrices. Lleva el abrigo largo de lana, pero los hombros no se lo llenan del todo aún. Tiene el rostro algo más redondeado, más liso y sin las marcas propias del dolor. No es más que un chico y está llorando.

En ese momento veo los cuerpos a sus pies. Un hombre y una mujer tumbados el uno junto al otro, con las costillas abiertas como vainas de algodoncillo. Una hilera de personas que aún llevan cascos y uniformes, con rostros cubiertos por un encaje de escarcha. Un par de cadáveres quemados. Todos aquellos que han muerto por culpa de las Bestias a lo largo de tantos años, todos los accidentes y los incendios inexplicables, todas las enfermedades repentinas y las rachas de mala suerte, todos los que Arthur no ha sido capaz de salvar.

Una de las figuras es pelirroja y luce una cabellera más larga que la mía. Tiene la cabeza girada, pero conozco el contorno de la oreja de mi madre, la nuca expuesta.

Hay un cuerpo junto a ese, y tardo un buen rato en reconocerme. Es la versión de lo que yo habría sido si Arthur no me hubiera sacado del río esa noche: la piel pálida e hinchada, la ropa más pesada a causa del barro, con algas del río colgándome del pelo.

Debo de estar en la Subterra de Arthur: un mundo donde siempre llega tarde y es demasiado débil, donde unos enemigos incontenibles lo rodean por doquier, donde está condenado a luchar solo, para siempre, sin obtener recompensa alguna. Creía que las Bestias desaparecerían con Eleanor, pero está claro que no ha sido el caso. Ahora son nuestras, son horrores heredados como un juego de porcelana horrible.

Grito el nombre de Arthur, pero no me oye. Mantiene la mirada fija en las Bestias, con el rostro rabioso a causa del dolor mientras alza la espada y la deja caer, una y otra vez.

Nunca se detendrá. Nunca descansará. Se quedará aquí por siempre, atrapado en su pesadilla por siempre jamás.

Pero no se lo voy a permitir, porque lo necesito. Y puede que sea una mentirosa y una ladrona y una tramposa, pero caminaría descalza por el mismísimo Infierno por aquello que necesito.

Doy un paso al frente, hacia el círculo rabioso, aullante y babeante de Bestias, y vuelvo a gritar su nombre.

Arthur Starling tiene muchas ganas de dormir, o de despertar, o de hacer cualquier cosa menos lo que está haciendo. Su cuerpo ha quedado reducido a un sistema de poleas y de cables, extremidades que se levantan y se dejan caer, que atacan y cortan. La espada es muchísimo más pesada, pero es incapaz de soltarla.

Ignora el motivo. ¿Por qué seguir luchando cuando todos aquellos a quienes ha amado yacen en el suelo a su alrededor, con ojos que miran sin ver? Su madre tiene la boca abierta y tierra de tumba en los huecos de los dientes; su padre no le ha soltado la mano y tiene las gafas cubiertas de escarcha. Arthur trata de no mirar a los demás, sobre todo a la que tiene el pelo del color de una cerilla encendida, pero se tropieza con ellos varias veces. Tienen la carne dura y congelada.

Las Bestias no dejan de llegar. Él no deja de luchar.

Y luego, después de mucho tiempo, Arthur oye su nombre. Duda durante un segundo, porque creía que no quedaba nadie en el mundo que lo supiese, o que se preocupase tanto por él como para gritarlo.

Su nombre, otra vez. Flota a través de esa maraña de fauces que se cierran y extremidades con demasiadas articulaciones y se posa sobre él con suavidad, como una manta sobre sus hombros. Es la voz de alguien a quien conoce, una voz que ha oído maldiciendo y cantando por todas las habitaciones de la Mansión, en cada sueño maravilloso que ha tenido y en la mitad de sus pesadillas.

Una quietud extraña se apodera de las Bestias que lo rodean. Se retiran un poco y lo miran como una manada de lobos que se congregase alrededor de algo que no dejara de resistirse, a la espera de su muerte. Arthur nota que la piel se le eriza ante un ataque inminente, ante ese golpe de gracia que lo dejará igual que aquellos que yacen a su alrededor.

Pero, en lugar de eso, las Bestias se apartan. Aparece una estrecha abertura entre ellas y una silueta la cruza.

Avanza despacio, con tranquilidad, como si no se hubiese percatado de los colmillos y las garras que abundan a su alrededor, como si no viese los cuerpos parecidos a huevos rotos. La luz se proyecta sobre ella de una manera extraña, cálida y dorada, que no tiene nada que ver con el invierno amargo que la rodea.

Como en un trance, Arthur recuerda *Proserpina*, un cuadro que estudió en Historia del Arte. La mayoría de las representaciones de Perséfone eran pálidas y trágicas, dibujadas justo cuando Hades las acababa de arrastrar al Infierno, pero aquella era diferente. Estaba sola en el inframundo, sopesando una granada con una mano y brillando en la oscuridad como si fuera el mismísimo sol. Tal vez resplandecía por su expresión, un tanto triste y un tanto fiera. O tal vez se debiera al color de su pelo, de un rojo intenso como brasas de carbón, como la sangre, como las amapolas silvestres.

Opal se abre paso entre las Bestias y se detiene a escasos centímetros de Arthur.

—Estás muerta —le dice él, con tristeza.

Ella le dedica una sonrisa torcida y afilada.

—No lo estoy.

A Arthur los pulmones no le funcionan como deberían, se llenan y se vacían demasiado rápido. Tiene la necesidad de bajar la mirada hacia el cuerpo de la joven ahogada, pero la contiene, porque si la ve allí muerta y tumbada a sus pies caerá y ya no volverá a levantarse jamás.

En lugar de eso, se dirige al fantasma:

—No eres real. Eres un sueño.

—No lo soy. —Una leve incertidumbre se entrevé en su gesto—. O puede que ambos lo seamos. No lo sé. Aquí abajo todo es muy raro. —Opal da un paso al frente y lo coge de la mano. Tiene la piel más cálida que la suya, algo que nunca suele ser así, pero es real y sólida. Está viva—. ¿No te acuerdas, Arthur? Bajaste para salvarme, como el maldito inconsciente que eres, y yo te seguí a ti, porque lo soy incluso más. Pero estoy bien. Ambos estamos bien.

Arthur se acuerda de repente, con nitidez: la Bestia inclinando la cabeza y dejándole una llave pesada en la mano. La puerta a la Subterra al abrirse, la niebla al penetrar en el sótano. Recuerda encender una cerilla y lanzarla, y luego cerrar la puerta a su espalda. Después, las escaleras, el río y el agua que le quema al contacto con la piel. Opal, corriendo a sus brazos. Opal dándole un puñetazo. Opal obligándole a prometer que seguiría vivo. Recuerda que se limitó a asentir, porque tuvo miedo de que, si hablaba, ella sería capaz de oír la mentira.

Pero ella ha vuelto, y él está vivo. Está seguro de que no será por mucho tiempo.

—Tienes que irte —dice él con premura—. Este lugar es peligroso, malvado…

—No lo es.

Eso tiene que ser una mentira, pero cuando pronuncia las palabras Arthur nota que se hacen realidad. El aire es más cálido de lo que era, y las Bestias son un poco más pequeñas, un poco menos temibles. Oye el trino de los pájaros en los árboles, como si faltase poco para el amanecer.

Opal pasa los pulgares por los nudillos de Arthur para calentarle la mano.

—Somos nosotros quienes decidimos qué es este lugar. Esto no es más que el reflejo de nuestros sueños.

Arthur se queda quieto y en silencio durante unos instantes, sopesando lo que acaba de oír. Después ríe, con brusquedad y un tono que no termina de sonar cuerdo.

—Entonces deberías correr de todos modos, mientras puedas. —Le suelta la mano, y ella se lo permite—. Todos mis sueños son pesadillas.

La sonrisa de Opal se vuelve irónica y afectuosa.

—No, no lo son.

Señala, por algún motivo, hacia los pies de Arthur.

Él no quiere bajar la vista. Pero Opal lo mira con ese gesto mordaz y cálido, y él descubre que haría casi cualquier cosa para que no desaparezca de su cara. Mira abajo.

No hay cadáveres ni tumbas. Donde antes solo había hierba congelada, marchita y enmarañada, ahora hay una pequeña extensión verde y exuberante de vegetación. La hoja aserrada de un diente de león sobresale por debajo de su zapato, y ve cómo una violeta brota y se extiende sobre la hierba. Hay flores en la Subterra.

—No he… No soy…

Arthur no está seguro ni de lo que ha hecho ni de lo que no es, pero Opal se acerca antes de que termine de hablar.

Extiende la mano para, en esta ocasión, coger la que Arthur usa para sujetar la espada. Le abre los dedos que tiene sobre la empuñadura. Lo hace con paciencia y con mucha tranquilidad.

—Has pasado mucho tiempo solo, luchando en una guerra que ni siquiera era la tuya. La heredaste e hiciste todo lo posible para que no la heredase nadie más. Lo has hecho muy bien. De verdad. —Otra mentira, claro, pero Arthur se permite imaginarse lo bien que se sentiría en caso de creérsela—. Pero se ha acabado. Eleanor ya no está. La guerra ha terminado. Es hora de soñar tus propios sueños.

Arthur siente la mano ligera y vacía sin la espada. No está seguro de la postura que adquiere una persona que está de pie, de lo que hace con los brazos cuando no va armada.

—No sé cómo —reconoce él, con sinceridad.

Opal se acerca aún más, y sus torsos están a punto de tocarse. Ella se pone de puntillas para acercar la boca a la suya y dice:

—Tranquilo. Te tengo, Arthur.

Opal se arrodilla en la hierba. Ahora hay más, una oleada verde que brota como un arroyo por toda la extensión de tierra. Después tira de Arthur para que también se arrodille junto a ella. Coloca la espada entre ambos, mellada y terrible, y se tumba junto a ella, acurrucada de lado. Arthur hace lo mismo. Sus cuerpos son un par de paréntesis alrededor del signo de exclamación plateado que es la espada, sus rostros están lo bastante cerca como para besarse.

Arthur la mira a los ojos, de ese gris peligroso y afilado, y tan reluciente como una luna con forma de hoz, y ella también mira a los suyos. Acompasan la respiración. Ella no dice nada, pero Arthur no cree que tenga por qué hacerlo. Él ya ha empezado a imaginar historias increíbles, un derroche de sueños: la Mansión Starling en flor, con la verja abierta de par en par; la espada olvidada en la buhardilla, con la hoja oxidada e inerte; los dos tumbados como en ese momento, abrazados en un ocaso interminable, con nada por lo que morir y todo por lo que vivir.

La hierba se alza alta a su alrededor. Las flores florecen fuera de temporada, los lirios atigrados acarician los acianos, los tréboles rojos se acumulan alrededor de las coreopsis. Se mecen con suavidad en la brisa y le rozan los hombros, el pelo y la mandíbula a Opal. Arthur cree que hay algo que se mueve alrededor de ellos. Puede que sean Bestias, aunque tienen cuerpos esbeltos y maravillosos, y puede que dejen flores allá por donde pisan, en lugar de podredumbre. Lo cierto es que tampoco es que le importe demasiado.

Observa cómo los ojos de Opal se cierran poco a poco. Recuerda lo agotado que está, y cuánto tiempo hace que lo está.

Arthur Starling duerme, y tiene sueños maravillosos.

EPÍLOGO

Esta es la historia de la Mansión Starling.

Se cuentan muchas historias sobre esa casa, claro. Habéis oído la mayoría de ellas. La de la viuda loca y su pobre marido. La de los mineros que llegaron al Infierno y los monstruos que había en el centro de un laberinto. Hasta habéis oído la de los tres hombres malos y la niña que les dio su merecido, aunque esa no la haya contado nadie aún. Por el momento. (Lo harán, juro que lo harán. He roto muchas promesas, pero no romperé esta).

Esta historia es mi favorita, porque es la única que tiene final feliz.

Suele empezar cuando alguien menciona la central eléctrica o el incendio del verano pasado.

«¿Os acordáis de aquella noche de junio? —dicen—. Primero ardió el motel y luego se rompió la presa».

Puede que otra persona mencione el choque junto al antiguo puente del ferrocarril o la hilera de forasteros que habían ido al hospital con heridas extrañas, o la manera en la que los perros miraban la niebla con el pelaje erizado, sin atreverse a ladrar.

«Supongo que fue cuestión de mala suerte», dice alguien, y todo el mundo asiente, como siempre.

Sin embargo, parece que la mala suerte de Eden se agotó por completo esa noche. Después hubo una mala racha, claro, y a todo el mundo le preocuparon sus puestos de trabajo. El depósito de cenizas de carbón inundó la central eléctrica y hubo un apagón que llegó hasta Nashville. Dijeron que se veía incluso desde la Estación Espacial Internacional, una franja negra en mitad del país.

Pero la Agencia Federal de Gestión de Emergencias llegó rápido y se desvió la electricidad desde otro lugar. Durante un par de semanas, todo el condado se llenó a rebosar de agentes del gobierno que llevaban trajes que parecían de plástico y recogían muestras de agua subterránea, pero cuando llegaron los resultados dijeron que no era tan terrible como podría haber sido. Dijeron que la mayoría de los vertidos fluían colina abajo y se habían acumulado en una zona más baja. «El Gran Jack sigue trabajando duro», comentaron los lugareños.

Los forasteros recibieron el alta del hospital del condado, se subieron a sus coches elegantes y condujeron en dirección al norte, con gestos turbados aunque extrañamente ajenos, como si no supieran de qué se alejaban, pero tampoco se atreviesen a reducir la velocidad.

La niebla se alzó una o dos veces más ese verano, pero no se quedó tanto tiempo, ni tampoco dejó zonas llenas de podredumbre o tragedias. La gente empezó a asegurar que tenía un olor dulzón, como a glicinia, y que dejaba flores allá por donde pasaba. Una mujer de Riverside Road dijo que había abierto la puerta de la cocina y se había encontrado una mariposa luna en la mosquitera. Le sacó una foto y se la mostró a todo aquel que se lo pidió, y también a los que no lo hicieron. Todos se inclinaban hacia la pantalla y admiraban con diligencia su tamaño y el tono verde claro de sus alas, como un fuego fatuo en una noche oscura.

Don Gravely concedió una extensa entrevista en el *The Courier-Journal* de julio, desde cuyas páginas le aseguró a todo el mundo que los planes de expansión seguían en marcha, que la reconstrucción los haría más grandes y más fuertes que nunca. No obstante, en ese mismo periódico se publicó un artículo sobre un litigio contra Gravely Power y un testamento recién encontrado. Al parecer, la bibliotecaria de la región oriental del estado lo había hallado dentro de una Biblia, en Lucas 15-32, y estaba escrito de puño y letra por Leon Gravely. Resulta que el viejo Leon no había querido legarle la empresa ni la fortuna familiar a su hermano, sino a esa hija a la que nada se le daba bien, la que había muerto tanto tiempo atrás, ahogada durante una de esas noches de mala suerte. No obstante, sus hijos seguían con vida.

Aunque nadie sabía dónde estaban. El chico… ¿Cómo se llamaba? ¿Jason? ¿Jackson? Se rumoreaba que andaba por Louisville, pero nadie sabía dónde se encontraba su hermana. La antigua encargada del motel Jardín del Edén había recorrido el pueblo de arriba abajo, llamando a todas las puertas y liándose a gritos con cualquiera que aún quisiera escucharla, pero nadie parecía haber visto a Opal desde aquella noche. Un agente le dijo a la antigua propietaria del Jardín del Edén, con toda la amabilidad de la que fue capaz, que las chicas así nunca acababan bien, y la antigua propietaria del motel lo había invitado a repetirlo más alto si se atrevía. El agente se había quedado en silencio.

Algunas personas dijeron que la propietaria del motel había ido al terreno de los Starling y había empezado a aporrear la verja mientras gritaba, pero nadie le había respondido. Después se había puesto a darles patadas a las bolsas de comida que había en la entrada, y había esparcido los cartones de leche agria por el camino antes de marcharse.

Nadie recogía la compra desde hacía semanas y el gerente del supermercado había dejado de enviarla. Los rumores aseguraban que el joven Starling había escapado la noche del incendio y de la inundación, que había desaparecido y que quizá estuviera muerto. Nadie lo sabía a ciencia cierta, pero la verdad era que ya no se veían luces titilar a través de los árboles.

La casa permaneció inmóvil y del todo vacía ese verano. Los guijarros se adueñaron del jardín y la hierba creció en exuberantes montones de un verde intenso. Flores silvestre, rosas y zarzamoras, recubrieron las paredes.

Corrieron algunos rumores sobre escrituras y derechos de propiedad. Don Gravely intentó pasarse de listo con el agrimensor del condado, pero este le replicó que no le pagaban lo suficiente como para entrar en el terreno de los Starling y que Don ya no tenía el dinero suficiente para sobornarlo, lo cual era completamente cierto. Con la central cerrada y las cuentas familiares embargadas porque esa bibliotecaria se negó en redondo a llegar a un acuerdo extrajudicial, Don había perdido mucho dinero. Se dice que el cartero comenzó a entregar cartas a través de cuyo cuadradito de plástico se veían varios recibos de papel rosado. La gente aseguraba que solo era cuestión de tiempo que apareciese una inmobiliaria y pusiera un cartel en el jardín delantero de esa casa enorme.

A principios de otoño, hasta la gente de a pie empezó a preguntarse qué iba a ocurrir con la Mansión Starling. Las hojas habían empezado a marchitarse y las partes de la casa que se veían entre las ramas desnudas no tenían buen aspecto en absoluto. Las paredes estaban inclinadas de forma extraña, hacia dentro, y daba la impresión de que lo único que mantenía la estructura en pie eran las glicinias. El administrador del condado empezó a murmurar cosas sobre riesgos para la salud y embargos. Los más ancianos del pueblo le dijeron que espere un poco, que en situaciones como esa siempre aparecía un nuevo Starling.

Pero no apareció nadie. Y una noche, a finales de septiembre, justo cuando el verano al fin empieza a mostrar señales de agotamiento y sopla una brisa seca que mueve los árboles, se encendió una luz en la Mansión Starling. Una ventana del piso de arriba, que brillaba como ámbar bruñido entre las ramas.

Poco después, se abrió la puerta delantera y dos personas salieron. Alzaron la vista al cielo de septiembre como si acabaran de despertar de un largo sueño y no tuviesen claro si seguían dormidos. Una gata se frotaba sin el menor recato entre sus tobillos e iban cogidos de la mano.

Nadie os contará lo siguiente, pero yo sí que lo haré.

Uno de los dos, un hombre encorvado y alto, de pelo enmarañado y cuyo rostro se parecía al de un buitre enfermizo, alzó la vista hacia la casa en ruinas y dijo: «Lo siento». Y luego añadió: «Sé que siempre quisiste un hogar».

La otra, una chica pelirroja de sonrisa mordaz, dijo: «Sí, y ya he encontrado uno».

El hombre repitió que lo sentía. (Lo dice a menudo).

La joven le dio un codazo en las costillas, con fuerza, pero no le soltó la mano. Después añadió: «No hablaba de la casa, imbécil». No dejaba de mirar a aquel tipo feo mientras lo decía.

Una marca casi imperceptible que bien podría haber sido un hoyuelo apareció en la mejilla del hombre. Se inclinó para acariciar a la gata, que lo mordió.

Eran muy retraídos, en su mayor parte. Las puertas se abrían de vez en cuando, y algunas personas entraban y salían. Un par de mujeres de mediana edad, que caminaban una con el brazo sobre el hombro de la otra. Un chico de rizos negros y brillantes con una mochila llena de cámaras caras y lentes sofisticadas. Todo un reguero de abogados y de contratistas, seguidos de alguna que otra camioneta llena de madera y piedra, paneles de yeso y bolsas de hormigón.

La gente empezó a pensar que esos dos debían de tener todos los papeles en regla. «Seguro que tienen dinero para dar y regalar», decían, aunque no tuviesen del todo claro de dónde lo habían sacado. Lo único que sabían era que la Mansión Starling no iba a pudrirse después de todo. Nadie sabe si eso les da pena o no.

La casa es horrorosa, claro, pero es algo familiarmente horroroso y siempre está bien tener nuevos Starling sobre los que cotillear. «No entiendo qué hacen ahí dentro todo el día», dice la gente, con un tono que sugiere que no debe de ser nada bueno. Hay muchas teorías, suposiciones libidinosas y rumores absurdos. Algunas de esas teorías (y todas las suposiciones libidinosas) son completamente ciertas, pero nadie conoce la verdad al completo.

La mayoría de la gente ha llegado a la conclusión, de manera un tanto misteriosa, de que están escribiendo un libro. El peluquero ha oído por ahí que se trata de una novela romántica, pero el que se encarga de revisar los contadores espera que sea de terror. Un miembro de la Sociedad Histórica afirma que es la crónica del pueblo, que uno de sus miembros fundadores está verificando los datos y escribiendo notas al pie y una bibliografía, pero nadie lo cree porque es una presunción muy soberbia.

Sea lo que sea, tiene que ser ilustrado. Varias personas han visto al joven en la orilla del río Mud, con un cuaderno de bocetos sobre las piernas largas, dibujando con tonos grises y sutiles, con blancos relucientes, con cientos de tonalidades negras y sedosas. «Pues será un libro infantil», dice la gente, pero solo hay un libro infantil que conozcan y tenga ese tipo de ilustraciones.

Lacey, la nueva gerente de Tractor Supply, afirma haber intercambiado mensajes con la pelirroja (que se parece un poco a la joven Gravely, según se dice, aunque nadie recuerda a Opal sonriendo a menos que fuera mientras perpetraba un delito). Lacey dice que le preguntó en qué estaban trabajando y que Opal respondió: «En un cuento».

«Qué tipo de cuento?».

«Uno que ocurrió de verdad».

Lacey ha comentado que los mensajes le parecen delibera-damente incomprensibles, pero tiene buen corazón y siempre ha querido lo mejor para Opal, de modo que ha empezado a rezar por ella. Opal dejó de responderle y los cotilleos empe-zaron a quedarse anticuados, lo que hizo que la gente hablase mucho menos de la Mansión Starling.

En primavera, los sicomoros germinan y las glicinias re-verdecen, por lo que la casa ya no se ve desde la carretera. Solo se aprecian los dientes de metal de la verja delantera y la fran-ja roja y alargada del camino de entrada, y puede que incluso alcance a divisarse la piedra caliza bordada de madreselvas y enredaderas.

Sin embargo, aún sueñas, a veces. Deberías tener miedo, ya que se cuentan muchas cosas sobre esta mansión y las has oído todas, pero en el sueño no vacilas.

En el sueño, estás en casa.

BIBLIOGRAFÍA

Bond, Gemma, *Brujas, diablos y fantasmas: La historia sobrenatural de Kentucky*, Lexington (Kentucky), University Press of Kentucky, 2015.

Boone, Calliope, Entrevista con Charlotte Tucker, 14 de julio de 2016, entrevista 13A, transcrita y grabada, Archivos de la Sociedad Histórica del Condado de Muhlenberg.

Hagerman, Eileen Michelle, «Agua, trabajadores y riqueza: cómo el carbón del viejo Gravely dejó sin recursos el Green River Valley de Kentucky», *Registro de la Sociedad Histórica de Kentucky*, 115, n.º 2, 2017, pp. 183-221, <http://www.jstor.org/stable/44981141>.

Higgings, Lyle, Entrevista con Charlotte Tucker, 4 de julio de 2018, entrevista 19A, transcrita y grabada, Archivos de la Sociedad Histórica del Condado de Muhlenberg.

Hooks, Bell, *Pertenencia: La cultura del lugar*, Nueva York, Routlegde, 2009.

Joseph, A., *Problemas en el paraíso: Una historia medioambiental de Kentucky*, Chicago, The University of Chicago Press, 2002.

Murray, Robert K., y Roger W. Brucker, *¡Atrapado! La historia de Willy Floyd*, Lexington (Kentucky), University Press of Kentucky, 1999.

Olwen T. y C. Olwen, «E. Starling: ¿reclusa o aparición?», 24 de abril de 2017, en el pódcast *Espiguilla misteriosa* (temporada 2, episodio 1).

Rothert, Otto Arthur, *Una historia del condado de Muhlenberg: con más de 200 ilustraciones y un índice completo*, 1.ª ed., Louisville (Kentucky), John P. Morton, 1913.

Simmons, Bitsy, Entrevista con Charlotte Tucker, 10 de octubre de 2015, entrevista 12B, transcrita y grabada, Archivos de la Sociedad Histórica del Condado de Muhlenberg.

Starling, Opal y Arthur, *Registro de incidentes de la Mansión Starling*, de la colección privada de Opal y Arthur Starling.

Winter, E., *Las bestias que no podemos enterrar: Pecado y gótico sureño*, Chapel Hill (Carolina del Norte), University of North Carolina Press, 2003.

AGRADECIMIENTOS

Esta es la historia de *La Mansión Starling*.

Empezó como un sueño, como la mayoría de las casas. Aún vivía en Kentucky por aquel entonces, pero empezaba a prepararme para partir: a visitar páginas de inmobiliarias, a guardar en cajas la ropa vieja de los bebés, a intentar convencer a nuestros amigos de que se mudasen con nosotros. No era la primera vez que me mudaba (de hecho, han sido muchas), por lo que tenía un sueño que me resultaba familiar: uno en el que tenía que dar con una manera de quedarme.

Los sueños no se convierten en casas (ni en libros) sin dedicarles tiempo, talento, trabajo, amor, paciencia y una gran cantidad de personas. Lo injusto es que, si ellos hacen bien su trabajo, suelen pasar desapercibidos cuando empiezan a llegar los invitados.

Le debo mucho a mi agente, Kate McKean, que fue la que vio los planos de este libro y no solo no los quemó, sino que además encontró el lugar perfecto para empezar a construirlo. A mi editora, Miriam Weinberg, quien deambuló por el lugar mientras se construía y se preguntó en voz alta si de verdad necesitaba cuatro habitaciones (está claro que no). A la doctora Rose Buckelew, por revisar el primer manuscrito, y a la doctora Natalie Aviles, por ponernos en contacto. A todo el equipo de producción: Terry McGarry, Dakota Griffin, Rafal Gibek, Steven Bucsok, Lauren Hougen y Sam Dauer, por rellenar todos los agujeros y preguntar, con educación, si de verdad quería poner dos fregaderos, el uno junto al otro, en la cocina. A Isa Caban, Sarah Reidy y Giselle Gonzalez, las divinidades del marketing y de la publicidad, que son el único motivo por el que tú estás aquí. A la ilustradora de la cubierta, Micaela Alcaino, y al diseñador Peter Lutjen, que hicieron que mereciera la pena ver este lugar, y también a la legendaria Rovina Cai, quien accedió de buena gana a colgar sus obras de las paredes. También me gustaría dar las gracias a Tessa Villanueva, asistente editorial, sin la que ni siquiera sabría a quién darle las gracias.

También les estoy muy agradecida a mis amigos, que me preguntaban de vez en cuando cómo me iba con el libro: Taye y Camille, Sarah y Alli, Corrie y José, y a sus maravillosos bebés, que nunca me lo preguntaron. A los escritores de Kentucky que aún hablan conmigo pese a haberme mudado lejos de la región Ale-8: Gwenda, Christopher, Lee, Olivia, Sam, Ashley, Z, Alex, Caroline y Ellie. Y también al búnker, que parece una secta del Día del Juicio Final, pero en realidad es un servidor de Discord.

Y nunca habría sido capaz de escribir este libro, ni ninguno en realidad, sin mi familia. Mi padre, quien me dio la caja de herramientas de mi abuelo cuando tenía dieciséis años y me llevó a ver a Prine cuando tenía diecisiete; y mi madre, quien me leyó todas las versiones posibles de *La bella y la bestia*. Sé que me he mudado de casa, pero os veo todos los días en el espejo.

A mis hermanos, que nunca me necesitaron ni la mitad de lo que yo los necesito a ellos. A Finn, quien plantaría cara sin duda a las bestias, y a Felix, quien se haría amigo de ellas.

Y a Nick, que es mi casa y mi chimenea, mis cimientos y mis cuatro paredes. No siento nostalgia alguna por mi hogar desde que nos conocimos, amor mío.